고종석은 1959년 서울에서 태어났다. 성균관대학교와 파리 사회과학고등연구원EHESS에서 법학과 언어학을 전공하고, 서른 해 가까이 신문기자로 일했다.

지은 책으로는 사회비평집 《서얼단상》《바리에떼》《자유의 무늬》《신성동맹과 함께 살기》《경계 긋기의 어려움》, 문화비평집 《감염된 언어》《코드 훔치기》《말들의 풍경》, 한국어 크로키 《사랑의 말, 말들의 사랑》《어루만지다》《언문세설》《국어의 풍경들》, 역사인물 크로키 《여자들》《히스토리아》《발자국》, 영어 크로키 《고종석의 영어 이야기》, 시 평론집 《모국어의 속살》, 장편소설 《기자들》《독고준》《해피 패밀리》, 소설집 《제망매》《엘리아의 제야》, 여행기 《도시의 기억》, 서간집 《고종석의 유럽통신》, 독서일기 《책 읽기, 책 일기》 들이 있다.

플루트의 골짜기

플루트의 골짜기

차례

01

제망매祭亡妹

"혹시…… 들으셨죠, 김혜원 씨 소식?"

매제가 목소리를 낮추어 조심스레 물었다. 웃음기가 가신 그의 얼굴을 보자 가슴이 철렁 내려앉았다. 매제의 입에서 그 아이 얘기가 나오지 않기를 나는 얼마나 빌고 또 빌었던가. 그런데 마침내. 아냐, 내가 지레 잘못 짚고 있는지도 모르지. 나는 내 사위스러운 짐작을 마음 한켠의 악착같은 도리질로 책망하며 그에게 되물었다.

"아니…… 무슨?"

"지난달 말에…….”

유리잔의 한기가 손가락 끝에서 핏줄을 타고 내 몸 전체로 퍼져나갔다. 나는 술잔을 손톱으로 불안스레 긁다가, 반쯤 남아 있는 칼스버그를 신경질적으로 단숨에 들이켰다. 액체의 일부가 기도로 쓸려들어가 불쾌한 재채기를 유발했다. 눈물이 핑 돌았다. 꼭 재채기 때문만은 아니었다.

"저는 오실지 말지를 형님이 직접 결정하도록 일단 알리기는 하자고 했었는데, 장모님이 한사코 반대하셨어요. 막 도착해서 정착하느라 마음쓸 곳이 많을 텐데 먼 거리를 오게 하는 게 안 내키신다고요. 집사람도 같은 의견이었고."

순간, 어머니와 누이의 이기주의에 짜증이 났다. 자신과 가족이라는 테두리 밖으로는 좀체로 정을 나눌 줄 모르는 그 단호한 이기주의에. 그러나 곰곰 생각해보니, 그 이기주의가 사실은 나를 정말 잘 알고 있는 사람들의 깊은 사려에서 나온 것이기도 했다. 내가 연락을 받고도 혜원이로부터 9천 킬로미터 이상 떨어져 있는 곳에 마냥 머물러 있을 수는 없었을 것이다. 게다가 나는 혼자서가 아니라 분명히 아내와 딸아이 둘을 모두 데리고 서울로 날아갔을 것이다. 그리고 그것은 이곳에 도착한 지 한 달도 채 안 돼 다소 어정쩡한 상태에 있던 우리 네 식구에게 심리적으로 그리고 경제적으로 적지 않은 부담을 지웠을 것이 틀림없다. 더구나 연락을 받은 즉시 내가 날아갔다고 해도, 혜원이의 얼굴을 볼 수 있는 것도 아니었고.

실감이 나지 않았다. 혜원이가 죽었다는 것이. 담당 의사들은—그 아이도 의사였지만—물론 희망이 없다고 단언했다. 그렇지만, 내가 서울에서 마지막으로 그 아이를 본 날, 아, 그날은 그 아이가 수술실로 들어가기 전날이기도 했다, 그 아이의 표정에 죽음의 그림자 같은 것은 조금도 드리워져 있지 않았었다.

"장례는?"

골루아즈 한 개비를 꺼내 입에 물며 내가 물었다.

"한강성심병원에서 그냥 치렀어요. 장지는 벽제 공원묘지였구요."

"이모님과 박 서방이 보통 상심한 게 아니겠군. 영주 은주도 그랬겠구."

보랏빛 연기를 실어 뿜어내는 내 날숨에서 나는 내가 살아 있다는 걸 밍밍하게 확인하고 있었다.

"박정훈 씨는 그래도 담담했는데, 이모님은 거의 제정신이 아니셨어요. 영주 은주는 아직 너무 어려서 상황을 잘 몰랐던 거 같구요."

"무슨…… 일이에요?"

잠자코 우리 대화를 듣고 있던 정경희 씨가 머뭇머뭇 물었다.

매제가 대답했다.

"진우 형님 이종사촌누인데, 보름쯤 전에 세상을 버렸어요. 저랑 잠시 같은 병원에 있기도 했고 인의협 일도 같이 했었는데…… 골수암이었어요. 환자들한테나 동료들한테나 참 따뜻하고 유쾌한 의사였어요. 젊은 사람은 거의 안 걸리는 병인데 어쩌

다 그런 일이 생겼는지…… 삼십 대가 그 병에 걸린 케이스는 한
국에서 처음이에요.”

“아.”

정경희 씨의 표정도 어두워졌다. 나는 잠시 전까지만 해도
아주 흐뭇하게 진행되던 우리 셋의 대화가 금세 너무 거북살스러
워지고 있음을 깨달았다.

“나가서 좀 걷지, 뭐. 두 사람 다 반쯤은 관광객이니까. 사실
은 나두 그런 셈이구.”

반쯤 타다 남은 골루아즈를 재떨이에 짓이기며 내가 짐짓
가뿐한 목소리로 제안했다. 우리들은 카페 솔레유도르를 나왔
다. 햇살은 여전히 관능적이었고, 소르본 광장은 학생들의 싱그
러움으로 그득 차 있었다. 하늘거리는 마로니에 이파리 사이로
드문드문 붉은 꽃이 피어나고 있었다. 5월이었다. 우리는 풋기운
이 그윽한 생미셸 거리를 따라 센 강 쪽을 향해 느릿느릿 걸었다.

혜원이가 죽었다. 그리고 나는 살아 있다. 그 아이가 태어
나기 전에도 그랬듯. 혜원이가 죽었다. 그리고 그 아이가 태어난
1962년 이전처럼, 그 아이가 죽은 1994년 이후에도, 세상은 여전
히 오롯할 것이고 감쪽같을 것이다. 그 아이가 죽었는데도. 혜원
이는 이 세상에 없다, 고 매제는 말했다. 혹시 그는 장난삼아 날
놀리려고 짓궂은 거짓말을 한 게 아닐까? 그럴 리는 없다. 매제는

진지한 사람이다. 그러니 혜원이가 이 세상에 없는 것은 틀림없을 것이다. 그래, 혜원이는 이 세상에 없다. 그래…… 그런데…… 그 아이는 이 세상에 있었던 것일까? 그 아이는 분명히 나를 스쳐 지나간 것일까? 나는 분명히 그 아이를 스쳐 지나온 것일까? 혹시 그것은 모두 꿈이 아니었을까? 아니, 지금 이 순간 내가 겪고 있는 모든 것이 혹시 꿈이 아닐까? 꿈이 아니라면, 어떤, 그러니까 일종의, 가상현실…… 아니면 내가 모르모트가 돼 있는 어떤 음흉한 실험. 어떤 악의로 가득 찬 무제약자가 즐기고 있는 실험. 혜원이가 죽다니…… 그런데…… 나는 지금 살아 있는 것일까? 살아 있다는 게 뭘까? 심장의 뜀, 느낌, 인식…… 그래, 반응, 반응. 그런데…… 지금 나와 함께 불미슈를 걷고 있는 이 남자, 나의 매제, 그리고 이 여자, 나의 옛 동료, 이들은 나와 같은 부류일까? 이들도 살아 있는 것일까? 내게 젊음을 시기하게 만드는 이 거리의 학생들, 저 키오스크의 신문 판매원, 이 베네톤 매장의 아가씨, 저 공중전화 박스 속의 중년 남자, 이들도 모두 나처럼 제 의사에 반해 이 낯선 행성에 내던져진 것일까? 혹시 이들은 모두 내 감시자가 아닐까? 내가 누구지? 내가 누굴까, 하는 생각은 혹시 나만 하는 것이 아닐까? 내 왼쪽의 이 여자, 내 오른쪽의 이 남자, 아니 이 거리의 모든 사람들은 지금 날 보며 킬킬대고 있는 것은 아닐까? 내 반응 하나하나를 유심히 관찰하며. 그들이 어디론가 써 보내야 할 보고서에 대해 생각하며.

"정경희 씬 누구죠?"

내 질문이 너무 장난스럽게 들렸는지도 모른다.

"이진우 씨의 영원한 애인이죠"라고 그녀가 장난스럽게 받았기 때문이다. 아니야, 어쩌면 지금 이 여자는 속으로 당황해하고 있는지도 모른다. 내가 드디어 이들의 정체를 의심하기 시작했다는 걸, 날 대상으로 한 이 음산한 실험의 낌새를 알아차리기 시작했다는 걸 감지하고 말이다. 교활하구나, 정경희…… 하기야 내 아내, 내 부모, 내 자식 역할을 맡았던 치들은 수십 배 더한 것들이지…… 그런데…… 내가 지금 무슨 생각을 하고 있지? 그래, 혜원이 탓이구나. 죽은 혜원이…… 혜원이라는 이름이 이 차갑고 딱딱한 동사의 과거형과 어우러지다니.

혜원이의 유년 시절에 대한 기억은 거의 없다. 나는 서울에서 나서 자랐고, 그 아이는 전주에서 나서 자랐으므로, 우리들이 아주 어렸을 때 서로 얼굴을 마주할 기회는 그리 많지 않았다. 국민학교 시절, 대개는 겨울방학 기간에 돌아오곤 했던 외할아버지 제사에 참석하러 어머니를 따라 몇 차례 전주엘 내려갔을 때, 그 아이와 정답게 놀거나 짜증스럽게 다투었던 것 같은 기억이 어렴풋이 남아 있지만, 그 기억은 어쩌면 내가 어른이 되어서 내 멋대로 재구성한 기억인지 모른다. 어쩌면 나와 함께 정답게 놀거나 짜증스럽게 다투었던 아이는 혜원이가 아니라 전주의 다른 친척 아이였을지 모른다. 그래서 혜원이에 대한 내 또렷한 기억의 출발점은 내가 열입곱 살이고 그 아이가 열네 살이었던 1975년의 어느 봄날에 박혀 있다.

고등학교 2학년에 진급한 지 얼마 안 되던 그해 5월에 나는 내가 속한 사회로부터 처음으로 내침을 당했다. 퇴학이라는 걸 당한 것인데, 그 전말은 이랬다. 중학교 시절 언제부터인가 나는 교실에서 교사가 열심히 판서를 하고, 학생들이 노트에다 그것을 열심히 베끼는 교육 방식의 비효율에 대해 확신하게 되었다. 교과서나 참고서에 다 나와 있는 내용을 그렇게도 열심히 노트하는 것이 미련스러운 시간 낭비로 생각됐던 것이다. 세월이 흐른 뒤에야, 어떤 텍스트를 가장 잘 이해하는 방법은 그 텍스트를 천천히 베끼는 것이라는 말을 듣고 그 말에 공감하기도 했지만, 어쨌든 그 당시엔 그랬다. 그래서 나는 교사가 판서를 하고 친구들이 그걸 열심히 베끼는 동안 몰래 소설책을 꺼내 읽거나 교과서 여백에 낙서를 하거나 했었다. 그리고 나의 그런 행태가 운 좋게도 고등학교 2학년 5월 어느 날까지는 교사들에 의해 묵인되었다. 정확히 말하자면 묵인되었다기보다는, 발각되지 않았었다. 1975년 5월 초 어느 날 드디어 일이 터졌다. 기술 시간이었다. 교사가 칠판에 열심히 판서를 하고, 친구들이 노트에 열심히 그것을 베끼는 동안, 나는 며칠 전에 읽기 시작한 헤밍웨이의 《해는 또다시 떠오른다》(아마 삼중당문고였던 것 같다)를 책상 위에 꺼내놓고 열심히 읽고 있었다. 배경이 불란서에서 서반아로 옮아갈 때쯤, 명민한 기술 교사는 자기 학생 가운데 하나가 교실의 율법을 어기고 있다는 걸 발견했다. 그는 학기가 시작된 이래 내가 기술 과목의 노트 필기를 전혀 하지 않았다는 걸 알아냈고, 더 나아가, 내 가방을 뒤져 다른 과목의 노트 검사까지 한 결과, 거의 모든 과목의 내 노트가 백지이거나 하찮은 낙서로 채워져 있다는 걸 발견했다. 지금 생각해보니, 내가 만일 공부라도 좀 하는 우등생이었다면, 기술 교사가 그렇게까지 사납게 굴지는 않았을 것이다. 그리고 지금 생각해보니, 기술 교사가 그렇게까지 사납게만 굴지 않았더라면, 내가 그렇게까지 사납게 반응하지도 않았을 것이다. 그러나 나는 평균 성적이 반에서 중간에도 못 미치는 열등생이었고, 그런 열등생의 의무 태만에 기술 교사는 아주 분노했고, 그 분노를 실어나르는 폭력의 적나라함에 내 자위본능이 발동했다. 기술 교사는 수업 종료 종이 울리기 전까지의 나머지 시간을 한 비뚤어진 학생의 교육에다 할애하기로 마음먹은 것 같았다. 그는 자기 팔목에서 시계를 풀어 교탁 위에 올려놓았고, 야비한 웃음으로 날 바라다보았다. 주먹질과 발길질이 한 10분가량 계속되었을 때 나는 생명의 위협을 느꼈고, 마침 그 순간 교탁 바로 앞자리 친구의 책상 옆에 곤봉이 놓인 것을 발견했다. 체육 시간에 곤봉 체조를 할 때 사용하는 길둥근 몽둥이였다. 나는 잽싸게 그 곤봉을 집어들어 기술 교사의 머리통을 후려쳤다. 한 번, 두 번, 세 번. 교사는 교실 바닥에 길게 누웠고, 양호실로, 이어 병원으로 실려갔다. 그로부터 사흘 뒤에 어머니는 교장실에 불려가 내 퇴학 사실을 통고받았다.

신촌시장 한 귀퉁이의 해장국집 주인이었던 아버지는 퇴학을 당한 아들에게 부자 관계의 종료를 선언했다. 술에 취한 상태에서. 하기야 그가 술에 취해 있지 않은 것을 본 기억도 별로 없다. 나는 그 해장국집의 유일한 노동자였던 어머니의 주머니에서 그때 돈으로 거금 3만 원을 훔쳐 집을 나왔다. 물론 교복을 입은 채로. 그리고 전주행 열차를 탔다. 내 가방에는 〈펜트하우스〉 두 권과 영어판《에마뉘엘 부인》그리고 트랜지스터 라디오가 들어 있었다. 내가 혜원이를 생각하며 전주행 열차를 탄 것 같지는 않다. 다만 전혀 낯선 도시로 떠나기에는 내가 너무 겁이 많았던 것 같다. 퇴학생을 반길 사람은 전주에도 있을 리 없지만, 혹시라도 만약의 경우에 그 도시에 살고 있는 외가 쪽 친척들에게 몸을 의탁할 수 있을지도 모른다는 교활한 생각이 있었을 것이다.

전주역 앞의 여인숙에서 나는 다섯 밤을 잤다. 그 가운데 한 밤은 여자와 함께였다. 그것은 내 첫 성경험이었는데, 여자는 거의 마흔이 다 돼 보이는 늙은 창녀였다. 그 밤에 나는 그 여자에게서 성만이 아니라 담배도 배웠다. 그러고는 정말 어른이 된 기분이었다. 낮에는 전주 시내를 어슬렁거리고 밤에는 퀴퀴한 냄새가 나는 여인숙 방에서 트랜지스터를 들으며 닷새를 보냈을 때,

내게는 남은 돈이 거의 없었다. 누군가의 도움을 청해야 했다. 내게는 전주에 살고 있는 친척들의 전화번호가 하나도 없었으므로, 나는 혜원이가 다니던 여학교 앞에서 그 아이를 기다렸다. 두 시간쯤 기다린 후에야 교문을 나서는 그 아이를 겨우 알아보았는데, 그것은 정말 다행이었다. 사실 나는 몇 년 동안 그 아이를 보지 못한 상태였던 터라, 그 아이를 알아볼 수나 있을까 싶기도 했던 것이다. 어쨌든 나는 그 아이를 긴가민가한 상태에서나마 알아봤다. 그리고 다행스럽게도 그 아이 역시 나를 알아봤다. 더욱 다행스러웠던 것은 그 아이가 나를 아주 반겼다는 점이다. 심지어 시내의 제과점에서(나폴레옹이라는 이름이었던 것 같다) 내 처지를 듣고도, 그 아이는 뜻밖에도 빙글빙글 웃으며 "오빠 이제 자유인이 됐네"라고 대수롭지 않게 말하는 것이었다. 사실 나는 그 아이에게 내 처지를 말하는 것이 썩 내키지는 않았다. 불량기가 그득한 걸로 판명된 이종오빠에게 그 아이가 혹시라도 경계심을 갖지나 않을까 걱정스러웠던 것이다.

"우리들이 지금 내릴 수 있는 결론은."

30분가량 이 얘기 저 얘기 한 뒤에 그 아이가 말했다.

"오빠가 나랑 우리집에 가야 한다는 거야."

그래서 나는 그 아이와 함께 교동의 이모집으로 갔다. 이모는 사정 얘기를 듣고 날 크게 책망하셨지만, 곧 서울에 전화를 해 어머니를 안심시킨 뒤 어머니에게 자신이 날 얼마간 데리고 있겠다고 선언했다. 그리고 내게도 선언했다. "썩어돼질 놈. 그래도 딴 사람 안 찾고 이 이몰 찾아 다행이다. 네놈 거두어줄 사람이 누군지는 알았구나. 여기서 얼마 있으면서 앞으로 어쩔지 궁리를 해봐."

그렇게 해서 3개월간의 내 전주 생활이, 혜원이와의 석 달이 시작됐다.

내 전주 체류가 더 길어질 수도 있었다. 고등학교 체육 교사이셨던 이모부를 통해서 어떻게 날 그 학교로 편입학시켜볼 방법이 없을까를 이모가 궁리하셨기 때문이다. 그렇지만 이모부도 난색을 표하신 데다가 나 자신이 더이상 학교 같은 건 다니기 싫었으므로, 나는 그것을 완강히 반대했다. 그리고 석 달 뒤 검정고시를 보기 위해 서울로 올라왔다.

사회 전체가 군대나 다름없었던 그 시절(박정희는 그해에 학도호국단과 민방위 제도를 부활시켜서 어린 학생부터 오십 대의 장년에 이르기까지 자신이 다스리던 신민 전체의 군대식 편제화를 완수했다), 그 군대 질서에서 잠시 비켜서 있었던 그 석 달의 기억은 달콤하다. 그 달콤함의 상당 부분은 혜원이 덕이다. 이모 내외는 그 세대 사람들로서는 드물게 슬하에 자식을 둘만 두었다. 늦결혼을 한 탓도 있었을 것이다. 언니인 이모가 어머니보다도 결혼이 늦었던 것이다. 그것 역시 그 시대 풍속으로는 아주 드문 일이었다. 혜원이 밑으로는 그 아이와 세 살 터울의 아들

주원이가 있었는데, 내가 전주의 이모집에 머물 때 국민학교 6학
년이었던 주원이는 제 누이처럼 의사가 돼 얼마 전 군대를 마치
고 부산의 한 병원에 취직했다. 혜원이가 내과 의사였던 데 비해
주원이는 정형외과 의사지만. 혜원이가 죽기 전에 받은 수술을
위해 자신의 골수를 나눠준 것이 주원이었다.

　　사실 혜원이가 아니었더라도 그 시절의 기억이 아주 쓰지만
은 않았을 것이다. 지금 돌이켜보면 내 생애가 그때만큼 자유를
만끽한 시절도 달리 없으니까. 물론 그것은 불안한 자유이기는
했다. 그러나 그때 나는 내 삶 이외에 책임져야 할 게 아무것도
없었다. 그리고 실상 내 삶에 대해서조차 책임을 안 지겠다고 마
음먹는 것도 내 자유였다. 최소한 그때의 내 생각으로는 그랬다.
그런데 더더욱 운 좋게도 그때 내 곁엔 혜원이가 있었다. 혜원이
가 중학교 2학년이던 바로 그해에 전주에서도 고등학교 입시가
없어졌으므로, 말하자면 학교별 모집 방식이 연합고사 방식으
로 대체되었으므로, 혜원이는 상급 학교 진학을 위해서 머리를
싸매고 밤을 새우는 일은 하지 않아도 되었다. 그렇지 않았더라
면, 그 아이가 아무리 내게 포근한 마음씨를 지니고 있었다고 하
더라도, 공부를 제쳐놓고 밤낮으로 나와 히히덕거리는 짓은 할
수 없었을 것이다. 우선 이모님이 그걸 허락하지 않으셨을 테고.
어쨌든 혜원이는 공부에 대한 부담이 없었고, 그건 나도 마찬가
지였다. 나는 행운아였다. 학교에서 쫓겨난 것이야말로 내겐 행

운이었다.

　중학교 때의 혜원이가 공부를 잘했는지 어쨌는지는 알 수 없다. 그 당시 그것은 내 관심사가 아니었다. 뒷날 그 아이가 재수를 하지 않고 곧바로 의과대학엘 들어간 걸 보면, 중학교 때에도 최소한 공부에 아주 젬병은 아니었을 것이다. 그러나 그 아이에게는 무슨 우등생 티 같은 것이 없었다. 그것이 날 더 편안하게 했는지 모른다.

　덕진공원이나 다가공원에서 그 아이와 함께 부랑하던 기억이 새롭다. 덕진공원의 그 큰 호수, 그 호수의 연꽃들. 그 연꽃들을 바라보며 함께 빨던 콘아이스크림(브라보콘이었던 것 같다)의 맛을 지금도 내 혀는 잊지 않고 있다. 그 아이스콘의 맛에 대한 기억은 마치 처음 라면과 마주쳤을 때 내 혀가 경험한 그 흥분된 감각처럼 강렬하다. 그때 콘아이스크림을 처음 먹어본 것은 아니었다. 그러나 그 이전에 먹어본 콘아이스크림에 대한 기억은, 그 맛에 대한 기억은 거의 없다. 그러니까 지금 내가 기억하고 있는 그 콘아이스크림의 맛은 어쩌면 단순히 미각에 의한 것만은 아니었을 것이다. 그 맛은 콘아이스크림의 맛만이 아니라 어쩌면 혜원이의 맛이었을 것이고, 그러니까 어쩌면 그것을 기억하고 있는 것은 내 혀만이 아니라 내 몸 전체인지도 모른다. 마음의 거푸집으로서의 몸뚱어리 말이다.

　그리고 다가공원에서의 자전거 타기. 그 아이는 그때까지

자전거를 탈 줄 몰랐다. 그 덕분에 나는 내 생애 최초로 가르친 다는 것의 기쁨을 누리기도 했다. 때로는 자전거를 한 대만 빌려 함께 탄 채 전주 시내를 누비기도 했는데, 뒷자리의 그 아이가 내뻗은 손이 내 복부를 압박할 때면 나는 묘한 흥분을 느끼곤 했다. 그 아이에 대한 내 흥분은 늘상 수치심으로 이어지곤 했지만, 그래도 그 수치심이 흥분을 억누르지는 못했다. 그 흥분은 햇살이 삼라만상을 드러내놓고 있을 때보다는 어둠이 사위를 고요하게 만들고 있을 때 더 자주 일어났다. 예컨대 일요일 새벽에 둘이서만 오목대나 팔각정으로 산책을 간다거나, 옥상에서 밤하늘의 별자리를 노려본다거나, 책을 찾으러 그 아이 방에 들어갔다가 그 아이의 자는 모습을 보게 된다거나, 밤의 전주천변에서 시답지 않은 애기들을 나누었을 때. 그래, 우리들이 나누었던 애기들은 대체로 시답지 않은 애기들이었다. 비틀즈나 폴 앵커 같은 대중가수들 애기, 《바람과 함께 사라지다》나 《사랑》 같은 통속소설 애기, 전주비빔밥과 콩나물해장국에 대한 비평, 서울에 막 생긴 지하철이나 한참 전에 사라져버린 전차에 대한 애기들……조금 더 진지할 때는 예컨대 패망한 월남이나 사임한 닉슨, 죽은 육영수에 대한 애기를 하기도 했지만, 한쪽에서 그런 애기를 꺼냈더라도 상대방이 그런 애기를 곧 지겨워했으므로 그것이 무슨 진지한 토론으로 이어지지는 않았다. 그 당시 그 아이가 즐겨 듣고 부르던 노래는 묘하게도 서울에서보다 전주에서 먼저 유행

하기 시작한 강태웅의 〈줄리아〉였고, 내가 자주 흥얼거리던 노래
는, 제목은 잊었다, 그 추웠던 겨울은 지나고 따뜻한 봄이 오면
내 님도 나를 찾겠지 운운하는 장미화의 노래였다. 그 노래들은
아마도 둘 다 한국 사람이 만든 노래였겠지만, 또 어쨌든 둘 다
다소간 국적 불명의 노래였다. 그래, 이국주의야말로 십 대의 특
권이다! 내가 장미화의 그 노래를 흥얼거렸던 걸 보면, 비록 내가
지금 그 시절을 탐탁한 자유의 시절로 회상하고 있다 하더라도,
어쩌면 막상 그 시절에는 한 움큼의 불행 의식을 지니고 있었는
지도 모르겠다. 어쨌든 나는 일탈자였고, 그 일탈을 전혀 대수롭
지 않게 여길 만큼 내가 모질거나 무신경하지는 않았을 것이다.
내 삶이 샐그러지고 있다는 느낌이 어떻게 전혀 없었을 것인가.
그런데 혜원이는 내게 한번도 그런 얘기를 하지 않았다. 무슨 말
이냐 하면 그 아이는 내 앞날을 걱정하는 투로 내게 얘기한 적이
한 차례도 없었다. 그 아이는 어쩌면 나의 일탈을 조금은 부러워
하고 있었는지도 모르겠다. 그게 아니라면 그 아이가 나이에 어
울리지 않게, 그러니까 조숙하게, 사려 깊었던지.

　　망설이다가 이 얘기를 꺼낸다. 나는 그해 초여름의 어느 밤
그 아이와 처음으로 입을 맞췄다. 내가 '처음으로'라고 말한 것은
게다가 그것이 우리들의 마지막 입맞춤도 아니었기 때문이다. 우
리가 함께 살고 있던 그 이모님 댁 옥상에서 이런저런 얘기를 나
누던 밤이었다. 그 아이가 무슨 얘기 끝에 이런 말을 했다.

“오빠도 그런 경험이 있나 모르겠네?”

“무슨?”

“어떻게 설명을 해야 할까? 그래, 국민학교 2학년 때였어. 오빠도 그때 그랬겠지만 나도 2학년 때 처음 사람 몸속을 들여다보게 됐어. 물론 실제 육체가 아니라 인체 해부도에서 봤다는 얘기야. 큰골, 작은골, 숨골, 허파, 염통, 위, 큰창자, 작은창자 같은 거. 그때 선생님 말씀 가운데 제일 인상에 남았던 건 우리 생각과 행동이 모두 뇌에서 이뤄진다는 거였어. 뇌는 생각한다, 그리고 손과 다리와 눈까풀과 혀에 명령을 내린다, 그런 말 말이야. 뇌는 인체의 대통령이라고 선생님은 말씀하셨어. 그러니까 이 뇌가 박 대통령이란 말씀이지. 그날 집에 돌아와서는 엄마 경대 속의 내 모습을 빤히 쳐다봤어. 저 머리통 속에 있는 뇌가 손이랑 발이랑 눈까풀 같은 것에 명령을 내린단 말이지 하고 생각하다 보니까, 갑자기 지금 저 뇌에 대해 생각하고 있는 내 뇌에 대해서, 그 뇌에 대해 생각하고 있는 내 뇌에 대해 생각하고 있는 내 뇌에 대해서, 그 뇌에 대해 생각하고 있는 내 뇌에 대해 생각하고 있는 내 뇌에 대해 생각하고 있는 내 뇌에 대해서―그 아이는 자기 말투가 우스웠는지 피식 웃었다―, 이어서 바로 그 뇌에 대해서, 이어서 또 바로 그 뇌에 대해서, 계속 생각이 뻗어나가는 거야. 오빠도 그런 경험이 있느냐고.”

왜 그랬을까. 그 아이의 그 말을 듣는 순간, 더 어렸던 시절 창경원의 어린이 놀이터에서 타본 허니문 카 속에서 공중의 정점으로부터 땅으로 추락하며 가슴이 울렁거렸듯, 내 가슴이 마구 울렁거리는 것이었다. 나는 짐짓 권위 있게 그 아이에게 대답했다.

"응, 누구나 그런 경험을 하는 거야. 그렇게 자기에 대한 생각이 덩굴처럼 한없이 감기는 거, 그걸 유식하게 말하면 자아라는 걸 의식적으로 의식한다고 하는 거야."

"그렇군. 별다른 경험도 아니었군. 난 나만 그런 경험을 한 줄 알았지. 사실 엄마한테 그런 얘길 했다가 핀잔만 얻어들었거든. 쓸데없는 생각 하지 말고 나가 놀거나 공부하라고."

"이모 말씀도 맞긴 해. 그건 정말 쓸데없는 잡념이니까."

"오빠 어떨 때 보면 말하는 게 꼭 늙은이 같아. 지금도 자기가 꼭 엄마보다도 더 어른인 것처럼 얘기하잖아."

"그래서 내가 싫으니?"

"아니, 정반대야. 오빠?"

"나두."

그 아이에 대한 호감을 단지 말로만 표현하는 것은 너무 무정해 보였으므로, 나는 그 아이의 이마에 내 입술을 슬며시 갖다 댔다가 뗐다. 그 아이의 눈이 감기며 입가에 미소가 살짝 번졌다. 나는 용기를 얻어 이번에는 그 아이의 입술에 내 입술을 갖다 댔다. 다행스럽게도 그 아이의 입술은 내 입술을 피하지 않았다.

옥상을 내려오며 그 아이가 낮게 속삭였다.

“오빠 입술이 아이스콘 같았어.”

나는 그 아이의 뒷머리를 주먹으로 가볍게 한 대 쥐어박았다.

“예쁜 도시예요. 7년 전에 여기 잠깐 들렀을 때도 그런 생각을 했지만. 저 하늘과 건물이 만들어내는 스카이라인이 꼭 동화 속 도시 같아요.”

생미셸 다리 위에서 잠깐 서서 사방을 둘러보며 정경희 씨가 말했다.

“동화 같기는 제네바가 더해요. 몽블랑 다리에서 레만 호를 바라보면 정말 현실감이 사라진다니까요.”

제네바를 거쳐서 파리에 온 매제가 가볍게 항의했다. 그러나 그가 젠체하고 있는 것이 아니라는 건 그의 이완된 말투가 보증해주고 있었다.

“그래요? 거길 언젠가 가볼 수 있을지 모르겠네요. 이번에도 칸에서 너무 시간을 소비했어요.”

정경희 씨가 다소 시무룩하게 대답했다. 그러고는 갑자기 무슨 생각이 난 듯 정색을 하고 얼른 덧붙였다.

“아 참, 지난달 초에 김남주 선배 사십구일재에 다녀왔어요. 쓸쓸한 자리였어요. 묘한 건 칸에서도 자꾸 그 선배 생각이 나는 거예요. 그 극도로 국제적인 분위기에서 그 극도로 민족적인 시인 생각이 말이에요.”

정경희 씨는 한민일보의 기자다. 영화를 담당하고 있는 그녀는 칸 영화제 취재차 불란서에 왔고, 영화제의 폐막과 그녀의 귀국 사이의 1박 2일을 파리에서 보내고 있는 중이었다. 나는 석 달 전까지만 해도 그 신문사의 문화부에서 그녀와 책상을 맞대고 일한 동료였다. 그러나 그녀와 내가 서울에서 마지막으로 말을 나눈 것은 넉 달도 넘은 상태였다. 우연히도 내가 신문사를 그만두고 불란서로 갈 결심을 신문사 동료들에게 공표한 뒤부터 그녀와 나 사이의 관계가 서먹서먹해져버렸다. 그녀는 내게 말도 걸지 않았고, 심지어 나와 한자리에 있는 것도 피했다. 내가 신문사의 내 자리를 지키고 있으면 그녀가 취재를 나갔고, 그러니 나도 그녀가 신문사의 자기 자리를 지키고 있으면 일을 만들어서라도 바깥으로 나와야 했다. 내가 짐작은 하고 있지만 확실히는 알 수 없는 어떤 이유로 그녀는 내게 몹시 분개하고 있었던 것이다. 사실을 얘기하자면 그녀는 꽤 기다란 메모를 통해 내게 아주 진지하게 절교를 선언했다. 그것은 내게 작지 않은 충격이었다. 그 신문사에서 일한 6년의 기간 동안 그녀는 아마도 나의 가장 가깝고 서로 무람없는 동료였기 때문이다. 내가 불란서로 날아오면서 가장 찜찜해했던 것은 물론 혜원이의 예정된 죽음이었지만, 정경희 씨의 절교 선언도 내 마음 한구석을 몹시 불편하게 만들었다. 그러니 석 달 뒤 그녀가 불란서로 날아와서 내게 연락을 함으로써 자신의 절교 선언을 사실상 철회한 것은 내게 거의 감격이었다. 그 감격은 곧이어 혜원이의 죽음을 알고 난 뒤 무감각으로 변해버렸지만.

내가 서울을 떠나기 전에 그녀와 내가 할 수 없이 얼굴을 마주보아야 했던 곳은 우리가 둘 다 알고 지내던 시인의 빈소였다. 내가 시인 김남주의 죽음을 안 것은 그가 죽은 지 하루가 지나서였다. 좀 어처구니없는 일이었다. 나는 그때 비록 문학을 담당하고 있지는 않았지만 어쨌든 문화부 기자였고, 또 죽은 시인과는 일을 떠나서 비교적 가깝다고 말할 수 있는 사이였기 때문이다. 그가 죽은 것이 구정 연휴의 마지막 날이었고, 그의 장례를 준비하던 친지들 생각으로 내가 그의 죽음을 금세 알아야 할 만큼 시인과 가깝지는 않았던 탓이었겠지만, 나는 어쨌든 그 이튿날 조간을 보고, 더구나 아침에 다른 일로 게으름을 피우다가, 오전 열시가 넘어서야 조간을 들추다 그의 죽음을 알게 됐다. 얼이 빠질 지경이었다고 말한다면 거짓말이겠지만, 그저 조금 쓸쓸한 기분이었다고 말하는 것 역시 거짓말일 것이다. 시기까지가 얼추 예약되었던 죽음이었으므로 감당하기 힘든 충격은 아니었으나, 어쨌든 충격은 충격이었다. 나는 그 뒤 사흘 동안 그의 빈소가 마련돼 있던 고려병원 근처를 얼씬거렸다. 물론 빈소를 꼬박 지키거나, 그의 장지인 광주의 망월동까지 따라 내려가지는 않았다. 장례를 뒷바라지할 그의 친지, 후배들이 넘쳐나기도 했지만, 그보다는 그의 죽음에 나 자신을 너무 깊이 연루시키기가 싫었기 때문이다. 나는 이미 그의 죽음 이전에 조국을 버릴, 이라는 말이 보기 흉한 위악이라면 어쨌든 조국을 떠날 결심을 했고, '조국은 하나다'라고 외치는 시인의 완전한 귀향에 내가 동반하는 것은 뭔가 부자연스러워 보였다. 그러나 고려병원 영안실을 둘러싼 담벼락 한쪽에 붙어 있던 그의 시 〈조국은 하나다〉에서, 나는 그 시를 그의 시집에서 읽었을 때와는 강도가 썩 다르게, 폭발적인 선동의 외침을, 한 깨끗한 영혼의 처절한 울음소리를, 한 강인한 정신의 힘찬 혁명가요를 들었다. 요컨대 나는 감동했다. 그러나 그 감동이 나를 조국에 붙잡아두지는 못할 거라는 것을 나는 알고 있었다.

나는 그가 죽기 석 달 전쯤 조국을 떠날 결심을 했다. 구라파에서, 구체적으로는, 그리고 당분간은, 불란서에서 살고 싶었다. 먼저 얘기를 꺼낸 것은 아내 쪽이었다. '답답하다'는 것이 그 이유였다. 나는 망설임 없이 아내의 제안에 동조했다. 나도 답답했으므로. 그리고 불란서쯤으로 날아가고 싶었으므로. 다만 아내의 제안이 있기 전엔 나만의 답답함이 내가 구라파로 갈 충분한 이유가 되지 못한 것처럼 생각됐었다. 그러나 두 사람의 답답함이라면 얼추 정당한 이유가 될 것 같기도 했다. 사실 우리 부부에게 불란서가 전혀 낯선 곳은 아니었다. 룩셈부르크에 본부를 둔 '진보를 위한 저널리즘'이라는 언론 재단과 내가 일하던 한민일보의 호의로 나는 1992년에서 1993년의 가을 겨울 봄 세 철을 파리에서 보낼 기회가 있었는데, 그때 아내도 이 도시에 나와 함께 있었던 것이다. 딸자식 둘은 부산의 외가에 남겨놓고 말이다. 비자 발급 문제나 학교 문제 같은 것이 좀 복잡하기는 했지만, 지금 돌이켜보면 정말 부모답지 않은 짓이었다.

파리에서 연수를 받는 동안 그 프로그램의 일환으로 나는 남쪽의 그라나다에서부터 북쪽의 스톡홀름에 이르기까지 비록 주마간산 격으로나마 구라파를 두루 살필 기회가 있었고, 때때로 그 취재 여행에 아내를 동반하기도 했기 때문에, 우리 부부는 태평양의 서단만큼은 아닐지라도 대서양의 동단이 어떤지를 조금은 알고 있었다. 더구나 아내는 대학에서 불문학을 공부했었다. 우리나라 대학에서 배우고 가르치는 외국 문학이라는 것이 뭐 별스레 대단한 건 아니겠지만, 대학 시절의 아내는 그 애옥한 살림에도 불구하고 꿈 많은 여자였다. 결혼을 생각 없이 하는 바람에 그 모든 꿈이 사라져버리고 말았지만. 그러니 결혼한 지 10년이 다 돼서 난생 처음으로 파리 나들이를 하게 됐을 때, 그녀의 가슴 설렘이 작지 않았으리라는 것은 충분히 상상할 수 있는 일이었다. 적어도 그녀에게는 우리의 파리 체류가 뒤늦은, 그리고 꽤 기다란 신혼여행이었던 것이다. 그리고 그것은 여러 가지 의미에서 꽤 자극적인 신혼여행이었다. 아내는 파리에서 친구들을 꽤 사귀었다. 파리 3대학이 외국인들을 대상으로 연 불어 강좌를 그녀가 들으면서 사귄 친구들인데, 이태리에서 일본까지 국적도 다양하고, 그 가운데 몇몇을 내가 만나보기도 했지만, 같이 지내기 유쾌한 친구들이었다. 서울로 돌아왔을 때, 아내는 얼마간 마음을 다잡고 지내는 듯하더니, 이내 서울 생활이 답답해진 모양이었다. 더구나 그녀는 직장이 없었다. 우리는 너무 일찍 결혼했으므로, 그녀는 결혼 전에 직장을 구할 기회가 없었고, 결혼 뒤에는 더더구나 직장을 구할 수가 없었다. 아내는 그러니까 직장도 없이, 아무런 성취감도 없이, 어느새 삼십 대의 반고비에 이르러버린 것이었다. 그런 삶을 아내가 더이상 견딜 수가 없었던 듯도 했다. 불란서에 다시 간다고 해서 그녀에게 직장이 생길 리 없고, 그러니 별다른 성취감이 생길 리 없지만, 어쨌든 어떤 종류의 자극은 있을 것이었다. 아내는 그런 자극을 원한 것 같았다. 그리고 그 점에선 나도 아내와 마찬가지였다. 만 10년이 돼가는 월급쟁이 생활의 그 지루한 일상성에 조금 넌더리가 나고 있었다. 그리고 나 역시 구라파 체류의 영향을 안 받았다고 말할 수는 없었다. 그것이 꼭 구라파였기 때문은 아니었을 것이다. 너무 친숙한 것으로부터 어느 정도 떨어져 있다는 느낌은 적어도 큰 불쾌감은 아니었다. 그리고 구라파가 너무 친숙해질 무렵엔 나의 삶도 황혼일 것이므로 그 이후를 걱정할 필요는 없었다. 그래서 우리 둘 사이에는 너무나 쉽게 합의가 이루어졌다.

문제는 생활이었다. 다소 낯선 곳의 대기에 좀더 많은 양의 자유가 흩뿌려져 있다고 하더라도, 그 자유의 공기가 배를 불리는 것은 아닐 것이기 때문이다. 돈벌이에 관한 한 나는 거의 무력했고, 아내는 완전히 무력했다. 더구나 우리에게 무슨 저축이 있는 것도 아니었다. 그래도 우리는, 적어도 나는, 무작정 떠나기로 했다. 어떻게 되겠지 하는 막연한 생각으로. 그리고 사표를 던졌고, 아내와 딸아이 둘을 데리고 파리로 날아왔다. 다소 낭만적인 생각도 없지 않았다. 파리로 날아오는 비행기 안에서 나는 내가 앞으로 오로지 생존을 꾸려나가기 위해서 글을 쓰게 될 것이라는 점을 알았지만, 그 운명에 대한 생각은, 역시 자신의 글쓰기를 오로지 생존을 위한 돈벌이로 삼았던 지난 세기의 어떤 불우한 문필가들의 운명에 대한 생각과 포개지며, 내게 낯선 달콤함을 불러일으켰기 때문이다.

떠나기 전날 나는 한강성심병원으로 혜원이를 찾았다. 나는 내가 혜원이를 볼 수 없다는 것을 알고 있었다. 그 아이는 그 얼마 전 끔찍한 골수이식 수술을 받은 뒤에 무균실에 들어가 있었던 것이다. 나는 단지 혜원이에게 전해달라고 이모님께 짧은 메모 한 쪽만을 남기는 것으로 만족했다.

혜원에게
너를 사랑한다.
진우

너를 사랑한다…… 나는 지금부터 13년 전 어느 날 밤에도 혜원이에게 이 말을 한 적이 있다. 그 당시 그 아이는 의예과 2학년이었고 우리집에서 학교를 다니고 있었다. 혜원이가 고등학교를 졸업하고 서울에서 대학을 다니게 됐을 때, 이모님과 어머니가 그 아이의 자취 생활을 반대하고 우리집에 머물도록 결정해 버린 것이다. 그 아이는 예과 2년 동안만 우리집에 있었고, 본과에 진입해서는 더이상 우리집에 있는 것이 불편했던지 친구와 함께 자취 생활을 시작했다. 그 아이가 우리집에 왔을 때 나는 대학 졸업반이었고, 그 아이가 우리집을 나갔을 때, 나는 부산의 육군병기학교에서 군복무 중이었다. 그 아이가 입학식 며칠 전에 우리집에 와서 짐을 풀었을 때, 나는 몇 달 전 박정희가 죽었을 때보다도 사실 더 기뻤다. 나를 더욱 고무했던 건 그 아이도 나와 함께 있게 된 것을 기뻐했다는 사실이다. 그보다 5년 전 학교를 퇴학맞고 몇 달간 전주의 그 아이 집에 머물던 때의 기억을 소중하게 간직하고 있던 내게 그해 봄은 정녕 서울의 봄이었다.

그래, 혜원이의 대학 시절은 그 뜨거웠던 서울의 봄에 시작됐다. 그해 5월의 며칠 동안 어머니의 만류를 무릅쓰고 학교에서의 밤샘 농성과 가두시위에 몰두하던, 그러고는 집에 돌아와 내게 무용담을 전하던 그 아이의 초롱초롱한 눈동자가 생각난다. 학교문이 닫히고 광주에서 일이 터진 뒤의 그 추웠던 여름 동안 혜원이는 전주 집으로 내려가지 않고, 서울에 남아 내 책꽂이에

꽂혀 있던 빛바랜 《창비》를 꺼내 읽는 것으로 소일했다. 그동안 그 아이의 말수는 눈에 띄게 줄어들었고, 나는 그것을 그 아이가 크고 있는 징표라고 내 멋대로 해석했다.

예과 2년 동안 혜원이는 야학 활동을 했다. 그 아이가 무슨 운동권에 속해 있었다고 할 수는 없었다. 사실 그 시기에 운동권에 속한 학생이었다면, 야학 같은 건 하지 않았을 것이다. 그 아이는 제 나름대로 이런저런 '불온 서적들'을 열심히 읽기는 했으나, 무슨 진보적 서클에 가입해서 그랬던 건 아니었다. 80년대 초의 그 야만적인 정치 분위기를 그 아이가 힘들어하기는 했지만, 그 아이에게 어떤 혁명적 열정 같은 것은 없었다. 그 점이 그 아이와 내가 닮은 점이었다. 어떤 거룩한 것, 위대한 것에 마주서게 될 때마다 느끼게 되는 뭔가 불편한 감정 말이다. 힘차고 씩씩한 구호와 선동에 때때로 반하면서도 종국에는 그 앞에서 움츠러들고 마는, 그러니까 집단성에 대한 어떤 애증의 양가감정 같은 것 말이다. 그러나 그 아이는 나와 닮은 점보다는 다른 점이 훨씬 더 많았다. 무엇보다도 그 아이는 나와 전혀 달리 이타성이 몸에 배어 있었다. 그 아이에게 무슨 종교가의 구세적 제스처가 있었다는 뜻이 아니라, 그 아이가 주위 사람들의 사소한 슬픔과 기쁨에 세심히 반응했다는 뜻이다. 요컨대 그 아이에게는 잔정이라는 게 넘쳐흘렀다. 게다가 그 아이는 기본적으로 세상과 삶에 대한 낙관을 지니고 있었다. 바로 그 점이 그 아이의 때이른 죽음을 더 비극적으로 보이게 하는 것이지만.

그 아이가 열심히 한 그 야학 활동은 그 아이가 가입해 있던 불교 학생 서클이 주관한 것이었다. 혜원이는 제딴에는 독실한 불자였다. 나 자신이 무슨 운동과는 전혀 무관하게 학창 시절을 보냈으면서도, 한번은 짓궂게 혜원이에게 이렇게 물은 적이 있다. 내가 학교를 졸업하고 빈둥거리다가 입대하기 일주일쯤 전, 꽤 늦은 시각의 동네 포장마차에서였다.

"네가 그렇게 열심히 하는 그런 야학 활동이라는 게 무슨 큰 의미가 있니? 네가 가르친 사람들이 어찌어찌해 검정고시라 도 봐서 대학엘 가게 되고, 어렵사리 어떤 신분 상승을 이룬다고 해도 그게 이 사회를 살 만한 것으로 만드는 데 무슨 도움이 될 까? 그건 그 사람들 개인의 조그만 행복과 또, 어쩌면, 김혜원이 라는 여자의 자기만족에만 기여하는 게 아닐까? 잘못된 사회 제 도는 여전히 그대로일 테고."

이런 악의적 질문에 대한 혜원이의 답변은 그러나 단호한 선의로 충만해 있었다.

"내겐 그런 게 그리 사소하게 보이지 않아, 오빠. 내 주위에 있는 사람들, 내가 우연히 인연이 닿아 만나게 된 사람들의 조그 만 행복이 내겐 중요해. 그게 또 사실 오빠 말대로 내 자기만족 의 근거가 되기도 하고. 그런 조그만 행복들, 그런 조그만 자기 만족들이 사회 전체의 매커니즘과 관련해서 선이냐 악이냐가 내

겐 그렇게 중요하게 보이지 않아, 아니 그렇다기보다는 그런 생
각을 할 만큼 내 머리가 조직적이질 못해. 사실 의과대학엘 들어
오겠다고 마음먹었을 때, 내가 생각했던 것도 그런 소박한 선의
에 대한 것이었어. 주위에 있는 사람들의 아픔을 조금이라도 덜
어줄 수 있지 않을까 하는 기대 말이야. 내가 지금 젠체하고 있는
건 아니야, 오빠. 생각을 좀더 거창하게 전 인류적 수준에서 했다
면, 내게 다른 야심이 있을 수도 있었겠지. 일시적으로 사람들에
게 커다란 영향을 끼치는 건 정책 입안자들, 그러니까 정치가들
이나 행정가들일 테지. 그렇지만 어린 생각에도 그런 것들이 내
겐 과분하다는 느낌이었어. 어떤 정책이 정말 옳고 그걸 시행해
서 많은 사람들을 구원할 수 있다면, 그건 정말 좋은 일이겠지.
그렇지만 그 정책이 정말 옳았는지 판별되기 위해서도 사실 많
은 세월이 필요하잖아. 세월이 지나 그 정책이 틀린 것이었다고
판명났을 때, 그걸 누가 책임지지? 그렇지만 아픈 사람을 치료하
는 건 달라. 물론 그것도 아주 거시적인 안목에서 본다거나, 특수
한 상황에서는 악이 될 수 있겠지. 예컨대 좀 장난스럽기는 하지
만, 인구학적 관점에서 그걸 본다거나, 또는 예컨대 히틀러나 전
두환 같은 쓰레기들이 아플 때, 그치들을 치료해야 할 것이냐 하
는 도덕적으로 좀 미묘한 상황 같은 것을 생각할 수 있겠지. 그렇
지만, 그런 별난 상상을 하지 않는다면, 일단 남을 치료하는 행위
는 선한 행위라고 할 수 있지 않을까? 그리고 사실 내 경우엔 히

틀러나 전두환이 내 환자라고 하더라도, 그치들에게 치료를 거부할 수 있을 것 같지는 않아. 그 인간들이 병상에서 일어나면 또 다른 학살을 저지를지 모른다는 생각이 들더라도, 난 일단 그 인간들이 아파하는 걸 모른 체할 수는 없을 것 같아. 그게 나라는 아이가 생겨먹은 모양새야. 오빠, 내가 우둔한 애라서 그럴까?”

나는 이 명민한 아이에게 아주 정직하게 대답했다.

“아니, 네가 따뜻한 애라서 그래. 남들에 대한 사랑으로 포화가 돼 있는 애라서.”

나는 그때 이 아이에게 입을 맞추고 싶은 충동을 느꼈지만, 우리 둘 다가 너무 어른이 됐다는 걸 상기하고는 그 충동을 참아냈다. 그리고 그 아이가 내 판결에 대해 곧, 수줍게, 항의하지 않았다면 그 충동을 끝까지 참아냈을 것이다.

“아냐, 그렇지 않아, 오빠. 자기혐오와 또 남에 대한 혐오가 내게도 상당히 있다구요”라며 그 아이가 꺼낸 얘기는 좀 뜻밖에도 전라도 얘기였다. 자신이 전라도 출신이라는 사실이 그 아이를 그때 심각하게 만들고 있었던 것이다. 사실 광주 사건 이후에, 너무나 불공평하게도, 전라도 사람들에 대한 딴 지역 사람들의 편견은 오히려 더 심해졌다고 말하는 것이 정직한 관찰일 것이다. 그게 세상이다. 누군가가 당한 불행은, 누군가가 당한 참화는, 그 불행과 참화를 당한 사람에 대한 사랑과 연대와 연민을 불러일으키기보다는 대체로 어떤 운명의 징표로서, 어떤 낙인으로서 작용하기 쉽다. 인간의 진화는 아직, 고작, 그 정도에 머물러 있다. 혜원이는 자신이 전라도 사람이라는 자의식을, 그러니까 일종의 원죄 의식을, 서울에서 대학을 다니면서야, 그러니까 광주 사건 이후에야 갖게 되었던 것 같다.

"긴장을 푼 상태에서 얘기할 때 나오는 내 전라도 말투가 사람들에게 경멸과 적의를 불러일으킨다는 걸 발견할 때가 있어. 이건 오빠한테만 하는 말인데, 학교에서 경상도 말씨를 쓰는 아이들이 싫으면서도, 그 아이들의 말씨가 부럽기도 해. 경상도 말씨가 듣기 좋아 보이니까. 그 아이들이 자기 지방 말씨를 쓰는 데는 무슨 자부심까지 있는 것 같거든. 나는 이따금씩 내 전라도 말씨가 싫어지기까지 하고. 그래서, 부끄러운 얘기지만, 야학을 하면서도 신경질적으로 서울말을 쓰게 돼. 오빠, 좀 우스운 얘긴데, 난 그래서, 전라도 사람이 천대를 받기 때문에 전라도 말이 천하게 들리는 건지, 그렇지 않으면, 전라도 말이 천하게 들려서 전라도 사람들이 천대를 받는 건지 거기에 대해서 곰곰 생각해보기까지 했어. 물론 곧 앞쪽이 옳다는 걸 알았지만. 언어라는 건 권력인 것 같아. 아니 억압인 것 같아. 무지막지한 억압. 예컨대 타자기로 글씰 쓰다가 '사랑'이란 말을 '사렁'이라고 오타를 냈대봐. 종이 위에 찍힌 그 '사렁'이라는 말을 그리도 촌스럽고 낯설게 만드는 게 결국 말이 가진 억압의 힘 아냐. 말의 그 전제주의, 표준어의 그 전제주의 말이야. 자기와 다른 걸 너그럽게 받아들이지 못하고, 그릇된 것으로 판정해 매정하게 배제해버리는 그 완고한 전제주의 말이야. '사랑'이란 말의 어감이 '사렁'이란 말의 어감보다 꼭 그 자체로서 더 사랑다운 건 아니잖아. 그런데도 '사렁'이라는 말은 전혀 '사랑'의 감정을 환기시키지 못하잖아. 정말 끔찍한 독재자야, 말은. 물론 그 독재력의 원천은 그 말을 사용하는 사람들의 힘이나 귀함 때문이겠지만. '그려'라는 말이 '그래'라는 말보다 천하게 들리는 덴 다른 이유가 없거든. 오직 '그래'라고 말하는 사람들이 귀한 사람들이라는 한 가지 이유뿐이지. 그런 한 가지 이유가 어떻게 그렇게 어감을 천양지차로 만들어놓을 수 있는 건지, 참. 그리고 마침내 그 말 자체가 어떻게 그렇게 큰 힘을, 그 배타적인 독재력을 행사할 수가 있는지."

그때였다. 내가 그 아이의 이마에 두 번째로 입을 맞춘 것은. 나는 내 코끝이 시큰해지고 있다는 걸 그 아이에게 들키기가 싫었던 것이다. 그러나 나는 이번에는 내 입술을 그 아이의 입술로 옮기지 않았다. 우리 둘 다가 너무 어른이 됐다는 걸 여전히 상기하고 있었으므로. 그러고는 내가 할 수 있는 가장 살가운 목소리로 말했다.

"혜원아, 내가 정말 널 사랑하는 것 같아."

고백건대, 내가 그 아이를 사랑한다고 했을 때 그 사랑은, 그러니까 내가 그 아이에게 느꼈던, 그리고 지금까지도 느끼고 있는 사랑은, 다분히 연애 감정을 포함하고 있는 것이다. 사실 인류의 유장한 금기를 대수롭지 않게 여길 만큼 내게 용기가 있었더라면 나는 그날 밤 그 아이를 범했을지도 모른다. 그 아이가 그걸 허락했으리라고 생각하지는 않지만. 아니다. 어쩌면 그 아이는 그걸 허락했을지도 모른다. 왜냐하면 그 아이가 그때 내 말을 이렇게 받았으니까.

"그렇더라도 오빠가 나랑 오래도록 함께 살 수는 없을걸."

그 아이가 옳았다. 나는 일주일 후에 입대를 했고, 그 아이는 그해 말에 우리집을 나와 자취를 시작했다. 내가 제대 직후에 이모의 중매로 결혼을 했을 때, 그 아이는 뒷날 자기 남편이 될 남자와 사귀고 있었다. 남자는 그 당시 군의관으로 근무하고 있던 그 아이의 학교 선배로, 방학 때 농촌에서 함께 의료봉사 활동을 하다가 마음이 맞은 모양이었다. 남자가 제대한 뒤 그 두 사람은 결혼했고, 그래서 그 아이의 말대로, 그 아이와 나는 함께 살 수가 없었다. 그 아이가 그 말을 한 뒤 우리가 함께 산 것은 고작 일주일뿐이었다. 오래도록은 고사하고 말이다.

"빌레트란 곳에 과학박물관이 있다면서요?"

매제가 내게 물었다. 우리는 노트르담 성당을 둘러보고 나와 벤치에 앉아 잠시 쉬고 있었다.

"응, 왜?"

내가 무심하게 대답했다.

“앰네스티 인터내셔널에서 주최하는 심포지엄이 거기서 세 시부터 열려요. 그것 때문에 파리에 온 건 아니지만, 한번 들러보고 싶어서요.”

매제는 앰네스티 인터내셔널의 한국 지부에도 관련하고 있었다. 인의협의 맹렬 활동가인 그는 제네바에서 열린 무슨 의학 세미나에 참가하고 서울로 돌아가는 길에 날 보러―아마도 파리를 보려였겠지만―파리에 잠깐 들렀는데, 마침 앰네스티 인터내셔널이 주최하는 인권 심포지엄이 파리에서 열린다는 걸 제네바에서 듣고 온 모양이었다.

정경희 씨도 기자의 호기심으로 거기에 동조했으므로, 우리 셋은 빌레트의 과학박물관으로 가기로 했다. 심포지엄장은 과학박물관 일층의 동쪽 구석에 마련돼 있었다. 세계 각국의 인권 탄압을 고발하는 포스터들이 심포지엄장 바깥에 덕지덕지 붙어 있었고, 인권 단체 관련자들이 각국의 정치범 석방을 위한 호소문에 서명을 받고 있었다. 나는 혹시라도 한국 관련 문건이 있나 꼼꼼히 살폈으나, 다행스럽게도 발견할 수가 없었다.

심포지엄은 진지하게 진행되었으나, 그 진지함이란 곧 따분함이었으므로, 나는 거기에 몰입할 수가 없었다. 한국 문제가 다뤄지지 않아서 더 그랬는지도 모른다. 보스니아와 르완다 얘기가 발제자와 토론자들의 주요 관심사였다. 냉전이 끝났고 좌우의 전체주의 정권들이 세계적 규모로는 와해되고 있음에도 인간에 의한 인간의 살육은 도처에서 일어나고 있다는 얘기, 보스니아 내전에서 보듯 딱히 국가와 국가 사이의 전쟁이라고 보기가 어려운 상황에서의 의사 교전 단체에 의한 민간인 대량 학살은 전쟁 포로에 관한 제네바협약으로도 어떻게 대처할 수가 없다는 얘기, 그러니까 국제 법규가 시대를 못 따라가고 있다는 얘기, 그런데도 실제로는 매스미디어의 발달 덕분에 그런 학살에 관한 정보들이 역사상 어느 시대보다도 빠르게 지구 곳곳에 전파되고 있다는 얘기, 요컨대 사실상 인권의 유린이 대규모로 일어나고 있고 또 다수의 사람들이 그 소식을 접하고는 있지만 거기에 대처할 법적 장치가 충분치 않고 정치인들에게 거기에 대처할 의지가 별로 없다는 얘기들…….

　　매제와 정경희 씨를 심포지엄장 안에 남겨둔 채 나는 바깥 로비로 나왔다. 토론자와 발제자의 반수 이상은 불어를 사용했는데도 매제와 정경희 씨는 이것저것 메모까지 해가며 모범적인 방청객의 태도를 견지하고 있었다. 삶의 순간순간에 헌정하는 성실함, 그것이 그들을 나와 분리시키고 있었다. 이 빌레트 과학 박물관은 사회당 내각 때의 문화부장관 자크 랑그가 주도한 이른바 그랑 트라보 가운데 하나다. 불멸에 대한 '미테랑 황제'의 탐욕을 드러냈다고도 비판받았던 80년대의 많은 그랑 트라보와 마찬가지로 이 건물도 전혀 불란서적이 아니다. 지하철 포르트 들라 빌레트 역을 내려 이 건물에 마주치는 순간 사람들은 파리가 아니라 미국의 현대 도시에 와 있는 것이 아닌가 하는 생각을 하게 된다. 어쨌든 이 건물은 불란서가 다음 세대들의 과학 정신을 북돋워주기 위해 만들어놓은 거대한 전시장이다. 일층 로비는 부모의 손을 잡고 따라온 아이들로 다소 붐볐다.

"조금 비켜주시겠어요?"

부드러운 여자 목소리가, 그렇지만 그 부드러움에서 뭔가 이물감이 느껴지는 여자 목소리가 뒤편에서 날아와 내 귀에 꽂혔다. 돌아보니 로봇이었다. 목소리만큼 부드럽게 생긴 로봇은 아니었다. 인간의 형태를 대강만 갖춘 로봇. 사실 외모만 보고서는 이 친구가 '남자 로봇'인지 '여자 로봇'인지도 알 수 없었다.

"아, 미안. 방심을 하고 있었어. 너 정말 아름답구나."

내 아첨은 그 기계에게 기쁨을 주었다.

"고맙습니다. 그런 말씀을 해주시니 참 기뻐요. 선생님은 친절하신 분이군요."

"네 이름이 뭐니?"

"펠리시엔이에요."

"펠리시엔. 이름도 예쁘군. 펠릭스에서 온 이름이겠지, 아마. 다복하다는 뜻의."

"네, 그래요. 선생님은 라틴어를 아시는군요."

"아니, 사실은 전혀 못해. 성은 없니?"

"우리 로봇은 성이 없어요."

“어디서 태어났니?”

“프랑스 공업부죠. 제 아버지는 베르트랑 이지도르 박사구요.”

“아, 그렇군. 너 영어도 할 줄 아니?”

펠리시엔이라는 이름의 이 ‘여자 로봇’은 이 물음에 기꺼이 영어로 대답했다.

“그럼요. 선생님은 어느 나라에서 오셨어요?”

“남한.”

“아, 정말 먼 나라에서 오셨군요. 88년에 올림픽이 열렸던 나라, 몇 년 뒤에 테제베가 달리게 될 나라, 그렇죠?”

“그래, 어쩜 넌 그런 걸 다 아니?”

“제 뇌 속엔 온갖 정보가 다 들어가 있어요. 또 한 달에 한 번씩 새로운 정보가 입력되죠.”

“그렇구나. 너 한국어는 할 줄 아니?”

“아, 유감스럽게도 아직은 할 줄 몰라요. 그렇지만 광동어는 할 줄 알아요.”

“니하오마.”

“선생님, 그건 광동어가 아니라 맨더린이에요.”

“그랬군. 생일이 언제야?”

“91년 4월 7일. 이제 세 살이 조금 지났어요.”

“정말 어린아이구나. 너희들은 보통 얼마나 사니?”

“기종에 따라, 그리고 재질에 따라 천차만별이에요. 저는 한

20년 정도 돼요."

"죽음이 무섭지 않니?"

"선생님, 로봇은 감정이 없어요."

"그렇지만 넌 아까 기쁘다고 했잖아?"

"그건 누군가가 저를 칭찬하면 그렇게 말하도록 프로그램돼 있기 때문이에요."

"그럼 넌 너 자신이 하고 있는 말도 믿을 수 없겠구나."

"글쎄요. 선생님이 그렇게 말씀하신다면 그럴 수도 있겠지요. 그렇지만 전 제가 무슨 말을 하고 있는지는 알아요."

"그러면 너한테도 자의식이라는 게 있단 말이니? 너 자신에 대한 반성 말이야."

"그렇게 말씀드릴 수 있을지 잘은 모르겠어요. 아마 선생님이 뜻하는 자의식은 없을 거예요. 그렇지만 말씀드렸다시피 저는 제가 무슨 말을 하고 있는지는 알아요."

"너한테 그럼 의지 같은 게 있니?"

"사람의 의지와 비슷한 게 프로그램돼 있지요. 뭘 해서는 안 된다, 뭘 해야 한다는 식의 규범이 프로그램돼 있거든요. 그 프로그램에 따라 제가 갖가지 자극에 반응을 하는 거지요."

"그렇구나. 그러니 네겐 죄의식이라는 게 없겠군."

"로봇은 범죄를 저지르지 않아요. 오직 프로그램된 규율에 따라 움직이는데 죄를 지을 수가 없죠."

"그래, 넌, 그러니까, 기계구나."

"물론이죠. 선생님은 목소리로 봐서 삼십 대 후반 정도 돼 보이시네요. 외모도 그렇고."

"그래, 내가 보이니?"

"물론이죠. 그렇지만 선생님이 제 모습을 감지하는 것과는 조금 다른 방식이에요. 그건 설명드리기가 조금 복잡해요."

"그래, 난 기계에 대해서 정말 아는 게 없어."

"선생님을 무시한 건 아니었어요. 전문적인 과학 기술자들이나 사실 알아들을 수 있는 거거든요. 그렇지만 태어나서 이런 대화를 나눈 건 오늘이 처음이에요. 기뻐요."

"지금 네가 기쁘다고 한 것도 공업부의 이지도르 박사가 프로그램해놓은 거겠지?"

"그래요. 선생님. 화나셨나요? 슬프신가요?"

"아니야. 그렇지만 넌 화났다거나 슬프다는 게 뭔지도 모르면서 그 말을 쓰고 있구나."

"그 말이 뭘 뜻하는지는 알고 있어요. 다만 그런 감정을 느끼지 못할 뿐이지."

"그래, 내가 네 시간을 너무 많이 빼앗은 것 같다. 또 보자."

"예, 다음에 또 뵙겠습니다."

이 명민하고 예절바르며 친절한 펠리시엔 양은 매표구 쪽을 향해 스르르 걸어갔다, 기보다는 기어갔다.

내가 혜원이를 마지막으로 본 것은 서울을 떠나기 보름쯤 전이었다. 그 아이가 수술실로 들어가기 전날이었다. 정말 한심한 계집아이였다. 그다음 날이면 머리를 박박 밀고 수술실로 들어갈 아이가, 그 끔찍한 방사선 치료를 받고 골수이식 수술을 받아야 할 아이가, 그러고 나서 무균실에서 얼마를 머물러야 할지 모르는 상태의 아이가, 더구나 더구나, 자신이 의사로서, 스스로가 무균실에서 살아나올 가능성이 아주 엷다는 걸 누구보다 잘 알고 있던 아이가, 얼굴에 전혀 그늘이 없이 깔깔대는 것이었다. 하기야 그날만은 아니었다. 골수암이라는 진단을 받고, 그러니까 사실상의 사형선고를 받고 병원에 입원한 뒤로 줄곧 그 아이는 주위 사람들을 편하게 해주려고 애썼고, 그럼으로써 주위 사람들을 불편하게 만들었다. 이렇게만 말하는 것은 혜원이의 투병—투병? 그 아이가 병과 싸우기나 했을까?—생활을 너무 온건하게 표현하는 셈이 될 것이다. 그 아이는 정상이라고 할 수 없었다. 도저히. 그래, 병상에서의 그 아이의 행실은 비정상이라는 말로 밖에 달리 표현할 수가 없었다. 요컨대 그 아이는 운명이 자신을 그렇게 괴롭히고 있는 그 순간에도 너무나, 그러니까 비정상적으로, 정상적이었던 것이다. 그 아이의 그런 태도를 보고 아내는 그 아이를 기인이라고 불렀다. 그 기인이라는 말로써 물론 아내는 자신이 그 아이에 대해 품고 있는 최대의 경의를 표현했던 것이지만, 내겐 그 기인이라는 표현이 뭔가 적절해 보이지 않는다. 그렇다기보다는, 차라리, 그 아이는, 도대체 영웅주의적이지 않았던 그 아이는, 죽음의 순간에, 영웅적이라는 것이 무엇인지를, 주위 사람들에게 잔잔하게, 찬란하게, 보여주었다. 그 아이는 자신이 헤로인이라는 걸 알지 못했던 헤로인이었다. 그 조그만 체구 어디에 그런 힘이 있었을까?

그 아이가 누워 있던 병실을 생각하면 지금도 주책없이 자꾸만 눈시울이 젖어온다. 내가 만일 그 아이의 처지였다면, 어땠을까? 나는 거의 미쳐버렸을 것이다. 나는 신경질과 울음으로 나날을 보냈을 것이다. 나는 아무도 만나지 않았을 것이다. 친지들의 문병을 모조리 거절했을 것이다. 내가 죽은 뒤에도 아무 일도 없었던 듯이 살아갈 그들의 행복을 가장 천한 욕설로 저주했을 것이다. 삶이 괴롭고 무의미하다고 노상 투덜대면서도, 죽음 이후의 불확실에 대한 두려움은 나를 결국 삶의 편에 붙들어 매어 놓곤 했으니 말이다. 똑같은 이유에서는 아니었겠지만, 혜원이도 삶의 편이었다. 그렇지만 혜원이에게는 삶이 자신을 거부하는 그 순간에 광기도 눈물도 신경질도 없었다. 바보 같은 계집애! 삶의 마지막 순간까지도 본성을 억압하다니. 아니, 그 아이는 자신의 본성을 억압한 것이 아닐지도 모른다. 그게 사실에 더 가까울 것이다. 왜냐하면, 아까참에도 얘기했듯, 그 아이의 삶을 되돌아보면, 이타성이야말로 그 아이의 본성이라는 생각이 들곤 하니까

말이다. 그것이 죽음의 순간에 한 장엄한 절정을 보여주긴 했지
만. 그렇다고 하더라도 그 아이가 바보 같았다는 내 판결에는 변
함이 없다. 바보 같은 계집애.

내가 마지막으로 그 아이를 본 그날, 한강성심병원의 그 병
상에서 그 아이가 내뱉은 말의 그 바보스러움이란…….

"오빠, 이 과일들 좀 먹어. 난 별로 입맛이 없는데 이렇게 과
일은 쌓이니, 이걸 다 어떻게 처치한담. 오빠라도 날 좀 도와줘야
하지 않수?"

그 아이 앞에서 웃는 것은 내 의무였다.

"사실 나두 못 먹을 처지야. 나두 환자거든. 저녁부터 아무
것도 안 먹고 있어."

"왜, 배탈났구나. 또 술병이군!"

"응, 아마 술병일 거야. 내일 아침에 위 내시경 검살 하기로
돼 있어."

"또? 오빠, 내가 알기로도 여태껏 위 내시경 검살 두 번이나
했잖아. 속이 어떤데?"

"아무것두 아냐. 그냥 조금 불편해서 그래. 사실은 아무렇지
도 않아."

"참 오빠 장해. 그 끔찍한 내시경 검살 연례행사처럼 치러내
니까 말이야. 난 내가 환자들 목구멍으로 그 파이버스코프를 집

어넣으면서도 때때로 끔찍스런 느낌이 드는데.”

분만의 진통보다도 몇 배 더 고통스러울 것이 틀림없는 수술을 앞둔 이 내과 의사는 이종오빠의 내시경 검사를 걱정해주고 있었다. 더구나 그 아이가 치러야 할 고통은 새 생명의 탄생을 위한 고통이 아니라, 거의 확실히 죽음으로 이어질 고통이었다.

“증세가 정확히 어때? 말 좀 해봐. 내가 오빠의 주치의보다 실력이 없어 보여?”

“기집애두. 응, 그저 소화가 좀 안 돼. 양치질할 때 속이 미식거리곤 해서. 네 말대루 그게 내 연례행사니까 한번 검사나 받아보려는 거지, 뭐.”

“결국은 술이군. 아니, 그리구 오빠 같은 경운, 그 스트레스. 남들이라면 안 받을 스트레스를 오빠는 괜히 받는 성격이잖수? 노력해서 완전히 해결될 일이 아닌 건 확실해. 오빠가 내 환자라면 노력해서 완전히 해결될 수 있다고 말하겠지만, 사실 기질이라는 건 노력으로 완전히 바꾸기가 어려워. 그렇지만 노력이 전혀 효과가 없지는 않아. 마음을 편히 가지도록 노력하라구. 요컨대 좀 게을러지도록 노력해. 오빠의 완벽주의가 오빠의 몸과 마음을 갉아먹구 있는 거라구요. 오빠를 그리도 괴롭히는 오빠의 완벽주의가 오빠를 대단하게 만든 것두 아니잖아. 고작 삼류 신문의 삼류 기자일 뿐이지. 사실은 술 마셔서 위가 그렇게까지 상하기는 어려워. 내 생각엔 오빠의 마음이 문제야. 남 생각 좀 그만 하세요. 내 생각까지 포함해서. 이거 괜히 내가 이렇게 환자 노릇 하고 있어서 오빠 위를 더 갉아먹은 것 같군. 내 생각도 그만하세요. 난 곧 나을 테니까. 그리고 오빠의 증세라면 별 거 아니라는 걸 유능한 내과 의사인 내가 보증할 테니까 조금도 걱정 마세요. 고작 위염 정돌 거예요. 그리고 요즘 직장인들 가운데 위염은 사실 아주 흔한 거예요.”

“혜원아.”

“응?”

“…….”

“얘기해봐.”

“…….”

“아이, 참 오빠가 가시내 같은 건 어려서나 지금이나 똑같아. 얘기해봐요. 날 사랑한다거나. 이마에 뽀뽈 하고 싶다거나.”

“응, 사실, 나 내달 초쯤에 불란서 가.”

혜원이의 표정이 조금 어두워졌다고 생각했다. 그러나 그건 내 착각이었다. 그 아이는 여전히 생글거리며 내 말을 이었다.

“그래? 잘됐네. 오빤 복두 많군. 난 한 번도 못 나가본 외국엘 그리도 자주 들락거리니. 무슨 취재 가는 거야?”

“아니, 그저 가는 거야. 나 회사에 사표냈다.”

선생님께 칭찬받기를 기대하는 어린아이의 말투로 내가 말했다.

"왜?"

혜원이의 그 장난기 어린, 짐짓 놀라워하는 표정…….

"그저. 응, 네 말대로 삼류 신문의 삼류 기자 노릇 하기가 싫어져서."

나의 이 짓궂은 대답…… 그러나 그 아이는 당차게 맞받아쳤다. 정말 다행스럽게도.

"어휴, 이 소심무쌍하고 치사한 인간. 오빠가 그런 말을 하면 내가 내 말을 취소할 줄 알아? 오빠가 삼류 신문의 삼류 기자라는 사실은 명명백백한 거잖아. 정말 왜 가? 아주 가는 거야?"

"글쎄, 아주야 아니겠지. 조금 오래 있을려구."

"얼마나?"

"한…… 3년쯤?"

"응, 공부하러 가는구나. 그 나이에. 대견두 하우."

"아냐, 네 말대루 이 나이에 공분 무슨 공부니? 학교라면 끔찍하다. 기억 안 나니, 내가 학교 다니기 싫어서 전주에 내려갔던 거?"

나는 전주에서의 그 아이와의 석 달을 감미롭고 슬프게 되씹으며 말했다. 그 아이가 내 말을 곧 정정했다.

"그건 오빠가 학굘 싫어한 게 아니라, 학교가 오빨 싫어했던 거 아냐?"

"그렇긴 하지. 그렇지만 뭐, 그게 그거지. 그냥 갈려구 해."

“날 서울에 두구?”

그 아이가 짓궂게 웃으며 공격적으로 물었다. 내가 정색을 하며 대답했다.

“그래, 특히 너 보기가 지겨워서라도 갈려구 그래.”

“어…… 어…… 어…… 어…… 그거 정말이야? 아낙네의 저주가 두렵지도 않아? 오빠 지금 그 말 나중에 후회하게 되지 않을까?”

그 아이가 여전히 웃으며 물었다. 나는 아차, 했지만, 여전히 정색을 하고 밀고 나갔다.

“그래, 그래, 그래, 그래. 네 저주는 달콤할 것 같아.”

“정말 구제불능의 남정네군. 언니랑 아이들도 다 데리구 가는 거야?”

“응, 그렇게 될 것 같아.”

“말하자면 이민 가는 거군.”

“네 편할 대루 생각해.”

“사표 냈으면, 어떻게 살 생각이유?”

“몰라.”

“그 삼류 신문사에서 특파원으로 안 써준대?”

“문제는 네 말대루 내가 삼류 기자라는 데에 있어.”

“그건 사실이야. 여하튼 용기가 참 가상하다. 그렇지만 한편으론 불안한 구석이 없지 않아. 돈 떨어졌다구 내게 전화하지 마세요. 나두 박봉의 월급쟁이에 불과하다구요."

"노력해볼게."

"그러니까, 내가 수술실을 나와두 오빠는 서울에 없겠군."

그 아이가 이번에는 정말로 쓸쓸하게 말했다. 그러고는 몸을 일으켰다.

"오빠, 잠깐 나가요."

"왜?"

"담배 피우고 싶어요. 오빠 담배 있죠?"

"아니, 애가 왜 이래? 그냥 누워 있어!"

"정말 담배를 피우고 싶어. 이 링거병 좀 받쳐줘."

나는 흘끗 이모님을 쳐다보았다. 이모님은 여전히 침대에 기대 주무시고 계셨고, 이모님과 교대할 이 아이의 남편은 아직 오지 않았다. 우리는 복도로 나왔다. 그러고는 복도 끝 비상계단의 층계참에 나란히 서서 담배를 피웠다.

"너 담배 피우는 거 처음 보는데."

"사실 인턴 때부터 조금씩 피우긴 했어. 하긴 하루에 한 개비도 피우지 않는 날이 많았으니까, 피운다고 할 수도 없었지만. 지난해 이후론 처음 피우는 거야."

"기분이 어때?"

아, 이건 얼마나 경솔하고 잔인한 질문인가? 내 주둥이의 규율 없음…….

“지금, 아주 좋아. 오빠가 거만해질까봐 좀 걱정되긴 하지만, 사실 이렇게 마지막 밤을 같이 보내는 게 아주 기분 좋아.”

“그게 무슨 소리니? 마지막 밤은 무슨 마지막 밤이야?”

나는 나 나신도 확신시키지 못할 말로 그 아이에게 대꾸했다.

“아니, 오빠. 내가 뭐 수술대 위나 무균실에서 죽는다는 게 아니라 오빠가 불란서에 간다니 하는 말이야. 당분간은 못 보게 될 거 아니우?”

우리는 무대 위에서 대사를 주고받는 배우 같았다. 현실의 저주를 푸닥거리하기 위해, 운명을 배반하기 위해, 악착같이 언어의 치유력을 믿고 거기에 기대는.

“오빠.”

“응.”

“부탁이 있어.”

“…….”

“뽀뽀 한번 해줘요.”

나는 그 아이의 이마에 입술을 가져다 댔다. 링거병을 든 채.

“아니, 입술에.”

그래서 나는 그 아이의 입술에 내 입술을 포갰다. 링거병을 든 채.

이제 이 아이는 내일이면, 치료라는 걸 받기 시작할 것이다. 골수이식 치료법이라고 했던가? 대량의 방사선이 이 아이의 몸 전체에 쬐어져, 몸속의 백혈병 세포를 모조리 없애버릴 것이다. 그렇게 되면 이 아이의 정상적 골수 기능도 완전히 파괴되어 적혈구든, 정상 백혈구든, 혈소판이든, 생명 유지에 필요한 피톨을 이 아이는 더이상 만들어낼 수 없을 것이다. 그걸 막기 위해 주원이의 골수가 이 아이에게 이식될 것이다. 그러나 이 아이의 몸은 과연 주원이의 골수를 받아들일 것인가? 담당 의사들은 별다른 희망을 갖지 않는 것이 좋다고 대놓고 말했다. 의사로서 자기 몸의 상태를 모를 리 없던 이 아이는 그날 밤 자신의 미래에 대해 어떤 생각을 하고 있었을까…….

"오빠 입술이 아이스콘 같았어."

나는 이번에는 그 아이의 뒷머리를 쥐어박지 않았다.

하늘은 계속 말갛게 개 있었다. 짙은 햇살과 옅은 바람기가 교대하거나 협동하며 살갗을 애무하고 있었고, 그 애무가 깨우는 관능이 죽은 자와 산 자를 확연히 갈라놓고 있었다. 정경희씨와 나는 프레데릭 쇼팽과 오귀스트 콩트와 콜레트와 짐 모리슨과 폴 엘뤼아르의 묘를 거쳐서 코뮌 전사들의 벽에 이르렀다. 1871년 5월 파리코뮌 당시 정부군에 의한 대학살의 현장이었던 그 비극의 벽에 말이다. 우리는 빌레트 과학박물관의 인권 심포지엄장에 매제를 남겨놓고 함께 페르-라셰즈 묘지를 찾은 것이었다. 아마도 5월인 탓이 분명했다. 평소보다 더 많은 장미가 그

벽 앞에 놓여 있었던 것이 말이다. 북경시 대표단이라고 헌정자를 밝히고 있는 한 무더기의 장미가 눈에 띄었다. 그 벽 앞에서 산화한 한 세기 전의 노동자들을 정부 차원에서 추도해줄 나라가 이제 세상에는 다섯 손가락으로 꼽을 만큼밖에는 남아 있지 않다는 사실이 새삼 쓸쓸히 상기됐다.

"어떻게 묘지에 전혀 을씨년스러운 분위기가 없네요. 우리가 유골과 시신에 둘러싸여 있다는 게 실감이 안 나요."

"날씨 덕일 거예요."

내가 조금 시큰둥하게 대답했다. 그러고는 얼른 덧붙였다.

"지구상에 묘지 아닌 곳이 있나요? 우리가 발걸음 디디는 곳마다 다 제 나름대로 죽음의 역사가 간직돼 있을 텐데요, 뭐."

"하긴 그래요."

정경희 씨가 내 투정에 너그럽게 동의했다. 그러고는 조금 머뭇거리다가 내게 물었다.

"그런데…… 그 사촌누이완 가깝게 지냈나요? 아니, 제가 쓸데없는 걸 물었군요……."

"……아주 먼 사이는 아니었던 것 같아요."

"제 말 좀 들어볼래요, 이진우 씨? 이건 좀 다른 얘긴데요, 이제 삶의 반 고비를 겨우 넘기다보니, 하긴 이 반 고비란 말두 건방진 얘기지만요, 미립 하나가 생겨난 것 같아요. 뭐 별건 아니구, 세상에 뜻대루 되는 일이 별루 없다는 사실을 깨달았다는 거예요. 그런 깨달음이 한편으론 슬프기두 하지만, 또 한편으론 기쁘기두 해요. 야심이 없어지는 건 슬픈 일이지만, 회한이 없어지는 건 기쁜 일이거든요. 아등바등해봐야 안 될 일이 된다거나 될 일이 안 되지는 않는 것 같아요. 그런 체념의 가장 큰 이점은 세상만사를, 그러니까 자신의 삶까지를 포함해서 세상만사를, 관조할 수 있게 해준다는 점인 것 같아요. 관찰자의 거리를 가지고 말이죠. 사람의 생사든 역사의 부침이든 세상만사를 말이에요. 이런 태도에 대해서 자기 삶이나 역사와 사회에 대해 아주 무책임한 생각이라고 비난할 수가 있겠죠. 그렇지만, 아주 이기적으로 얘기하자면, 우리가 스스로 원하지 않았던 우리 삶에 대해서, 우리가 아무런 사전 정보 없이 내던져진 이 세상에 대해서 우리가 과연 책임을 져야 할까 하는 생각이 들어요. 아니, 그게 아니라, 사실 제가 하구 싶었던 얘기는, 자기 자신이나 사회에 대한 어떤 투철한 책임감 같은 게, 흔히, 정말 무책임한 결과를, 그러니까 커다란 악을 만들어낼 수가 있다는 얘기였어요. 그러니까 제가 말하는 그 체념이라는 게 자잘한 선의 같은 걸 배제하는 건 아니구…… 아유, 왜 이리 말이 꼬이나, 내가 무슨 말을 하구 있는지두 모르겠네. 그러니까 사람은 평소 말버릇을 단박에 바꿔보려구 해서는 안 되는 건데, 그렇죠 이진우 씨?"

"아녜요, 무슨 말인지 알 듯도 한데요, 뭐."

"그러니까 모를 듯도 하다는 말이군요."

정경희 씨가 싱글거리며 말꼬투리를 잡고 늘어졌다.

"아니, 알겠어요. 그런데 우리가 원하지 않은 채 내던져진 이 세상이란 말이 조금 슬프네요. 사실은 우연히도 아까 생미셸에서부터 줄곧 바로 그 생각을 하고 있었어요. 우린 정말 절교 같은 걸 하기엔 서로 너무 닮았네요. 정경희 씨 말이 근본적으로 옳다는 생각을 저두 해요, 되는 일두 없구 안 되는 일두 없다는 그 말. 그런데 그렇게 제 뜻대로 안 되는 운명의 틀 속에서도 장엄하게 살아가는 사람들이 있는 것 같아요."

나는 그 말을 하며 무슨 위인전의 주인공을 생각한 것이 아니라 혜원이를 추억하고 있었다. 그러나 우리는 조금 뒤, 역시 위인전의 주인공은 아니지만, 혜원이와는 좀 다른 방식으로 장엄한 삶을 살아낸 인물의 묘비명 앞에 설 수 있었다.

발레리 브로비에프스키(1836~1908): 1863년 폴란드 봉기의 투사. 1871년 3월 18일~5월 28일 파리코뮌의 지도자. 그의 지휘로 조직된 노동자군 제101대대는 수적으로 우세했던 베르사유군을 열 차례나 격파했다. 폴란드의 영웅적인 아들을 위해 파리 인민이 이 묘비를 세우다.

그러나 이 사람은 파리코뮌이 무너지고도 40년 가까이 더 살았다. 그것은 그의 장엄함을 위해서는 좀 유감스러운 일이었다. 나이 든 죽음에는 비극성이 없다. 그런데 비극성은 장엄함의 한 부분이다. 그렇다고는 하더라도 이 브로비에프스키란 사람의 묘비명에 촉발돼 나는 머릿속에서 새로운 묘비명 하나를 짜냈다.

김혜원(전주 1962~서울 1994): 이름이 별로 알려지지 않았던 의사. 자신이 투사인 줄 몰랐던 박애의 투사. 우리 별에 머물렀던 서른두 해 동안 소리 소문 없이 사랑을 실천하다. 우리 별의 귀화 시민으로서의 그 여자의 짧은 삶은 그 어짊과 슬기로움으로, 그리고 무엇보다도 죽음 앞의 의연함으로 타인의 모범이 되다. 이름을 알 수 없는 별의 영웅적인 딸을 위해, 동시대를 살았던 우리 별의 한 시민이 이 묘비를 세우다.

멀리, 누군가의 야틈한 석관 위로, 혜원이의 얼굴이 아물아물 피어오르고 있었다.

02

누이 생각

시간은 현실을 기억 속으로 실어 나른다. 좀더 멋들어지게 말하자. 시간에 의해, 내 몸 바깥 현실의 물질성은 내 뇌 안에서 관념으로 해체되어 갈무리된다. 그러나 그 기억이라는 관념은 현실을 얼마나 일그러뜨리는 것인지…….

내 나이 스물두 살에 아버지가 세상을 버렸다. 그때 누이는 스물다섯이었다. 내 나이 서른두 살에 어머니도 세상을 버렸다. 그때 누이는 서른다섯이었다. 내가 서른두 살이고 누이가 서른다섯 살이었을 때, 우리는 고아가 되었다. 어머니가 돌아가셨을 때 내게 남은 살붙이는 누이 하나뿐이었다. 어머니가 돌아가신 지 십 년이 지난 지금, 내게 남은 살붙이는 여전히 누이 하나뿐이다.

아니, 누이가 낳은 아이가 셋 있기는 하다. 그러나 그 아이들을 내 살붙이라고 말하기는 좀 뭐하다. 핏줄로야 연결돼 있지만, 내가 그 아이들과 함께 나누고 있는 기억이 별로 없으니 말이다. 공동의 기억이 가족의 첫 번째 조건이라면, 그 아이들을 내 가족이랄 수는 없다. 정이 들 사이도 거의 없었던 터라 내가 그 아이들을 사랑한다고 말할 자신도 없다. 그렇다고 내가 그 아이들에게 아주 무심한 것은 아니다. 그 아이들은 누이의 자식들이고, 내가 누이를 사랑하기 때문이다.

아버지는 고향이 함북 회령이다. 두만강을 사이에 두고 간도와 마주한 한반도의 끝, 아오지와 함께 함북 북부 탄전을 이루는 머나먼 산촌, 조선조 후기에 청淸과 조선 사이에 이른바 회령개시會寧開市라는 무역이 성했다는 국경 마을이 아버지가 태어난 곳이다. 아버지의 아버지, 곧 내 할아버지는 회령 탄광선 열차에 몸을 싣고 계림과 회령을 오가며 광부로 살았다고 한다. 그분의 생사는 모르지만, 연세로 보아 살아 계실 리는 없다. 동란 때 단신으로 월남한 아버지는 남쪽에서 두 번 결혼했다. 처음에는 동향 여성과 결혼했고, 다음에는 성진이 고향인 여성과 결혼했다. 회령 여자가 내 누나의 어머니고, 성진 여자가 내 어머니다. 어머니 고향이 성진이라고는 하지만, 어머니가 태어날 때 그곳은 학성군이었고, 해방 뒤 성진시가 되었다가, 동란 중에 김책시로 이름이 바뀌었다. 어머니는 학성군에서 태어나 자랐고, 성진에서도 십 대의 잠시를 살았지만, 김책에서는 살아본 적이 없다. 어머

니는 동란 직전에 남쪽으로 내려왔으니까. 회령 여자는 아버지와
결혼한 지 두 해 만에 세상을 버렸다. 그리고 아버지는 그로부터
두 해 뒤에 내 어머니를 만났다.

　누이와 내가 이복남매라는 걸 우리가—누이와 내가—언
제 알았는지 정확히는 기억나지 않는다. 누이가 여고 1학년 때
고 내가 중학교 1학년 때가 아니었을까 어렴풋이 짐작할 뿐이
다. 왜냐하면 내가 중학교 2학년으로 올라가던 겨울의 아주 추
웠던 날, 마루에 싸락눈이 허옇게 쌓였던 날, 바람이 심하게 불
었던 날, 우리 네 식구가 회령 여자—예를 갖추어 회령 분이라고
하자—의 산소에 갔던 기억이 있기 때문이다. 왜 하필 그런 궂은
날을 골라 망우리엘 갔는지는 모르겠지만, 그 날씨에 대한 기억
때문에 누이 어머니에 대한 내 느낌은 늘 을씨년스럽다. 나는 그
분의 삶을 거의 모른다. 아마 누이도 그럴 것이다. 아버지가 우리
들 앞에서 그분 얘기를 꺼낸 일이 좀체 없었으니 말이다.

　확실한 것은, 그때나 그 뒤로나 나와 누이 사이에 '이복'이라
는 벽이 없었다는 것이다. 누이는 내 어머니를 친엄마로 알고 자
랐고, 그 어머니가 친어머니가 아니라는 사실을 안 뒤로도 내 어
머니에게 거리감을 느끼지 않았다. 내가 그것을 어떻게 아는가?
누이가 내게 그렇게 말했기 때문이다. 물론 마음속 깊은 곳에서
는 다른 감정이 있었을지도 모르지만. 아니다, 마음속 깊은 곳에
서도 누이에게 다른 감정은 없었을 것이다. 내게 전해지지 않은

누이의 속마음이 있었다고는 상상할 수 없다. 누이에게 전해지지 않은 내 속마음이 없었듯.

　누이는 어머니가 돌아가실 때까지도 어머니를 엄마라고 불렀다. 그리고 말을 높일 줄 몰랐다. “엄마, 밥!” “엄마, 아퍼?” “엄마 나 그 남자랑 결혼할래” “엄마, 이번 애는 아들이야” …… 이런 식이었다. 그것이 여자들의 통상적 말투이기는 하지만, 누이가 부르는 ‘엄마’라는 말은 늘 정겨웠다. 누이의 두 입술이 다물렸다 벌어지며 내놓는 그 ‘엄마’는 현실의 엄마보다도 더 엄마다웠다. 지금 어머니를 돌이켜보면, 내게 제일 먼저 떠오르는 것은 어머니의 구체적 행동거지가 아니다. 그것보다 먼저 내 귓전에 울리는 것은 누이의 목소리에 담긴 ‘엄마’라는 두 음절이다. 나는 이십 대 초반의 어느 때부턴가 어머니를 ‘어머니’라고 불렀다. 그리고 그 뒤로 어머니에게 꼬박 존대를 했다. 그 어머니, 즉 누이의 ‘엄마’가 돌아가신 지도 벌써 십 년이다. 누이는 어머니를 임종하지 못했다. 누이는 그때 파리에 있었으니까. 그렇다고 서울에 있던 내가 어머니를 임종한 것도 아니다. 나는 어머니가 돌아가실 때 거래처 사람과 술자리에 있었다. 고비는 넘겼다는 의사의 말을 믿고 나는 어느 정도 긴장이 풀려 있는 상태였다. 어머니를 임종한 유일한 사람은 어머니의 간호를 돕던 외당숙모였다.

　내가 대학에 들어가던 해에, 그해는 누이가 대학을 걷어치운 해이기도 했는데, 아버지는 우리에게 빛 바랜 사진을 한 장 보여주었다. 그 사진 속에서 젊은 아버지와 그보다 더 젊은 회령 분이 웃고 있었다. 우리는 무덤덤했다. 나도 그랬고, 누이도 그랬다. 누이가 내게 그렇게 말했다.

아, 사진 속의 회령 분이, 나와 함께 그 사진을 보던 내 누이 또래의 그분이, 대단한 미인이었다는 기억은 남아 있다. 사실 누이도 뛰어난 미인이다. 누이는 자기 어머니를 닮은 것 같다. 아니, 꼭 그렇다고는 할 수 없다. 사진 속의 회령 분도, 사진 밖의 누이도 굉장한 미인이기는 했으나, 느낌은 많이 달랐다. 사진 속의 여자는 갸름했고, 사진 밖의 여자는 둥글었다. 아니, 거꾸로였던가? 아무튼 사진 속의 여자는 북선北鮮 여자 같았고, 사진 밖의 여자는 남선南鮮 여자 같았다. 막 스물이 된 나에게 남녀南女와 북녀北女를 구별할 눈이 있었던 것은 아닐 것이다. 지금 희미한 기억을 뒤지며 억지로 꿰맞추려고 하니까 얼핏 그런 생각이 떠오를 뿐이지. 사실 누이가 서울에서 나기는 했지만, 북쪽 남자와 북쪽 여자 사이에서 났으니 딱히 남녀南女랄 수도 없다. 차라리, 사진 속의 여자는 50년대 여자였고, 사진 밖의 여자는 70년대 여자였다고 말하는 것이 사실에 더 가까울 것이다. 그 사진이 지금 어디에 있는지 모르겠다. 누이에게 있나, 내게 있나. 아니면 우리도 모르는 사이에 어디 흘려버렸나.

누이는 돈암동에서 태어났다고 한다. 누이와 내 본적지가 돈암동 222번지다. 그러나 누이에게도 그 시절의 기억은 없다.

누이가 내게 그렇게 말했다. 누이의 가장 오래된 기억은 도화동 318-1 언저리에 있다. 복사골로 불렸던 마포의 도화동 말이다. 누이와 내가 함께 다녔던 그 동네 초등학교의 교가가 생각난다. 우웅장하다 복사골 우우리 배움터, 하안강물 굽이치는 운운하던. 누이의 가장 오랜 기억에 박혀 있는 집, 도화동 318-1이 내가 태어난 곳이다. 그리고 내가 중학교에 입학한 얼마 뒤까지 우리네 식구가 살던 집이다. 지금도 그 집이 그대로 남아 있는지 모르겠다. 서울의 웬만한 곳이 다 그렇듯, 누이와 내가 어렸을 때의 도화동과 지금의 도화동은 너무 다르니까.

마포아파트가 들어선 것이 내가 초등학교에 들어갈 즈음이었다. 입학하기 전이었는지 후였는지는 흐릿하다. 그것은 한국에 거의 처음으로 세워진 아파트였다. 그래봐야 고작 연탄보일러 아파트였겠지만. 내가 그 아파트의 내부엘 들어가보았던가? 정확히 떠오르지는 않는 계기로 한두 번 들어가본 것 같기도 하다. 그러나 그 내부가 또렷이 생각나지는 않는다. 아무튼 지금은 그 아파트도 헐리고 더 현대적인 삼성아파트가 그 자리에 새로 들어섰다. 지금 가든 호텔이 있는 자리는 누이와 내가 어려서는 공터였다. 이따금 서커스단이 와서 그 공터에 커다란 천막을 쳐놓고 공연을 했던 것이 생각난다. 요즘의 북풍北風 문자로는 교예라고 하던가. 어린 시절의 누이와 나는 표를 사지 않고 몰래 서커스 천막 안으로 들어가기 위해서 얼마나 애썼던지…… 그러나 성공한 기억은 없다. 그래도 어머니를 졸라서 한두 번—어쩌면 두세 번—정식으로 입장해 구경을 한 기억은 있다. 외발자전거를 타는 난쟁이 광대는 내게 즐거움보다는 슬픔을 주었다. 아니, 이 슬픔도 내가 나중에 만들어낸 기억인지도 모른다. 곡마단이라는 말의 슬픈 빛깔을 내가 알게 된 뒤에. 또는 한수산의 《부초》를 읽은 뒤에. 얼마 뒤 그 자리는 무슨 버스 종점이 되었던 것 같고, 지금은 번듯한 호텔이 들어서 있다.

지금의 그 가든 호텔에서 한강 쪽으로 조금 올라간 곳에 전차 정류장이 있었다. 어려서나 지금이나 나는 겁이 많은데, 전차가 지나갈 때 가끔 그 위의 전선에서 불이 번쩍이면 뭐가 폭발하는 게 아닐까 싶어 잔뜩 겁을 냈었다. 그 전차가 서울에서 언제 사라졌는지는 잘 기억나지 않는다. 누이는 광화문의 이화여중엘 다녔는데, 전차로 통학을 했다. 내가 초등학교 고학년이었을 때, 누이는 주말이면 날 광화문에 데리고 나가 시내 구경을 시켜주며 함께 주전부리를 하곤 했다. 도화동에서 광화문까지가 전차로 몇 정류장이었던가? 넷? 다섯? 아니면 여섯? 잘 기억나지 않는다.

정말 많이도 변했다. 초등학교 다닐 땐 마포대교(막 개통됐을 때의 이름은 서울대교였는데)도 없었고, 만리로, 용마로도 없었는데. 심지어, 그 길 이름이 뭐더라, 공덕동에서 신촌으로 뻗어 있는 길도 없었는데. 그러니까 그때 공덕동은 지금 같은 로터리이기는커녕 그냥 대로변이었을 뿐인데. 하긴, 지금의 마포로 자체가 대로라고 부를 만큼 넓지도 않았고…….

중학교 2학년 때 서울에 큰 물난리가 났었다. 내가 기억하는 것이 서울의 물난리일 뿐, 어쩌면 온 나라에 물난리가 났었는지도 모른다. 우리집은 지대가 높아 괜찮았지만, 낮은 지대의 집들은 죄다 물에 잠겼다. 가든 호텔 건너편의(물론 그때 가든 호텔은 없었지만) 몇몇 건물들은 거의 이층까지 물에 찼고, 그 일대는 그야말로 물의 나라를 이루었다. 마포아파트 부근만 해도 물이 가슴까지 찼다. 사람들은 떼어낸 문짝을 배로 삼아 가재도구를 옮겼다. 그 문짝 위에는 텔레비전이나 라디오 같은 전기 제품만이 아니라 때로는 금붕어가 든 어항, 강아지, 화분 따위가 실려 있어서 내 사려없는 웃음을 자아내기도 했다.

누이도 나도 학교를 쉬었다. 아니, 어쩌면 그 즈음이 방학 때여서 학교에 나갈 필요가 없었는지도 모른다. 아무튼 그 물살을 뚫고 등교했던 기억은 나지 않는다. 나도 누이도 집에 있었다. 나는 그때 좀 무서워했던 것 같다. 누이도 무서워했던가? 아닐 것이다. 예나 지금이나 누이는 나와 달리 겁이 없었다.

"하느님이 새 세상을 만드시려나 보다. 방주에 탈 자신이 있니?"

"아니."

나는 사뭇 자신 있게 대답했다. 무슨 일에 뽑혀본 경험이 거의 없었으므로.

"너랑 나랑 둘 가운데 한 사람만 탈 수 있다면 내게 양보할
래?"

"응."

나는 다소 자신 없이 대답했다. 누이에 대한 사랑과 죽음의
공포 가운데 어느 것이 더 큰지를 잘 가늠할 수 없었으므로.

그래, 노아의 방주. 내가 그 방주 이야기를 들은 것은 학교
성경 시간에 교목으로부터다. 내가 다닌 명지중학교는 기독교 학
교였는데, 일주일에 한 시간씩 성경을 학습했다. 그 과목을 맡았
던 교목은 지금 생각하면 좀 어이가 없는 사람이었다. 중동에서
시월전쟁이 터지자 마치 이스라엘이 제 조국이라도 되는 듯 이스
라엘 찬양과 아랍 비하를 일삼았으니 말이다. 하긴, 그 이후로 내
가 스쳐 지나온 평균적 기독교인들을 생각하면 그것이 특히 별
난 일도 아니었지만. 세상의 추한 꼴을 많이 보고, 그 추한 꼴을
거드는 나 자신을 학대하고, 때때로 그것을 정화할 노아의 배를
상상해보기도 하며 마흔을 넘긴 지금은 누이의 질문에 좀더 자
신 있게 대답할 수 있을 것 같다.

"물론이지, 누나가 타. 아이들을 위해 자리가 셋 더 있으면
좋을 텐데."

누이는 입시를 거쳐야만 중학교에 입학할 수 있었던 불행한
세대의 맨 마지막 학년이었다. 이화여중을 거쳐서 이화여고엘 다

넜으니 공부를 제법 잘했다고 할 수 있다. 그러나 여고 시절의 성적은 신통치 않았던 것이 틀림없다. 제때에 대학 진학을 하지 못하고 재수 삼수를 거쳤으니 말이다. 본래 영문과엘 가고 싶어했던 누이는 삼수를 하며 미술로 진로를 바꿔 홍익대학교에 진학했다.

내가 보기에도 누이는 여고 때 공부에 별다른 관심이 없었다. 누이의 관심은 자신의 몸매와 남자들에게 더 있었던 듯싶다. 교복을 입은 사내아이들이─그 가운데는 찬란한 다이아몬드 이름표를 단 경기고등학교 학생도 있었는데─무작정 누이를 좇아 도화동과 합정동(우리 식구는 내가 중학교 일학년이었을 때 합정동으로 이사를 했다)의 우리집 대문까지 오는 일이 더러 있었다. 누이는 대개 그 아이들을 내쳤지만, 몇몇 아이들과는 데이트를 하는 기미도 없지 않았다.

내 누이는 예쁜가? 위에서 말했듯 단연코 그렇다고 말할 수 있다. 적어도 어려서는. 아, 맞다 맞어, 누이는 올리비아 핫세 과科였다. 올리비아 핫세만큼 예뻤다고 단언할 수는 없지만. 그러니, 누이가 갸름했고 누이의 어머니가, 사진 속의 여자가 둥그렜나 보다. 올리비아 핫세와 크리스 미첨이 주연한 〈서머타임 킬러〉라는 영화에서 핫세를 넋 놓고 바라보며, 나는 스크린 속의 여자가 누이와 꽤 닮았다는 걸 확인했었다. 지금도 누이의 얼굴이 밉다고는 할 수 없다. 예전과 달리 좀 둥그레지기는 했지만, 올리비아 핫세가 어디 가겠는가?

　누이도 자신이 예쁘다는 것을 알고 있었다. 몸매도 썩 괜찮은 편이었다. 그런데도 누이는 욕심이 많아서 자신의 다리를 더 늘씬하게 가꾸고 싶어했다. 누이는 이따금 내게 빈 병으로 자기 종아리를 문지르게 했다. 그러면 다리가 더 늘씬해진다나. 나는 대체로 부모에게든 누이에게든 순종적인 아이였으므로, 누이의 요구에 따라 빈 병으로 그녀의 종아리를 열심히 문질러주었다. 그것이 효과가 있었는지 확신할 수는 없지만, 누이의 각선미는 마흔을 예전에 넘긴 지금도 보아줄 만하다.

　누이는 대학을 마치지 못했다, 라기보다는 마치지 않았다, 적어도 서울에서는. 그녀는 미술대학을 1년 남짓 다니다가 때려치우고 어떤 남자와 눈이 맞아 결혼했다. 사실은 결혼하기 위해 때려치운 것이지만. 이탈리아 남자였다. 판소리에 대해 책을 준비하고 있다는 프리랜스 기자였다. 누이보다 나이가 다섯 살 위였다. 지금도 그렇겠지만, 그때 서울에는 정말 이탈리아인이 드물었을 텐데, 어떻게 둘이 만나 눈이 맞았는지 모르겠다.

　어머니도 아버지도 그 결혼엔 절대 반대였다. 딸을 외국 남자에게 주는 일은 그분들의 상상력을 벗어나는 것이었다. 가장 현대적인 학문이라는 경영학을 공부하고 있던 나도 그 결혼이 좀 어색하기는 했다. 그러나 누이는 집안 식구들의 의사에는 아랑곳하지 않고 그 남자와 결혼했다. "내 인생이야, 엄마. 참견하지 마세요, 아버지"라고 누이는 부모님께 당차게 대들었다. 그때 나는 이미 누이 편에 있었다. 내가 부모님 편에 계속 서 있는다고 하더라도 결과가 달라지지 않으리라는 것을 알았으므로.

누이는 결혼하고 일 년 뒤에 남편을 따라 시칠리아의 팔레르모로 날아가버렸다. 그때가 아버지가 돌아가신 직후였다. 아버지가 그 결혼 때문에 울화로 돌아가신 것은 아니다. 젊은 시절 폭음으로 아버지는 그때 이미 간이 좋지 않으셨다. 게다가 누이가 고집을 꺾지 않았으므로 막판에는 아버지도 어쩔 수 없이 그 결혼을 승낙할 수밖에 없었다. 그러나 남쪽 출신의 숱한 여자들을 놓아두고 두 번 다 고향이나 고향 근처의 여자와 결혼했던 아버지로서는, 딸의 국제결혼이 끝내 탐탁지 않았을 것이다. 아버지는 평생 전파상을 운영하며 가족을 먹여 살렸다. 고향 얘기를 하는 일은 별로 없었지만, 남쪽에 친척이 거의 없고 기댈 친지들도 별로 없다는 걸 가끔 한탄하곤 했다. 아마 아버지는—어머니도 그랬겠지만—평생을 이방인으로 살다가 돌아가신 듯하다. 팔자도 유전遺傳하는 것이라면 부모님의 그 팔자를 이어받은 것은 내가 아니라 누이다. 서울을 떠날 때 누이 나이 스물다섯이었는데, 그 뒤 누이는 스무 해가 넘도록 유럽에서 살고 있다.

누이는 서울을 떠난 그 이듬해에 딸을 하나 낳았고, 다시 그 이듬해에 남편과 헤어졌다. 내 첫 번째 매형은 시칠리아 남자의 해묵은 명성에 걸맞게 마초 기질이 넘쳐나, 누이에게 손찌검하는 걸 대수롭지 않게 여겼던 모양이다. 누이가 내게 그렇게 말했다. 누이도 맞는 데는 익숙하지 않았으므로, 당연히 이혼을 결심했다. 누이의 결심을 알게 되자 매형은 누이에게 매달렸지만, 한번 어긋난 누이의 마음을 되돌릴 수는 없었다. 그 판소리 연구가가 팔레르모의 마피아 조직과 연결되지 않은 것이 누이에게는 천만다행이었다. 결혼의 파탄 때문만은 아니었겠지만, 판소리에 관한 책은 끝내 나오지 못한 모양이다. 나는 최근에 이탈리아의 인터넷서점 라방카렐라를 뒤져보았지만, 그 시칠리아 남자의 이름으로 나온 책은 없었다. 판소리 연구가와 헤어졌을 때, 누이에게 남은 것은 이탈리아 여권과 현금 250만 리라 그리고 딸 조반니나였다. 조반니나의 한국 이름은 진희眞希다. 누이의 결혼의 역사는 그 뒤로 파란만장하게 이어졌는데, 누이는 언제나 자신이 아이를 맡았다.

누이는 조반니나를 안고 티레니아 해海를 건너 로마로 갔다. 그리고 산타 체칠리아 거리의 한 레스토랑에서 웨이트리스로 일하며 로마 미술 아카데미에서 그림 공부를 했다. 서울에서와는 달리, 이번에는 사 년 과정을 무사히 마쳤다. 누이에게는 로마가 기회의 땅이었다. 누이는 미술 아카데미에서 훌륭한 스승들과 편파적인(다시 말해 자신에게 호의적인) 비평가들과 좋은 동료들을 만났다. 졸업한 지 두 해 만에 로마의 엘리제오 미술 갤러리에서 개인전을 가졌는데, 누이와의 인터뷰를 곁들여 전면을 할

애한 〈코리에레 델라 세라〉를 비롯해서 로마의 신문들은 누이의 전시회를 크게 다루어주었다. "줄리아나의 바다가 로마를 침수시키다"라고 〈코리에레 델라 세라〉는 누이 기사의 제목을 달았다. 줄리아나는 누이의 이탈리아 이름이고, 누이의 유화들은 그 당시 쪽빛을 기조로 삼고 있었다.

누이는 로마에서 한 일본 남자와 눈이 맞아 결혼했다. 누이는 두 번째 결혼이었지만, 남자는 초혼이었다. 남자는 로마 음악 아카데미에서 첼로를 전공하는 학생이었다. 누이보다 나이가 세 살 아래였다. 말하자면 나와 동갑이었다. 피우메 거리의 미술 아카데미와 산타 체칠리아 거리의 음악 아카데미는 걸어서 5분 거리였다. 내가 그걸 어떻게 아느냐고? 누이가 내게 그렇게 말했으니까. 그들은—누이와 일본인 음악도는—자신들이 다니던 학교 딱 중간 지점에 새 아파트를 얻어 살림을 차렸다. 첼로에 대한 내 두 번째 매형의 재능은 그림에 대한 누이의 재능에 못 미쳤던 것이 틀림없다. 아니면 그가 누이만큼 운이 있질 않았던지. 왜냐하면 내가 그의 이름을 누이에게서 말고는 들은 적이 없기 때문이다. 반면에 아무 미술 관련 웹사이트나 들어가 누이의 이름으로 검색을 하면 관련 텍스트가 하염없이 뜨기 때문이다. 누이는 그 일본인과의 사이에 아들을 하나 두었다. 아들의 이름은 신케이다. 한자로는 진경眞敬이라고 쓴다.

누이의 결혼 상대는 늘 이방인이었다. 그리고 그들은 모두

초혼이었다. 누이는 한국에서 이탈리아인과 결혼했고, 이탈리아에서 일본인과 결혼했다. 그 남자들은 둘 다 초혼이었다. 그때 누이에게는 또 한 번의 결혼이 남아 있었는데, 그 결혼도 예외는 아니었다. 그 일본인 첼리스트와 삼 년쯤 살았을 때, 누이는 남편과 함께 근거지를 파리로 옮겼다. 그보다 육 년 전 팔레르모에서 로마로 가기 위해 티레니아 해를 건널 때는 멀미를 견뎌내며 열여섯 시간을 배 안에 있어야 했지만, 로마에서 파리로 갈 때는 두 시간만 비행기 안에 있으면 되었다. 비행기는 로마를 뜬 지 한 시간 만에 알프스 위를 날고 있었고, 또 한 시간 뒤에는 파리에 닿았다. 오를리 공항의 하늘 위에서는 성공의 여신이 누이에게 환하게 웃음짓고 있었다. 파리에 정착한 지 두 해 만에, 누이는 일본인 첼리스트와 헤어졌다. 그래도 그것이 누이의 가장 오랜 결혼 생활이었다.

"둘째매형도 마초였어?"

내가 언젠가 파리에 들렀을 때 누이에게 물었다. 누이가 도리질쳤다.

"아니, 그 반대였어. 너무 섬약했어."

"그래서 헤어진 거야?"

"결국은 그래."

"누나가 나빴군."

"아니, 그쪽에서 힘들어했어."

누이가 일본인 첼리스트와 헤어졌을 때, 누이에게는 약간의 명성과 돈 그리고 조반니나와 신케이 두 아이가 있었다.

결혼에 두 번 실패(라는 말이 우습기는 하나)했으면 이젠 결혼이라는 것에 환멸을 느꼈을 법도 하건만, 누이는 일본 남자와 헤어진 지 세 해가 지나자 파리에서 다시 결혼을 했다. 이번에는 상대가 칠레 남자였다. 남아메리카와 유럽을 오가며 옷감을 사고 파는 사업가였다. 누이보다 두 살이 위였다. 누이는 그 남자와의 사이에서도 딸 하나를 낳았다. 그 아이의 이름은 카르멘이다. 누이의 세 번째 남편은 카르멘이라는 이름이 너무 촌스럽다며 (아마 칠레에서 그 이름은 한국에서 영자나 미자 같은 이름이 지닌 울림을 가진 모양이다) 반대했지만, 어린 시절 주위들은 비제의 오페라에 홀린 누이가 그 이름을 고집했다고 한다. 누이는 남에게 지는 것에 익숙하지가 않았으니까. (누이는 카르멘의 싸늘한 운명까지를 자기 딸에게 포개고 싶었던 것일까?) 그 결과로, 내 세 번째 매형은 대서양 건너편의 자기 친척들에게 딸아이의 이름을 발설할 때마다 다소 쑥스러워했다고 한다. 누이의 그 셋째아이, 즉 내 셋째 조카의 한국 이름은 경희敬希다.

카르멘이 생후 18개월이 되었을 때, 누이는 자신의 세 번째 남편과도 헤어졌다. 이번에도 카르멘을 누이가 맡았다. 물론 누이는 당연히 그것을 원했겠지만, 이번에는 누이가 그걸 원하지 않았다고 하더라도 어쩔 수 없는 일이었다. 세 번째 남편과는 이혼으로 헤어진 게 아니라 사별했기 때문이다. 그 칠레 사업가는 파리의 퐁피두센터 앞에 있는 카페 보부르에서 젊은 불량배들—인지는 사실 잘 알 수 없다. 술은 멀쩡한 사람의 이성도 마비시키게 마련이니 말이다—과 시비가 붙어 주먹질을 주고받다가 죽었다.

그가 죽었을 때, 누이에게는 꽤 높은 명성과 꽤 많은 유산 그리고 조반나, 신케이, 카르멘 세 아이가 있었다. 파리 15구의 그럴듯한 아파트도. 누이의 명성은 이미 그때 확고부동했다. 카르멘의 아버지가 죽기 직전에, 로마의 팔라초 발렌티니와 파리의 퐁피두센터는 누이의 개인전을 연속적으로 엶으로써 누이를 전 유럽적인 예술가로 공증했다. 카르멘의 아버지가 사고를 당하지 않았더라도 누이가 그와 얼마나 더 살았을지는 알 수 없는 일이지만, 아무튼 누이는 그때 슬픔을 가누지 못했다. 내가 그것을 어떻게 아는가? 누이가 그때 거의 매일 서울의 나에게 전화질, 편지질을 했기 때문이다.

누이는 그 뒤로 다시 결혼을 하지 않았다. 그렇다고 해서 누이가 독수공방을 하고 있지는 않을 것이다. 아이들 몰래, 어쩌면 아이들에게 알리고, 연애를 해왔을 것이다. 이화여고 배지를 단 올리비아 핫세 시절부터 누이는 남자들에게 관심이 많았으니까. 게다가 남자들도 누이에게 관심이 많았으니까. 아닌 게 아니라 내가 보아도 누이는 섹시한 여자다. 아마 그 섹시함에서는 내가 어려서 군말 없이 그녀의 종아리를 빈 병으로 문질러준 노고도 한몫을 했을 것이다, 라고 나는 우기고 싶다. 그런 생각을 하면 흐뭇하다.

누이가 만났다가 헤어진 남편들은 다 누이에게 무언가를 남겼다. 판소리를 연구하던 이탈리아 저널리스트는 누이에게 이탈리아 국적과 조반니나를 남겼다. 별다른 운도 재능도 없었던 일본인 첼리스트는 누이에게 파리에서의 정착 기회와 신케이를 남겼다. 사업을 하던, 그리고 누이의 고백으로는 자신이 제일 사랑했다는 칠레 남자는 누이에게 꽤 많은 돈과 카르멘을 남겼다. 물질적으로만 보아도 누이는 남는 결혼 생활을 한 셈이다. 결혼이라는 계약이 일종의 상행위라면 말이다. 게다가 그 남자들은 이국 생활로 더러 쓸쓸했을지도 모를 누이의 마음을 달랬을 것이다. 누이는 복받은 여자다.

이탈리아 남자를 따라 시칠리아로 떠난 뒤에 누이가 서울에 몇 번이나 왔던가? 어머니가 돌아가셨을 때를 포함해서 대여섯 번 정도 되지 않나 싶다. 서울에서 두 번 개인전을 할 때는 한 달 남짓씩 머무르기도 했다. 나는 그때마다 새로 생긴, 또는 무럭무럭 자라나는 내 조카들을 만났다.

누이가 오로지 나만을 만나러 서울에 온 것은 외환 위기 얼마 뒤에 내가 직장에서 내쳐졌을 때 한 번뿐이다. 누이는 나더러 파리에 한번 오라고 계속 보챘지만, 내가 서울을 떠나지 않겠다고 버티자 할 수 없이 아이들을 데리고 서울로 날아왔다. 그리고 내가 일 년쯤 먹고 살 수 있을 만한 돈을 주고 갔다, 내게 오 년쯤 먹고 살 수 있을 만한 퇴직금이 있었는데도 말이다. 그전에도 이 따금 누이는 내게 푼돈을 송금해주곤 했다. 내 생일이나 크리스마스 전후에. 미안하다는 말과 함께. 뭐가 미안하다는 말인지는 모르겠지만.

우스꽝스러운 일이기는 하다. 아이들이 딸린 누이가 아무 가족도 없는 내게 경제적 도움을 준다는 것 말이다. 누이는 도화동에서 전차를 타고 다섯 번째나 여섯 번째 정류장에 내려 광화문통에서 내게 튀김이나 떡볶이를 사주던 어린 시절을 생각하고 있는지도 모른다. 어떻게 생각하면 내가 그 돈을 받는 것이 꼭 부당하다고만은 할 수 없다. 나는 어려서 누이의 종아리를 빈 병으로 열심히 문질렀으니. 그래서 어쩌면 내 노고 덕으로 섹시해진 누이의 몸매가 누이에게 복을 가져왔는지도 모르니. 누이가 내게 건네는 돈은 그 노임이라고 생각하면 그만이다.

새 정부가 들어선 해 여름에 누이가 오로지 나를 보러 세 아이를 데리고 서울에 왔을 때, 누이는 내게 파리로 와서 함께 살자고 보챘다.

"서울에 누가 있다고 굳이 여기서 사니? 파리에 가서 같이 살자. 아파트가 충분히 넓으니 같이 살아도 좋고, 그게 내키지 않으면 내가 방을 따로 구해줄게."

사실 내가 꼭 서울에서 살아야 할 필요는 없었다. 내게는 가족도 없었고, 내가 모르는 가까운 친척들이야 죄다 북쪽에 있었다. 월남한 먼 친척들이 있기는 하지만, 부모님이 돌아가신 뒤로는 그들과 연락도 거의 하지 않았다. 그렇지만 파리에 가서 살 자신도 없었다.

"어버버거리는 외국말로 어떻게 살어. 이젠 나이가 차서 외국말 배우기두 어렵구. 난 그냥 여기서 살래."

"불란서 말 안 배워도 돼. 거기 사는 외국인들 다 영어 하면서 살어. 그리고 넌 여기서 지금 할 일두 없잖아."

"거기 간다구 내가 무슨 일을 하겠어? 여기서 떨려난 무능력자를, 더구나 말두 못하는 외국놈을 누가 써주겠어?"

"그럼 거기서 그냥 놀아. 놀다가 지치면, 늦었지만 학교에라두 다니구. 아무튼 한두 해만이라두 같이 있자."

나는 누이의 제의를 거절했다. 그 대신 누이의 네 식구가 서울에 머무는 동안 거의 매일 그들이 머물던 플라자 호텔로 출근을 했다. 그리고 누이의 식구들과 서울의 이 구석 저 모퉁이를 지겹게―사실은 즐겁게―돌아다녔다. 나는 그러면서 조카들을 조금은 더 잘 알 수 있게 되었다. 말이 잘 통하지 않아 그 아이들과 아주 잘 알게 되지는 않았지만, 적어도 예전에 알았던 것보다는, 그러니까 예전에 누이가 아이들을 데리고 서울에 왔을 때보다는, 그리고 내가 몇 년 전 여름휴가 때 파리에 한번 들렀을 때보다는 그 아이들을 더 잘 알게 되었다. 오로지 말만이 벽이었다. 회사에 다니면서도, 나는 조카들과 좀더 친해지고 싶은 욕심으로 틈틈이 프랑스어를 배웠지만, 나이 들어 배운 외국어가 내게 큰 도움이 되진 못했다. 그러나 그 벽도 조카 아이들이 서울에 있는 동안 조금씩 무너질 기미를 보였다. 그게 아주 이따금씩일 뿐이긴 했지만.

최근에 나는 남아 있는 퇴직금에다 누이가 준 돈을 더해, 집 근처에다가 깔밋한 피시방을 하나 차렸다. 내 조카들 또래의 아이들이 고객이다. 앞으로는 모르겠지만, 지금은 그럭저럭 먹고살 만하다. 나는 카운터에 앉아 애거서 크리스티나 엘러리 퀸의 추리소설을 읽는다. 거의 다 예전에 읽은 것들이지만, 거의 다 처음 읽는 것처럼 새롭다. 기억력이 신통치 않은 사람의 이점 가운데 하나는 예전에 읽은 책을 다시 읽어도 처음 읽을 때처럼 흥미진진하다는 것이다.

나는 또 틈틈이 누이에게 이메일을 띄운다. 전화를 하지 않고 굳이 이메일을 띄우는 것은 내가 피시방 주인이어서가 아니다. 전화를 해서 조카들 가운데 한 녀석이 받으면 말이 잘 통하지 않기 때문이다. 누이도 내게 이메일로 대답한다.

사이버공간 속의 누이가 내게 다그친다.

"그건 그렇고, 넌 영 결혼 안 할 생각이니? 대를 끊을 생각이냐구."

사이버공간 속의 내가 누이에게 대꾸한다.

"대가 끊기긴. 조반니나, 신케이, 카르멘이 있는데, 뭘."

누이가 자기 남편들을 사랑했던 것만큼, 또는 내가 모르는 지금의 어떤 연인을 그녀가 사랑하는 것만큼 나를 사랑하는지는 잘 모르겠다. 그러나 누이가 나를 사랑했고 나를 사랑하는 건 확실하다. 그게 아니라면 어떻게 자기 아이들 이름을 저리도 멋없게 지었겠는가? 조반니나 즉 진희와 카르멘 즉 경희의 앞 글자는 진경眞敬이라는 내 이름을 딴 것이다. 둘째아이의 이름 신케이眞敬는 바로 내 이름 진경이 아닌가?

나는 어제 보낸 메일에서 누이에게 물었다.

"옛날에 다니던 직장의 사보에서 자기 가족 얘기를 아무거나 써달라는 청탁이 왔는데 누나 얘길 해도 괜찮을까?"

심술궂게 거절을 하며 누이가 보낸 답신은 내가 그 이유를 짐작할 수 없는 '미안하다'를 연발한 뒤 이렇게 끝났다.

"하긴, 어려서도 내가 널 잘 살펴주지 못했으니 내가 없어도 더 나빠질 일은 없을 거라고 멍하니 생각했어. 네 몫으로 비워둔 방을 둘러보면서 말이야. 그게 위안이 되지는 않지만. 못된 녀석."

못된 녀석이라는 막말을 들었으므로, 나는 누이의 의사에 거슬러서 누이 얘기를 쓰기로 했다. 누이의 어제 메일은 좀 슬펐다. 그러나 누이와 이메일을 주고받는 일은 대체로 즐겁다. 당신도 시도해볼 수 있다. 지금쯤은 내 누이가 누군지 당신도 짐작했을 테니, 메일을 보낼 욕망이 생겼을 수도 있겠지. 저명한 사람에게 메일을 보내고 싶은 욕망은 자연스럽다. 그러니 그것을 비난할 수는 없다. 누이의 이메일 주소는 giuliana@club-internaute.fr이다. 그 주소로 무언가를 써 보내보라. 누이가 당신에게 답신을 해줄지는 모르겠으나.

03
엘리아의 제야

엘리베이터 문이 열린다. 엘리베이터에는 아무도 없다. 이 엘리베이터는 불안해 보인다. 안으로 걸음을 옮기는 것이 내키지 않는다. 이 엘리베이터를 타서는 안 될 것 같다. 그런데도 나는 탄다. 왜 엘리베이터 안으로 발걸음을 들였는지 모르겠다. 계단을 사용하면 되는데. 지금이라도 다시 나갈까? 귀찮다. 피곤이 뼛속까지 스며든 것 같다. 나는 엘리베이터 벽에 몸을 기댄다. 지금은 밤인가, 낮인가. 모르겠다. 나는 층수 버튼을 바라본다. 나는 몇 층으로 가는가? 내려가야 하나? 그런 것 같다. 몇 층으로? 4층으로. 그래, 4층으로. 거기가 내 집이니까. 나는 지금 몇 층에 있나? 꼭대기층, 14층이다. 내가 왜 여기까지 올라왔을까? 모르겠다. 14층에 사는 사람들을 어렴풋이는 알고 있다. 아니, 모르는 것 같다. 그들의 얼굴이 생각나지 않는다. 오동통한 고3 아이가 하나 살았는데. 수능은 잘 봤을까? 아, 그 계집아이의 얼굴도 생각나지 않는다.

엘리베이터 문이 닫힌다. 나는 4층 버튼을 누른다. 아, 이 엘리베이터는 불안하다. 이것을 타지 말았어야 했다. 무슨 탈이라도 날 것 같은 엘리베이터다. 나를 가둘 것 같은 엘리베이터다. 엘리베이터가 내려간다. 나는 알림등이 하나하나 내려가며 점멸하는 것을 지켜본다. 13…… 12…… 11…… 10…… 9…… 8…… 7…… 6…… 5……. 엘리베이터가 멈췄다. 5층을 지나서 멈췄다. 4층일 것이다. 내가 사는 4층. 내 누이와 딸내미가 사는 4층. 내가 누이와 함께 사는 4층. 내가 딸내미와 함께 사는 4층. 문이 열렸다. 그런데 벽이다. 벽이다. 알림등이 꺼져 있다. 엘리베이터가 5층과 4층 사이에서 멈춘 것이다. 내 이럴 줄 알았다. 뭔가 불안했다. 나는 닫힘 버튼을 누른다. 문은 닫히지 않는다. 문득 요의 尿意가 느껴진다. 요의가 느껴진다구? 말 좀 쉽게 하자. 이런 형편에도 자기검열인가? 오줌이 마렵다. 아, 반층만 내려가면 내 집인데. 세상에서 가장 편안한 곳이 바로 내 집 화장실인데.

엘리베이터는 움직이지 않는다. 나는 거듭 닫힘 버튼을 누른다. 문은 닫히지 않는다. 열린 문 밖은 벽이다. 벽이다. 바지에다 지릴 것 같다. 아무도 없는데, 그냥 여기서 해치울까? 혹시 이 엘리베이터 안에 감시 카메라가 설치돼 있지는 않을까? 나는 천장을 둘러본다. 그런 건 없는 것 같다. 나는 바지를 내리고 소변을 본다. 오줌을 눈다. 그런데 정작 바지를 내리고 나니 오줌이 나오질 않는다. 나는 불두덩에 힘을 준다. 오줌이 나온다. 찔끔찔끔 나온다. 오줌이 엘리베이터 바닥을 적신다. 겨우 일을 마쳤다. 그런데도 영 개운하지가 않다. 일을 보기 전과 느낌이 비슷하다.

나는 찜찜한 채로 바지춤을 추스른다. 그런데 언제까지 갇혀 있어야 하는 거지? 경비실에서는 모를까? 나는 비상 호출 버튼을 누른다. 버튼은 뻣뻣하다. 아무 소리도 나지 않는다. 제대로 눌린 건지 안 눌린 건지 모르겠다. 그렇지, 휴대폰. 휴대폰으로 아무에게나 알리자. 이럴 때 쓰라고 있는 게 휴대폰 아닌가? 나는 코트 주머니를 뒤진다. 없다. 나는 바지 주머니를 뒤진다. 없다. 나는 저고리 바깥주머니를, 안주머니를 뒤진다. 없다. 얘는 또 왜 없담? 에로이카에 두고 왔나? 이 한심한 인생. 나는 주먹으로 내 머리통을 후려친다. 한심한 인생, 딱한 중생, 가엾은 짐승.

눈을 떴다. 천장이 낯익다. 집이다. 내 집이다. 어떻게 집에 돌아왔는지 모르겠다. 아랫도리가 묵직했다. 나는 무거운 몸을 이끌고 화장실로 가서 소변을 보았다. 세상에서 가장 안온한 곳인 내 화장실에서. 거실로 나오니 벽시계가 두시 십분을 가리키고 있었다. 벌써 오후다. 목이 말랐다. 정수기에서 물을 따라 벌컥벌컥 마셨다. 속이 메스꺼웠다. 나는 다시 화장실로 들어가 한

참을 게워냈다. 그러고는 다시 물을 들이켰다. 다시 속이 메스꺼워졌고, 나는 다시 변기에다가 액체를 게워냈다. 다시 목이 말라 왔지만, 나는 물을 마시지 않았다. 앉아 있기도 힘들다. 나는 방으로 들어가 침대에 다시 몸을 눕혔다.

정말 언제부턴가 폭음 뒤에는 꼭 기억이 끊긴다. 술을 많이 마시고 난 이튿날에는 기억상실증 환자처럼 불안하다. 연기처럼 사라진 기억 속에서 내가 보였을지도 모를 추태 때문에 가슴이 조릿조릿하다. 에로이카를 나와서 그 근처 어디 노래방엘 간 것까지는 어렴풋이 기억난다. 내가 노래를 불렀던가? 모르겠다. 그래도 에로이카까지의 기억은 비교적 또렷하다.

"노는 대통령 된 게 제일 큰 업적이야. 더이상 바라선 안 된다구. 그자가 뭔가를 잘해낸다면, 그건 덤의 복이야. 우리들한테 말이야. 노 지지자들한테든 반대자들한테든. 그자한테 프리핸드를 주자구. 조급하게 생각하지 말구 너그러워지자구. 참을성 있게 지켜보자구."

"그러다간 디제이 정부 꼴 나지. 앞으로도 악착같이 감시하구 사사건건 참견해야지."

"너무 욕심 부리지 말잔 얘기겠지. 희망이 크면 실망도 큰 법이니, 예방주사라 치고 절망을 학습하자는 거겠지. 절망의 선행 학습!"

"그래도 노가 못하면 반대자들이 가만히 있을까? 물어뜯을

려구 난릴 텐데."

"잘한다구 안 물어뜯을 것 같어? 노가 무슨 일을 하든 그자들은 이리저리 구부려서 해석할 텐데."

"근데 전라도 구십 몇 퍼센트 지지는 너무했더라. 경상도 정도로만 표가 쏠렸으면 좋았을 텐데."

"그럼 노 당연히 떨어졌지."

"그래두 보기 좋진 않았어."

"난 보기 좋기만 하더라. 전라도가 정치적으로 제일 건강한 것 같구."

"구십 몇 퍼센트가 건강하다구?"

"전라도 사람들은 그저 극우 세력에게 표를 안 준 것뿐이야. 더구나 그 사람들한테 무슨 선택이 있었어? 저쪽에서는 전라도 표를 안 얻음으로써 경상도 표를 얻고자 했던 건데."

"암튼 문소리 소원대로 올해가 잘 끝났군. 대통령 잘 뽑아서."

"난 사실 일번 찍었어. 이렇게 분위기 몰아가지 말라구. 나는 지난 열흘 남짓 밥도 제대로 안 넘어가던데."

"말이면 다 해보는 거지?"

"제대루 보구 있구먼."

"그런데 정말 밥 못 먹고 있는 사람들 많어. 너무 들뜬 표정 짓지 마."

"그래두 창이 됐을 경우에 사람들이 받을 좌절보다는 지금의 좌절이 더 가벼울걸. 그 총량에서 말이야."

"그걸 어떻게 판단해? 그 사람들 앞에서 절대 그런 소리 하지 말어. 몸 다칠 수도 있어."

"암튼 창은 잘 닫았어. 꽁꽁 잠그자구."

"그 소리 대구에 가서 해보지 그래."

머리가 깨지는 듯했다. 나는 다시 거실로 나갔다. 냉장고에 명정이후酩酊以後가 무더기로 있을 것이다. 아, 테이블 위에 하나가 보인다. 누이가 내다놓은 것이리라. 아까는 왜 이걸 못 봤담. 나는 의자에 앉아 캔 뚜껑을 따고 명정이후를 들이마셨다. 이제 얼마 뒤면 좀 나아지겠지. 숙취 해소제도 체질에 따라 효능이 다른가 보다. 누이도 더러 술을 세게 마시는데, 그녀에게는 명정이후가 거의 아무런 효과가 없다고 한다. 그런데 내게는 썩 잘 듣는 것 같다. 내가 언젠가 누이에게 그 말을 했더니, 누이는 제 약국에서 한무더기를 집으로 가져다놓았다.

나는 캔을 손에 움켜쥐고 짓눌러보았다. 캔은 오그라들 생각이 없는 듯했다. 나는 있는 힘을 다해 누른다. 그러나 캔은 나보다 힘이 세다. 나는 이번에는 양손으로 짓눌러본다. 여전히 어림없다. 나는 풀이 죽어 멍한 상태로 캔 겉의 글자들을 읽는다.

미국 특허 제587419호 일본 특허 제3979559호 발명특허품. 숙취해소용 천연차. Drinker's magician MYONGJONG EWHO. Great Grand Prix Award. 미국 국제발명전 최고 그랑

프리 수상. 독일 국제신기술발명전 금상 수상. 일본 국제발명전 금상 수상. 특허 제192279호. 119ml.

아무튼 이게 대단한 건 대단한 건가 보다. 나는 손 안에서 캔을 조금 왼쪽으로 굴려본다. 잔글씨들은 읽을 수가 없다. 음주 전후에 차게 드시면 숙취 해소에 참 좋습니다라는 큰 글씨의 문구만 눈에 들어온다. 나는 이번에는 캔을 오른쪽으로 돌린다. 2000년 새천년 으뜸상 대상 수상. 미국 FDA 공인 연구기관 인체 무독성 판정. 인체 무독성 판정? 그럼 이런 종류의 숙취 해소제 가운데는 몸에 해로운 것도 있단 말이지? 하기야 입 안으로 들어가는 것치고 몸에 해롭지 않은 것이 있으랴. 밥에도 독이 있다는 말을 어디서 들은 것도 같다. 인체 무독성 판정 밑에 한 중년, 이 아니면 초로겠지, 남자의 사진이 박혀 있다. 그리고 사진 밑에 김판술이라는 글씨가 흘려 쓰여 있다. 사진과 김판술 사이에는 또 잔글씨가 박혀 있다. 내 눈에는 들어오지 않는다. 나는 캔을 바투 보았다 멀리 보았다 하며 겨우 그 잔글씨들을 읽어낸다. 발명가의 양심으로 정성껏 제조합니다. 발명가 백. 그러니까 이 사진의 주인공 김판술 씨는 명정이후를 발명한 사람인 모양이다.

내 눈길은 다시 그 아래로 간다. 본 제품은 천연 재료를 사용하여 미국 일본 특허 기술로 제조합니다. 내 몸이 양인洋人 왜인倭人 체질인 모양이다. 누이에게는 전혀 듣지 않는 명정이후가 내게 잘 듣는 걸 보면 말이다. 제일 아래에는 (주)고종명이라고 쓰여 있다. 이 숙취 해소제를 만드는 회산가 보다. 나는 명정이후를 열 번째쯤 마시는데, 캔 몸뚱어리를 이렇게 꼼꼼히 뜯어보기는 처음이다.

재채기가 나왔다. 재채기와 함께 거실 벽의 산타클로스가 노래를 시작했다. 징글벨스, 징글벨스, 징글올더웨이. 저 산타클로스 인형은 얼마 전 딸내미가 사다 벽에 걸어놓은 것이다. 건드리거나 큰 소리를 내면 징글벨을 부르기 시작한다. 한 절을 다 부르고 나서야 멈춘다. 크게 웃을 때나 크게 울 때나 큰 물건을 바닥에 떨어뜨렸을 때나 산타클로스는 징글벨스를 부른다. 징글벨스, 징글벨스, 징글올더웨이. 내가 그 노래를 처음 들은 게 언제더라? 어린 시절의 크리스마스는 괜찮았던 것 같다. 그 시절을 돌이켜볼 때면 지금도 더러 가슴이 뛰고 요의가 느껴진다. 방아쇠를 당기면 불빛이 번쩍이는 플라스틱 총이 내가 기억하는 첫 크리스마스 선물이다. 나는 아마 그 무렵부터 징글벨을 들었을 것이다. 그때 부모님은 지금의 나보다 열댓 살은 젊었으리라.

어제는 플레야드 모임이었다. 플레야드는 내 나이 또래의 모임이다. 일곱이 모여서 플레야드라고 부른다. 하늘로 올라가 묘성昴星이 되었다는, 아틀라스와 플레이오네 사이의 일곱 딸 말이다. 그리스제製 플레야드와는 달리 우리는 남녀 혼성이다. 플레야드는 우리 멤버 가운데 하나인 ㅂ이 붙인 이름이다. 또 다른 멤버

ㄱ은 이 모임을 주림칠현酒林七賢이라고 부르기를 좋아한다. 진晉 초기의 죽림칠현과 주후主後 이천 년 뒤 주림칠현의 차이는 대숲과 술도가의 차이만큼이나 크다. 우리 일곱은 어질지도 못하지만, 무엇보다도 세속 한가운데에 살고 있다. 세속 한가운데에, 라고 말하고 보니 겸연쩍다. 우리 일곱 가운데 나는 빠져야 할 것 같다. 나는 세속의 변두리에 살고 있으니 말이다. 가운데가 싫어서가 아니다. 운명이 나를 변두리로 몰아갔다.

ㄱ은 또 더러 우리 모임을 칠성장어라고 이죽거리기도 한다. 칠성장어는 물론 프랑스제 남성 플레야드인 칠성시인七星詩人을 비튼 말이다. 우리 가운데 시인은 나밖에 없지만. 하긴 그러니 칠성시인이 아니라 칠성장어겠지. 나는 사실 칠성장어를 한 번도 먹어본 적이 없다. 어쩌면 본 적도 없을 것이다. 다른 멤버들도 그런 것 같다. 그 수다쟁이들이 우리들 모임에서 한 번도 칠성장어론을 펼치지 않은 걸 보면 말이다. 아마 기다랗다고 해서 장어가 됐을 이 물고기의 몸엔 정말 별 일곱 개가 새겨져 있을까?

우리 일곱이 한 달에 한 번 정도 모이기 시작한 지 네 해 정도 된다. 거기서 나는 계급적 아웃사이더였다. 계급적 아웃사이더라는 것은 정서적 아웃사이더라는 뜻이기도 하다. 의식은 존재에 묶여 있게 마련이니 말이다. 나는 시인이다. 프랑스제 플레야드를 이끌었던 피에르 드 롱사르 같은. 꽃다발 손수 엮어서 그대에게 보내는 이 꽃송이들, 이 저녁에 꺾지 않으면 내일이면 덧

없이 지리. 그대는 이걸 보고 느끼겠지, 꽃 같은 그대 어여쁨도 머지않아 모두 시들고 꽃처럼 홀연히 스러지리라는 걸.

나는 시인이다. 버젓한 생업을 따로 두고 있는 시인이 아니라 그냥 시인이다. 오로지 시만 써서 먹고 사는 건 아니지만, 더러 사보를 비롯한 이런저런 잡지에 글을 쓰기도 하지만, 시 쓰는 게 가장 중요한 벌잇줄이다. 이 정도면 전업 시인이라 할 만하다. 그러니 삶이 넉넉하지는 않다. 내가 누이에게 얹혀살지 않는다면 내 삶은 한결 더 어려울 것이다. 누이가 아니었다면, 내가 시인으로만 남아 있지는 않았을지도 모른다. 내가 한국제 플레야드에서 어떤 이물감을 느끼는 것은 단지 내가 시인이어서가 아니다. 내가 물질적으로만이 아니라 상징적으로도 그들에 견주어 너무 가난하기 때문이다. 하긴 그것이 내가 시인이라는 사실과 무관한 것은 아니지만. 그래도 내가 요란스러운 벌잇줄이 있는 겸직 시인이거나 문학상을 싹쓸이하는 세속의 일류 시인이었다면, 플레야드 안에서 내가 다른 친구들과 엇갈려 있다는 느낌은 한결 물컹물컹해졌을 것이다. 나를 빼놓은 플레야드의 여섯 친구들은 죄다 그럴듯한 벌잇줄을 지니고 있다.

우선 치과 의사 ㅊ. ㅊ은 나와 초등학교 동창이다. 나는 그녀와 초등학교의 첫 세 해를 같은 교실에서 보냈고, 나머지 세 해도 서로 알은체를 하며 보냈다. 내가 그녀와 초등학교 때부터 지금까지 줄곧 어울렸던 것은 아니다. 이미 초등학교 4학년 때부터 남녀 부동석不同席이 상례였던 우리 세대에게 그런 일이 쉽지도 않았겠지만, 요즘처럼 남녀공학이 일반화돼 있는 시대였다고 하더라도 내 수줍음은 여자 친구와의 어울림을 막았을 것이다. 나는 ㅊ을 그녀의 치과대학 후배인 내 아내, 사실은 내 전 아내를 통해 다시 만났다. 그때는 이미 여자 친구 앞에서의 수줍음 같은 것은 내 몸뚱어리 위에 더덕더덕 앉은 세월의 더께로 녹실녹실해졌을 나이였다.

ㅊ과 내가 다니던 ㄷ초등학교는 공립학교이면서도 전국 최고의 일류 초등학교였다. 최고의 일류 중학교였던 ㄱ중, ㄱ여중에 들어가는 졸업생 숫자가 전국에서 가장 많았던 것이다. 나야 그 동네에 살았으니 자연스럽게 그 학교엘 다녔지만, ㅊ은 집이 서교동이었는데도 그 학교엘 다녔다. ㅊ은 ㄱ여중에도 들어갈 수 있을 만큼 성적이 뛰어났다. 우리가 중학교에 들어가기 두 해 전부터 중학교 입시가 없어지고, ㄱ중, ㄱ여중을 비롯한 몇몇 상징적 일류 중학교도 덩달아 없어지는 바람에 그녀의 바람이 이뤄지지 못했지만. 그래도 그녀는 세 해 뒤에 최고 일류 학교인 ㄱ여고에 들어감으로써 자신이 역사 속의 ㄱ여중에 합당한 학생이었다는 것을 증명했다.

나는, 일류 학교라고 하기에는 좀 낮간지럽지만 이류 학교라고 하기에는 썩 괜찮았던 ㅈ고에 진학했다. 나로서는 다소 운이 좋았던 셈이다. 초등학교 때나 중학교 때나 나는 ㅊ 같은 모범생이 아니었기 때문이다. 내가 시를 쓰지 않았다면, 아내를, 그러니까 전 아내를 통해 ㅊ을 우연히 다시 만났다고 하더라도, ㅊ과 계속 어울리게 되지는 않았을 것이다. 나는 ㅊ 같은 주류가 아니었기 때문이다. 주류라……. 메인스트림이라……. 그랬다. 그녀는 주류였다. 그녀는 주류다. ㅊ은 어느 모로 보나 주류다. 그녀는 장삼이사의 치과 의사가 아니다. 그녀는 고용 의사 다섯을 둔 커다란 치과 전문 병원의 원장이고, 삼대에 걸쳐 외과 의사 둘, 변호사 하나, 국회의원 하나, 장관 하나를 배출한 집안의 딸이며, 건강 사회를 위한 치과의사회의 핵심 간부다.

주류라……. 메인스트림이라……. 칠성장어는 메인스트림에 살까? 확실한 것은 ㅊ과 나의 서식처가 달랐고, 지금도 다르다는 것이다. 우리집은 내 대에 와서야 처음으로 대학물을 먹었다. 아버지는 일생을 하급 공무원으로 살았다. 정년을 네 해 남기고 폐암으로 생을 버렸을 때, 아버지는 한 동사무소의 주사, 그때 직급으로 7급 공무원이었다. 아버지는 누이를 돌보라는 말을 어머니에게 남기지 않고 내게 남겼다. 하기야 어머니도 그때 이미 시름시름 앓고 있었으니, 결국 내가 누이를 떠맡게 될 거라는 아버지의 판단은 합리적이었다. 누이가 나를 떠맡고 있는 지금의 우리 형편을 보게 되면 아버지가 어떤 표정을 지을지 궁금하다. 아버지가 돌아가시고 세 해 뒤에 어머니까지 돌아가셨을 때, 우리 오누이에게 남겨진 것은 교남동의 전셋집이 다였다. 나와 누이가 이미 대학을 졸업한 뒤라는 것이 큰 위안이기는 했다. 누이는 제약회사에 세 해 남짓 다니다가 은행빚을 내 약국을 차렸다. 그리고 한참 뒤에는 나와 딸내미의 경제적 보호자가 되었다.

그러니 ㅊ과 나의 서식처가 같을 수는 없었다. 그러나 ㅊ은, 일종의 허영심에서였겠지만, 나를 다시 만나기 전부터 시 애호가가 되어 있었고, 내 시 몇 편을 외고 있을 만큼 나를 마음 한켠에 담아두고 있었다. 그녀는 나를 다시 만난 뒤, 자기 주변 사람들에게도 나를 과장되게, 그러니까 내가 대단한 예술가인 양 묘사하곤 했다. 실제로 나는 공식 문단에서 그리 높은 점수를 받는 시인은 아니다. 몇 년 전에, 상금이 쥐꼬리만 한, 그래서 성가도 그리 높지 않은 문학상을 하나 받았을 뿐이다.

아무튼 나에 대한 ㅊ의 대책 없는 호의 때문에 우리들은 계속 만나게 되었다. 그녀와 계속 어울리게 된 것은 내게 요행이었다. 내가 그녀 덕분에 이 사회의 주류와 어울리게 됐대서가 아니다. 사실 나는 그녀를 통해 어울리게 된 사람들이 대체로 불편하다. 그나마 플레야드는 좀 견딜 만하지만, ㅊ을 통해 이따금 엿보게 되는 진짜 주류는 더러 내 호흡운동을 방해한다. 블루진에 티셔츠 차림으로 살다가 아는 이의 문상을 가기 위해 넥타이로 목을 조이고 정장正裝을 했을 때처럼, 숨쉬기가 부자연스러워지고 팔다리가 뻣뻣해지는 것이다.

ㅊ과 어울리게 된 것이 내게 요행인 것은 내 이빨을, 아, 치과

의사들은 이빨이라는 말을 싫어한다, 내 이를, 내 치아를, 치아의 건강을 그녀에게 맡길 수 있었기 때문이다. 돈을 한 푼도 쓰지 않고서 말이다. 내가 처음부터 그러려고 했던 것은 아니다. 그러나 ㅊ은 내가 진료비를 내는 것을 자신의 우정에 대한 모독으로 받아들였고, 정확히는 모독으로 받아들이는 제스처를 썼고, 나는 그 우정에 편승해서 내 씀씀이를 줄이기로 결정해버렸다.

다음은 변호사 ㅂ. ㅂ은 ㅊ의 여고 동창이다. 그들은 평준화되기 이전 한국 최고 일류 여고의 마지막 기였다. ㅂ은 세간에서 일컫는 바 인권 변호사다. 그녀는 잠시 동안의 판사 생활을 정리하고 지난 십여 년간 줄곧 인권 변호사 노릇을 했다. 지금은 꽤 큰 법무법인의 시니어 파트너다. ㅊ에게 내가 그러듯, 나는 ㅂ에게도 돈을 들이지 않고 법률 서비스를 받을 수 있을 것이다. 사회에 나와서도 한참 후에 알게 된 친구이지만, 그녀는 내게 법률 서비스를 무료로, 기꺼이 베풀 만큼 나와 가까워진 친구다. 내가 그녀에게 사소한 소송을 의뢰하고 수임료 얘기를 꺼낸다면, 그녀역시 ㅊ처럼 그것을 우정에 대한 모독으로 받아들일 것이다. 그러나 나는 그녀에게 법률적 도움을 요청해본 적이 없다. 내가 그녀의 우정을 모독해서가 아니라, 내가 도대체 소송과는 거리가 먼 인간이기 때문이다.

다음은 화가 ㅎ. ㅎ과 치과 의사 ㅊ, 변호사 ㅂ은 화가와 고객 사이로 만났다. 아니 예술가와 예술 애호가들로 만났다고 말하는 것이 ㅎ에 대한 예의이겠다. ㅎ은 서울에서 미술대학을 나온 뒤 파리로 건너가 10년 넘게 그곳에 체류했고, 그곳에서 꽤 이름을 얻었다. 그리고 그 이름은 그녀의 귀국 이전부터 한국으로 역수입되었다. 나는 사실 ㅎ의 그림을 그리 좋아하지 않는다. 정확히 말하자면, 이해하지 못한다고 해야겠지. 그녀의 추상화는 부르주아들의 미적 허영심을 채워줄 수는 있겠지만 사람들의 보편적인, 이라는 것이 없다면 적어도 평균적인 감수성에 호소하지는 않는다, 고 나는 판단한다. 나는 그녀 그림 속의 일그러진 형상들, 그리고 그 형상들이 소비되는 사회적 회로가 일종의 속임수라고 생각한다. 그러나 나는 피카소에 대해서도 똑같은 생각을 하고 있으니, ㅎ이 내 이런 판단을 섭섭해하지는 않으리라. 더구나 그녀는, 피카소에 비할 수야 없겠지만, 그림값이 매우 비싼 화가다. 그리고 물론 자신의 예술 세계에 대한 긍지가 하늘을 찌른다. 화단에서 그녀가 차지하고 있는 자리는 문단에서 내가 차지하고 있는 자리에 견줄 바가 아닌 것이다. 그래서, 내가 그녀의 작품을 좋아하지도 않고 이해하지도 못하지만, 그녀가 더러 나를 자신과 같은 예술가로 대접해줄 때는 기분이 썩 좋아진다. 내 값이 많이 뛰어오른 느낌이 드는 것이다.

다음은 영화감독 ㅇ. ㅇ은 지금보다 젊었던 시절 인권을 주제로 한 다큐멘터리를 여럿 만들어 이름을 얻었다. 광주, 파업, 정신대 할머니, 외국인 노동자 같은 소재들이었다. 그 작품들은 그녀에게 이름과 함께 검찰의 관심도 함께 선사했다. 그녀는 몇 차례 귀찮은 일을 당했고, 한동안 수배된 적도 있다. 재판을 받기도 했지만, 다행스럽게도, 구속된 적은 없다. ㅂ은 ㅇ의 한 재판에서 변호를 맡았고, 그 둘은 그 뒤 친구가 되었다.

다음은 사회학자 ㅅ. 한 사립대 교수인 ㅅ은 내 고등학교 대학교 동기다. 우리들은 평준화되기 이전의 그럭저럭 쓸 만한 고등학교의 마지막 기였고, 그럭저럭 쓸 만한 대학교에 들어갔다. ㅅ은 모교에서 석사를 마치고 프랑스에 유학했고, 돌아와서 모교에 취직했다. 대학 서열의 경직성이 콘크리트 같은 한국 사회에서 모교보다 상위로 평가되는 대학에 취직하는 것은 거의 불가능한 일이므로, ㅅ은 우리들의 모교 출신으로서는 가장 이상적인 학문적 직장을 얻은 셈이다. 같은 과 동기이면서도 대학을 졸업한 뒤 정식 직장을 가져본 적이 없는 나와는 달리, 그는 사회의 중심부에 들어간 것이다. ㅅ과 나의 모교는, 내가 그럭저럭 쓸 만한 대학교라고 겸손하게 말해서 그렇지, 한국 사회의 공식화된 대학 서열에서 두세 번째를 차지하고 있는 학교다.

ㅅ은 지난번 대통령 선거 때 이른바 메이저 대학교수로서는 드물게 노무현 캠프에 가담했고, 선거가 끝난 뒤 대통력직 인수위원회에 들어갔다. 아마 청와대에 들어가기도 쉬울 것이다. 그가 청와대에 들어간다면, 플레야드 모임에 지금까지처럼 꼬박꼬박 얼굴을 내밀기는 어려울 것이다. 아니, 다른 멤버들과는 몰라도, 적

어도 나와는 자주 만날 일이 없을 것이다. ㅅ은 나를 통해서 플레야드의 몇몇 친구들을 알게 됐지만, 그는 나보다는 그 친구들과 이미 정서적으로 가까워졌고, 앞으로는 더욱 그러기 쉬울 것이다.

다음은 다소 리버럴한 것으로 평가받는 일간신문의 국제부장 ㄱ. ㄱ은 한때 문화부의 학술 담당 기자로 일했는데, 그때 사회학자 ㅅ을 알게 됐고, 동년배이기도 해서 금세 친해졌다. ㄱ은 뒤에 그 신문의 파리 특파원으로 일하기도 했는데, 파리 경험의 공유가 그 둘을 더 가깝게 만들었는지도 모르겠다. 플레야드 모임에서 국제부장 ㄱ, 사회학자 ㅅ과 화가 ㅎ이 얼굴이 상기된 채 파리 애기를 하면 다른 사람들은 이내 다소곳해진다. 나야 태어나서 지금까지 나라 밖을 한 번도 나가본 적이 없지만, 치과 의사 ㅊ, 변호사 ㅂ, 영화감독 ㅇ도 외국을 잠깐씩 여행해보았을 뿐 길게 체류한 경험은 없었던 것이다.

우리는 어떻게 만났는가? 나를 기준으로 말하자면, 내가 여자들을 남자들에게 소개시켜주었고, 남자들을 여자들에게 소개시켜주었다. 물론 나는 변호사 ㅂ과 화가 ㅎ과 영화감독 ㅇ을 내 초등학교 동창인 치과 의사 ㅊ을 통해 알게 됐고, 국제부장 ㄱ을 내 고등학교 동창인 사회학자 ㅅ을 통해 알게 됐다. 일부는 마흔이 넘어서 어울리게 된 친구들인데도, 우리는 금방 말을 놓게 되었다. 그것은 신기한 경험이었다. 우리 세대만 해도, 대학 동기들끼리 성별이 다르면 서로 말을 놓지 않았는데, 장년에 들어서 만난 사람들끼리 남녀 가림 없이 편하게 말을 놓는 것이 말이다.

우리들 가운데 다수는 온전한 가정을 이루고 있지 않다. 나는 다섯 해 전에 이혼했다. 그때까지 우리 식구는 나, 누이, 딸내미, 아내 넷이었는데, 그 가운데 아내가 몸만 빠져나갔다. 아파트에 대한 권리의 반은 그녀에게 있었지만, 우리는 그것을 딸내미의 양육비와 맞비기기로 했다. 그때 딸내미는 중학교 졸업반이었다. 아내는 나와 헤어진 이듬해에 잘나가는 소설가와 결혼했다. 한 해의 인세 수입이 대통령 연봉보다 훨씬 많은 데다가, 사십대 후반에 이미 온갖 문학상을 휩쓴 소설가였다. 한때 나와 함께 살던, 그리고 지금은 그와 함께 사는 여자는 자신의 배우자로서 문인을 선호하는 것 같다. 나도 잘 나가는 문인이었다면 그녀와 이혼하지 않을 수 있었을까?

그러나 이렇게 말하는 것은 정녕 비겁한 짓일 터이다. 그렇게 말하는 것은 내가 아내에게 버림받았다는 징징거림이고, 내가 오직 잘나가지 못했기 때문에 아내가 나를 버렸다는 부당한 비난이기 때문이다. 내가 잘나갔더라도 아내는 나를 버렸을 것이다. 그리고 아내가 나를 버리지 않았다면 내가 아내를 버렸을 것이다. 잘나가고 못 나가고를 떠나서 우리는 뭔가 맞지 않았다.

그래도 가난한 시인과 잘나가는 치과 의사의 결혼 자체가 처음부터 그리 자연스럽지 않았던 것은 사실이다. 우리는 처음에 의사와 환자로서 만났다. 여자는 치대를 마치고 막 개업한 치과 의사였고, 남자는 한 일간신문 신춘문예를 통해 문단에 막 나온 초짜 시인이었다. 여느 환자 같지 않은, 내 실없는 우스개가 그녀에게는 매력적으로 보였는지 모른다. 내게도 명민하고 경제력 있는 여자가 아내로서 달갑지 않을 이유는 없었다. 그러니까, 아내는 내게 낭만적으로 접근했는지 몰라도, 나는 그녀를, 적어도 부분적으로는, 계산속으로 받아들인 것이다.

낭만과 계산이 버무려지며 우리는 결혼했다. 나는 그때 누이와 살고 있었다. 나는 무일푼이었으므로, 누이와 아내가 똑같은 액수를 내서 집을 넓혔다. 그리고 셋이 살기 시작했다. 왜 누이가 우리 내외와 함께 살았느냐고? 내가 그것을 간절히 바랐고, 누이도 그것을 바랐기 때문이다. 아내는 내심 그것을 바라지 않았을 수는 있겠지만, 내색하기에는 형편이 좋지 않았다. 누이는 몸이 불편한 사람이기 때문이다. 딸내미는 아내가 재혼한 뒤에도 제 엄마를 더러 만났지만, 두 사람의 정서적 유대가 그리 강한 것 같지는 않다. 혹시 아내 쪽은 딸내미를 애틋하게 생각하고 있을지 모르겠지만, 딸내미 쪽에서는 제 엄마를 데면데면하게 대하는 것 같다.

내 초등학교 동창인 치과 의사 ㅊ은 별거 중인데 재결합할 것 같지 않다. 외과 의사인 남편이 이미 다른 여자와 살림을 차리고 있기 때문이다. 변호사 ㅂ과 국제부장 ㄱ과 영화감독 ㅇ은 미혼이다. 사회 통념에 따르면, 사십 대의 반 고비를 넘기도록 결혼을 하지 않은 사람은, 그가 남자든 여자든, 뭔가 문제가 있다. 그

렇다면 변호사 ㅂ과 국제부장 ㄱ과 영화감독 ㅇ은 뭔가 문제가
있는 사람인지도 모른다. 결혼에 구속되기에는 너무 리버럴한 사
람들인지도 모르고, 배우자와의 관계 없이도 자신을 곧추세울
수 있는 강한 사람들인지도 모른다. 화가 ㅎ과 사회학자 ㅅ만이
배우자, 자식들과 정상적으로 살고 있다.

　　잃어버린 기억을 찾아야 한다, 고 나는 생각했다. 어젯밤 에
로이카 이후의 기억 말이다. 기분이 영 찜찜한 것이 무슨 실수라
도 하지 않았나 걱정스러웠다. 이렇게 꺼림칙한 마음으로 새해를
맞을 수는 없다. 나는 친구들에게 전화를 걸기 시작한다. 휴대폰
을 찾는다. 휴대폰은 바지 주머니 속에 그대로 있다. 꿈에서와는
달리. 바지 주머니에서 휴대폰 말고 뭔가가 잡힌다. 꺼내보니 오
르골이다. 손잡이를 돌려본다. 인터내셔널이 흘러나온다.

　　기억난다. 어제 술자리에서 ㅊ이 내 생일 선물이라고 준 거
다. 보름쯤 전 내 생일이라고 플레야드가 모였을 때, ㅊ은 무슨 치
과 의사 심포지엄이 있다고 홍콩에 가 있었다. 이 오르골은 홍콩
의 한 벼룩시장에서 샀다고 했다. 나는 인터내셔널의 세계관이
늘 불편하지만, 이 노래를 즐겨 듣고 즐겨 부른다. 그걸 ㅊ도 알
고 있다. 나는 테이블 위에 오르골을 올려놓고 손잡이를 계속 돌
린다. 이 힘찬 혁명가요의 가락이 왠지 처량하게 들린다. 대지의
저주받은 자들이여 일어서라 굶주린 도형수들이여 일어서라 이
성이 그 분화구 안에서 천둥친다 이젠 끝이 왔다 과거를 백지 상

태로 만들자 노예들이여 일어서라 일어서라 세계는 근본부터 뒤바뀌리라 지금은 우리가 아무것도 아니나 이제 모든 것이 될 터 이것은 최후의 투쟁이라네 단결하세 그러면 내일 인터내셔널이 인류가 될 테니. 나는 계속 손잡이를 돌린다. 오르골은 사라진 노동자계급의 정치적 전망을 애처롭게 노래한다. 아니 흐느낀다.

나는 휴대폰을 든다. 집에서도 휴대폰을 사용할 만큼 내가 낭비벽이 심한 것은 아니다. 휴대폰을 찾은 것은 친구들의 전화번호가 휴대폰에 입력돼 있기 때문이다. 두 달 전에 이 휴대폰이 생긴 뒤, 나는 그때까지 지니고 다니던 수첩을 없애버렸다. 휴대폰의 편리함에 매혹됐기 때문이다. 실상 나는 그 전까지 휴대폰 없이 최후의 원시인으로 살 작정이었다. 그것이 굴레 같아서만이 아니라 기계에 대한 두려움이 커서 그랬다. 그러나 두 달 전 누이는 다짜고자 이 휴대폰을 사서 내게 건넸다. 딸내미의 병 때문에 울컥 절망적 상태가 된 내가 동해에 가서 사흘간이나 소식을 끊고 있다가 집으로 돌아온 얼마 뒤였다. 나는 내키지 않은 채 휴대폰을 받았지만, 설명서를 보며 사용법을 익혀가면서 이 문명의 이기에 금방 반해버렸다.

누구에게 먼저 전화를 한다? 그래, 치과 의사 ㅊ이다. 인사동의 에로이카에서 모임을 가졌을 때는, 나는 늘 집 방향이 같은 ㅊ과 함께 택시를 탄다.

"여보세요, 나야."

“응, 잘 들어갔니?”

“응, 이제야 일어나서 정신 차리고 있네. 우리가 택시 같이 탔나?”

“물론이지. 네가 나 내려줬잖아. 또 필름이 끊겼구나.”

“응. 불안해서 잃어버린 시간을 찾고 있는 중이야. 내가 무슨 실수 안 했니?”

“전혀. 그저 아주 유쾌하게 잘 놀더구먼. 춤도 추고.”

“춤을? 어디서?”

“단란주점에 갔었잖아.”

“단란주점? 에로이카 나와서?”

“그래. 아니 단란주점 간 것도 기억 못 한단 말야?”

“응, 어렴풋이 무슨 노래방에 갔던 것 같긴 한데.”

“단란주점이었어. 너 나랑 막 껴안고 춤췄잖아. 나랑 결혼하자고도 하고.”

“결혼하자고? 실수를 하긴 했군.”

“그렇군. 그렇지만 너 취하면 늘 하는 실수잖아. 괜찮아. 귀여워. 어젠 특히 귀여웠어.”

“누구랑 티격태격하지는 않았니?”

“안 그랬어. 그냥 귀엽게 어리광 부렸어.”

“누구한테?”

“모두한테.”

“그래, 알았다. 넌 지금 집이니 병원이니?”

“너처럼 팔자 안 좋아. 열한시쯤 나왔어.”

“그래, 새해 복 많이 받아라. 복 중의 복이 건강이래니 건강해라.”

“너두. 술 좀 작작 마시구.”

“참, 오르골 고마워.”

“어제두 그 말 했어.”

“그런데 이걸루 들으니까 노래가 구슬프더라.”

“원래 구슬픈 노래야, 우리 도련님. 끊자, 나 환자 봐야 돼.”

ㅊ의 말만으로 안심할 수는 없다. ㅊ은 늘 내게 너무 너그러우니까. 나는 변호사 ㅂ에게 전화를 걸었다.

“여보세요, 날건달이야.”

“응, 괜찮니? 어제 술 너무 많이 마시는 것 같던데.”

“좀 힘들지만 견딜 만은 하네. 내가 무슨 실수 안 했니?”

“실수라……. 안 했다고는 하기 어렵지. 네가 ㅅ한테 좀 행패를 부렸어.”

“무슨?”

“인수위에 들어갔다구.”

“그랬나?”

“응, 개혁 모리배라는 말도 했지. 노 주위에 그런 인간들이 많은데 ㅅ도 그런 부류라고.”

“그래? 전혀 기억이 안 나네.”

“사실은 더 심한 말두 했지.”

“뭐라구?”

“대한민국에서 교수 하는 놈들은 거의 예외 없이 누군가의 가랑이 밑을 몇 번은 기어간 놈이라고 그랬지. 지도교수의 가랑이든, 대학 재단 사람의 가랑이든 말이야. 그걸 부끄러워할 줄 좀 알라구 그러더군.”

“그랬나? 그래서 ㅅ은 어쨌는데?”

“처음엔 뭐라고 대꾸하다가, 네가 맛이 갔다고 생각했는지 그냥 가만히 있더라. 그러다가 먼저 갔잖아.”

“단란주점에서?”

“단란주점 간 건 기억나나 부지. 아니 에로이카에서 갔어.”

나는 에로이카 풍경은 다 기억하고 있다고 생각했는데, 그게 아닌 모양이다.

“내가 분위기 망쳤겠네.”

“아냐. ㅊ이랑 ㄱ이 수습해서 단란주점으로 함께 갔어. 여섯이 끝까지 있었어. 그리고 아주 흥겹게 잘 놀았어. 너랑 ㅊ이랑 환상적으로 흔들어댔어. 〈남자는 배 여자는 항구〉를 열 번도 넘게 불렀을 거야.”

“다른 사람들이랑은 별일 없었구?”

“응. 사실 ㅅ이랑두, ㅅ이 먼저 도발한 측면이 있어. 구십 퍼센트대 지지 운운하면서 전라도 사람들을 좀 비아냥거렸거든. 그래서 우리의 전라도 원적자께서 열받기 시작한 거야. 그런데 우리의 경상도 원적자 ㅊ이 널 열심히 옹호했어. 사실 ㅊ도 그전에 ㅅ이랑 한판 했잖아."

"ㅊ이랑 ㅅ이? 왜?"

"야, 너 어제 아주 일찍 갔구나. 우리가 허깨비랑 논 거네. 아니, 네가 허깨비들이랑 논 셈이군. 우리 생태주의 사회학자께서 수돗물 불소화 애기를 꺼내면서 치과 의사들의 철학 빈곤을 질타하셨거든. ㅊ이 갑자기 열받아서 무식한 소리 좀 그만 하라고 맞받았고, 둘이 좀 어색하게 말이 오갔어. ㄱ이 둘 다 일리가 있는 소리라며 휴전 선고를 내렸고."

"그랬구나. 암튼 새해엔 좋은 일만 맞아라."

"나쁜 일이 없기만 해두 좋지. 너두 새해엔 베스트셀러 시인이 되도록 해."

ㅅ에게 전화를 해야 하나 말아야 하나? 망설임 끝에 나는 버튼을 눌렀다.

"여보세요. ㅅ 선생님 댁이죠?"

"네."

중학교에 다니는 ㅅ 막내 목소리다.

"아빠 안 계시니?"

"안 계시는데요."

"응, 그래 알았다."

나는 ㅅ의 휴대폰에다 전화를 건다. "고객님의 피시에스 전원이 꺼져 있어 음성 사서함으로 연결됩니다. 연결된 후에는 통화료가 부과됩니다." 그래, 말자. ㅅ과 통화한다고 얼마나 개운해지랴.

속이 조금 나아졌다. 나는 양송이 수프를 만들어 몇 술 떴다. 그리고 양재천으로 나갔다. 날씨가 조금 쌀쌀하다. 그러나 걷다 보면 땀이 날 것이고 그 땀은 양재천의 바람에 흩날리며 내 몸에서 술독을 빼줄 것이다. 서울에 이만한 산책로는 다시없을 것이다. ㅅ이나 ㅎ은 파리가 얼마나 걷기 좋은 도시인지를 뽐내곤 하지만(그럴 땐 그들이 정말 파리 출신인 것 같다), 거기라고 해서 양재천 주변만 한 산책로가 있을 것 같지 않다. 날씨가 흐린데도 천변에는 사람들이 제법 있다. 자전거 페달을 밟아대는 내 또래 남자도 보이고, 인라인 스케이트를 굴리는 아이들도 보인다. 개를 끌고 산책하는 사람도 있다. 나는 그게 좋아 보이지 않는다. 졸랑졸랑 주인을 따르는 네발짐승이 개 주인의 외로움을 도드라져 보이게 하기 때문이다. 가족 덕분에 아직 정서적 사치를 누릴 수 있어서 시건방을 떠는지도 모르겠지만, 나는 애완동물의 도움으로 내 외로움을 달래고 싶지는 않다.

나는 걷다가 뛰다가 한다. 상쾌하다. 어제 일은 잊어버리자. 아마 다른 친구들은 내가 ㅅ에 대한 열등감으로 그에게 공격적이 됐다고 생각하겠지. 열등감? 분명히 있다. 정확하게 열등감은 아닐지라도 샘은 있었을지 모른다. 그게 그거지. 부끄러운 일이다. 나는 시인이다. 나는 견자다. 누군가의 가랑이 밑을 지나지 않았다는 건 내 자부심이다. 기품 있게 살자. 일원동을 지나 개포동 쪽으로 걷다 보니 멀리 타워팰리스가 보인다. 대한민국 1퍼센트 아파트라는. 사실은 0.01퍼센트 쪽에 더 가까우리라. 양재천변에서 가장 보기 흉한 건물이다. 플레야드의 몇몇은 저기 들어가 살 만한 재력이 있다. 그들이 저기 들어갈 생각을 하지 않는건 한 움큼의 기품이 남아 있기 때문일 것이다. 여기까지가 내 산책로다. 나는 늘 그 공룡 같은 건물이 보기 싫어 이쯤에서 가던 길을 되돌아온다.

나는 누이에게 약국으로 전화를 건다.

"어, 나야."

"오빠, 깼구나. 몸은 좀 괜찮아?"

"응, 명정이후 마시고 수프를 좀 떴더니 괜찮아졌어. 나 지금 양재천에 나와 있어. 몇 시쯤 들어올래?"

"좀 일찍 문 닫고 다섯시쯤 들어갈게. 저녁은 뭐 먹을까?"

"글쎄, 난 얼큰한 콩나물국 생각밖에 없네. 집에 콩나물 있니?"

"응, 내가 오전에 사놨어. 건드리지 말고 그냥 놔둬. 내가 집에 가서 할 테니까."

"알았어. 봐서 편한 대로 하자. 너도 콩나물국이면 돼?"

"그래. 하여튼 손대지 말고 나둬."

"알았어, 알았어. 그런데 네 조카님은 어디 갔어?"

"촛불 시위 참석한다구 광화문에 나갔어. 열한시 전엔 들어온다고 했어. 저녁은 오빠랑 나랑 둘이 먹어야 할 것 같아."

"광화문엘? 괜찮을까?"

내 마음 한구석에 그늘이 내려앉았다.

"응, 내가 인슐린 주사 놔주고 조심하라구 신신당부했어. 나두 집에 있으라구 했는데, 오늘은 꼭 나가보구 싶었던 모양이야. 개가 요 며칠 우울했잖아. 시내에 나가면 오히려 기분 전환이 될 거야."

"그래두 괜찮을까? 섣달 그믐까지 겹쳐 사람들이 엄청 몰릴 텐데."

"별일 없을 거야. 수원까지두 다니는 앤데."

딸내미는 초등학교 3학년 때부터 소아당뇨를 앓았다. 관리만 꼼꼼히 하면 당장 큰 변이야 안 당하겠지만 그렇다고 깔끔히 나을 일은 결코 없을, 게다가 이 아이가 나이가 더 차면 무슨 병으로 번질지도 모를 몹쓸 병을 말이다. 아이는 늘 피곤해했고, 자신감이 없었고, 공부도 시원치 않았다. 지금은 수원의 한 전문대학에서 미술 디자인을 공부한다. 아내가, 내 전 아내가 강인했던 점은 나만이 아니라 몸이 성치 않은 딸내미까지 떠날 수 있었다는 데 있다.

"그래. 이따 보자."

나는 집으로 돌아와서 콩나물국을 만들었다. 다진 마늘과 청양 고추와 파를 듬뿍 넣어서. 닭고기뼈를 고은 육수가 있으면 더 좋으련만.

누이가 왔다. 누이는 한 다리를 전다. 날 때부터 그렇진 않았는데, 세월이 흐르다 보니 누이가 두 다리로 걸었던 기억이 내게도 희미하다. 이 아이가 척수성 소아마비에 걸린 것이 여섯 살 때쯤이었을 것이다. 움직이지 않는 이 아이의 한쪽 발을 만져보면 뼈가 없는 듯 흐늘거린다.

"내가 와서 한대두 또 상을 차려놨네."

"콩나물국은 네가 하면 내 입맛에 안 맞어서 그래."

"이게 무슨 대단한 요리라구. 그리고 오빠가 하면 내 입맛에 안 맞는걸."

"어디 한번 먹어보고 따지자."

사실 나는 콩나물국에 관한 한 누이보다 한 수 위라고 자부한다. 조개맛 다시다의 적절한 양을 가늠하기가 쉽지 않다는 점에서 이것도 대단한 요리라면 대단한 요리다. 누이도 속으로는 내 솜씨를 인정할 것이다.

"먹을 만하니?"

"응, 괜찮네. 오빠 술 좀 작작 마셔라. 귀가 시간이 새벽 다섯

시 반이 뭐야?”

“그랬니? 문은 내가 열구 들어왔니?”

“아냐, 계속 벨을 눌러대서 내가 나갔어. 들어오자마자 소파에 눕길래 내가 외투 벗기고 오빠 방으로 밀어 넣었어.”

“그랬구나.”

나는 누이 얼굴을 물끄러미 바라보았다. 혼자 힘으로 세상을 헤쳐온 여자의 얼굴이었다. 누이가 약학대학을 고집한 것도 제 다리가 불편하다는 것을 의식해서였을 것이다.

우리는 설거지를 마치고 맞고스톱을 쳤다. 정상적으로 3인 고스톱을 쳐본 지 오래되었다. 누이와 늘 맞고스톱을 치다 보니 이젠 고스톱이 원래 2인 게임인 것 같다. 딸내미는 고스톱에 끼는 법이 없다. 누이와 나는 돈내기를 하지 않는다. 늘 팔뚝 맞기다. 5점당 한 대씩. 내 집게손가락과 가운뎃손가락이 누이의 팔뚝에 닿을 때, 또는 누이의 집게손가락과 가운뎃손가락이 내 팔뚝에 닿을 때, 나는 그녀와 내가 한식구라는 걸 자릿하게 느낀다. 고스톱을 치면서도 우리는 밖을 들락거렸다. 딸내미는 고등학교 시절 어느 날, 제 아빠와 고모에게 우리집 전체가 금연 공간이라고 선언했다. 끊는 게 제일 좋고, 끊지 못하겠으면 나가서 피우라는 것이다. 누이와 나는 그전에도 딸내미를 생각해 담배를 꼭 베란다에서 피웠지만, 아이는 금연 공간을 집 안 전체로 확대한 것이다. 우리는 조금 서운했지만, 아이의 선고를 받아들였다.

우리가 좀더 좋은 어른들이었다면, 그때 딸내미를 위해서라도 담배를 끊었으련만.

딸내미가 왔다. 정말 딱 열한시였다.

"촛불 시위는 어땠니?"

"미국 대사관 근처에도 못 갔어요."

딸내미는 제 엄마가 이 집을 떠난 뒤부터 나나 제 엄마나 고모에게 꼬박꼬박 경어를 쓴다.

"격렬했니?"

"약간이요. 시위대보다 경찰이 더 격렬했던 것 같아요. 다친 사람도 혹시 있을지 모르겠어요."

"그렇게 나가고 싶었니? 고모 말 듣고 좀 걱정스러웠어."

"참, 아빠두, 제가 어린앤가요? 시낼 하두 안 나가다 보니 서울 지리도 잊어먹겠어요. 오랜만에 교보에도 들를 겸 간 거예요."

"혼자 갔어?"

"네, 친구 몇한테 전활 해봤는데, 다 오늘은 다른 약속이 있다는 거예요. 그리구 저두 혼자가 편해요."

혼자가 편하다는 딸내미의 말에 가슴이 미어져왔다. 이 아이는 아마 혼자가 편하도록 스스로를 학습시켜왔을 것이다. 누이가 재스민차를 끓여 내왔다. 식도가 뜨뜻해지면서 마지막 술기운이 빠져나가는 것 같다. 딸내미는 혼기가 차오지만, 결혼할 수 없을 것이다. 혼기가 너무 많이 지나버린 누이 역시 아마 앞으로도 결혼하지 않을 것이다.《엘리아의 수필》을 쓴 찰스 램은 신경증을 앓는 누이와 평생을 같이 살았다고 한다. 나도 아마 누이와 평생을 같이 살게 될 것이다. 램은 누이의 버팀목이었지만, 내게는 누이가 버팀목이다.

"텔레비전을 켜보죠, 곧 제야의 종을 울릴 텐데,"라고 딸내미가 말했다. 그러고는 우리의 동의를 기다리지 않고 거실의 텔레비전을 켰다. 이 텔레비전은 무려 34인치나 된다. 우리집에서 가장 튀는 사치품이다. 영화 보기를 즐기는, 그러나 다리가 불편해 영화관에 가기를 꺼리는 누이를 위한 것이다.

2003년 1월 1일이 되었다. 텔레비전 화면에 불빛이 가득 비친다. 아마 제야를 맞으러 시내로 나온 사람들이 쏘아대는 사제 폭죽들인 것 같다. 월드컵 경기가 열리던 지난해 6월 여의도에서 주말마다 불꽃놀이 축제를 했을 때, 이 사제 폭죽이 유행이었지. 좀 위험하지 않을까 싶기도 했는데. 보신각 종이 울리기 시작했다. 저건 왜 서른세 번 친다고 했더라. 어디서 들은 것 같기도 한데 생각이 나질 않는다. 사찰에서는 백여덟 번을 친다고도 들은 것 같다. 다른 나라에도 이런 풍습이 있나?

그러고 보니 램도 〈제야〉라는 수필을 쓴 적이 있다. 그는 거기서 모든 종소리 가운데 가장 엄숙하고 감동적인 것은 묵은해를 보내는 종소리라고 말했다. 묵은 것을 보내는 것이 내겐 늘 힘들었다. 나는 새것이 겁난다. 새 책이든, 새 얼굴이든, 새집이든, 새

식구든, 새해든. 나도 램 같은 보수주의자인가 보다. 적어도 지금 이 순간은 그런 것 같다. 〈제야〉를 썼을 때의 램처럼 나도 마흔여섯의 이 나이에 이대로 멈춰 있었으면 좋겠다. 플레야드의 내 친구들도 지금보다 더 늙지도 젊어지지도 말고, 더 부자가 되지도 더 가난해지지도 말고, 정부나 국영 기업체에 들어가지도 말고 지금 이대로였으면 좋겠다. 노는 계속 대통령 당선자로 있고, 디제이는 계속 대통령으로 있었으면 좋겠다. 가족들도 그대로였으면 좋겠다. 누이는 영원히 마흔두 살의 미혼녀로, 딸내미는 영원히 스무 살의 학생으로 남았으면 좋겠다. 세상이 바로 아까 참에, 주후 2002년 12월 31일 24시에서 멈췄다면 얼마나 좋으랴. 그러나 램이 슬픈 종소리와 함께 묵은 1820년을 보내고 갑자기 기쁜 표정의 변절가가 돼 1821년을 맞았듯, 나도 서른세 번의 슬픈 종소리가 세상에 퍼진 뒤엔 낯빛을 바꾸어 2003년을 맞아야 하리라.

"이제 우리도 한 살씩 더 늙었구나. 난 마흔일곱이 됐고, 너도 마흔셋이 됐네. 우리 딸내미도 스물하나가 됐고."

"참 오빠는. 설이 돼야 나이를 먹는 거지. 지금은 가짜 설 아냐."

나이 한 살 더 먹는 것이 억울한 듯 누이가 대꾸했다.

"난 좋아요. 스물한 살. 난 오늘부터 스물한 살 할래요."

딸내미는 그레고리오력을 존중하며 내 말에 동의를 표했다. 그러고는 앨프리드 하우스먼을 외기 시작했다.

"내 나이 하나하고 스물이었을 때, 어느 어진 이가 하는 말을 들었지. '돈이야 금화든 은화든 다 내주어버려라. 그러나 네 마음만은 간직하라. 보석이야 진주든 루비든 다 내주어버려라. 그러나 네 생각만은 자유롭게 하라.' 그러나 내 나이 하나하고 스물이었으니 이런 말은 내겐 하나마나였지. 내 나이 하나하고 스물이었을 때 나는 또 그가 하는 말을 들었지. '가슴속에서 우러나오는 마음은 결코 보람 없이 주는 법이 없지. 그것은 많은 한숨으로 보답받고 끝없는 후회에 팔리는 법.'"

마지막 두 행은 셋이 함께 외웠다.

"이제 내 나이 둘하고 스물이 되니, 오, 그것은 진실, 그것은 진실."

딸내미는 마지막 두 행을 영어로 되풀이했다.

"앤 아이 엠 투 앤 트웬티, 앤 오우, 티스 트루, 티스 트루."
(And I am two-and-twenty,/ And oh, 'tis true, 'tis true).

"와, 우리 딸내미 대단하네."

나는 진심으로 기뻐서, 놀라서 말했다. 그러고는 저 아이가 내 시를 하나라도 외고 있으면 얼마나 좋을까 하는 생각을 했다. 그러나 그 말을 입 밖에 내지는 않았다. 그리고 누이에게 말했다.

"암튼, 너도 마흔셋으로 접근하는구나."

이렇게 눅인다고 해서 그것이 누이에게 위안이 될 수는 없을 것이다. 이런 모진 말을 하는 내가 한심했다. 그래, 누이가 마흔셋이 되었다. 이 아이에게 남자가 있었던가? 이십 대 때는 몇 사람이 있었다. 그러나 결혼으로 이어지지는 않았다. 내 짐작으로, 누이는 아직 남자와 자보지 않았을 터이다. 그리고 아마 앞으로도 그럴 것이다. 딸내미도 제 고모와 비슷한 운명을 걷게 될까?

나는 놀이터로 나갔다. 새해의 첫 담배를 피우기 위해서. 나는 새해에도 담배를 끊지 못할 것이다. 어쩌면 누이도 그럴 것이다. 벤치에 앉아 주머니를 뒤지다 보니 오르골이 손에 잡혔다. 내가 무심코 주머니에 다시 넣은 모양이다. 나는 그것을 꺼내 손잡이를 돌렸다. 구슬프다. 지금은 우리가 아무것도 아니나 이젠 모든 것이 될 터 이것은 최후의 투쟁이라네 단결하세 그러면 내일 인터내셔널이 인류가 될 테니.

담배를 빨고 있는데, 어느 틈에 누이가 나와서 옆에 앉았다. 나는 누이에게 디스플러스 한 개비를 건넸다. 누이는 받지 않았다.

"새해부터 한번 끊어보려구. 나두 말하자면 일종의 의료인 인데, 담배 하나 못 끊는 게 창피해."

"잘 생각했다. 그렇지만 나한테까지 강요하지 마. 지금처럼 나와서 피울 테니까."

나는 누이에게 오르골을 보여주며 손잡이를 돌렸다.

"어디서 났어?"

"어제 ㅊ이 줬어. 늦은 생일 선물이라구."

"어제두 칠성장어 모임이었군. ㅊ 언닌 그 상태야?"

"그런 모양이네. 그래두 씩씩해."

나는 고개를 들어 하늘을 바라보았다. 서울의 여느 밤처럼 별이 없었다.

"이 끝없는 공간의 영원한 침묵이 나를 떨게 하는군."

내가 짐짓 익살스러운 어투로 말했다.

"다스 에비게 슈바이겐 디저 운엔틀리헨 로이메 마흐트 미히 샤우더른." (Das ewige Schweigen dieser unendlichen Räume macht mich schaudern).

누이가 짐짓 비장한 어투로 받았다.

"얘 대단하네. 근데 그건 독일어잖아. 원어루 해봐. 불어루 말이야."

"내가 불어를 어떻게 알아? 이 독일어두 토마스 베른하르트 소설 앞에 제사題詞루 인용돼 있길래 허영심으로 외운 거야."

우리는 한동안 말없이 하늘을 바라보았다.

"오빠가 새언니랑 헤어진 게 나한텐 다행인 것 같아."

뜬금없는 소리였다. 그러나 내 마음 깊은 곳에서 뭔가가 흐무러지고 있었다. 나는 누이의 볼에 입을 맞췄다. 그러자 누이는 제 입술을 내 입술에 가볍게 포갰다가 뗐다. 누이는 제 머리를 내 어깨에 기댔고, 나는 한 팔로 누이의 어깨를 감쌌다. 누이의 가슴 뜀이 내 가슴에 전해져왔다. 도둑고양이 한 마리가 힐끔거리며 우리 앞을 지나쳐 놀이터 뒤 덤불 속으로 사라졌다.

04

플루트의 골짜기

현경우(서울도산병원 부원장) 씨 별세: 나선주(화가) 씨 남편, 도영(디비시 사회부 차장), 민영(대호법무법인 변호사), 혜원(강동대 인문학부 교수) 씨 부친, 이영호(대원아이티티 전무) 씨 장인=3일 오전 3시 30분. 서울도산병원. 장례식 5일 오전 7시. (02)3909-2154.

신문에서 내 눈길이 가장 오래 머무는 곳은 부고란이다. 부고란을 살필 때 내 가슴은 설렌다. 가슴 설렌다는 말이 지나치다면, 그저 즐겁다 정도로 해두자. 뭐가 즐거우냐고? 고인과 유족들의 직업을 실마리 삼아 그들의 생애를 상상해보는 것이 나는 즐겁다. 내 이 소박한 즐거움이 고인이나 유족들에게 결례가 된다고는 생각해본 적 없다. 인류가 예의에 걸맞은 종족인지는 제

쳐놓더라도, 예란 본디 밖으로 드러나는 것이다. 내 즐거움은 은밀하다. 빈소에서, 영결식장에서 즐거움을 드러낼 만큼 내가 어리석지는 않다. 빈소에서 적당히 슬픈 표정을 지을 수 있을 만큼은 나도 인류에게 동화되었다. 이 기괴망측한 종에 말이다. 그러나 이태 전 한날한시에 부모님이 교통사고로 세상을 버렸을 때를 빼고는, 누군가의 죽음 앞에서 슬픔을 느껴본 적이 없다. 풍속적으로 나는 인간 세계에 동화되었지만, 내 정신까지 순응한 것은 아니다. 마흔 해가 훌쩍 넘는 세월을 그들 속에 섞여 살았지만, 나는 아직도 더러, 아니 자주, 그들이 낯설다. 좀더 솔직해지자. 나는 그들이 싫고 무섭다. 그러니 그들 가운데 누군가가 숨쉬기를 멈추었다고 해서 슬플 턱이 없다. 인류에 대한 내 거리감과 혐오는 신문의 부고란을 톺아보며 내가 누리는 즐거움에서 거리낌을 덜어주었다. 나는 그들을 싫어하지만, 관심마저 끊은 것은 아니다. 내가 그들 속에서 사는 한, 그런 순수한 자기 폐쇄는 불가능하다.

인간 군집 안에서 제법 큰 위세를 뽐냈던 개체들이라면, 그 죽음이 부고란에 실리지는 않는다. 신문사에서는 따로 제목을 뽑은 독립적 기사를 그들의 죽음에 바침으로써 그들의 삶에 경의를 표한다. 인간 군집 안에서 아무런 힘도 휘두르지 못하고 자질구레하게 산 개체들의 경우에도, 그 죽음이 부고란에 실리지는 않는다. 신문은 부고란에조차 그들의 이름을 실어주지 않는다. 부고란의 넓이는 한정돼 있고 죽는 인간 개체는 하루에도 무수히 많으므로, 신문사의 이런 관행은 이해할 만한 일이다. 제 이름을 부고란에 올리지 못한 고인과 유족들도 그런 사정 정도는 기꺼이 이해해줄 것이다. 인류가 모든 면에서 망종인 것은 아니다. 그러니까 부고란에 실린 이름들은 인간 군집 사다리의 중간쯤에 자리 잡은 개체들의 것이다. 사회가 그 죽음을 모른 듯 넘어갈 순 없지만, 그렇다고 버젓이 기록해야 할 만큼 위세가 있진 않았던 개체들. 간혹 죽은 당사자는 신문에, 비록 보잘것없는 부고란이라고 하더라도, 제 이름을 올릴 만한 힘이 없었을지도 모른다. 그러나 아들이, 딸이, 또는 사위가, 남편이, 드물게는 아내가 버젓한 직장을 지니고 있으면, 그 버젓할 것 없었던 인간 개체의 이름도 부고란에 오른다. 죽은 당사자의 이름 뒤엔 아무런 설명이 없지만 자식들의 이름 뒤에 직업을 표시한 부고들이 꽤 있다. 누구나 알듯이, 부고라는 것은 죽은 개체들을 위한 것 못지않게 아직 살아 있는 개체들을 위한 것이다. 대감 죽은 데는 안 가도 대감 말 죽은 데는 간다는 한반도 인류의 속담이 그런 사정을 유창하게 드러내고 있다.

1789년의 프랑스혁명은 그 지역 인류의 신분제를 철폐했다. 이들의 교과서는 그렇게 가르친다. 그로부터 한 세기 남짓 지나서 한반도의 인류도 갑오개혁이라는 것을 통해 신분제를 없앴다. 역시 그들의 교과서에 따르면 그렇다. 그러나 그것이 말뿐이라는 것은 인간이라면 누구나 안다. 계급은 신분을 덮어썼고, 예전에 결혼이 같은 신분 안에서 이뤄졌을 때만큼 엄격하지는 않을지라도, 오늘날 인류의 배우체 선택 역시 같은 계급 안에서 이뤄지는 것이 보통이다. 시사주간지에 더러 실리는 재벌가나 거물 정치인 집안의 혼맥도는 인류가 결혼에 부여하고 있는 계급적 의미의 무게를 또렷이 보여준다. 신문의 부고란조차 결혼의 계급적 성격을 보여준다. 고인이 버젓하면 자식들도 버젓하기 쉽고, 사위도, 더 나아가서는 며느리도 버젓하기 쉽다. 종합병원 부원장의 큰아들이 남한 지역 최대 매스컴의 차장이고 둘째아들이 변호사라는 것, 딸이 대학교수고 사위가 벤처기업 전무라는 건 자연스럽다. 본인이 생전에 좀더 명망을 쌓았다면, 그의 죽음이 이 비좁은 부고란에 실리지는 않았을 것이다. 사실 나는 부고란에서 현경우라는 이름과 그 주변 정보를 살피며 처음에는 조금 뜻밖이라고 생각했고, 나중에는 많이 놀랐다. 조금 뜻밖이었다는 것은 종합병원 부원장 정도의 죽음이라면 따로 제목이 뽑힌 부고 기사로도 다룸직하지 않을까 하는 생각이 문득 들었다는 뜻이다. 하기야 그가 인간 사회에서 쌓은 위세가 얼마나 되는지 내가 알지 못하니, 신문사의 판단에 시비를 할 일은 아니겠다. 나중에 많이 놀란 것은 이날 부고란의 네 번째 주인공이었던 현경우가 그 난의 다른 이름들과는 달리 내 귀에 썩 익었기 때문이다.

부고란? 이 신문의 부고란을 대할 때마다 나는 자꾸 불경스러운 웃음이 터져나오려 한다. 인간 개체의 삶과 죽음에 굳이 경의를 표해야 하느냐의 문제는 접어두고 말이다. 왜 웃음이 터져나오려 하느냐고? 여느 신문이 부고라고 하는 것을 이 신문은 굳이 궂긴 소식이라고 쓰기 때문이다. 내 눈엔 이 궂긴 소식이라는 활자 연쇄가 자꾸 웃긴 소식으로 읽히려고 한다. 이 신문이 처음부터 궂긴 소식이라는 생경한 말을 들고 나온 것은 아니다. 이 신문도 여느 신문처럼 부고를 부고라고 부르던 시절이 있었다. 그런데 부고라는, 이웃 중화 지역의 인류에게서 비롯된 말을 못마땅해하던 신문사 안의 어떤 완고한 언어종족주의자가, 어느 맑은 날 아침 아니면 궂은 날 저녁에, 궂긴 소식을 들고 와 편집 책임자를 설득하는 데 성공한 모양이다. 처음 이 말을 접하고, 나는 오식이 아닌가 생각했다. 그런데 이 큰 활자의 궂긴 소식이 다음 날도, 그다음 날도 이어지는 걸 보고는 한국어사전을 들춰보지 않을 수 없었다. 내게 있는 교학사판《뉴 에이지 새 국어사전》에는 '궂기다'가 "1. 일에 헤살이 들어 잘 되지 않다. fail 2. ((공)) 상사喪事가 나다. 곧, 죽다. meet one's death"라고 되어 있었다. 나는 들어본 듯도 했지만 뜻을 명확히는 알 수 없었던 '헤살'을 다시 찾아 이 말이 "짓궂게 일을 훼방함. 또 그 짓"이라는 것을 확인했다. 그러니까 '궂기다'는 그 첫째 뜻이 무슨 일이 방해받아 잘 풀려나가지 않는다는 것이고 둘째 뜻이, 존댓말로(이 사전의 일러두기에는 ((공))이 존댓말을 뜻한다고 나와 있다), 죽는다는 것이다. 뭐, 한반도 지역 인류에게서 비롯됐다고 추정되는 이 말이 죽는다는 뜻이라니, 더구나 그게 존댓말이라니, 한반도 지역의 신문 지면에서 부고라는 말을 대치할 만도 하다. 그런데도 이 말을 볼 때마다 웃긴다는 생각이 드는 것은 어쩔 수 없다. 하기야 인류는 본디 웃기는 종이다. 같은 종 안에서도 생물적 사회적 차이를 끊임없이 찾아내 그것들을 서열화하는 데 몰두하는 걸 보면 말이다. 그러나 인류의 그런 전투성이 그들을 이 행성의 지배종으로 만들었을 것이다. 그렇다면 부고를 궂긴 소식으로 바꾸게 한 종족주의적 열정도 이해할 만하다. 그 열정이 한반도의 인류를 문화적으로 살아남게 만들지도 모른다. 그런데 표제어 설명 뒤에 동의 표현을 영어로 적어놓은 사전 편찬자의 배려는 또 뭔가. 웃긴다는 생각을 거듭 억누를 수 없다. 한반도의 인류만이 아니라 인류 전체가 말이다.

요통과 유방통이 여전하다. 젊어서 생리통이 심하던 여성 인류도 나이가 들면 나아진다는데, 나는 거꾸로다. 그게 뜻밖의 일이랄 건 없지만. 젊은 시절, 나는 내 주변의 여성 인류가 겪는 생리통이라는 걸 이해하지 못했다. 때가 되면 밥이 잘 안 먹히고 하복통이 심하다는 그들의 말이 그저 괜스런 엄살로만 들렸다. 그런데 마흔이 넘으면서 갑자기 생리를 치르기가 힘이 들어졌다. 그리고 그때서야, 내 어머니도 그랬다는 것을 알았다. 아픈데도 허리, 배, 등, 허벅지, 종아리, 팔, 손가락 등으로 마구 돌아다니고, 어떨 때는 몸 전체가 아프다. 그럴 땐 몸을 움직이기조차 힘들다. 처음 한두 해는 통증이 심할 때마다 병원을 찾았지만, 나는 이내 의사라는 직업 집단에 속한 인간이 나를 도와줄 수 없다는 것을 깨달았다. 나를 진단한 의사는 자궁에서 만들어지는 프로스타글란딘이라나 하는 물질이 내 경우엔 보통 여성의 너덧 배에 이르러 생리통을 일으키는 듯하다고 말했고, 이런저런 약품을 처방해주었다. 그러나 그 약이 통증을 잦아들게 한 경우는 한 번도 없었다. 차라리 붉은 포도주를 서너 잔 마시거나 목욕을 하는 것이 그나마 진통 효과가 있다. 이 지랄 같은 통증은 생리 기간 내내 계속된다. 두 달 주기로 여드레나 아흐레 동안 생리를 하니까, 한 해 가운데 50일 안팎은 우울한 기분으로 사는 셈이다. 생리를 치러내기가 얼마나 힘든지, 빨리 폐경이 왔으면 싶을 정도다. 그렇지만 어머니도 돌아가실 때까지 계속 생리를 하셨던 걸 보면, 그녀의 외딸인 나 역시 일흔 이전에 폐경을 바라긴 어려울 것 같다. 가끔 어울리는 내 또래의 여성 인류 가운덴 벌써 폐경이 온 사람도 있는데, 나는 그들이 정말 부럽다.

　현경우의 네 줄짜리 부고에서 내가 상상할 것이 많지는 않았다. 그의 직업이나 유족들의 직업이 너무 전형적인 신중간계급의 것이었다거나, 의사를 업으로 삼은 인간의 삶에 내가 무관심해서는 아니었다. 이 평범한 '궂긴 소식'이 내 상상력을 별로 자극하지 않은 것은, 그래서 내게 즐거움을 주지 않은 것은 그 당사자

를 내가 사적으로 알고 있기 때문이다. 아는 사람에 대해 뭘 상
상하겠는가? 그의 부고를 보며 내가 상상하는 즐거움을 누릴 수
없었다고만 말하는 것은 무정한 일일 것이다. 아니 무정이고 유
정이고를 떠나, 내 감정에 대한 정직한 기술도 아닐 것이다. 그의
부고는 내게 아픔을 주었다. 그것은 부모님의 죽음 이후에 내가
처음 느끼는 상실감이었다. 인간 개체들의 죽음은, 그 죽음에 관
한 기사는 내게 즐거운 상상놀이의 재료일 뿐이었지만, 현경우
의 그 짧막한 부고는 내 가슴을 에어내고, 내 다리를 휘청거리게
했다. 나는 잠시 멍한 상태가 되었다. 요통과 두통의 날카로움이
나를 그 멍한 상태에서 잠깐 끄집어냈다. 나는 뒷골을 후벼파는
듯한 아픔이 생리 때문인지 부고란의 현경우라는 이름 때문인지
알 수 없었다. 그 이름은 나를 상상의 즐거움으로 이끄는 대신에
회상의 달콤함으로 이끌었다. 그러나 그 달콤함은, 회상의 계기
가 된 그의 죽음 때문에, 처절한 슬픔에 버무려져 있었다.

　15년 전 여름, 나는 파리 4대학의 박사과정 학생이었다. 그
여름날 어느 저녁 뤽상부르 공원 근처의 중국 식당 그랑드 뮈라
유에서 나는 현경우를 처음 만났다. 우연이라고밖에 할 수 없었
다. 나는 그날 폴린이라는 벨기에 출신 친구와 함께 우연히 그
랑드 뮈라유엘 갔고, 혼자서 파리를 둘러보던 그도 배를 채우기
위해 그날 저녁 우연히 그랑드 뮈라유엘 왔기 때문이다. 관광객
이었던 그만이 아니라, 파리에 사는 나도 그랑드 뮈라유는 그날

이 처음이었다. 어려서도 그랬고 지금도 그렇듯 나는 그 시절에도 중화 지역의 음식에 그리 끌리지 않았고, 그날 그랑드 뮈라유엘 간 것은 순전히 폴린에게 이끌려서였다. 파리 8대학에서 정치학을 공부하던 폴린은 베이징수프와 탕수육을 광적으로 좋아하던 아가씨였다. 폴린과 나는 지하철 강베타 역 근처의 한 아파트에서 살고 있었다. 그 시절 도산병원 내과 과장이었던 현경우는 안식년을 받아 서울에서 뉴욕으로 갔고, 컬럼비아 대학교 보건대학원에 등록을 해놓은 상태였다. 학기가 시작되기 전에 그는 대서양을 날아와 유럽 일주 여행을 하고 있었는데, 그 첫걸음을 파리로 내딛은 것이었다. 이미 그때만 해도 파리에 한반도 남부 지역 출신 인류가 꽤 많아졌던 터라 나는 그들에 대해 호기심이 거의 없었지만, 현경우는 낯선 도시의 낯선 식당에서 보게 된, 우연히 자신의 옆 테이블에 앉아 있던 한국어 사용자를 매우 반가워했다. 물론 내가 그 자리에서 폴린과 한국어로 얘기하고 있었던 것은 아니다. 그러나 그는 직감적으로 내 출신 지역을 짐작했고, 조심스러운 말투로 내게 그것을 확인했다. 그래서 그는 우리 자리에 합석하게 되었다.

　인류 일반에게 그렇듯 한반도 출신 인류에게 내가 그리 좋은 감정을 가져본 적은 없지만, 현경우에게는 처음 만났을 때부터 거부감이 없었다고 말하는 것이 정직한 회상일 것이다. 나보다 열두 살이나 많은 띠동갑이었지만 그는 나이보다 한결 젊어

보였고, 준수하게 생겼고, 예외적으로 지적이었다. 예외적으로 지적이었다는 말은 의사로서 예외적이었다는 말이다. 대부분 지역의 인류 사회에서 의사나 변호사는 흔히 전문직의 대표처럼 인식되고 있지만 그들은, 특히 의사들은, 지적인 것과는 거리가 있다. 그들이 파묻혀 사는 전문 서적과 서류 더미들이 그들의 지성을 갉아먹었을 것이다. 그런데 현경우는 예외였다. 그때 그는 이미 경력이 짧지 않은 내과 전문의였지만, 컬럼비아 대학에서는 의료 사회학을 공부할 요량이었다. 그는 그날 인류 사회에서 진료라는 전문적 용역이 얼마나 불평등하게 분배되고 있는가에 대해 길게 얘기했다. 나는 처음 그가 약간 잘난 척한다고 생각했지만, 이내 그가 선의와 양식으로 무장된 의사라는 것을 이해했다. 그때가 동유럽 사회주의 체제가 무너진 직후였는데, 그는 내게 자신이 모든 면의 사회주의자는 결코 아니지만 의료사회주의자인 것은 확실하다고 말했다. 그는 1987년 남한 지역에서 인의협이라는 진보적 의사단체를 출범시킨 187명의 의사 가운데 하나였고, 의사들은 궁극적으로, 모두, 공무원이 돼야 한다는 믿음을 지니고 있었다. 그럼 왜 국립병원엘 들어가지 않았느냐고 물었더니, 그는 다소 겸연쩍은 표정을 짓고 나서는 자신이 말한 것은 의료제도였지 개별 의사의 선택은 아니었다며 웃었다. 현경우는 내게 파리를 안내해줄 수 있겠느냐고 물었고, 나는 하루에 5백 프랑을 받는 조건으로 사흘 동안 그를 데리고 다니며 파리 여기저기를 구경시켜주었다. 그러고는 북역에서 그를 배웅했다.

3주 뒤 그는 다시 파리로 와 나를 찾았다. 우리는 그랑드 뮈라유에서 다시 만났다. 그동안 안트워프와 암스테르담과 뒤셀도르프와 프랑크푸르트와 제네바와 빈과 부다페스트와 로마엘 들렀다고 그는 내게 말했다. 그는 내게 자기가 둘러본 뒤 뒤셀도르프 근처의 한 골짜기에 대해서, 그 골짜기의 한 동굴에 대해서 길게 얘기해주었다. 한순간 그의 눈에 액체가 비쳤고, 내 콧등도 덩달아 시큰해졌다. 그는 파리에 나흘을 더 머무르며 나와 여기저기를 돌아다녔는데, 나는 이번엔 돈을 받지 않았다. 한번은 카페 뤽상부르에서 그와 나, 폴린 그리고 앙투안이 잠시 어울린 적이 있다. 내 아버지와 나이가 같은 앙투안은 이탈리아반도 출신이었는데, 조국에서 시끌벅적한 정치 사건에 휘말려 프랑스로 망명했고, 파리 8대학에서 정치철학을 가르치고 있었다. 본디 이름은 안토니오였으나, 보통은 프랑스식으로 앙투안이라고 불렸다. 나는 그에게 강의를 듣던 폴린에게 이끌려 그를 몇 번 본 적이 있지만, 그와 친밀하다고는 할 수 없는 사이였다. 사실 앙투안은 대체로 우울한 표정이었고, 말수가 별로 없는 사람이었다. 그런데 그는 현경우를 처음 보는 자리에서 그에게 과장돼 보일 만큼 친밀감을 드러냈다. 그것은 현경우도 마찬가지였다. 두 사람은 서투른 영어로 상대방의 삶에 대해 꼬치꼬치 캐물었고, 오래전부터 서로 잘 알고 지내온 사람들에게나 걸맞을 연극적 포옹을 연

출하며 헤어졌다. 그 자리에서 앙투안은 내게도 기다란 포옹을
해 나를 얼떨떨하게 만들기도 했다.

샤를드골 공항에서 현경우를 대서양 너머로 보내며, 우리가
다시는 못 만날 거라고 생각하지는 않았다. 파리에서든 뉴욕에
서든 서울에서든, 아니면 뒤셀도르프에서든, 언젠가는 만날 수
있으리라고, 당연히 만나야 한다고 나는 생각했다. 아홉 달 뒤
뉴욕에서 그의 전화가 왔다. 서울로 돌아간다는 것이었다. 돌아
가기 전에 잠깐 파리에 들를 수 없겠느냐는 말이 목구멍까지 올
라왔지만, 나는 차마 그 말을 입 밖에 내지 못했다. 그의 삶에 나
라는 존재가 거추장스러운 짐이 될 수도 있겠다는 생각이 내 용
기를 꺾었다. 그와 내가 동류라고 하더라도, 내 자존감까지 그가
대신 느껴줄 수 있는 것은 아니었다. 그는 서울로 돌아갔다. 그러
고는 끝이었다.

나는 세 해 뒤에 논문을 마무리하고 서울로 돌아왔다. 그러
나 취직 자리는 좀처럼 나지 않았다. 처음 몇 년간 나는 모교를
포함해 몇 군데 대학을 돌아다니며 시간강사 노릇을 했다. 서울
에서 대전으로, 전주로, 부산으로, 다시 서울로 정신없이 돌아다
녔다. 얼마 동안은, 그러다 보면 전임이 될 수 있을지도 모른다는
희망을 갖기도 했다. 그러나 그것이 불가능한 일이라는 게 이내
드러났다. 철학은 이미 학문의 제왕이 아니었다. 그래서 학교마
다 철학과의 정원은 줄어들었고, 학부제가 도입되면서 실질적으

로 폐과되는 곳까지 있었다. 더구나 나는 전공을 바꾼 경우였다. 나는 학부에서 사회학을 공부했고, 프랑스에 가서도 사회학으로 박사 준비 과정까지 마쳤다가 철학으로 방향을 바꾸어 석사 과정부터 다시 시작했다. 프랑스로 간 것은 부르디외에게 매혹돼서였지만, 나는 학부에서부터 건드려온 사회학이라는 학문의 너저분함에, 다시 말해 낮은 추상성에 어느 날 문득 실망했다. 이십 대 후반에 들어서야 나는 내 공부 취향이 엄밀함과 추상성에, 이를테면 철학이나 논리학이나 수학 쪽에 쏠려 있다는 것을 깨달았다. 그래서 분석철학 쪽으로 발걸음을 돌렸다. 그 분야를 공부하는 데는 연합왕국이나 미합중국 쪽 환경이 훨씬 더 나았겠지만, 내 부모님은 딸내미의 유학비까지 보내줄 만큼 형편이 좋지 않았다. 그래서 나는 학비가 들지 않는 파리에 그냥 남았다. 사회과학고등연구원에서 소르본으로 학적을 옮기긴 했지만 말이다.

유럽 지역이나 미합중국에서라면 내가 걸어온 에움길이 아무런 문제가 되지 않았을 것이다. 심지어 이점이 될 수도 있었을 것이다. 그러나 한반도 남부 지역 대학의 드센 순혈주의 속에서 나는 갈 데 없는 아웃사이더가 되었다. 따지고 보면 나는 그보다 훨씬 전부터 아웃사이더였지만, 취직 자리를 알아보며 내가 두 겹의 아웃사이더라는 것을 절감했다. 한반도 남부 지역에서는 철학과 학생이었던 적이 없던 터라, 나는 이 지역의 철학계라고 불리는 인간 무리에 아무런 끈이 없었다. 그나마 이 지역의 인류가 가장 선망하는 대학을 나오지 않았다면, 시간강사를 따내는 것도 쉽지 않았을 것이다. 지역에 따라 정도의 차이는 있지만, 인류가 학교에 부여하는 서열의 견고함은 대단한 것이다. 내가 여성이라는 사실도 알게 모르게 내게 불리하게 작용했을 것이다. 내가 학생이었던 때에 견주면 여학생 비율은 눈에 띄게 늘어났지만, 교수단의 여성 비율은 그리 늘어나지 않았다. 인문계 쪽에선 특히 철학과가 그렇다. 몇 번인가 취직이 될 듯싶은 적도 있었지만, 그것은 모두 속임수에 지나지 않았다. 그들은 자신들의 사람을 원했다. 그들은 자신들의 제자를 원했고, 남자를 원했고, 고분고분한 사람을 원했다. 그들이 보기에 나는 그들에게 속하지 않았다. 그들은 옳았지만, 그래도 내가 그들과 얼마나 다른지는 몰랐을 것이다. 그들은 학교의 울타리 안에서 안전하게 세상을 욕하고 정치를 욕했지만, 바로 그들이 세상이고 정치였다. 그것은 그들도 인간이라는 뜻이었다.

13572468. 나는 신문에서 고개를 들어 휴대폰의 번호판을 누른다. 잠시 기다렸다가 다시 3을 누르고, 다시 7을 누른다. 다시 잠시 기다렸다가 나는 5를 누르고, 다시 3을 누른다. 전화기 너머의 목소리가 내게 실없이 묻는다. 혹시 고객님 두 눈썹이 일자로 죽 연결돼 있나요? 그럼 5점 더하세요. 곧추선 자세로 두 무릎을 맞닿게 할 수 있나요? 그럼 5점 빼세요. 아래턱이 있나요? 3점 빼세요. 이마가 있나요? 3점 빼세요. 머리에 쉽사리 책을

일 수 있나요? 5점 더하세요. 맥주병을 이빨로 따기도 하나요? 10점 더하세요. 10점이에요, 10점! 5점이 아니라! 쪼그려 앉아 있는 게 의자에 앉아 있는 것보다 편할 때가 많은가요? 5점 더하세요. 머리가 목에 수직으로 붙어 있나요? 만약에 그렇지 않다면 기울기 5도마다 5점을 더하세요. 반올림이 허용됩니다. 키가 5피트가 안 되나요? 그렇다면 모자라는 1인치마다 1점을 더하세요. 반올림이 허용됩니다. 아래팔이 위팔보다 짧은가요? 그렇다면 1인치 차이마다 1점을 더하세요. 반올림이 허용됩니다. 아랫다리가 윗다리보다 짧은 경우에도 마찬가지예요. 안짱다린가요? 5점 더하세요. 우체국 창구 직원을 곤봉으로 패주고 싶다는 생각이 든 적 있나요? 아, 그건 지극히 정상이에요. 이 문항엔 점수가 없어요. 엄지발가락과 다른 발가락들 사이가 사과를 걸쳐 놓을 수 있을 만큼 벌어져 있나요? 그럴 리는 없겠죠. 그래도 만약에 그렇다면 5점 더하세요. 만약에 그럴 경우 말인데요, 고객님 엄지발가락과 다른 발가락들 사이가 그렇게 벌어져 있을 경우 말이에요, 고 틈에 사과를 걸쳐놓은 자세로 먹기도 하나요? 그 사과 말이에요. 대단하군요. 그럼 15점 더하세요. 5점이 아니라 15점이에요! 사람들이 고객님 머리를 보고 쪽찐 머리라고 말하기도 하나요? 고객님은 절대 그렇게 생각하지 않는데 말이에요. 그럼 10점 더하세요. 이번에도 5점이 아니라 10점이에요! 스웨터 두 벌과 외투를 껴입은 채 등골뼈를 셀 수 있나요? 5점 더하세요. 혹시 고객님 별명이, 죄송합니다, 잡년이거나 잡놈인가요? 3점 더하세요.

자, 계산이 끝났겠지요. 0점에서 20점 사이면 고객님은 순수한 현대인, 지성인이에요. 자유롭게 다리를 놓고 추상화를 그리고 소설을 쓰고 교향곡을 만들고 세상을 망가뜨리세요. 20점에서 40점 사이라면 고객님에게 약간 옛날 사람 기질이 있다는 뜻이에요. 가끔 원시적 행동을 하고 싶을 때가 있을 거예요. 네발로 기어다닌다거나 거칠게 고함을 지른다거나. 그렇지만 고객님이 로스앤젤레스나 뒤셀도르프나 서울이나 상파울루에 산다면 아무도 고객님을 눈여겨보지 않을 거예요. 40점에서 60점이면, 음, 그래도 고객님은 이 놀라운 현대 세계에서 그럭저럭 살아갈 수는 있어요. 그렇지만 고객님의 테이블 매너가 너무 튀어 보일지 모르니까 고급 레스토랑엔 가지 마세요. 혹시 고객님의 점수가 60점에서 80점 사이라면, 아, 고객님은 홍적세 때의 유전적 특질이 매우 강하군요. 엔에프엘이나 메이저리그로 진출하는게 어때요? 풋볼 선수나 야구 선수들 가운덴 더러 고객님 같은 사람들이 있거든요. 점수가 80점에서 100점 사이라면, 불행하게도, 고객님의 유전자 구성은 너무 구식이군요. 인간 세상엔 당신의 자리가 없는 것 같아요. 정치 쪽으로 나가보시길 추천합니다.

인터넷에서도 한 번 스친 적 있는 인성 테스트다. 나는 이 실없는 놀이에 실없이 가담한다. 6점. 나무랄 데 없이 순수한 현대인, 현대 인류. 이 우스꽝스러운 테스트는 내가 이른바 지성인이라고, 지성 인류라고, 다시 말해 호모 사피엔스라고 말한다. 나는 자유롭게 다리를 놓고 추상화를 그리고 소설을 쓰고 교향곡을 만들어도 된다. 나는 세상을 망가뜨려도 된다. 그렇지만 내 우아한 점수는 이 문항들의 실없음을 증명할 뿐이다. 나는 그들과 다르니까, 아주 다르니까 말이다. 이 인성 검사는 가장 높은 점수를 얻은 사람들에게, 즉 너무 구식인 인류에게 정치라는 직업을 추천하고 있다. 그러나 정치라는 직업이야말로 이 행성의 신식 인류에게, 이른바 신인류에게 꼭 어울리는 일이다. 모략과 배반과 탐욕과 파괴욕과, 아, 그 모든 이성과 욕망의 사악한 결합이 바로 정치고, 그 정치가 스며들어 있지 않은 인류 사회는 없다. 죽임이고 죽음인 정치, 전쟁으로서의 정치 말이다.

맨 처음 한 혈거인이 또다른 혈거인의 머리통을 바윗돌로 깨부순 구석기시대 어느 갠 날 오후 이래로, 이들 이른바 지성인류는 개인적으로 또는 집단적으로 서로를 살해하는 데 끊임없이 몰두해왔다. 부수고 죽이며 긴장 속에서 사는 것보다 우애와 협동 속에서 태평스럽게 사는 데 훨씬 더 익숙했던 우리 종족은 쉽사리 그들의 표적이 되었다. 부족과 국가가 형성되고 권력의 매혹을 이들이 깨닫게 된 뒤, 전쟁은 가장 손쉬운 갈등 해결 방법으로 자리 잡았다. 지성 인류의 슬기는 긴 역사를 통해 살인의 수단을 바윗돌이나 창에서 세균 무기와 중성자탄으로 바꾸어놓았다. 이 종족이 지니고 있다는 이성은 아직 내면의 파괴 충동을 제어하지 못했다. 아니 그 이성은 아직도 파괴 충동에 은밀히 또는 노골적으로 협조하고 있다. 워싱턴에서, 바그다드에서, 관타나모에서, 모스크바와 베이징과 도쿄에서, 서울과 광주와 대구에서, 이 행성의 모든 도시와 농촌에서. 인간 군집의 어디나 그렇듯, 대학도 전쟁터다. 학생 군집도 그렇고 교수 군집도 그렇다. 학생 군집마저 그렇다는 것을 정작 내가 학생이었을 때는 잘 알지 못했지만. 설령 피가 낭자하게 흐르는 전쟁터가 아니더라도, 대학은 적어도 정당이고 정파다. 그런데 이 정당, 이 정파를 단합시키는 것은, 여느 정당 정파가 그렇듯, 이념이나 세계관이 아니라 밥그릇이다. 밥그릇은 이른바 신인류의 유일한 관심사다. 무엄하게도 스스로 지성이라는 월계관을 쓴 이 종족에겐 지성만이 아니라 도무지 명예심이라는 게 없다. 내가 안타까워해야 할 일은 아니지만.

몇 년을 떠돌며 대학 사회라는 인간 군집의 기막힌 꼬락서니를 볼 만큼 보고 나니, 굳이 자리를 얻어야겠다는 생각도 없어졌다. 나는 인간 사회가, 인간이 역겨워졌다. 돌멩이 몇 번 던지고 경찰서에 몇 번 끌려간 것으로 시대의 소명을 에누리해 마무리한 내가 이런 말을 하는 것은 분수 모르는 짓이겠지만, 나는 내가 흘긋 엿본 대학 사회에서 인간이라는 종에 대해 실망했다. 아니 절망했다. 대학이라는 공간이 일반적으로 인류의 가장 지적

인 개체들이 모여 있는 곳으로 간주된다는 점 때문에 내 절망은
더 치명적이었다. 인류는 사악한 종자였다. 바로 그래서 그들이
살아남았을 것이다. 내 염세와 혐인은 날이 갈수록 그 도를 더
해갔다. 그러나 신식 인간에게든 구식 인간에게든 먹고사는 일
은 엄숙했다. 부모님은 내게 아무런 유산도 남기지 않았고, 내게
는 부양해야 할 입이 하나 있었다. 그래서 나는 일고여덟 해 동안
의 보따리장수 생활을 접고 대입 학원의 논술 강사가 되었다. 인
간이 제 종족을 짓밟기 위해 만든 경쟁이라는 제도를 풀무질하
는 이 일은 내게 묘한 만족감을 주었다. 대학 시간강사 때와는 비
교할 수 없을 만큼 벌이가 나은 것도 만족스러웠다. 나는 이내 서
울 강남 지역의 학부모들 사이에서 특급 논술 강사로 이름을 떨
치게 됐고, 그들의 눈먼 돈을 거리낌없이 긁어모았다. 지금은 부
모님이 날 키울 때보다 열 배쯤은 더 풍족하게 살고 있다.

　부모님은 돌아가시기 전에 내가 결혼하기를 바라셨지만, 나
는 그 뜻을 거역했다. 십 대와 이십 대에 그랬듯 미끈한 남자들
이 몇 다가오기도 했지만, 나는 그들을 내쳤다. 인간이라는 종이
싫었기 때문이다. 내쳤다는 것은 내 마음을 주지 않았다는 뜻이
다. 진심으로 대하지 않았다는 뜻이다. 그러나 섹스 파트너로서
나는 그들을 물리치지 않았다. 십 대와 이십 대에 그랬듯, 파리에
서 그랬듯, 나는 내가 혐오하고 경멸하는 이 종족의 남성 개체들
과 스스럼없이 몸을 섞었다. 나는 그들의 육체를 탐했다. 그것뿐

이었다. 섹스에 탐닉하는 것 외에 내가 그들과 할 수 있는 일은, 하고 싶은 일은 별로 없었다. 나와 몸을 섞는 종족을 경멸하는 것에 대해 나는 아무런 죄책감도 없다. 그들은 죄책감을 불러일으킬 만한 존엄을 아직 획득하지 못했다. 그러나 그들과의 섹스가 찝찔한 불행의식을 주는 것은 사실이다. 사람들 속에서 살며 사람을 싫어하는 자는 불행해질 수밖에 없다. 갈리아 지역 출신 한 현대인의 말투를 훔치자면, 나는 그 불행의 느낌을 잊기 위해 섹스에 몰두했고, 내가 혐오하는 종족과의 섹스 때문에 다시 불행해졌다. 나는 내가 가르치는 아이들도 좋아하지 않는다. 그러나 그 아이들 앞에서 내색하지는 않는다. 그 정도의 가면을 쓸 줄 알 만큼은 나도 인간 사회에 동화돼 있다. 사람과의 접촉을 최소화하다 보니 내 생활도 단순해졌다. 내 삶의 위안은 음악이다. 내 조상은 이미 8만 년 전에 새끼곰의 넓적다리뼈로 플루트를 만들었다. 음악은 내 주변의 하찮은 종이 이룩한 가장 쓸 만한 성취일 것이다. 음악을 들을 때면, 인간에 대한 내 미움과 경멸이 조금 눅여지는 것도 같다.

논술 수업을 마치고 나는 잠시 망설였다. 도산병원이 너무 멀었기 때문이다. 내가 나가는 학원은 강남의 거의 끝인데, 도산병원은 일산 조금 못 미쳐서다. 서울이라는 도시는 너무 넓다. 그래도 나는 빈소엘 다녀오자는 쪽으로 마음이 기울었다. 그가 지난 15년간 어떻게 살았는지 우연히라도 얻어들을 수 있을 것 같기도 했다. 인의협 의사들 가운데는 신문에 더러 이름을 내는 사람도 있었지만, 나는 그의 이름을 신문에서 본 적이 없다. 그도 혹시, 내심으론, 나처럼 사람을 싫어했던 것일까? 15년 전 우리가 만났을 때 그에겐 그런 낌새가 전혀 없었다. 그의 의료사회주의는 박애주의였다. 그러나 그가 마음속 깊은 곳에서 사람을 싫어했다고 해도 놀랄 일은 아니다. 아니 나는 그가 어떻게 살았는지가 궁금했던 것 같진 않다. 의사들의 일상이야 사실 뻔하지 않은가? 설령 궁금하다고 하더라도 내가 알지도 못하는 조문객들과 무슨 말을 나눌 수 있단 말인가? 나는 그저 그의 영면에 입회하고 싶었던 것 같다.

영안실에 도착했을 때는 열한시가 넘어 있었다. 그의 영정은 15년만큼 더 늙어 보이진 않았다. 나는 향을 올리고 유족들과 맞절을 했다. 그들은 한눈에도 그와 동류가 아니었다. 15년 전 그에게서, 아이가 생기지 않아 자식들을 셋 입양했다는 말을 들어서 그런 게 아니었다. 그와 동류로서, 나는 그의 유족들이 우리에게 속하지 않는다는 것을 직감적으로 알아낼 수 있었다. 마땅히 나를 소개할 말이 없어서, 나는 고인의 환자였다고 말했다. 생리통은 여전했다. 앞으로도 닷새는 더 이럴 것이다. 그는 폐암으로 죽었다고 했다. 하긴, 담배가 원인이 됐는지는 모르겠지만, 파리에서 그는 끊임없이 담배를 입에 물었다. 나 역시 마찬가지었다. 15년 전처럼, 나는 여전히 담배를 빨아대고 있다. 나도 그처럼 폐암으로 죽을까? 영안실이 자리 잡은 건물은 전체가 금연 공간이었으므로, 나는 담배를 피우기 위해 건물을 나오곤 해야 했다. 아는 사람은 아무도 없었지만, 나는 몇 시간은 거기 있고 싶었다. 그의 기를 느끼고 싶었다.

영안실에서 그의 기를 느껴보느라 애쓰는데, 문득 앙투안의 얼굴이 그의 얼굴 위에 겹쳤다. 그러고는 내 가슴이 마구 쿵쿵거렸다. 사실 내가 앙투안을 본 것은 네댓 번에 지나지 않을 것이다. 그리고 내가 아는 한, 현경우는 앙투안을 딱 한 번 만났다. 파리의 카페 뤽상부르에서 말이다. 나는 그 자리에서 두 사람이 서로에게 보인 친밀감의 기억을 거의 잊고 살았는데, 그 가운데 한 사람의 빈소를 들락거리고 있자니 옛날 생각이 나며 가슴이 마구 뛰는 것이었다. 현경우와 함께 내가 폴린과 앙투안을 본 자리는 내가 앙투안을 마지막으로 만난 자리이기도 했다. 한국으로 돌아와 발이 부르트도록 보따리장수 노릇을 하고 있던 어느 날, 나는 인터넷판 르몽드에서 앙투안이 투옥의 위험을 무릅쓰고 이탈리아반도로 돌아간다는 소식을 읽었다. 그는 예상대로 수감되었다. 그러나 다시 몇 년 뒤, 그는 출감과 함께 이 행성 지식분자 사회의 슈퍼스타가 되었다. 수감과 연금 생활 중에 마무리해 마이클 하트라는 미합중국 지역 출신 동료와 공저 형식으로 출간한 책 때문이었다. 《제국》이라는 책 말이다. 대수롭지 않게 스쳤던 이가 나중에 크게 이름을 얻으면 기분이 묘해진다. 그러나 현경우의 빈소에서 내 가슴이 쿵쿵거린 것은 앙투안에 대한 선망이나 질투 때문이 아니었다. 내 가슴이 쿵쿵거린 것은 앙투안이 우리에게 속할지도 모른다는, 우리 종족일지도 모른다는 생각 때문이었다. 속할지도 모른다? 아니, 그 정도가 아니다. 그는 우리에게 속했다. 그는 우리 종족이다. 바로 그것이 카페 뤼상부르에서 앙투안과 현경우가 그리도 친밀하게 보였던 이유였다. 이제 모든 것이 확실해졌다.

　집에 돌아오니 미주는 제 방에서 불을 켜놓은 채 자고 있었다. 얼마 전 이 아이가 피임법에 대해 물어본 것이 생각났다. 벌써 남자친구가 생겼느냐는 내 물음에 아이는 말을 흐렸다. 나는 미주를 격려했고, 열다섯 살이면 남자와 잠을 잘 수 있는 나이라고 말했고, 네가 피임을 하는 것보단 될 수 있으면 남자친구에게 콘돔을 사용하게 하라고 일렀다. 나는 이 아이가 굳이 피임을 할 필요가 없다는 것을 알고 있었지만, 혹시라도 몰라 입 밖에 내지는 않았다. 미주는 아홉 살이 못 돼서 생리를 시작했다. 내가 그랬듯이. 그리고 제 할머니가 그랬듯이. 그리고 제 할머니나 내가 그랬듯, 이 아이의 생리도 두 달에 한 번 찾아와 여드레나 아흐레 동안 계속된다. 유전자는 어디에라도 흔적을 남긴다. 이 아이도, 나나 제 할머니가 그랬듯, 굳이 피임을 할 필요는 없을 것이다. 우리에겐 더 많은 자식이 필요하기 때문이다. 열여섯 살 때 처음 남자와 잠을 잔 이래 나는 셀 수 없이 많은 남자들과 잠을 잤지만, 들어선 아이는 미주 하나뿐이었다. 현경우가 우리 종족이 아니었다면, 나처럼 순혈의 우리 종족이 아니었다면, 이 아이마저 들어서지 않았을 터였다. 어차피 세상에 우리 종족은 드물다. 이른바 신인류와는 몸을 섞어도 아이가 생기지 않는다. 이따금 튀기가 나온다고도 하지만, 그것은 대체로 튀기들 사이의 일일 뿐 미주 같은 우리 종족의 순혈 여성이 남성 인류와의 잠자리로 아이를 수태할 가능성은 거의 없다. 이 아이가 운 좋게 우리 종족 남성과 만나게 된다면 아이 갖는 일을 꺼려할 필요는 없을 것이다.

나는 아이 볼에 입맞춤했다. 아이에 대한 안쓰러움과 자부심으로 한순간 가슴이 뭉클하고 머리가 띵했다. 이 아이는 제 또래의 이른바 지성 인류보다 지적으로 훨씬 뛰어나다. 윤리적으로도 그렇다. 그러나 아이는 머지않아 저와 친구들의 다름이 근본적이라는 것을 알게 될 것이다. 그때 자신의 지적 윤리적 우월을 반드시 다행스러워하지만은 않을 것이다. 이 아이는 어떻게 인간 세상에 맞설까? 현경우와 앙투안이 그랬듯, 인류의 몸뚱어리 어딘가에 숨어 있을지도 모를 한 움큼의 선함에 희망을 걸고 기꺼이 그들 사회에 동화될까? 아니면 내가 그랬듯, 그들에 대한 우월감과 혐오감으로 사회적 관계를 최소화하고 쾌락에 탐닉할까? 어느 쪽이 먼 뒷날의 이 아이를 덜 불행하게 할까? 어느 쪽이든, 아이가 그들에게 완전히 속할 수는 없을 것이다. 부모 이외의 제 순혈 종족을 잠깐이라도 스치는 행운이, 내게 우연히 찾아온 그 놀라운 행운이, 과연 이 아이에게도 와줄까? 내가 죽은 뒤에 아이는 이 행성에서 얼마나 외로울 것인가?

미주가 여름방학을 맞으면 함께 파리엘 가봐야겠다. 아이는 서울에 온 뒤로, 제가 태어나 유년기를 보낸 도시엘 한 번도 가보지 못했다. 뒤셀도르프에도 함께 가봐야겠다. 네안데르 골짜기를 찾아 펠트호퍼 동굴을 둘러보며, 이 아이의 아빠에 대해서, 할머니 할아버지에 대해서, 앙투안에 대해서, 이 행성 어딘가에서 때로는 완전한 비관에 치여 때로는 실낱같은 희망을 품고 살아가고 있을 우리 종족에 대해서, 우리 종족의 숨은 역사에 대해서 길게 얘기해야겠다. 분수 모르는 저들이 네안데르탈 사람이라고 부르는 우리 종의 마지막 여성일지도 모를 이 아이와 함께 말이다.

05

이모

〜〜〜〜〜〜〜〜

　　이모의 영어는 내 한국어만 못하다. 있어야 할 데선 빠지기 일쑤인 관사가, 없어야 할 데엔 언죽번죽 들러붙곤 한다. 부정관사가 자연스러울 자리에선 정관사가 으스대고, 정관사가 와야 할 자리는 부정관사 차지다. 복수로 말해야 할 것을 이모는 흔히 단수로 말하고, 그만큼은 아니지만 단수로 말해야 할 것을 더러 복수로 말한다. 시제는 늘 뒤죽박죽이고 서법도 어지럽다. 주술관계도 제멋대로인데다가 분사는 흔들흔들 매달려 있기 일쑤다. 이런 문법적 어수선함보다 더 두드러진 것은 발음과 억양이다. 넋 놓고 이모의 말을 듣노라면 그녀가 생각하는지think 가라앉는지sink 알 길이 없고, 느끼는지feel 채우는지fill도 흐리터분하다. 이모가 고맙다거나 미안하다고 말할 때, 그 메떨어진 억양 때문에 그게 진심인지 반어인지 헷갈릴 때도 있다. 따지고 보면 이 모든 부자연스러움은 지극히 자연스럽다. 이모는 한국에서 태어나 한국에서 자라 한국에서 살고 있고, 한국 바깥으로 나가 산 적이 없으니 말이다. 열서너 해 전 우리 식구가 사는 앨버커키에 와 석 달 남짓 머무른 것을 빼곤, 이모의 외국 체험은 열흘 안쪽의 짧은 나들이가 전부다. 내가 알기로는 말이다. 그러니 이모가 영어를 그만큼이라도 하는 게 외려 대단한 일일 수도 있다. 자기 언니가 미국인과 결혼하지 않았다면 이모는 그만큼의 영어도 익히려 하지 않았을지 모른다. 그렇지만 미국인들이 으레 그렇듯 나 역시, 사람들이 영어로 말하는 건 당연하게 여기고 이모처럼 영어가 어설픈 사람은 별나게 여긴다. 사실, 정작 별난 것은 내 한국어가 완전치 못하다는 점일 테다. 한국어는 엄마의 모국어이니 말이다.

어쩌면 이 언어는 내게도 모국어일지 모른다. 나는 서울에서 태어나 열 살까지 그곳에서 자랐다. 내 혀는 한국어와 영어를 한껍에 익혔다. 한국어 쪽이 더 일렀을 수도 있다. 비록 내 부모가 맞벌이 부부였다고는 해도, 서울의 여느 아이들처럼 나 역시 엄마와 함께 있을 때가 아빠와 함께 있을 때보다 많았으니 말이다. 게다가 이모가 거의 늘 내 곁에 있었다. 그 시절 이모는 영어로 말하는 일이 좀처럼 없었다. 지금보다 영어가 훨씬 더 서툴렀기 때문에도 그랬을 것이다. 서울에 살던 시절, 이모를 포함한 우리 식구 가운데 한국어를 쓰지 않는 사람은 아빠밖에 없었다. 아니, 아빠가 한국어를 전혀 쓰지 않았다고는 할 수 없다. 그도, 특히 이모와 얘기할 땐, 띄엄띄엄 한국어를 쓰기도 했다. 그러나 내 기억이 옳다면, 아빠의 한국어는 지금 이모의 영어보다도 훨씬 서툴렀다. 훨씬 서툴렀다는 평점도 후하게 매긴 점수다. 사실 아빠는, 한국어로 말할 땐, 대여섯 단어가 넘어가면 문장을 제대로 마무리하지도 못했다. 아빠가 한국에서 14년을 살았다는 점을 생각하면, 더구나 그 가운데 11년을 한국인인 아내와 함께 살았다는 점을 생각하면, 아빠의 그 서툰 한국어는 비난받을 만했다. 그는 아내의 모국어를 배우는 데 그리 큰 열의가 없었다. 이것은 그가 힘센 나라에서 온 주둔군 장교였다는 사실만으로 양해될 수 있는 게 아니다. 만약에 아빠가 서독에 주둔했고 독일 여자와 결혼했다면, 아빠의 독일어는 그의 한국어보다 훨씬 나았을 것이다. 아빠는 극동의 작은 언어를 굳이 익히려 애쓰지 않았다. 그의 몸에도, 여느 미국인들의 경우와 마찬가지로, 영어제일주의가, 그러니까 언어제국주의의 흔적이라 할 만한 것이 새겨져 있었다. 그리고 그 영어제국주의는 유럽의 다른 큰 언어들 앞에서보다 극동의 작은 언어 앞에서 더 뻔뻔스러웠던 것이 분명하다. 그것이 아빠의 기품을 깎아내렸다. 그에게 아메리카 원주민의 피가 살짝 흐르고 있다는 점을 생각하면 더 그렇다.

이모는 시인이다. 한국에선 그럭저럭 알려진 시인이라고 한다. 시집을 내면 대개 5천 부 정도는 나간다고 들었다. 더러 에세이집을 내기도 하는데, 그 경우엔 시집보다 더 나간다고 한다. 인구가 5천만이 안 되는 나라에서 누군가의 책이 나오는 족족 5천 부씩이나 팔려나간다면, 특히 그 책이 시집이라면, 그 저자에게는 충성스러운 독자가 있다는 뜻일 테다. 그렇다면 글을 쓰는 것은 그에게 권리일 뿐만 아니라 의무이기도 하다. 〈앨버커키 헤럴드〉의 판매 부수는 8만 안팎이지만, 이 신문 독자들 가운데 내 기사를 꼬박꼬박 찾아 읽는 이가 5천이 넘을 것 같지는 않다. 신문의 힘을 빌리고도 나는 이모만큼 독자를 지니지 못한 셈이다. 이모에겐 내게 없는 것이 있는 게 틀림없다. 그걸 교감능력이라고 해야 하나? 남에게 말 거는 능력 말이다. 사실 이모는 말수가 적은 편이다. 그 적은 말수로 그녀는 남에게 말을 걸 줄 안다. 산술적으로만 따져볼 때, 그러니까 한국어를 모국어로 삼은 사람 수와 영어를 모국어로 삼은 사람 수를 비교해 헤아려볼 때, 이모가 영어로 시집을 냈다면 그 열 배는 나갔을 게다. 열 배라는 것도 최소한으로 잡은 수치다. 지금 이 행성에 살고 있는 사람들은, 영어를 모국어로 삼지 않은 사람도, 대개 영어를 배우고 영어로 된 책을 읽으려 애쓰니 말이다. 5만 부가 팔려나가는 시집! 환상적이다. 이모는 시집이든 에세이집이든 자기 책이 새로 나올 때마다 꼭 내게 한 권을 부쳐준다. 엄마 아빠에게 보내는 것과는 따로 말이다. 물론 서명을 해서. 이모는 서명할 때 류사라라는 자기 이름을 쓰지 않는다. (이모 이름 사라는 어떤 종류의 비단을 뜻한다고 한다. 그러고 보면 이모의 말투나 태도에는 꽤 실키silky한 데가 있다. 나한테 특히 그런지는 모르겠으나.) 그녀는 이모라고, Emo라고 쓴다. 내겐 이모가 하나뿐이어서, 이모가 이모의 이름처럼 들린다. 사실은 그 이상이다. 내게 이모는, 정말, 이모의 이름이다. 나는 이모를 늘 이모라고 부른다. 그녀와 영어로 이야기할 때도 이모를 사라라고 불러본 적이 없다.

아빠의 고향 앨버커키로 와서 내가 익힌 스페인어 감각으론, 이모는 다분히 남성적인 이름이다. 페르난도, 마테오, 하신토, 페데리코, 베르나르도, 페드로 같은. 마지막 모음 /ㅗ/ 때문에 그렇다는 말이다. 그렇다고, 내 스페인어 감각에 따라, 이모를 이마라 고쳐 부를 수도 없는 노릇이다. 게다가 내 한국어 감각으론, 모음 /ㅗ/가 여성적 삐침의 소리상징인 것 같기도 하다. 여성주의자들이 나를 헐뜯는 소리가 벌써 들리는 것 같다. 여성의 적은 여성이라는 질책이 귀를 간질인다. 그렇지만, 그것이 생물학이든 문화든, 삐침은 확실히 여성적이다. 그것은 남성우월주의에 대한 삐침일 수도 있고, 이 적막한 세상에 대한 삐침일 수도 있다. 저 소리 없는 우주에 대한 삐침. (적막한 세상이라거나 소리 없는 우주는 이모가 흔히 하는 말이다. 어떨 때는 장난스럽게, 어떨 때는 진지하게.) 그 삐침은 여성적 섬세함의 가장자리를 이룬다. 서울에서 초등학교를 다니던 내가 엄마 아빠를 따라 앨버커키로 온 얼마 뒤 이모가 내게 보내준 한국어 학교문법책은 /ㅗ/를 양성 모음으로 분류하고 있었다. 그리고 거기에 음성 모음 /ㅜ/를 맞세웠다. 그럴듯하다. 한국어가 완전치 못한 내 귀에도, /ㅗ/가 밝게 들리고 /ㅜ/가 어둡게 들린다. 졸졸이 줄줄보다 밝게 들린다. 그렇지만 누군가가, 극동의 전통에 따라, 거기서 양은 남성을 함축하고 음은 여성을 함축하는 것이라 말한다면, 거기엔 선뜻 동의할 수 없을 것 같다. 왜 어둠이 여성적이어야 하고 밝음이 남성적이어야 하는가? 밝음과 어둠에 내가 어떤 가치를 부여하고 나서 하는 말이 아니다. 다시 말해, 좋은 것이 여성적이라는 어리뜩한 소리를 하고 있는 것은 아니다. 그저, 내 마음의 지도 속에서는, 여성이 그늘보다는 빛에 가깝다는 말일 따름이다. 모음 /ㅗ/는 양성이자 여성이다. 한국어 단어 이모 역시 양성이자 여성이다. 이모로 불리는 내 이모도 그렇다. 그녀의 시는, 어둠을 노래할 때도, 어스레한 새벽빛 기운에 휘감겨 있다. 그리고 그 새벽빛은 여성적 삐침으로 깔깔하다.

　이렇게 젠체하는 것은 내 주제를 모르는 짓인지도 모른다. 나는 한국어를, 이모의 한국어만이 아니라 쓰여진 한국어 일반을, 남김없이 이해할 만큼 그 언어에 노출되지 못했으니 말이다. 며칠 전 이모한테서 받은 그녀의 새 시집 《플루트의 골짜기》를 읽으면서도, 이 언어에 대한 내 버성김을 새삼 깨달았다. 슬프게도, 나는 한국어를 술술 읽어내지 못한다. 한국을 떠난 뒤로, 한국어 텍스트를 접할 기회가 많지 않았기 때문이다. 엄마를 위해 이따금씩 뭉치로 배달되는, 그러나 내가 큰 기사 제목들만 읽고 마는 한국어 신문들을 제외하면, 이모의 시와 에세이들을, 그리고 두 권의 학교문법책을 힘겹게, 아주 힘겹게 읽어내려간 것이 십 대 이후 내 한국어 독서 체험의 거의 전부였다. 그러니 내 한국어 독해력은 열 살 남짓 되는 한국 아이 수준에 멈춰 있달 수 있다. 아니 그보다는 낫다고 말해도 되겠다. 나는 이모의 시와 에세이를 여러 번 되풀이해 읽었으니 말이다. 이모의 시 여남은 편은 욀 정도다. 멋들어져 보이는 에세이 몇 대목도 고스란히 내 머릿속에 찍혀 있다. 내 입에 밴 서울말 억양으로 그 문장들을 왼다면, 한국인들은 깜짝 놀랄 것이다. 내 외모에서 어딘지 이방인의 기미가 느껴진다고 해도, 나는 백인에 가까우니 말이다. 내 머리카락과 눈동자는 갈색이지만, 그것은 백인들에게도 흔한 색이다. 나를 남유럽계쯤으로 여기는 사람은 있을지 몰라도, 내가 털어놓기 전에 내가 반은 한국인이라는 사실을 알아채는 사람은 없을 것이다. 그런 백인여자의 입에서 흘러나오는 유창한 한국어가 한국인의 감탄을 자아내지 않을 도리는 없다. 사실 나는 많은 한국인들을 놀라게 하곤 했다. 뉴멕시코 대학으로 유학 온 한국인 학생들도 놀랐고, 샌타페이나 로스앨러모스를 찾은 한국인 관광객들도 놀랐다. 그래도 한국어를 읽어내는 것이 쉽지는 않다. 글을 쓰는 것은 더욱 힘들다. 유창하게 말하듯, 내가 이 언어를 쉽게 읽어내고 자유롭게 써내려갈 수 있으면 얼마나 좋으랴.
내가 이모의 시집에 대해 한국어로 서평을 쓸 수 있으면 얼마나
좋으랴.

나는 이모의 새 시집을 슬렁슬렁 읽어나갔다. 슬렁슬렁 읽
어나갈 수밖에 없는 것은, 처음부터 꼼꼼히 읽으려 애쓰면 결코
마지막 페이지에 이를 수가 없기 때문이다. 그렇게 슬렁슬렁 두
번 세 번 되풀이해서 읽다보면, 내 독서는 점점 치밀해진다. 흐릿
했던 뜻이 어느 틈에 또렷해지고, 활자들은 말 그대로 생기를 얻
는다. 이번 시집도 그렇게 슬렁슬렁 읽어나가다가, 한 작품에서
오래 머물렀다. 〈플루트의 골짜기〉라는 시였다. 그 시가 특별히
좋아서가 아니라, 그것이 표제작이었기 때문이다. 그 시의 제목
을 시집 표제로 삼았다면, 그 시가 이모에게는 특별한 뜻이 있을
터였다.

여기는 행성의 봉우리
하늘로 트인 부두
구름 내에 취해
사지를 펼치고 누우니
바람 한 무리 배船에서 내려
내 겨드랑이 간질이네

내겐 푸네기 없으나
모두 하늘 너머로 떠났으나
그들 기억 간직한
작은 몸뚱이의 동무들 있네

나는 그들과 몸을 부비네
거미의 여덟 다리는 내 마노瑪瑙
나비의 네 날개는 내 월장석月長石
돌들의 서느런 감촉이
나를 고향으로 이끄네
멀고먼 고향의
사라진 푸네기들로 이끄네

빗방울 하나 떨어질 때
나는 듣네
아렴풋한 플루트 소리를
새벽 안개 속에서
나는 보네
먼 조상의 아스라한 골짜기를

지상에 나 하나 남았으나

외롭지 않네

그들 기억 간직한

작은 몸뚱이의 동무들 있으니

그 보석들의 서늘함이

나를 안온케 하니

내가 모르는 단어가 셋이나 있었다. 푸네기와 마노와 월장석이었다. 나는 한영사전을 들추어 푸네기가 혈육sibling이라는 뜻임을 확인했다. 그리고 마노가 애기트agate라는 것과 월장석이 문스톤moonstone이라는 것도 알아냈다. 좀 소박하다 할 시였다. 나처럼 제법 감식안이 있는(!) 독자가 소박하다고 말할 땐, 그리 좋지 않다는 뜻이다. 몇 번을 거듭 읽었지만, 그래도 좋아지지가 않았다. 무엇보다, 이미지들이 조리 있게 이어져 있질 않았다. 이미지의 도약에도 그럴듯한 맥락이 부여돼야 하는데, 이 시는 거기 실패하고 있었다. 벌레를 보석에 비유한 것도 억지스러워 보였다. 첫 연의 배는, '하늘로 트인 부두'라는 행을 보면, 우주선인 듯하다. ('하늘로 트인 부두'라는 표현은, 어쩌면, 이모가 앨버커키에서 배운 영어단어 스카이포트skyport에서 착상한 것인지도 모르겠다. 여느 미국인들이 에어포트airport라고 부르는 공간을 뉴멕시코 사람들은 스카이포트라고 부른다는 걸 알고는, 이모는 뉴멕시코가 시인들의 땅인 것 같다며 스카이포트라는 말을 여러 차례 되뇌었다.) 그런데 거기 실려온 바람은 또 뭐람? 내 한국어가 모자란 탓일까? 그런 것 같진 않았다. 〈플루트의 골짜기〉는, 내가 읽어온 이모의 다른 시들에 견줘서도, 사뭇 떨어지는 듯했다.

그래도 이 시는 내게 이모의 거처를 환기시켜주었다. 이모가 10년 넘게 살고 있는 곳은 서울의 망원동이다. 한국에서 동은 대도시의 가장 작은 행정구역이다. 일반적으로 동이 모여 구를 이루고, 구가 모여 도시를 이룬다. 망원동의 망원은 먼 데를 바라본다, 또는 멀리 바라본다는 뜻이라고 이모는 내게 가르쳐주었다. 중국어에 기원을 둔 이름이다. 망이 동사 노릇을 하고 원이 목적어나 부사 노릇을 한다. 이모는 자신이 늘 먼 곳을 바라본다고 말했다. 먼 곳을 바라볼 때, 가까운 것들의 속박에서 벗어날 수 있다는 것이다. 그것은 매우 소박한 철학이었지만, 비단이라는 뜻의 이름을 지닌 여자의 실키한 목소리에 실려 발설되면서 내게 잔잔한 감동을 주었다.

아닌게 아니라 이모의 거처는 그녀의 일상 철학과 어울린다. 이모는 망원동의 한 옥탑방에서 산다. 옥탑방이란 건물의 평면 지붕 위에 세워놓은 가건물이다. 보통은 1실이고 넓어야 2실이다. 건물 주인이 세입자를 더 받아들이기 위해 만든 불법 건축물인 경우가 많다. 이모의 2실 옥탑방도 불법 건축물이라고 들었다. 그곳에선 먼 곳이, 한강과 그 너머가 한눈에 들어온다. 한강은 한반도의 중부를 동에서 서로 흐르는 강이다. 조그만 나라의 강이어서 길이도 3백 마일 남짓밖에 안 되지만, 서울을 가로지를 때쯤이면 미국이나 유럽의 어느 강 못지않게 장엄하다. 너비가 1마일 가까이나 된다. 한국전쟁 때 미군이 그 강 위의 다리를 폭격함으로써 북한군의 남진을 꽤 오래 저지할 수 있었을 정도다. 2천 마일을 흘러내리는 리오그란데와 비교해보면서 뉴멕시코 사람들이 한강을 대단찮게 여길지 몰라 하는 말이다.

이모의 옥탑방에서 바라보는 한강은 리오그란데의 가장 넓은 구역 못지않다. 특히 앨버커키의 리오그란데는 서울의 한강에 견주면 개울에 지나지 않는다. 겨울이면 화씨 10도 언저리로 내려가기 일쑤인 서울 날씨에도 얼지 않을 만큼 한강은 넓다. 어려서 서울에서 사는 동안 한강이 얼었다는 이야기를 들어본 적이 없다. 물론 그것이 꼭 한강이 넓어서만은 아닐 것이다. 자기 어린 시절엔 겨울마다 한강이 얼곤 했다고 이모가 얘기해준 적이 있다. "그땐 한강에서 썰매도 타고 스케이트도 타고 그랬어. 그러다가 얼음이 무너져 사람이 빠져 죽는 사고도 더러 있었고. 그런데 언젠가부터 한강이 얼질 않아. 서울의 겨울이 그때만큼 춥질 않아서 그런 것도 같고, 한강이 예전만큼 맑질 않아서 그런 것도 같아."

이모는 한강의 나룻배 얘길 하기도 했다. "제2한강교랑 서울대교가 들어서기 전엔 양평동이나 여의도엘 가려면 나룻배를 타야 했어. 물론 겨울엔 한강이 어니까 걸어갈 수도 있었지만, 그런 모험을 하는 사람은 거의 없었지." 제2한강교와 서울대교는 지금은 각각 양화대교와 마포대교라고 부른다. 내가 어려서 살던 서울 동네와 한강 건너편을 잇는 다리들이다. 여의도는 한강의 하중도河中島로, 이모가 어렸을 땐 거기 군용 비행장이 있었다고 한다. 지금은 방송사와 금융회사들이 모인 비즈니스 구역이돼 있다. 군데군데 마천루도 들어서 있어서 서울의 가장 번화한 구역에 속한다. 그 규모는 뉴욕의 맨해튼보다 훨씬 작지만, 한국인들은 여의도를 맨해튼에 비교하고 싶어 한다. 다리가 수도 없이 놓인 지금의 한강엔 나룻배가 없다. 관광객들을 위해서 언젠가부터 유람선이 운행되고 있다고 한다. 그렇지만, 이모가 어렸을 때의 서울이라면 몰라도, 요즘 서울이 유람선 승객들에게 무슨 볼거리를 줄 수 있을지 모르겠다. 한강 주변에 있는 거라곤 네모난 고층아파트뿐이니 말이다. 이모의 옥탑방에서 바라보는 한강은 아름답지만, 한강에서 바라보는 서울은 그리 아름다울 것같지 않다. 네모난 고층아파트만이 아니라 이모의 옥탑방도 그리아리따워 보일 것 같진 않다. 하긴, 한강에서 이모의 조그만 옥탑방을 보려면 망원경이 필요하리라. 한국어 망원경의 첫 두 음절은 망원동의 첫 두 음절과 같다. 그러니까, 먼 곳을 본다는 뜻이다. 유럽어를 직역해서 그렇게 됐을 것이다. 망이 스코프scope고, 원이 텔레tele다. 그렇지만 이모의 망원동 옥탑방에선 망원경

없이도 한강을 잘 볼 수 있다. 망원동 자체가 망원경인 것이다.

이모의 옥탑방에서 볼 수 있는 것이 한강과 그 너머만은 아니다. 무엇보다도 하늘이 보인다. 먼 하늘이. 막막한 하늘이. 서울 하늘에는 별이 없다. 전혀 없는 것은 아니지만, 보기가 쉽지 않다. 맑은 날에는 별들이 드문드문 보이기도 하지만, 그때도 별빛이 또렷하지는 않다. 내가 사는 앨버커키도 대도시랄 수 있지만, 그래도 이곳 하늘에선 별들이 꽤 생기 있다. 쏟아져 내릴 듯한 별들이 1년에 열흘 밤쯤은 하늘을 뒤덮기도 한다. 앨버커키의 조명이 서울에 못 미치고, 앨버커키의 대기가 서울보다는 맑다는 뜻이겠다. 한강 물이 흐릿해진 것처럼 서울 공기도 흐릿해졌나 보다. 이모 방의 뒤꼍이라 할 옥상에는 평상이 하나 놓여 있다. 평상이란 나무로 만든 침상이다. 이모는 춥지 않은 밤이면 거기 누워 하늘을 본다. 막막한 하늘을 막막히 쳐다보거나, 흐릿한 별들을 흐릿하게 헤아린다. 너무 상투적이라고 내가 비웃긴 했지만, 별들은 이모에게 희망 같은 것이었다. 이모가 언젠가 장난스럽게 읊던, 어느 헝가리 남자의 탄식이 떠오른다. 별이 빛나는 하늘이, 갈 수 있고 또 가야만 하는 길의 지도가 돼주던 시대는 얼마나 행복했던가? 그리고 별빛이 그 길을 환히 밝혀주던 시대는 얼마나 행복했던가? 망원은 희망이 멀다는 뜻이기도 하다고 이모는 내게 말했었다. 여기선 망이 명사 노릇을 하고 원이 형용사 노릇을 한다. 카멜레온 같은, 또는 나디아 코마네치의 몸매 같은 중국어의 마법이다. 자기에게 희망은 늘 먼 곳에 있었다고, 그래서 자기는 늘 먼 곳을 바라볼 수밖에 없었다고 말하는 이모의 얼굴은 슬펐다. 어떤 절망감이 그녀의 얼굴에 서렸다.

"아인슈타인은 슬펐을 거야. 절망적이었을 거야. 세계의 생김새와 운동 원리에 대해 이 행성에서 자기만큼 아는 사람이 없었는데, 사실 자기도 아는 게 거의 없었을 테니 말이야." 옥상의 그 평상에 누워 이모는 문득 내게 그렇게 말했었다. 그때 나는 좀 혼란스러웠다. 이모는 자기가 아인슈타인이라고 생각하는 것일까? 그건 믿기 어려운 일이었다. 이모는 극동의 조그만 나라에 약간 알려진 시인일 뿐이다. 물리학이나 수학에 대해서 이모가 한국의 평균적인 고등학생보다 더 잘 안다고도 상상할 수 없다. 이모가 과대망상증 환자라고도 상상할 수 없다. 이모는 그때 왜 아인슈타인의 절망과 슬픔에 대해 얘기했을까? 세계의 생김새나 운동 원리가 아니더라도, 자신이 세상 누구보다도 더 잘 아는 무엇인가가 있다고 생각했을까? 그랬다면 그게 뭘까? 나는 이모의 시집들을 들춰보며 그게 뭘까 넘겨짚어본다. 팽이버섯? 병풍? 약장사 기타 소리? 초가지붕? 여름이 끝날 무렵의 안개? 일곱시 기차? 팔월의 어둠? 징거미 더듬이? 닭의 체온? 카를로스 두에르테의 트럼펫? 얇은 한지의 아름다움? 아니면 고양이? 아, 고양이······.

이모는 고양이들을 기른다. 아니 기른다는 말은 정확하지 않다. 이모는 고양이와 함께 산다. 아니, 함께 산다는 말도 정확하지 않다. 이모는 고양이들이 어디서든 제멋대로 놀도록 내버려두고, 틈나는 대로 걔들을 돌본다. 이모의 옥탑방 둘레에는 늘 고양이들이 어슬렁거린다. 그 동네의 떠돌이고양이들이다. 주인 없는 고양이들이다. 이 주인 없는 고양이들을 꼭 떠돌이고양이라고 할 수는 없겠다. 걔들은 이모의 옥탑방 주변에 정착해 산다고도 볼 수 있으니 말이다. 그래, 이모는 이 고양이들을 자유고양이라고 부른다. 이모는 이 자유고양이들을 관리하지 않는다. 그렇지만 돌본다고는 할 수 있을 것이다. 이모는 그 고양이들에게 하루에 두세 번씩 밥을 준다. 고양이들도 밥 때가 되면 이모의 옥탑방 주위를 어슬렁거린다. 밥을 먹을 땐 자유고양이다운 경계심을 잃고 옥탑방 안으로 들어오기도 한다. 외출을 할 때, 이모는 문 앞에 고양이밥을 놓아둔다. 이모의 외출이 길어지는 경우는 별로 없다. 이모는 외박도 절대 하지 않는다. "고양이들 때문이야?"라고 내가 전화로 묻자, "반쯤은"이라는 것이 태평양 너머의 대답이었다. 고양이 사료를 사는 데 이모는 적잖은 돈을 쓴다. 이따금 걔들한테 장난감을 던져주기도 한다. 어디가 아프거나 다친 듯 보이는 고양이가 있으면, 이모는 그 아이를 케이지에 담아 동물병원에 데려가기도 한다. 케이지에 담는 것이 쉬운 일은 아니다. 이 아이들은 집고양이가 아니라 떠돌이고양이이기 때문이다. 그래도 이 떠돌이들은 이모를 보통 사람과는 달리 대한다. 와서 안기는 일은 없지만, 이모를 피하지도 않는다. 이모는 이 고양이들이 세상에서 가장 덜 경계하는 사람일 것이다. 그렇다고 이 고양이들이 이모를 제 주인으로 생각하는 것은 아니다. 이들은 밥 때 말고는 이모의 옥탑방 둘레에서 어슬렁거리는 일이 없다. 그들은 망원동 이 구석 저 모퉁이를 싸돌아다닌다. 그들은 어쩌면 이모를 제 보모로 생각할지도 모르겠다. 아니면 부분적 동거인으로 생각할 것이다. 이모는 그들과 부분적으로 동거한다.

하긴 이모가 부분적으로 동거하는 것이 고양이들만은 아니다. 이모는 옥탑방에서 온갖 곤충들과, 온갖 식물들과 동거한다. 자연과의 친화가 생태주의자의 가장 높다란 기품에 속하는 것이라면, 이모야말로 생태주의자다. 나는 그게 되지 않는다. 그러고 보면 무슨 무슨 '주의자'가 되는 데는 세계관의 결단 못지않게 천품이 뒷받침돼야 하는 것 같다. 공산주의니 민족주의자니 하는 '박력 있는' 주의자만이 아니라 생태주의자 같은 '소박한' 주의자도 마찬가지다. 물론 세제를 되도록 덜 쓴다거나 쓰레기를 되도록 덜 만들어낸다거나 자동차를 되도록 덜 타는 것쯤은 나도 실천할 수 있다. 이런저런 초록색 정당들에 표를 던지는 것도 어려운 일이 아니다. 나는 2000년 대통령 선거 때 녹색당의 랠프 네이더에게 신념을 가지고 투표함으로써 부시 2세의 당선에 이바지하기도 했다. (그때 나는 신념을 지닌 민주당원인 엄마와 아빠로부터 '무책임한 급진주의자'란 비난을 받았다.) 내추럴리즘 스타일의 에콜로지 디자인으로 몸뚱어리를 치장하며 겉멋을 부리는 것도, 비록 그 속물적 허영이 닭살스럽기는 하나, 실천하자면 못할 것도 없겠다. 그러나 자연과의 친화는 내 천성 바깥에 있는 것 같다. 자연사自然史의 대상 일반을 내가 이물스러워하는 것은 아니다. 이를테면 식물들의 싱그러움에 감응할 정도의 마음자리는 내게도 있다. 냇가의 반들반들한 조약돌을 만질 때 나는 문득 행복하다. 내게 이물감을 주는 것은 내 몸뚱이가 그 일원인 '동물의 왕국'이다. 사자나 호랑이 같은 맹수만이 아니라, 이모가 그리 지극정성으로 돌보는 고양이도 나는 별로 좋아하지 않는다. 특히 곤충류를 비롯한 절지동물과는 좀처럼 친해지지가 않는다. 뉴멕시코의 절지동물들이 한국의 절지동물들보다 독성이 더 강해서만은 아니다. (뉴멕시코의 절지동물들이 사납고 더러 치명적인 것은 사실이다. 이곳에선 거미에 물려 사람이나 소가 죽기도 한다.) 서울에 살 때도, 나는 절지동물들을 싫어하고 무서워했다. 양화대교(이모가 어렸을 땐 제2한강교라 불렸다는) 앞 풀밭에서 사마귀를 보면 심장이 얼어붙는 듯했다. 나방이 무서워서 나는 여름밤을 싫어했다. 벽 위를 빠르게 걷는 그리마는 졸음을 싹 달아나게 했다. 그런데 이모는 그 절지동물들과도 친하다. 이모는 개미나 귀뚜라미만이 아니라 그리마나 나방까지도 다치지 않게 살짝 집을 줄 아는 사람이다. 이모의 옥탑방에서 곤충 살해는 일어나는 법이 없다. 이모는 그 아이들을 살짝 집어 옥탑방 문 바깥으로 놓아준다. 이모는 심지어 모기도 죽이지 않는다. 죽이지 못한다. 그저, 손사래로 내쫓을 뿐이다.

　이모의 그 옥탑방엘 가본 것이 4년 전이다. 엄마와 나에게 는 고향 방문이었고, 아빠에게는 처가 방문이었다. 따지고 보면 아빠 입장에서 굳이 처가랄 것도 없다. 서울의 가까운 인척은 이 모가 유일하기 때문이다. 그리고 이모는 도저히 친척들을 초대할 수 없을 만큼 좁은 옥탑방에 살고 있기 때문이다. 아빠는 그저, 자기가 젊은 시절 살던 도시를, 아내의 고향을 방문한 것이다. 외 할머니와 외할아버지는 이모의 유년기에 차례로 세상을 떴다. 친척들 아무도 이 천애고아를 떠맡으려 하지 않았고(아마 그 시 절 한국의 가난 때문이었으리라), 그래서 이모는 네 살 터울의 자 기 언니 곧 내 엄마와 함께 보육원에서 자랐다. 그 언니가 경제적 으로 독립할 만큼 나이가 든 뒤로 이모는 언니와 단둘이 살았고, 언니가 결혼한 뒤엔 언니 식구들, 곧 나랑 내 부모와 함께 살았 다. 그리고 마침내 자기 언니가 남편을 따라 태평양을 건넌 뒤로 는 혼자 살아왔다. 망원동의 그 옥탑방에서 말이다. 우리 식구가 이모와 함께 살 땐, 집이 그 근처의 합정동이었다. 합정동은 엄마 와 이모가 태어난 곳이기도 하다. 합정은 조개우물shellwell이라 는 뜻이라 한다. 셸웰이라는 말의 거듭된 운이 유쾌했던 듯, 이모 는 합정의 뜻을 내게 가르쳐주며 셸웰을 한 열 번쯤 반복했다. 외 할머니와 외할아버지가 세상을 뜬 뒤 엄마와 이모가 자란 보육원은 홍은동이라는 곳에 있었다. 홍은은, 이모 설명으로는, 드넓은 은총이라는 뜻이다. 보육원이 있는 동네 이름으로 그럴듯하다. 엄마는 고등학교까지는 보육원에서 보내주었지만, 대학은 자기 힘으로 다녔다. 게다가 동생을 돌보며 다녔다. 엄마는 생활력이 대단한 사람이다. 학교를 다니며 시간제 노동을 할 때도 그랬고, 아빠를 만나던 시절의 초등학교 양호교사 시절에도 그랬고, 뉴멕시코 주립 병원 간호사일 때도 그랬다. 아빠가 교통사고로 노동 능력을 잃지 않았다면, 그리고 내가 사립대학을 옮겨 다니며 집에 경제적 부담을 주지 않았다면, 우리집 살림살이도 꽤 넉넉했을 것이다. 경제적 자립심에서 나는 엄마를 닮지 못했다. 나는 아직도 부모에게 얹혀산다. 한국식으로. 그렇지만 법대 진학은 내 힘으로 하려 한다. 〈앨버커키 헤럴드〉에서 한 해만 더 버티면 법대 학비 3년치를 모을 수 있을 것 같다.

엄마와 단둘이 살던 여고생 시절, 이모는 아무 말 없이 집을 나가 석 달 뒤에야 돌아온 적이 있다고 한다. 엄마가 얼핏 흘린 그 사건의 전말이 궁금해 나는 엄마에게 몇 차례 그 일에 대해 물었으나, 엄마는 그저 웃거나 어깨를 으쓱거리며 말을 흐리곤 했다. 4년 전 서울에 갔을 때, 나는 용기를 내 이모에게 그 일에 대해 물었다. 그때 왜 집을 나갔었느냐고 말이다. 이모는, 특유의 찡그리는 듯한 미소를 지은 뒤, 고향엘 찾아갔었다고 말했다. "이모 서울이 고향 아냐?" "그렇지." "그런데 고향을 찾아가다니?"

"진짜 고향 말이야. 태어난 곳 말고, 내 핏줄이 떠나온 곳." "거기가 어딘데?" "어느 골짜기." 그러더니 이모는 내 볼에 입을 맞췄다. 그 얘긴 더이상 하고 싶지 않으니 나도 그만 하라는 뜻이었다. 나는 이모 뜻을 따랐다. 그리고 한순간 생각했다. 이모의 핏줄이 떠나온 곳? 그것은 외할머니나 외할아버지의 고향을 뜻하는 것일까? 알 수 없었다. 외할머니나 외할아버지의 고향은 서울이 아니었나? 알 수 없다.

이모는 한 번도 결혼을 하지 않았다. 아마 앞으로도 결혼을 하지 않을 것 같다. 이모의 나이도 벌써 쉰을 향해 치닫고 있다. 이모는 지금도 꽤 미인이라고 할 수 있는 얼굴이다. 기름한 얼굴에 이목구비가 또렷하고 눈에는 살짝 쌍꺼풀이 져 있다. 네 해 전까진 그 길고 숱진 머리카락 가운데 흰빛도 전혀 보이지 않았다. 젊었을 때는 '꽤'라는 말이 필요 없을 만큼 미인이었다. 엄마에겐 미안하지만, 엄마의 미모는 이모에 크게 못 미친다. 게다가 이모의 몸매는 지금도 젊었을 때와 그리 차이가 없다. 이모에게는 또 사람을 편안하게 만들어주는 재주가 있다. 그녀가 실키하다고 내가 말했던가? 이모 옆에선 아무 말 없이도 편안하다. 내가 꼭 그녀 조카여서 그런 것 같진 않다. 그녀는 말 없이도, 그 표정과 몸짓으로 사람을 편하게 한다. 그녀의 어떤 시들과 산문들은 그녀의 마음이 넉넉함을 내비친다. 그러니 적어도 젊은 시절엔 주변에 남자들이 들끓었으리라. 아무렴, 그렇고말고! 어쩌면 지금도 주변에 남자가 또는 남자들이 있을지 모른다. 애인으로서의 남자 말이다. 여자인 내가 보기에도 이모는 매력적인 여자다. 이모의 입맞춤을 받은 뒤에, 나는 말머리를 돌려 이모에게 물었다. 왜 결혼을 하지 않았느냐고. 물으면서 나도 좀 우습긴 했다. 그 질문은, 왜 결혼을 했느냐는 질문만큼이나 어리석게 들렸다. 그러나 이모는 그 질문의 어리석음을 탓하지 않았다. 이모는, 그때, 누구나 낯선 사람과 친해져 함께 살 수 있는 건 아니라고 답했다. "난 내 몸 하나도 감당하기 힘들어. 다른 사람까지 감당할 순 없단다."

그러니까 이모 생각에 결혼은 다른 사람을 감당하는 일이었다. 그것이 별난 생각은 아니었지만, 이모는 왜 그렇게밖에 생각할 수 없었을까? 결혼을, 다른 사람이 자기를 감당해주는 일로 생각할 수는 없었을까? 또는 서로가 서로를 감당하는 일로 생각할 수는 없었을까? 그것은 이모의 어떤 가족주의 때문인 것 같기도 하다. 특수한 형태의 가족주의 말이다. 이모는 자신과 가족 관계를 맺은 사람에게는 무조건, 다시 말해 반대급부로서의 베풂을 기대하지 않은 채, 베풀어야 하는 것이다. 그렇지만 그 베풂은 때로 이모를 힘들게 하고, 그래서 사람들과 가족이 되기가 싫은 것이다. 그렇지만 고양이들은? 절지동물들은? 그들은 가족이 아닌 것일까? 그러니까, 이모를 힘들게 하는 것은 사람 가족인 것 같다. 이모와 함께 사는 고양이들, 이모와 동거하는 절지동물들은 이모를 힘들게 하는 것 같지 않으니 말이다. 그 고양이들은, 그 절지동물들은 가족이 되었을 경우에도 이모에게 어떤 거리를 허락해서 그럴지 모른다. 그 거리가 자유의 숨통이든 무심함의 여유든. 그렇다고 이모 주위에 사람들이 없는 건 아니다. 사실은 많다. 서울에 들렀을 때, 나는 거의 이모 곁에 붙어 지내며, 이모 친구들을 여럿 만났다. 여자들도 있었고, 남자들도 있었다. "그 사람들은 가족이 아니니까, 내가 감당하지 않아도 되거든." 나는 어떨까? 내가 며칠 붙어 있는 것도 이모에게 감당이라는 짐을 지우는 일일까? "그건 아냐, 단지 며칠뿐인걸, 뭐." 그러더니, 이모는 정색을 하고 이렇게 덧붙였다. "그게 아니라, 넌 달라, 샐리. 넌 네 엄마하고도 다르단다. 넌, 나니까. 너를 감당하는 건, 나를 감당하는 거야. 그리고, 사람은 누구나, 나 같은 사람마저도, 저 자신은 감당할 수밖에 없지. 살아 있는 동안은." 이건 이모의 진심이었을까 아니면 하나뿐인 조카의 기분을 북돋우려는 배려였을까? 나는 지금도 모르겠다.

이모와 나는 한 공간에서 태어났다. 서울의 구시가지에 있는 적십자 병원이라는 곳이다. 서울적십자 병원은 엄마가 초등학교 양호 교사를 거쳐 간호사로 일한 곳이기도 하다. 우중충한 서대문 네거리 근처의 그 병원 건물은 지금도 그 자리에 있다. 4년 전 서울에 갔을 때도 그 앞을 지난 적이 있다. 적십자는 박애의 기호다. 그러나 그 박애도 인간의 질서 속에서는 분열돼 있다. 그 적십자는, 이슬람세계와 유대세계 바깥의 박애만을 대표한다. 적신월과 적수정은 그 분열의 기호다. 그 분열이 십자가 잘못은 아니다. 그것은 십자가를 휘두르던 인간의 잘못일 따름이다. 우리 몸뚱어리가 실어 나르는 유전자의 잘못일 따름이다. 그 분열은, 그 분열의 모터 노릇을 하는 증오와 탐욕은, 호모사피엔스사피엔스의 진화 단계와 깊이 관련돼 있을 테다. 사실, 호모사피엔스사피엔스의 진화 단계라는 말도 이모의 입에 밴 표현이다. 뉴욕의 쌍둥이빌딩이 무너졌을 때도, 아부그라이브교도소의 속사정이 알려졌을 때도, 부시 주니어가 재선에 성공했을 때도 이모는 말했다. 그것들은 호모사피엔스사피엔스의 진화 단계 탓이라고. 이모는 인류의 진화 단계라고 말하지 않고 꼭 호모사피엔스사피엔스의 진화 단계라고 말했다. 이모의 말투에 냉소가 배어 있었던 것은 아니다. 그렇지만 이모가 호-모-사-피-엔-스-사-피-엔-스라고 음절을 뚝뚝 끊어 말할 때, 그것이 문득 다른 종의 생물 입에서 나오는 말처럼 들렸던 것도 사실이다. 이슬람권이나 유대세계에서라면, 이모와 나는 적신월이나 적수정 아래서 태어났을지도 모른다. 이슬람 이름을 지닌 이모를(자밀라?), 유대인 성을 지닌 나를(라빈?) 상상하니 잠시 기분이 이상해진다. 유대인이나 아랍인으로 태어났다면, 우리는 군인이 됐을지도 모르고, 순교자가 됐을지도 모른다. 그러나 이모와 나는 기독교의 영향이 큰 사회에서 태어났고, 그래서 우리 출생공간 위에선 빨간 십자가가 뽐내고 있었고, 그래서 군인이나 순교자가 될 필요가 없었다.

　이모와 나는 태어난 공간만 똑같은 것이 아니다. 태어난 날짜도 9월 18일로 같다. 당연히, 이모는 내가 태어난 날을 또렷이 기억한다. "그때도 태풍으로 소란스러웠어. 그즈음이 늘 태풍 철이니까. 너 태어나기 바로 전에 어빙이랑 주디라는 태풍이 불었던 것 같고, 너 태어나고 한 달도 안 돼서 팁이라는 태풍이 불었어. 팁은 한국은 피해갔지만 일본에 아주 큰 피해를 줬어. 기록상 전무후무한 강도의 태풍이었거든. 그렇게 들은 것 같아." 이모가 태어난 날에도 태풍이 불었다고 한다. 그 태풍 이름이 사라다. 한반도 남부지방을 쑥대밭으로 만들었다는. 사라라는 이름을 지녔던 태풍 가운데 가장 악명 높은 것이 1959년의 바로 그 사라다. 이모가 사라라는 이름을 갖게 된 것도 그래서다. 이름을 그렇게 지은 것은 외할아버지라고 한다. 외할아버지는 왜 그렇게 무시무시한 태풍 이름을 이모에게 주었을까? 이모가 강하게 자라기를 바라서였을까? 아니면 그 시절의 태풍 명명자들처럼, 명명의 순함을 통해 실체의 독함을 지우려 했던 것일까? 그렇지만 외할아버지라 해서 막 태어난 자기 딸의 성정을 정확히 알 수는 없었을 테다. 그리고 이모는 태풍의 사나움이 아니라 비단의 부드러움을 타고났다. 사라라는 이름은 그저 외할아버지의 무성의 때문에 이모에게 붙여진 이름인지도 모른다. 아무튼 나는 사라라는 이름의 어감이, 비단이라는 뜻이 좋다.

　이름에 뜻을 담는 것은 창세기 이래 인간 관습이다. 아담이 그렇고 하와가 그렇다. 구약성서에서 사라는 아브라함의 아내이자 이사악의 어머니다. 사라의 본디 이름은 사래였다. 사래는 히브리어로 싸움하기 좋아한다는 뜻이라 한다. 하느님이 사래라는 이름을 사라로 바꾸라고 명한 것도 그 어감 때문이었는지 모른다. 구약성서 창세기에서 하느님은 아브라함에게 거드름 피우며 말했다. 네 아내 사래를 사래라는 이름으로 부르지 말아라, 그 여자 이름은 사라다, 내가 그 여자에게 복을 내려 네게 아들을 낳아주게 하리라, 그 여자에게 복을 내려 많은 민족의 어미가 되게 하고 그 여자에게서 민족들을 다스릴 왕손이 일어나게 하리라. 아브라함은 공손히 엎드려 있으면서도 속으로 킬킬 웃었다. 나이 백 살에 아들을 보다니, 사래도 벌써 아흔 살이나 됐는데 어떻게 아이를 낳는담. 그러나 하느님의 뜻이 이뤄지지 않는 법은 없다. 그는 전지전능한 분이시니. 사라는, 그 히브리어 이름이 뜻하는 '왕비'에 걸맞게, 결국 많은 민족의 어미가 되었다. 그래서 사라라는 이름은 아랍 세계에도 흔하다. 내 사라 이모에겐 아브라함이 없다. 아이를 낳을 일도 없을 테고, 남편의 대를 잇기 위해 구약성서의 사라처럼 제 몸종을 남편과 짝지어줄 일도 없을 테다. 아, 사라는 내 이름이기도 하다. 엄마는 내가 이모와 같은 이름을 지니기 바랐다. 아빠가 거기 반대할 이유는 없었다. 아메리카 원주민이었던 아빠의 외할머니 이름도 사라였다고 들었다. 그 외할머니의 남편 이름이 아브라함이었는지는 모르겠다. 아무튼, 이모에게처럼, 내게도 아직 아브라함이 없다.

아마 내가 아홉 살 때였을 것이다. 이모의 책꽂이에 꽂혀 있는 책을, 어떤 유럽 시인의 시집이었던 것 같은데, 들추다가 낯모를 남자의 사진이 거기 끼워져 있는 걸 발견했다. 그때의 이모보다도 나이가 덜 들어 보이는 남자였다. 블루진 바지에 녹색 카디건을 받쳐 입은 그 남자는 전신주에 기대어 팔짱을 지른 채였다. 머리는 군인형으로 짧았고, 입은 앙다물려 있었다. 지금 생각해도 내 속을 모르겠는데, 나는 그 사진을 훔쳐 주머니에 넣고 다니다 어디선가 흘려버렸다. 얼마 뒤 이모는 나와 엄마에게 그 사진에 대해 추궁했다. 엄마로서는 당연히 모르는 일이었고, 나는 잡아뗐다. 가책을 느꼈지만, 나는 그 뒤에도 사실을 털어 놓을 수 없었다. 사진을 가지고 다니다 잃어버렸다는 사실보다는 거짓말을 했다는 사실을 인정하기 싫었다. 4년 전 서울에 갔을 때, 나는 처음으로 이모에게 그 사진에 대해 털어놓았다. 이모는, 대수롭지 않게, 그리 짐작했었다고 말했다. 그렇게 오랜 일을 이모가 기억하고 있었던 걸 보면, 그 사진의 주인공은 이모에게 특별한 사람이리라. "누구야?" "그 즈음에 죽은 사람." "이모한테 특별했던 사람?" "응." "결혼까지 생각했던 사람?" "아니, 난 내 몸뚱이 하나 감당하기도 힘들다니까. 지금만이 아니라 그때도 그랬어."

서울에 있는 동안 엄마와 아빠는 호텔에 머물렀지만, 나는 이모의 옥탑방에서 이모랑 숙식을 함께 했다. 나 좋을 대로 생각하는 건진 모르겠으나, 이모는 정말로 나와 함께 있는 걸 힘들어하지 않았다. 말하자면 이모는 나를 기꺼이 감당했다. 이모 자신을 감당하듯이. 내 살에 닿은 이모의 살은 어렸을 때처럼 유쾌했다. 이모 방에 나뒹구는 한국어 사전을 펼쳐보다가 나는 또 한 장의 사진을 발견했다. 15년 전 그 사진 속 인물과 같은 사람일까? 알 수 없었다. 그런 듯도 하고 아닌 듯도 했다. 나는 이모에게 물어보지 않았다. 물론 이번에는 그 사진을 훔치지도 않았다.

오늘이 이모 생일이다. 말하자면 내 생일이다. 이모는 내 생일이 다가올 때쯤이면 꼭 내게 카드를 보낸다. 축하 말은 반드시 영어로 쓴다. 내 소중한 샐리My Dearest Sally로 시작해 이모Emo로 끝나는 축하 말이 담긴 그 카드에는 어김없이 백 달러 지폐 하나가 끼워져 있다. 이번에도 그랬다. 나는 그저께 이모의 카드와 백 달러 지폐를 받았다. 나는 이모만큼 정성스럽진 않다. 어떨 때는 이모에게 생일카드를 보내기도 하고 어떨 때는 깜빡 잊고 넘기기도 한다. 내가 보내는 생일카드에 지폐가 끼워져 있던 적은 한 번도 없다. 올해는 이모에게 카드 보내는 것을 잊었다. 카드를 보내는 해든 안 보내는 해든, 9월 18일에 이모와 나는 꼭 통화를 한다. 이모가 전화를 걸어올 때도 있고 내가 이모에게 전화할 때도 있다. 이모가 조금 이상하게 들리는 영어로 말을 시작하면, 누가 들어도 훌륭한 한국어로 내가 대답한다. 앨버커키와 서울의 시간차가 꽤 나는 탓에, 이모가 내 전화를 9월 19일에 받을 때도 있고 내가 이모 전화를 9월 17일에 받을 때도 있다. 물론 서울과 앨버커키가 둘 다 9월 18일일 때 통화하는 경우가 가장 많다. 그 시간은 앨버커키에서 18일 영시부터 오전 아홉시까지 사이다. 서울에서는 그때가 18일 오후 세시부터 자정까지다. 오전 두시가 돼간다. 아직까지 이모에게서 전화가 오지 않았다. 내가 이모에게 전화를 해야겠다. 내가 능숙한 한국어로 인사를 하면 이모는 어설픈 억양의 영어로 반길 것이다.

06

사십세

이남희의 소설집 《사십세》를 읽었다. 지난 봄 아내가 속초의 친정엘 내려가는 길에 고속버스 터미널 근처의 한 서점에서 샀다는 책이다. 아내는 독후감이 산뜻하다며 내게 그 책을 읽어보길 권했으나, 나는 그걸 지금껏 내 방 책꽂이 한 켠에 묵혀두고 있었다. 하긴, 지난 봄 이래 한동안 읽은 책이 거의 없다는 걸 깨닫겠다. 직장에서 교정을 보느라 읽은 책들을 읽은 책이라고 할 수 없다면.

책 읽지 않는 동안에 무슨 일을 했는지는 또렷이 떠오르지 않지만 외롭지는 않았나보다. 외로웠다면, 책을 읽었을 테니까. 그러고 보면 가을 들어 내가 부쩍 외로움을 타는지도 모르겠다. 《사십세》가 몇 번째 책인지 헤아려보지는 않았지만 요 며칠 새에 밤마다 소설을 읽어댔으니 말이다. 그러나 외로움이란 또 내게 얼마나 가당찮은 물건인가? 염세와 혐인嫌人은 내 운명이다, 라며 나는 그 외로움을 다잡는다.

《사십세》를 가장 늦게 뽑아든 것은 그 표제의 고리타분함 때문이었다. 하필 사십 세라니. 책 읽어주는 남자라거나 물의 여자들이라거나 여수의 사랑이라거나 청동 입술이라거나 그럴듯한 제목들이 얼마나 많은가? 그 책을 아내 못지않게 산뜻한 느낌으로 읽고 난 지금도 그 생각에는 변함이 없다. 예컨대 그 소설집에 실린 어느 단편의 제목 수퍼마켓에서 길을 잃다 같은 것을 전체 표제로 삼았다면 얼마나 신선해 보였겠는가. 판매에도 도움이 됐을 것이다(내가 경박해서 그런지도 모른다, 이제 경박해도 될 나이는 지났는데).

게다가 그 책 표지 디자인의 칙칙함이란. 이 책을 낸 출판사는 어느 해부턴가 편집과 영업을 가장 능숙하게 한다고 소문이 난 출판사인데, 아마 이 작가에게는 편집부에서 신경을 덜 쓴 듯싶다. 이 작가가 시쳇말로 잘나가는 작가가 아니어서 그랬는지도 모른다(이것은 순전히 내 억측이다). 이름이 이름을 부르고, 잘나가야 더 잘나간다.

아니,《사십세》가 내 최후의 선택이 된 것이 반드시 그 표제의 고리타분함 때문만은 아니었는지도 모른다. 어쩌면 작가에 대한 내 편견도 거기 더해졌을 것이다. 나는 이 작가의 작품으로는 몇 년 전에 《바다로부터의 긴 이별》이라는 장편을 한 편 읽어보았을 뿐인데, 그 유혹적인 표제와는 달리 그 소설이야말로 정녕 고리타분한 소설이었던 것이다. 지금은 줄거리도 잘 기억나지 않지만, 아무튼 전투적 환경주의자의 신앙고백을 담은, 이를테면 녹색당 청년 당원들의 매뉴얼 같은 소설이었다, 는 느낌이 남아 있다(내 기억이 온전하다면).

《사십세》는 황홀했다. 그 우중충한 표제와 칙칙한 표지를 뒤집어쓴 책이 그런 색정적인 활자들로 채워져 있으리라고는 상상도 하지 못했다. 한마디로 겉다르고 속다른 책이었다. (〈수퍼마켓에서 길을 잃다〉를 자아낸 그 단문의 스타카토란, 참. 왜 그녀의 그 날씬한 문체가 사람들의 입에 오르내리지 않을까? 온갖 문체주의자들이 창궐하는 세상에서.) 나는 이 책을 읽는 동안 내내 작가와 연애하는 기분이었다. (무릇, 서투른 독자는 소설을 읽을 때 화자가 나든 그든 또는 김일남이든 박삼녀든 나를, 그를, 그녀를 작가와 동일시하고 싶어하는 법이다.) 그리고 그녀의 또 다른 소설집들을 기필코 구해 읽어야겠다고 결심했다.

사실 나는 이남희라는 작가를 모른다. 글 쓰는 친구를 따라 엉겁결에 끼어들게 된 어떤 술자리에서 그녀를 한 번 본 것 같기도 하지만, 자신 있는 기억은 아니다. 사실, 어느 때부턴가 어떤 기억에도 자신이 없다. 내 뇌수 속에는 현실과 환상과 잠재가 뒤엉켜져 있다. 이제 늙어가나보다. 하긴, 나는 곧 사십 세가 된다.

어제는 큰아이의 생일이었다. 열네 번째 생일이었다. 우리 네 식구는 합정동 로터리로 나가서 소갈비를 뜯었다. 그 자리에서 아내와 나는 합동으로 그 아이에게 파커 만년필을 선물했고, 작은아이는 손수 만든 생일 카드를 제 형에게 건넸다. 집으로 돌아와선 케이크를 잘랐다. 필라델피아에 살고 있는 누이가 전화를 해 제 큰조카와 오래 통화했다. 누이는 다른 식구들과는 잠깐씩 통화했다. 큰아이는 흡족한 얼굴이었고, 작은아이도 덩달아 행복해했다. 아내와 나도 불행하진 않았다. 아늑한 시간이었다, 적어도 내게는. 꽤 오랜만에 가져보는. 그 상태에서 시간이 멎어버렸으면 하는 부질없는 생각도 들었다. 누이와의 짧은 통화가 내 마음을 잠시 어수선하게는 했으나.

큰아이를 처음 안았을 때가 생각난다. 대학 병원의 산모실에서였다. 첫아이를 안아본 남자들이 누구나 다 그렇겠지만, 아버지가 됐다는 실감이 통 안 났다. 그렇지만 그 아이는 실상 제 어미보다는 나를 훨씬 더 닮았다. 그날도 그랬고, 지금도 그렇다. 외모도 그렇고, 성격도 그렇다. 나는 그것이 불안하다.

내가 그 아이를 처음 안아본 그날은 어미와 아이가 퇴원하는 날이기도 했다. 눈바람이 마구 날려 10월 말의 날씨라고 생각하긴 힘들 정도로 차가운 날이었다. 본관 앞 택시 정류장에는 사람들이 너무 많이 서 있었다. 차례가 올 때까지 그 줄 끝에 산모와 아이를 세워두는 것은 감기를 자청하는 짓거리였으므로, 나는 둘을 병원 입구에 세워두고 창경원 앞까지 달려가 택시를 잡아탔다.

그 택시 기사의 악의를 잊을 수 없다. 합승 손님인 줄 알고 기꺼이 태운 아이 안은 여자가 먼저 탄 승객과 동행이라는 사실을 알고 그는 몹시 분개했다. 나 역시 산모와 신생아에 대한 그의 분별 없는 분개에 분개해서 격하게 대거리를 했고, 어미와 아이는 원효로에 있던 우리집까지 오는 동안 줄곧 불안해했다. 그 아이가 이제 생후 14년을 채웠다. 긴 세월이다. 나는 곧 사십 세가 된다. 언제 추월을 했는지는 정확히 기억나지 않지만 그 아이의 키는 나보다 더 크다.

추월이라고 말해놓고 보니 생각난다. 아내와 내가 결혼한 것은 4월이었는데, 큰아이가 태어난 것은 10월이다. 겉과 속이 다른 책《사십세》에 실린 한 소설〈술래를 찾는다〉의 주인공 안습명처럼 야합하여 만들어진 아이인 것이다. (나는 안습명이라는 이름을〈술래를 찾는다〉를 읽으며 처음 접했다. 그 소설을 읽다 보니 그의 재평가 작업에 대한 대중매체의 보도도 꽤 있었던 모양인데, 아무튼 내게는 그 이름이 초문이었다. 안습명의 호는 회재고 시호는 문렬이다. 고려 충숙왕 복위 5년, 즉 1336년에 태어나 공양왕 4년 즉 1392년에 죽었다. 동방 이학의 선구자로 불리며 임계 서원에 향사되었다. 임계 서원은 경상도 상주에 있다. 안

습명의 생애에 대해서는 이남희 소설집《사십세》161페이지 이
하를 참조하시라. 이남희의 기록에 따르면 안습명의 부모도 4월
에 결혼해 10월에 아이를 낳았다. 물론 그 기록은 음력에 따른
것일 터이므로 안습명과 큰 아이의 사주가 같을 까닭은 없다. 나
는 그걸 큰 다행으로 여긴다. 후대에 이름을 남기는 삶이란, 더구
나 그 삶이 비참한 죽음으로 마감될 경우에는 더욱더, 비록 내
것이 아닐지라도, 끔찍하다.)

　야합이라는 말이 큰아이의 경우에 꼭 알맞은 것은 아니다.
아내와 내가 처음 잠자리를 한 것은 우리가 눈을 맞춘 지 얼마
되지 않아서였으므로 분명히 야합에 속하는 것이겠지만, 결혼하
기 한 해 전에 약혼을 한 뒤로 나와 아내는 줄곧 함께 살았으므
로, 곧이곧대로 얘기하더라도 큰아이가 야합에 의해서 태어난
것은 아니다. 비록 그 약혼이라는 것이 양가의 합의 없이 가까운
친구 몇 사람만 참석한 채 약식으로 치러지기는 했지만 말이다.
　이것은 무슨 자기 변호를 위해서 하는 말은 아니다. 나는 야
합이라는 말의 음습함은 싫어하지만 그것이 가리키는 바에 대
한 부끄러움은 이제 조금도 없다. 그러나 아버지는 그것을 부끄
러워했다. 그리고 술에 취하면 그 이야기를 꺼내 나를 힐책하곤
했다. 내가 결혼한 오래 뒤까지도. 그리고 나나 형들 앞에서만이
아니라 어머니 앞에서까지도. 결혼 뒤 내가 그의 얼굴을 자주 대
하지 않아 그런 일에 맞닥뜨리는 일이 잦지는 않았지만, 어쨌든

그것처럼 어처구니없는 일은 없었다. 정작 나야말로 야합에 의해 태어난 자식이기 때문이다.

　오늘은 아버지의 기일이다. 큰아이의 아홉 번째 생일 다음 날 그가 죽었다. 그리고 나는 곧 사십 세가 된다. 아버지는 그 나이에 나를 낳았다. 그때 어머니의 나이는 스물여덟이었다. 남자는 부산 전포동에 있는 고급 일식집의 주인이었고, 여자는 그 일식집의 종업원이었다. 남자는 이제 이 세상에 없고(그것은 내게 안도감을 준다), 여자는 밋밋한 노년을 딸자식에게 의탁하고 있다(그것은 내게 불안을 준다). 어머니는 내 밑으로 딸 둘을 더 낳았다. 한 아이는 어려서 죽었고, 또 한 아이는 이제 제가 태어났을 때의 어머니의 나이를 훨씬 넘어섰다. 긴 세월이다. 세월은 흘러도 미움은 남는다.

　아버지는 어머니의 남편이 아니었다. 내가 태어났을 때도 그랬고, 그 뒤로도 줄곧 그랬다. 그에게는 동갑내기 아내가 있었다. 내가 큰어머니라고 불렀던 그 여자도 이제 이 세상에 없다(그것은 내게 아무런 감정도 불러일으키지 않는다).

　아버지는 큰어머니와의 사이에 아들 셋을 두었다. 내가 자주 만나지는 않았지만 형이라고 불렀던 사람들이다. 불렀던이라니? 이제 되도록 그들을 만나지 않으려고 내 쪽에서 노력하고 있기는 하지만, 지금도 어쩔 수 없이 만나게 되면 나는 그들을 형이라고 부른다. 별난 일도 아니다. 그들이 내 형들인 것은 사실이니까. 그렇지만 그 형이라는 말을 입 밖에 내기가 어렸을 때보다 오히려 더 힘들다. 나이가 성격을 둥글리기는커녕 점점 더 모내는 것인지.

형들은 셋 다 어린 시절부터 총명하고 근면했다고 들었다. 그들의 어린 시절까지를 내가 알 수는 없지만, 내가 형들의 존재를 알게 된 뒤에 국한해서 얘기하자면 그들 모두가 총명하고 근면한 사람들인 것은 확실하다.

큰형은 가업을 이어 부산의 전포동 그 자리에서 일식집을 경영하고 있다. 사실 가업이라고는 하지만 그것이 아버지의 업은 아니었다. 아버지의 가게라고는 하지만 실제로 그것을 경영한 것은 큰어머니였다. 큰어머니가 죽은 뒤 만년의 아버지는 큰형에게 몸을 의탁하고 싶어했으나 큰형은 그걸 받아들이지 않았다.

그렇다고 큰형을 비난할 수만도 없다. 아버지에게는 큰어머니와 어머니 말고도 많은 여자들이 있었다. 물론 그 두 사람 말고는 그저 잠시 스쳐가는 여자들이기는 했지만. 아버지는 큰어머니를 임종하지 않았다. 그가 그때 어머니와 함께 있었던 것도 아니다. 큰어머니가 병원에 있을 때 아버지는 몇 번째인지 알 수 없는 여자와 살림을 내고 있었다. 아버지는 그 여자와 함께 큰형에게 몸을 의지하고 싶어했지만, 큰형은 그 여자를 몹시 뜨악하게 생각했고(자기와 나이가 엇비슷한 '어머니'와 사는 일이 어떻게 뜨악하지 않을 수 있겠는가?), 그래서 아버지는 여생을 그 여자와 단둘이 보내기로 했다.

그것은 아버지의 오산이었다. (하기야 아버지의 삶은 오산으로 점철된 삶이기도 했다.) 아버지와 나이가 스무 살도 더 차이가 났던 그 여자는 얼마 뒤 아버지를 훌쩍 떠나버렸고, 그래서 아버지는 어머니에게 돌아오는 길밖에 없었다. 어머니는 아버지를 받아들였다. 그러나 나는 아니었다. 어머니에게 돌아온다는 것은 곧 나에게 돌아온다는 것이었는데, 나는 아버지를 벌레보다도 더 싫어했기 때문이다. 벌레보다 더는 아니었을지 모른다. 어머니가 아버지를 받아들이기로 결정했을 때 내가 어머니 앞에서 쏟아놓은 말은 이랬으니까: "그 인간은 벌레예요. 어머니는 밸도 없어요?"

내 의사를 확인한 어머니는 아버지와 함께 내 누이에게 가지 않을 수 없었다. 가족들이 미국으로 이민을 가 서울에 친척이 별로 없었던 매제는 그걸 받아들였다. 물론 매제가 아버지와 어머니를 받아들인 것이 집안이 적적해서는 결코 아니었다. 그렇게 생각할 만큼 내가 어리석거나 사악하지는 않았다. 광고회사에 다니고 있던 매제는 아버지에 대한 내 껄끄러움을 이해했고, 아버지를 위해서라기보다는 어머니와 나를 위해서 자신의 오붓한 삼인 가족에다가 두 사람의 처가 식구를 끼워주기로 결정한 것뿐이다. 그게 매제의 사는 방식이다. 나는 그에게 미안함과 부끄

러움을 느꼈지만, 그 미안함과 부끄러움이 아버지에 대한 증오보
다 더 크지는 않았다.

　사실 그때 큰형은 어머니와 함께라면 아버지를 모시겠노라
는 의사를 표시했었다. 그러나 이번에는 어머니가 그걸 받아들
이지 않았다. 어머니에 대한 큰형의 마음씀씀이는 세세했지만,
나이가 여덟 살밖에 차이지지 않는 '아들'을 어머니 쪽에서 몹시
어려워한 것이다. 꼭 나이 탓만은 아닐 것이다. 어머니는 큰어머
니의 아들들을 모두 어려워했다. 막내형의 경우는 좀 예외지만
위의 형 둘이 어머니에게 보인 예의와 배려는 극진하다고 할 수
있었는데도 말이다. 어쩌면 그 예의와 배려가 어머니를 더 어렵
게 만들었는지도 모르지만.

　둘째형은 꽤 힘센 일간신문의 논설위원이다. 그는 곡절 많은
학창 시절을 거쳤지만 어찌어찌하여 사회의 주류에 편입되었다.
본디 글재주가 있던 사람이기도 하지만, 일주일에 한 번씩 그 신
문에 실리는 그의 기명 칼럼은 독자들을 열광시키고 정책 입안자
들을 압박한다. 내가 둘째형의 이름을 댄다면 당신들 가운데 많
은 수가 아, 그 사람 하며 명사의 가족사에 대한 호기심으로 이
글을 더 꼼꼼히 읽을지도 모른다. 그는 말하자면 이름난 저널리
스트인 것이다. 막내형은 모범적인 학창 시절을 거쳐 지금은 외무
공무원으로 일하고 있다. 그가 자기 야심대로 언젠가 장관이 되
고 혹 또 그 이상이 될지 어떨지는 알 수 없지만, 그는 과거에 모범

적인 학생이었듯이 지금은 모범적인 관료다, 아마 그럴 것이다.

그러니까 내 이복 동기들은 모두 사내이고 그들은 남에게 크게 꿀리지 않는 이력들을 지니고 있는 것이다. 그렇다는 것은 아버지가 어떤 신파극에서처럼 아들을 간절히 바랐다거나 해서, 또는 아내와 자식들이 말썽을 피워대 자기 나름의 탈출구를 찾느라고 어머니와 야합한 것은 아니라는 뜻이다. 그는 그저 육욕에 겨워 어머니를 건드려본 것뿐이다. 그리고 그 결과로 내가 태어났을 뿐이다. 그러니까 아버지는 그저 자기 욕망을 잘 제어하지 못하는 바람둥이였을 뿐이다.

이렇게만 말하는 것은 공정하지 못할지 모른다. 말하자면, 육욕에 겨워 어떤 여자를 건드려 그 결과로 내가 태어났다고 해서 아버지가 꼭 비난받아야 하는 것은 아닐지 모른다. 육욕에 의해 태어나지 않은 자식이 있겠는가. 내 큰아이와 둘째아이 역시 내 육욕의 열매일 따름이다. 내심 아이들을 원하지 않았던 것은 아니지만, 처음부터 아이를 얻기 위해서 내가 아내와 야합한 것은 아니다.

그렇지만 생리적 과정이 똑같다고 해서 그것이 동일한 법적·사회적 결과로 이어지는 것은 아니다. 법과 사회는 법률상의 부부 사이에 태어난 자식과 혼인 외의 자식을 구별한다. 그리고 혼인 외의 자식은 흔히 사생아라고 불린다. 내 아이들과는 달리 나와 두 누이는—그 가운데 한 계집아이는 어려서 죽었지만—

사생아인 것이다. 사실 염사나 출생이 모두 사적인 바에야 그 사생아라는 말 자체가 우스꽝스럽기도 하지만. 예수의 탄생 정도 돼야 공생이라고 부를 만한 것이 아닐까? 게다가 그것의 공생 여부를 판단하는 것은 후세 사람들의 몫인 것이다.

아버지는 자기 사생아들을 자기 호적에 올릴 정도의 너그러움은 지니고 있었다. 하기야 그것이 너그러움인지 비겁함인지는 잘 모르겠다. 그가 어머니를 사랑했다면, 비록 그것이 거품 같은 사랑이었을지라도 말이다, 자기 아내와 이혼할 수도 있지 않았을까? 부질없는 생각이다. 더구나 아버지 같은 사람에게 그걸 바랄 수는 없는 일이었다. 그것이 아버지 세대의 관례에 반하는 일이었는지도 모르고. 아무튼 아버지의 그 너그러움 또는 비겁함 덕에 이분순이라는 여자, 그러니까 아버지의 아내는 나와 누이들의 법적 어머니가 되었다. 그리고 나와 누이들은 그 법률적 어머니를 큰어머니라고 불렀다.

내가 국민학교 6학년이 되고 혜경이·혜선이(내 누이들의 이름이다)가 국민학교 4학년, 3학년이 되던 해 봄, 아버지는 서울에 집을 구해서 우리를—어머니와 나, 그리고 누이들 말이다—그곳으로 옮겼다. 그것이, 헤아려보자, 1970년이었다. 나는 곧 사십 세가 된다. 어머니도 그 즈음 내 나이에 이르렀다.

우리를 서울로 올려보낸 아버지의 뜻이 어디에 있었는지 정확히는 모르겠다. 우리가 부산에 계속 있는 것이 그저 아버지에

게 불편해서 그랬는지도 모른다. 그것을 불편해할 만큼 아버지
가 다감한 사람이었다고는 상상할 수 없지만. 그러니 어쩌면 그
것은 큰어머니의 뜻이었는지도 모르겠다. 그렇다면 그것은 이해
할 만한 일이다. 항상 강인한 여자로만 기억되는 큰어머니가 어
머니나 우리들에게 대놓고 언짢은 기색을 보인 기억은 없지만,
그녀는 우리가 부산 땅에 있다는 사실만으로도 가슴앓이가 더
커질 만큼 한편으로는 민감한 사람이기도 했다.

사직동의 한옥에서 시작된 서울 생활이 나쁘지는 않았다.
아버지의 식구들로부터 멀리 떠난다는 기쁨보다는(물론 그런 기
쁨이 작았던 것은 결코 아니다, 이젠 더이상 아버지 집을 방문하
지 않아도 되었으니까) 서울에서 살게 됐다는 기쁨이 더 컸던 것
같다. 방이 넷이나 되는 큰 집이었고, 놀랍게도 수돗물이 스물네
시간 콸콸 쏟아져나왔다. 펌프밖에 없던 부산 청학동의 그 지저
분한 두 칸 집에 견주면 정말이지 별세계였다.

나는 꽤 총명한 아이였다. 형들의 어린 시절만큼 총명했는
지는 잘 모르겠지만 말이다. 덕수국민학교의 그 닳아빠진 광화
문통 아이들 앞에서도 나는 기가 죽지 않았다. 내 성적은 반에서
수위를 다퉜고, 날 질투하던 아이들에게 비틀린 우월감을 주던
내 사투리도 졸업할 무렵쯤 해서는 말끔히, 까지는 아니더라도
거의 씻겨졌다. 혜경이·혜선이도 서울 생활을 기뻐했다. 그때가
나와 누이들이 가장 행복했던 시절이었던 것 같다. 혜선이의 죽

음으로 그 행복한 시절은 끝장났다.

　어이없는 죽음이었다. 사직공원 안에 있던 풀장에 혜경이와 함께 놀러 갔다가 물에 빠져 죽었으니 말이다. 바다에서도 아니고 풀장에서. 혜경이는 그 죽음을 자기 탓으로 돌렸다. 자기가 마땅히 죽었어야 했다, 별로 내켜하지 않는 혜선이를 자기가 데리고 갔다, 자기는 살인자다, 동생을 죽인. 혜경이가 자책감에 너무 괴로워했으므로, 나는 그 아이 앞에서 혜선이의 죽음을 대놓고 슬퍼할 수도 없었다. 다른 무엇보다도, 혹시 혜경이가 그 자책감으로 무슨 일을 저지르지나 않을까 하는 걱정이 앞섰던 것이다. 그때 혜경이는 중학교 1학년이었고, 혜선이는 국민학교 6학년이었다.

　생각해보면 못된 계집애다, 혜선이는. 그 아이는 그 어린 죽음을 통해 혜경이와 내게서(그리고 필시 어머니한테서), 굳이 말하자면, 행복해질 수 있는 권리를 오래도록 앗아가버렸으니 말이다. 혜선이가 죽은 뒤로, 행복하다는 것은 죄악이었다.

　그러나 곰곰 생각해보면 그 행복의 마감이 꼭 혜선이의 죽음 때문만은 아니었던 것 같기도 하다. 그 죽음을 전후로 나와 혜경이는, 아니 적어도 나는, 사생아라는 말의 음침함에 가위눌리기 시작했고, 아버지를 더욱더 맹렬히 증오하기 시작했으니까 말이다. 어쩌면 사춘기의 예민함도 그런 미움을 키우는 데 한몫 거들었는지도 모른다.

아버지는 한 달에 두 번 정도 서울에 와서 하루이틀 정도를 머물렀던 것 같다. 아버지의 만년이 끝없이 새로운 여자에 대한 탐닉과 그 여자들과의 짧은 살림살이들로 이어졌던 것을 생각하면, 그 당시 아버지가 왜 우리와 살지 않고 부산 식구들과 살았는지는 좀 의아스럽기도 하다. 지금 생각하면 그것만큼 다행스러웠던 일은 없지만.

어쩌면 큰어머니가 정정할 때여서 그랬는지도 모른다. 말수가 별로 없었던 큰어머니는 아프기 전에는 무섭다는 느낌을 줄 정도로 강한 여자였다. 아까 말했듯 실상 전포동의 일식집을 경영한 것도 큰어머니였다. 집안의 경제권이 큰어머니에게 있었던 것이다. 아버지가 어머니에게 건네주는 생활비도 결국은 큰어머니에게서 나온 것이었다. 아버지는 큰어머니를 좀 두려워했던 것 같기도 하다. 적어도 큰어머니가 자리보전을 시작하기 전까지는 말이다.

바람둥이이기는 했으나, 또는 대부분의 바람둥이들이 그렇듯, 아버지는 그다지 기가 센 사람은 아니었다. 군림이라고까지 얘기할 수 있을지는 모르겠지만, 큰어머니가 남편에 대해 무조건 순종하는 여자는 아니었다. 그녀는 아마 강자의 너그러움으로 아버지의 바람기를 용납했던 것 같다. 꼭 큰어머니 때문은 아니었는지도 모른다. 주위에서 수재 소리를 들으며 자라나던 형들에 대한 배려로 아버지가 부산에 머물렀는지도 모르겠다. 사실 아버지는 형들을 무척 사랑했다. 형들이 아버지의 사랑을 받을 만한 아들들이기도 했고.

돌이켜보면, 사직동 한옥 시절의 나와 누이들의 그 짤막한 행복마저 순전한 행복은 아니었다. 우리들이 행복해하는 순간에도 어머니 얼굴에는 늘상 그늘이 있었고, 그 그늘은 때때로 나와 누이들의 행복 위로 드리워지기도 했다. 아버지가 죽고 난 뒤 노년의 어머니에게서 오히려 그 그늘을 찾기 힘든 걸 보면, 어머니는 아버지를 사랑하지 않았던 것 같기도 하다.

아니다. 어쩌면 어머니 얼굴의 그늘은 내 회상의 편견에 의해 만들어진 것인지도 모른다. 그런 처지에, 첩의 처지 말이다, 그늘 없는 얼굴을 하고 있을 수는 없었을 것이라는 내 예단이 사십 대의 어머니 얼굴에다 그늘을 그려놓고 있는지도 모른다. 누구도 그런 인간을 진실로 사랑할 수는 없었을 것이라는, 아버지에 대한 내 판단이 자꾸 어머니를 아버지로부터 떼어놓으려고 하고 있는지도 모른다. 그러니까 어쩌면 어머니는 우리들처럼 그때 정말 행복했는지도 모른다. 그리고 아버지를 정말 사랑했는지도 모른다. 갈 곳이 없게 된 늙마의 아버지를 받아들이고 그의 최후의 여자가 돼 그를 임종한 것이 어머니라는 생각을 하면 정말 그런 것 같기도 하다.

내가 한번이라도 아버지를 좋아해본 적이 있었던가? 적어도 내 기억에는 없다. 하기야, 아까참에도 말했듯, 언제부턴가 어떤 기억에도 자신이 없다. 어쩌면 아주 어린 시절의 한때 그를 좋아했을지도 모른다. 그러나 어섯눈뜬 이래로 그를 좋아해본 적은 없다. 사실, 단지 아들이라는 이유만으로 아버지를 좋아해야 한다는 법이 있으면 몰라도, 만일 그런 법이라는 것이 없다면, 내게는 그를 좋아할 어떤 이유도 없었고, 그를 증오할 이유는 수두룩했기 때문이다.

그렇다, 나는 첩의 자식이었다. 나는 음지식물이었고, 어쩌다 친척들의 행사에라도 끼이게 되면 늘상 몸을 움츠려야 하는 죄의 씨앗이었다. 부산에 살던 시절 가장 괴로웠던 것은 할아버지나 할머니의 기일에 범일동의 아버지 집을 방문해야 하는 일이었다. 나를 제사에 참례하도록 한 아버지의 그 너그러움이 내게 얼마나 잔인한 짓이었는지 아버지는 알고 있었을까? 어머니는 아무 말도 없이 침울한 얼굴로 그 집 부엌을 지켰고, 어리디어린 내 누이들 역시 대청의 한구석이나 골방에서 자신들의 미묘한 처지를 곱씹어볼 수밖에 없었다. 그것은 어린 우리들에게 힘든 훈련이었다. 수모에 적응하는 훈련, 눈치에 익숙해지는 연습.

그러나 단지 그런 이유로 내가 아버지를 증오했던 것은 아니다. 나는 아버지의 몸을 그득 채우고 있었던 바람기와 욕망을 이해할 수도 있다, 그것이 그리 쉬운 일은 아니겠지만. 바람기는 아버지로서도 어찌해볼 수 없는 생의 에너지였는지도 모른다고 보아줄 수도 있다.

그러나 아버지는 너무나 후안무치했다. 그는 우리들에게—어머니와 나와 누이들에게—조금도 미안해하는 기색이 없었다. 그는 그런 떳떳함이 아버지의 권리라고 생각했는지도 모른다.

언제부턴가—혜선이가 죽은 뒤였을 것이다—그가 서울의 사직동 집으로 오는 날은 끔찍했다. 그때쯤에는 이미 어머니에게도 정이 식었는지 아버지는 오는 날마다 주정질이었다. 그가 큰어머니에게도 그럴 수 있었을까? 나는 그것을 상상할 수 없다. 나는 그 점이 더 혐오스럽다 강한 대상에 대한 그의 유약함은 약한 대상에 대한 잔인함과 등을 맞대고 있었다.

이미 중노인이라고 할 수 있었을 그 나이의 아버지의 몸 어느 곳에 그런 힘이 남아 있었을까? 어머니에 대한 주먹질, 그걸 말리는 나에 대한 주먹질, 그런 소동을 부리고 그가 가면, 이젠 어머니의 한탄이 시작되는 것이었다: "너거 년놈 때문에 내 신세가 이리 안 됐나. 정민이 니 노무 새끼 들어서는 통에." 집은 지옥이었다.

아버지는 술이 깨면 전혀 딴사람이 되었다. 실은 그것이 더 혐오스러운 점이었지만. 그는 나를 앉혀놓고, 청주 한씨 가문에 대한 우스꽝스러운 자찬에서부터 그가 내게 걸고 있다는 기대에 이르기까지(그가 과연 내게 어떤 기대를 걸고나 있었을까?) 지루한 설교를 늘어놓는 것이었다.

그의 양반 타령은 역겹고 지겨운 것이었다. 내가 그에게서 받은 그 불쾌한 주입식 교육 덕분에 나는 내가 거의 소속감을 느끼지 못하는 어떤 가문의 내력을 달달 외게까지 되었다. 청주 한씨의 내력은 그대로 조선의 역사와 일치한다고 그는 내게 말했다, 대개는 주정질로 집안을 발칵 뒤집어놓은 이튿날에. 그가 이야기하는 한씨 집안의 내력은 단지 조선조를 훌쩍 뛰어넘어 고려 때의 중시조라는 태위공 한란에서 시작되는 정도가 아니라, 아예 한씨 조선이라는 것을 세웠다는 기자로부터 시작되었다.

우리는 평양에 도읍한 한씨 조선의 왕족이었을 뿐만 아니라 금마에 도읍했던 마한의 왕족이었다, 마한이 백제의 온조왕에게 망하자 원왕의 세 왕자였던 우평·우성·우량이 각각 고구려·백제·신라에 귀의해 북원 선우씨, 행주 기씨, 청주 한씨의 시조가 되었다, 그래서 우리 한씨와 선우씨, 기씨는 한 집안이므로 서로 통혼을 해서는 안 된다, 조선조 때만 하더라도 우리집안에서는 상신相臣 열셋, 왕비 여섯, 부마 넷, 공신 스물넷 등 수많은 정치가와 학자가 나왔다 운운.

그러므로 아버지가 말하는 '우리집안'이란 그의 직계 선조라는 한계희 이래의 문정공파에 한정되는 것이 아니라 한씨 여섯파 전체였고, 더 나아가 그의 집안을 소위 삼한갑족이라고 부를 수 있는 근거가 되는 저 아스라한 고대의 기자 이래 모든 겨레붙이였다. 그런데 그런 자랑스런 가족사를 첩의 자식에게 되풀이 들려주는 사람은 적산가옥을 불하받아 일식집을 차린 중늙은이였던 것이다. 그의 왜정 말기 이름은 아사마 아키오_{朝間昭雄}였다, 고 들었다.

그러고 나서 이어지는 아버지로서의 당부: "항상 집안을 생각해야 된데이." 나는 이른바 서자에 대한 법적 제재가 폐지된 시대에 태어난 것만을 감지덕지할 따름이었다.

내가 두 번째 가출에서 돌아왔을 때, 아버지는 나와 부자 관계를 끊겠다고 선언했다. 그의 삶 자체가 가출로 점철됐다는 걸 생각하면 그의 그런 훈계만큼 희극적인 것도 없었다. 그것만큼 내가 바라던 일은 없었으므로 나는 가벼운 마음으로 세 번째 가출을 실행했다. 고등학교를 간신히 졸업하고 두 해를 노는 동안 나는 그의 얼굴을 본 적이 없다.

행인지 불행인지 눈이 나빴던 나는 군대를 안 갈 수 있었고, 마냥 집에서 빈둥거리는 것이 지겨워져, 그리고 학교라는 것이 그리워져, 예술전문학교엘 들어갔다. 그 학교에 생긴 지 얼마 안 되는 문예창작과였다. 꼭 글쟁이가 되고 싶은 생각이 있었던 것은 아니다. 그러나 예술이라는 말은 그럴듯해 보였고, 문예라는 말은 더 그럴듯해 보였다.

결국은 글쟁이가 되지 못하고 말았지만, 그 학교엘 들어간 것은 내 삶에서 아주 드물었던, 다행스러운 선택이었다. 나는 그 학교에서 좋은 스승들을 만났다. 그리고 그 스승 가운데 한 분의 추천을 받아 내가 지금까지 일하고 있는 출판사에 입사했다. 주간이 된 지금도 내가 주로 하는 일은 책의 교정을 보는 일이지만, 그 일은 내게 생업 이상의 의미를 지니고 있다. 사람들과 어울리는 것을 싫어하는 내게, 글자들의 수풀은 신경을 풀어놓고 누울 수 있는 안온한 보금자리인 것이다.

무엇보다 나는 그 학교에서 아내를 만났다. 응용미술과엘 다니던 아내는 나와 동갑이었다. 아내도 나처럼 학교가 늦었던 것이다. 아내는 기씨도 선우씨도 아니지만, 설령 그녀가 기씨나 선우씨라고 하더라도 내가 그것 때문에 결혼을 망설이지는 않았을 것이다. 나는 온전한 청주 한씨가 아니므로.

우리의 약혼도 결혼도 아버지의 축복은 받지 못했다. 친구들 몇이 명동의 한 경양식집에 모여 치른 약혼식은 그렇다고 하더라도, 약혼 이듬해에 치른 결혼식에도 그는 오지 않았다. 그는 그때 오사카에 사는 한 친구의 초대로 일본을 방문하고 있었다. 그는 결혼 날짜에 맞춰 귀국하겠다고 말하고는 일본으로 갔었다.

그의 귀국 때까지 결혼 날짜를 늦추지 않은 내가 잘못인지, 몸이 불편해서 일본에 좀더 머물러야겠다며 그냥 혼례를 치르라고 한(아버지는 내게 전화를 하지 않았다. 부산의 큰형에게 전화를 해서 그렇게 말했다고 한다. 아무렇거나 나는 아버지가 내게 전화를 하지 않았다는 것도, 그가 내 결혼식에 참석하지 않았다는 것도 전혀 서운하지 않았다. 나는 그에게 육친의 정을 느낀 적도 없고, 또 그를 본 지도 아주 오래였으므로) 아버지가 잘못인지는 잘 모르겠다. 그는 정말로 서울행 비행기를 탈 수 없을 정도로 몸이 아팠는지도 모른다. 그래, 정말 그랬는지도 모른다, 내가 결혼한 이듬해에 있었던 혜경이의 결혼식에는 그가 나타난 걸 보면 말이다.

아무튼 그는 내 결혼식장에 나타나지 않았다. 하긴 아내는 어려서 아버지를 여의어서 그 결혼식에 처가집 직계 어른으로서는 장모만 참석했으므로, 아버지의 불참이 일종의 균형을 만들어내기는 했다. 그 점에선 아버지의 불참을 고마워해야 할는지도 모르겠다. 날 지금의 직장에 추천한 스승이 주례를 맡은 그 결혼식엔 예술전문학교의 동창들이 대거 참석해 시끌벅적했다. 그들이 대체로 나보다는 아내와 더 가까운 친구들이기는 했으나.

친구들 못지않게 친척들도 많았다. 아내는 본디 친척이 많았는데 그들 가운데 적지 않은 수가 속초에서 올라왔고, 아버지의 불참이 마음에 걸렸는지 큰형 역시 자기 가족들만이 아니라 부산의 다른 친척들과 함께 서울에 왔다. 직장이 서울인 다른 두 형도 가족을 이끌고 결혼식장에 나타났다. 그 결혼식 때 찍은 가족 사진만을 보면, 내쳐진 것은 내가 아니라 아버지 같기도 하다.

이복형들을 볼 기회가 자주 있었던 것은 아니지만, 그들이 우리에게 못 대해줬던 것은 아니다. 오히려 친형제 이상으로 살

갑게 대해주었다고 말하는 것이 사실에 가까울 것이다. 아니, 막내형이 한때 우리 식구들을 사납게 대하기는 했었다. 어려서 그랬을 것이다.

그는 우리에게만 그랬던 것이 아니라, 아버지에게도 사납게 대들고는 했다. 우리 식구들 일로 말이다. 이복동생들이 있다는 것이 그에게는 견디기 힘든 일이었던 것이다. 어려서 그랬을 것이다.

지금이니까 하는 말이지만, 막내형이 아버지에게 그리 대했던 것은 조금 우스꽝스러운 일이다. 아버지가 어머니와 야합함으로써 신의를 배반한 것은 자기 아내한테이지 자기 자식들한테는 아닌 것이다. 즉 아버지와 어머니 사이의 야합은 아버지와 큰어머니 사이의 문제이지, 아버지와 형들 사이의 문제는 아닌 것이다. 막내형은, 말하자면, 자기와 무관한 일에 끼어들어 핏대를 올렸던 것이다.

큰형과 둘째형이 어머니를 꼬박꼬박 작은어머니라고 불렀던데 견주어 막내형은 한번도 어머니를 뭐라고 불러본 적이 없다. 적어도 내 기억으로는 그렇다. 어느 날(우리가 부산에 살던 시절 할아버진가 할머닌가의 제삿날이었을 것이다), 둘째형과 막내형의 대화를 얼결에 엿듣게 된 혜경이가 내게 울면서 말했다: "막내오빠가 엄마를 뭐라고 부르는지 알아? 그 마산 여자래." 어려서 그랬을 것이다. 혜경이 말고 막내형 말이다. 어찌 보면 막내형의 그런 태도는 큰어머니에 대한, 그러니까 자기 어머니에 대한, 신의와 연대의 표시였는지도 모른다. 그렇게 보는 것이 옳겠다. 그는 스물두 살 때 외무고시에 합격했고, 지금은 과테말라인가 파라과이인가 하는 중남미 어느 나라에 나가 있다.

그 위 형은 학교 다닐 때 반유신 투사였다. 민청학련 사건에 연루돼 그가 도망다닐 때는 형사들이(어쩌면 형사가 아니라 중앙정보부 사람들이었는지도 모르지만) 큰형을 대동하고 우리집엘 찾아온 적도 있다. 그 바로 며칠 전까지 둘째형이 우리집에서 은신하고 있었기 때문에, 그때 나는 정말로 둘째형의 신변이 걱정됐다. 그가 아버지 식구들 가운데 우리에게 가장 잘 대해주기도 했지만, 나는 정말 그때 그를 내 형이라고 생각했고, 그가 외국에라도 도망을 갔으면 싶었다. 비밀경찰의 손길이 뻗칠 수 없는 외국에 말이다.

그 민청학련 사건이 터지고 얼마 뒤 문세광이 육영수를 암살했을 때의 일이다. 우리집에 은신하고 있던 그가 우리 식구들과 밥을 먹는 자리에서 그러는 것이다: "하, 박정희가 명이 길군. 요번에 죽었어야 했는데." 당시 고등학교 1학년이었던 나는 박정희라는 이름 뒤에 대통령이라는 말을 붙이지 않고 박정희, 박정희라며 막말을 할 수 있는 둘째형을 경외스러운 눈빛으로 바라보았다.

그 당시 둘째형은 나를, 시쳇말로 하자면 의식화시키려고 자기 나름대로 애썼던 것 같다. 나는 신문이나 책을 통해서가 아니라 둘째형의 입을 통해서 장준하라든가, 피델 카스트로라든가, 김지하라든가, 백낙청이라든가, 사르트르라든가, 김대중이라든가 하는 사람들에 대해 알게 되었다. 말해놓고 보니 참 지겹기도 하다. 그때의 카스트로와 그때의 김대중이 지금도 여전히 건재하니 말이다. 그게 벌써 20년도 더 전 일인데.

셋째형과 함께 서울에서 자취를 하던 둘째형은 민청학련 사건 때 말고도 이따금씩 우리집에 들러 내게 세상 돌아가는 이야기를 들려주었고, 자기가 읽고 난 《창비》를 두고 가며 내게 읽어보기를 권하기도 했다. (셋째형이 우리집엘 들른 기억은 없다.) 물론 나는 둘째형의 말을 그리 귀담아듣지 않았고 《창비》를 읽지도 않았다. 내가 그 당시의 정치 상황을 충분히 이해할 정도로 사회의식이 성숙하지 않아서 그랬는지도 모른다. 그렇지만 설령 내 정신이 그걸 감당할 만큼 성숙했다 하더라도, 내게 그 정치 현실이 우리가 ─둘째형이나 내가─ 타개해야 할 가장 중요한 상황으로 느껴지지는 않았을 것이다.

내게 그 말을 해주는 둘째형은 어려서부터 총명했다고 소문난 정치학과 학생이었고, 다른 무엇보다도 그는 정실 자식이었던 반면에, 나는 중학교 때부터 신경정신과를 들락날락했던, 그리고 가출 충동과 자살 충동에 끊임없이 시달리는, 첩의 자식이었던 것이다. 나는 형이 박정희를 미워하는 것보다 몇 배 더 아버지를 미워했고, 박정희의 죽음보다는 아버지의 죽음을 몇 배 더 기꺼워했을 것이다. (실제로 다섯 해 전에 아버지가 죽었을 때 나는 아무런 슬픔도 느끼지 못했다. 사실은 어떤 기꺼움 같은 것이 솟구쳤다. 아버지가 임종한 것은 혜경이네에서였으므로, 나는 그저 매제 얼굴을 생각해서 수유리 매제 집의 빈소를 지키기는 했으나, 그 뒤로 아버지의 기일에 부산의 큰형 집을 찾은 적은 한 번도 없다.)

그때 둘째형이 그리도 역설하던 민주화와 통일이라는 것이 첩의 자식이라는 내 조건을 어떻게 바꿀 수 있는 것인지 나는 헤아릴 수 없었다. 민주화가 되고 통일이 되더라도 첩의 자식은 첩의 자식인 것이다. 모든 사람이 해방된 세상에서도 마찬가지다. 그런 세상은 물론 좋은 세상이겠지만, 나는 그런 세상에서도 해방된 첩의 자식이 되는 것보다는 첩의 자식을 아무런 편견 없이 대하는 정실 자식이 되고 싶었다. 그러나 나는 그런 생각을 둘째형 앞에서 입 밖에 낼 수가 없었다. 그 둘째형은 수배 끝에 붙잡혀 얼마간 옥살이를 하고 나왔다.

둘째형이 그렇게 난리를 치고 다녔는데, 막내형이 어떻게 별일 없이 공무원이 됐는지 좀 신기하다. 둘째형의 죄가 그리 무겁지 않았는지, 아니면 막내형의 사상이 워낙 건전했는지 둘 가운데 하나일 것이다. 사실 막내형은 둘째형의 운동을 대놓고 비판하기도 했었다. 자기 공명심을 채우느라 집안을 요절내고 있다는 것이다. 둘이 다투는 걸 내가 본 적도 있다.

아버지는 그 형들을 둘 다 몹시 사랑했다. 부산의 국립대학을 졸업하고 가업을 이어받은 큰형보다도 오히려 밑의 둘을 더 사랑하는 것 같았다. 외교관이 된 막내형도 그렇지만, 운동을 한다고 집안에 걱정을 끼친 둘째형도 아버지는 끔찍이 사랑했다. 둘째형이 옥살이를 하고 나온 뒤 어느 날 우리집에 온 아버지가 우리에게 한 말은 이랬다: "감옥도 똑똑한 사람들이 가는 거데이. 너거 형은 큰일을 할 사람이라. 두고 보그라. 정민이 니도 너거 형 좀 본받아서 공부 열심히 하그라이."

아버지가 둘째형의 대의에 동의해서 그 형을 사랑한 것은 아닌 게 틀림없다. 술에 취한 상태에서 아버지는 이따금 박정희에 대해 언짢게 얘기하기도 했지만, 그것은 박정희에 대한 비판이라기보다는 당시 신민당 당수였던 김영삼에 대한 심정적 지지였을 뿐이다. 이른바 각목대회라는 걸 통해 김영삼이 신민당 당수 자리에서 물러나자 정치에 대한 아버지의 관심도 다시 시들해져버렸다. 아버지의 정치관은 기본적으로 보수적이었다. 하기야 아까 비쳤듯 아버지의 일식집이라는 것도 해방 후에 불하받은 적산가옥으로부터 시작된 것이었다. 대구에 살던 아버지의 처당숙이 일제 때 중추원 참의까지 지냈다는 말도 들었다.

그러니 아버지가 무슨 진보 사상으로 둘째형의 역성을 들고 그를 사랑한 것은 아니다. 둘째형에 대한 아버지의 사랑은 형의 총명함과 강함에 대한 사랑이었을 것이다. 아버지는 자기가 못한 출세라는 걸 아들들을 통해 이루고자 했고, 또 그 출세에는 여러 길이 있다는 것도 알고 있었다.

아버지의 눈이 밝았다. 내 어림짐작으로는, 사고치지 않고 열심히 공부해 외교관이 된 막내형보다, 시끌버끌하게 학교를 다닌 뒤 가까스로 신문사에 들어간 둘째형이 오히려 지금은 사회적으로 더 힘이 있어 보인다. 막내형이 외국에 나가 있기도 하지만, 그가 본부에 근무할 때도 집안의 어려운 일들을 전화 한 통화로 해결하는 것은 막내형이 아니라 둘째형이었다.

어른들은 모두가 거짓말을 잘한다, 고 〈사십세〉의 화자가 말한다: "그중 하나가 열 손가락 깨물어서 안 아픈 손가락 없다는 소리다. 모두가 아프기야 하겠지. 하지만 유별나게 애착이 가는 손가락은 따로 있는 법이다. 나는 다섯 남매 중 가운데여서 관심을 끌기에는 서열에서부터 핸디캡이 있었다."

나는 그녀의 말에 동의한다. 그건 내가 예전부터 알고 있었던 사실이라고 말하는 것이 더 정확하겠다. 바로 이남희의 〈사십세〉 속에서 화자가 말한 그런 맥락에서 말이다. 그러나 아무튼 〈사십세〉의 화자는 물어서 아픈 다섯 손가락 가운데 하나였다.

나는 때때로, 나와 누이들이 아버지의 다섯 손가락 가운데 하나에도 끼이지 못하는 게 아닐까 하고 자문했다. 아버지는 손가락이 성치 않았던 것이다. 아버지는 날 낳으며 육손이가 되었고, 병이 나날이 깊어져 칠손이, 팔손이가 되었던 것이다. 그 덧난 손가락들이, 물어서 아프건 안 아프건, 아버지에겐 얼마나 거추장스러운 것이었을까. 그런 덧손가락들이 하나둘쯤 잘려나간다 해도, 아프기야 하겠지만, 그 아픔 뒤에는 어떤 홀가분함 같은 것이 생기지 않을까?

막내 혜선이가 어려서 죽었을 때 내가 떠올린 생각들이 바로 그것이었다. 아버지는, 잠시 망연해했으나, 곧 그 아이를 잊은 것 같았다. 나는 이 말을 하는 순간 내 발밑이 불안하다. 묘하게도, 언제부턴가 나 역시 그 아이의 얼굴이 전혀 떠오르지 않기 때문이다. 사진이라도 내가 간직하고 있으면 사정이 좀 다를 텐데. 그러나 그 아이의 어렸을 적 사진은 죄다 필라델피아에 사는 혜경이가 지니고 있다.

혜경이는 아버지가 죽은 이듬해 제 남편을 따라 미국의 시댁 사람들에게로 갔다. 말하자면 이민이었다. 어머니도 함께였다. 물론 그것이 어머니의 의사였고 또 매제가 동의해서 그리 된 것이기는 하나, 내게 찜찜함이 없었던 것은 아니다. 그러나 찜찜함이 있다는 것이 잘못을 사하는 것은 아니다. 그러니 그런 찜찜함은 없느니만 못하다. 아무튼 그때 혜경이는 혜선이의 사진을 몽땅 챙겨갔다. 혜경이는 지금도 혜선이에 대한 죄의식에서 완전히 놓여나지 못하고 있는 것이다.

그렇지만 혜경이의 그 자책감과는 상관없이, 나는 오히려 죽은 혜선이가 혜경이의 수호신 노릇을 해주고 있는 건 아닌가 하는 생각을 이따금씩 하곤 한다. 그리고 그런 얘기를 혜경이에게 하기도 했다. 나와 견주어 혜경이의 삶이, 학창 시절에도 그랬고 그 이후로도 그렇고, 순조롭게 풀려왔기 때문이다. 중학교 3학년에 진입할 무렵을 기점으로 성적이 급격히 떨어지며 고등학교 졸업 때까지의 학교 생활이 만신창이가 된 나와는 달리 혜경이는 별탈없이 학교를 마쳤다. 물론 마음속 깊은 곳에야 왜 어두운 구석이 없었을 것인가? 꼭 혜선이의 죽음에 대한 기억이 아니더라도 말이다. 같은 과 선배라며 지금의 제 남편을 내게 처음 소개하던 날, 약속 장소로 가며 그 아이가 내게 이렇게 말했던 것이다, 쓸쓸하게 웃으며: "우리 식구 얘기, 내가 그 사람한테 못 하겠어. 오빠가 좀 해줄래?"

나는 그날 혜경이를 먼저 보내고 매제가 될 사람과 신촌 시장 뒤의 포장마차에서 술을 마셨다. 나는 앉자마자 머뭇거림없이 우리 식구에 대해 얘기했고, 그 얘기를 들은 미래의 매제가 말했다, 웃지도 않으며: "약혼식을 내일 할 수 없을까요?"

혜경이의 약혼식은 그로부터 일주일쯤 뒤에 있었다. 그리고 그들은 반년쯤 뒤에 결혼했다. 사람에 대한 내 혐오가 극도에 이를 때, 특정한 사람에 대한 혐오가 아니라 사람 일반에 대한 내 혐오가 극도에 이를 때, 아내와 혜경이한테마저 짜증이 날 때, 그 혐오를 진정시켜 내 힘을 빼버리는 인간이 있으니 그가 바로 매제였다. 혜경이의 학교 생활이 순탄했던 것이 그저 복이었다면, 그 아이가 그런 남자를 만날 수 있었던 것은 지복이었다. 그 아이도 그걸 알고 있다. 그리고 자기가 그런 행복을 느낄 때마다 그 아이는 혜선이를 들먹였다: "내가 이렇게 행복해도 될까, 오빠? 혜선이가 없는데." 그럴 때면 난 그 아이에게 눈을 부라리며 대꾸하곤 했다: "이 기집애야, 그게 니 팔자구 운명이야, 혜선이가 너한테 정해준. 혜선이가 니 수호신이라구."

그 혜선이의 얼굴이 생각나지 않는다. 그래도 어린 혜선이의 목소리는 귀에 쟁쟁하다. 그 목소리가 말한다: "난 아빠를 싫어해."

아버지를 미워하는 인간의 가장 큰 불행은 그 증오의 대상으로부터 자신을 생물학적으로 분리시킬 수 없다는 데 있다. 자신을 대상과 분리시킬 수 없다는 바로 그 점이 얄궂게도 그 인간을 분열로 몰아간다.

그래, 학창 시절의 내 자기학대는 다분히 아버지에 대한 증오를 밑바탕에 깐 것이었다. 성적이 마구 추락할 때, 학교에서 문제아라는 낙인이 찍힐 때, 교사에게 얻어터질 때, 나는 묘한 쾌감을 느꼈다. 내가 학대한 것은 나 자신이 아니라, 내가 증오하는 인간의 덧손가락이었을 뿐이므로. 나는 그 덧손가락에 사정없이 상처를 냈고, 그럼으로써 만족을 얻었다.

그러나 만족을 얻고 쾌락을 느끼는 그 인간 역시 그 증오 대상의 덧손가락이라는 걸 의식할 때마다 내 자아는 분열되었다. 내가 증오하는 대상이 만족을 얻고 쾌락을 느껴서는 안 되기 때문이다. 내 안에 두 개의 내가 있었고, 나는 나이면서 내가 아니었다.

역으로, 뭔가를 멋지게 이뤄내서 그 인간에게 복수를 해야겠다고 벼르다가도, 상상 속에서 입신한 자신이 그 증오의 대상의 덧손가락에 지나지 않는다는 것을 생각하면, 그 입신한 나 자신에게, 상상 속의 그 나 자신에게 침을 뱉고 싶어졌다. 그러나 그 침을 뱉는 나는 또 누구란 말인가? 그 나는 침을 뒤집어쓰는 나이고…… 침을 뒤집어쓰는 나는 다시 침을 뱉는 나이고, 다시 침을 뱉는 나는 다시 침을 뒤집어쓰는 나이고. 그것이 중학교 3학년 때 내가 몇 개월간 대학병원의 신경정신과에서 통원 치료를 받은 이유이기도 하다. 나는 아버지를 미워하는 나를, 내 속의 아버지와 분리시킬 수가 없었던 것이다.

나를 2주일에 한 번씩 인터뷰한 그 젊은 의사는 개새끼였다. 하기야 꼭 그 의사만이 아니다. 정신과 의사라는 족속들이 모두 개새끼이기는 하다. 생명에 대해서도 문화에 대해서도 제대로 아는 것이 없고, 대부분은 그들의 고객보다도 사랑이 부족한 얼치기들이 설들은 프로이트의 용어를 몇 마디 사용해가며 사회를 진단합네, 정신병리가 어떻네 지껄여대는 것이다. 이런 현대화된 무당들이야말로, 정말, 배짱으로 사는 인간들이다. 정신과 의사에 대한 우스개가 하나 생각난다. 신경정신과 의사들이 자기 전공을 선택하게 된 동기는 딱 두 가지다: 첫째는 환자들이 신경증 때문에 죽지는 않는다는 것, 둘째는 신경증은 낫지 않는다는 것. 그래서 이 악마 퇴치자들은 자기들의 직업적 무능이나 나태 때문에 의료 분쟁에 휘말릴 염려가 전혀 없이 자기 배를 한없이 불릴 수 있는 것이다.

인턴이나 레지던트가 틀림없던 그는 근엄한 얼굴로(그가 웃는 것을 한 번도 본 적이 없다) 내게 꿈을 적어오라고 지시함으로써 15세 소년의 정신분석을 개시했다. 나는 별로 내키지 않은 마음으로 그의 지시에 따랐고, 그는 인터뷰 때마다 시시껄렁한(왜 시시껄렁한가 하면 그의 이야기가 설령 옳은 얘기라고 하더라도 나 역시 다 알고 있는 얘기였기 때문이다) 진단을 내렸지만, 내가 병원엘 간 것은 그와의 지루한 문답 때문이 아니라 그가 처방해주는 알약 때문이었다. 아마도 안정제류였을 테지만, 아무튼 내게 그 견습 의사가 필요했던 것은 그 알약 때문이었다. 그는 단지 그 알약을 처방해주기 위해서 너무 공부를 길게 한 것 같다.

프로이트를 전혀 읽어보지 못했던 그때에도 그 햇병아리의 꿈점에 신용이 가지는 않았다. 그 뒤로 나는 비록 통속화된 프로이트이기는 했으나 프로이트를 얼마쯤 뒤적이며 정신분석학이란 결국 의사 과학이고 잘 보아주어야 의학적 아마추어리즘이라는 결론을 내리게 되었고, 그래서 지금 돌이켜보면 중학교 3

학년 때의 나는 잡종교의 말단을 채우고 있던 그 선무당의 실습용 모르모트에 지나지 않았다는 생각을 지울 수 없다. 한 3개월쯤 뒤에 그 친구의 얼굴이 보기 싫어져 병원을 그만 다니고 말았지만, 아무튼 그 얼치기는 정신과 의사에 대한 내 뿌리 깊은 증오의 시발점이 되었다.

대저 의사란 고문자와 비슷하고 병원이란 고문실과 비슷하다. 진료실의 침대에 홀딱 벗고 누워서 의사에게 몸을 맡기고 있을 때의 치욕감이란…… 그는 내게 신이고 아비인 것이다. 몸을 맡기는 것도 그리 치욕스러운데, 항차 정신을 맡기게 되는 경우를 생각해보라. 그러니 정신과 의사는 신 중의 신이고 아비 중의 아비다. 그런데 그 족속들은 대체로 제 정신도 제대로 못 가누는 금치산자들인 것이다.

나는 아버지로부터 벗어났는가? 그러고 싶었다. 그러나 한 번도 완전히 벗어났다는 생각이 든 적은 없다. 벗어나려고 하면 할수록 그 아버지라는 존재는 거머리처럼 내게 달라붙는 것이다. 육체를 그로부터 받았다는 것이 업이다. 내 육체가 분해돼 흙으로 돌아가기 전에는 그도 사라지지 않는다.

어느 날 문득, 내 목구멍과 혀에서 너무나 혐오스러운 목소리와 말투가 터져나오는 걸 보고 나는 소스라치게 놀란다. 그것은 아버지의 목소리이고 아버지의 말투다. 그 목을 따고 그 혀를 잘라내고 싶다.

어느 날 문득, 거울 앞에 너무나 혐오스러운 인간이 서 있는 걸 보고 나는 욕지기를 느낀다. 가늘어지기 시작하는 머리카락과 본디부터 가늘었던 그 눈매는 바로 내 유년기의 아버지의 것이다. 그 얼굴에 초산을 뿌리고 싶다.

내 걸음걸이, 내 웃음, 내 신경통과 약시, 그 모든 것이 아버지의 것이다. 내 존재를 지워버리고 싶다. 긁어내고 싶다. 흡연과 알코올 탐닉, 그것도 아버지의 것이다. 아버지에 대한 증오 때문에라도 그짓을 그만두고 싶지만, 그것에 탐닉하는 그 육신은 그 아버지의 육신이다. 그렇다, 그것은 내 육신이기도 하고 아버지의 육신이기도 하다. 이 육신이 바로 그의 육신이다. 내가 바로 그다. 나는 절망한다.

내가 모든 점에서 아버지를 빼다박은 것은 아니다. 나는 아버지처럼 술을 좋아하지만, 술을 먹고 아내나 아이에게 주먹질을 해본 적은 없다. 나는 늘 욕정에 겨워하지만, 아직까지 딴살림을 내지는 않았다.

그렇지만 난 두렵다. 내가 곧 사십 세가 되기 때문이다. 그 나이에 아버지가 나를 낳았고, 내가 아는 아버지는 사십 이후의 아버지이기 때문이다. 나는 어쩌면 술을 먹고 아내에게 손찌검을 하는 날을 맞을지도 모른다. 나는 어쩌면 딴살림을 낸, 바로 나 같은 덧손가락을 키울지도 모른다. 아버지도 큰어머니나 형들에게는 주정이나 주먹질을 하지 않았다.

인간은 유전자의 운반체일 뿐이라는 선고의 타당성을 나는 내 혐오스러운 몸을 통해서 확인한다. 그것은 나로 끝나는 것도 아니다. 어제 만 열네 살이 된 큰아이가 내게 불안을 주는 것은 그것 때문이다. 그 불안은 또하나의 절망, 은 아닐지라도 절망 직전의 불안이다. 그 아이를 보고 있으면 바로 열네 살 때의 나를 보는 것 같다. 제 동생에 대한 신경질, 말더듬, 짐작건대는 지나친 자위행위와 맵고 단 음식에 대한 탐닉 같은 것들 말이다. 내가 몸으로 이기지도 못하는 술에 탐닉하고, 콜록거리면서 담배를 피워대는 걸 보곤 그 아이가 자신 있게 얘기한다: "난 아빠 때문에래두 나중에 담배나 술은 안 할 거예요." 그러나 그것은 두고보아야 알 일이다. 유전형질의 발현에는 시간이 필요하니까.

아버지에게는 친구가 많지 않았다. 아니, 사실 내가 그걸 속속들이 알 까닭은 없다. 그에게 친구가 많이 있었다고 하더라도 그들에게 날 기꺼이 보여주지는 않았을 테니까. 아무튼 나는 아버지에게 별로 친구가 없다는 느낌을 받았다. 사실이 그랬다면 그것은 아버지가 건달로 살았던 것과도 관련이 있을지 모른다. 건달들의 우정은 겉보기와는 달리 오래 지속되는 법이 없다. 상대방에 대한 존경이 없기 때문이다. 아버지가 사람 만나길 퍽 좋아했던 걸 생각하면 그건 아버지에게 불행이었다.

내게도 친구가 많지 않다. 학교 졸업 후 내가 건달로 산 적이 없는데도 그렇다. 나는 아마 건달은 되지 않을 것이다. 직장을 갖고 있다는 것은 나를 아버지와 구별시키는 많지 않은 표지 가운데 하나니까.

그러나 그것이 그리 두드러진 표지는 아니다. 내 절망을 지울 정도의 표지는 아니다. 아버지와의 닮음이라는 그 절망을 내가 견뎌내는 것은 염세와 혐인을 통해서다. 사실 내게 친구가 별로 없는 것도 그 훈련된 염세와 의도적인 혐인 때문이다. 나는 그것이 아버지한테서 물려받은 것이 아니라, 세상에 대한 내 나름의 관찰에서 얻어진 것이기를 정녕 바란다. 아버지의 그 낙천성, 사람에 대한 아버지의 그 가련한 그리움과는 가장 동떨어진 그 염세와 혐인이라는 표지를 통해서만 나는 아버지로부터 놓여나는 느낌을 지닐 수 있기 때문이다.

나는 곧 사십 세가 된다. 공자는 그 나이에 마음의 흘림이 없었다고 한다. 나도 그리 되기를 바란다. 어제는 큰아이의 열네 번째 생일이었다. 오늘은 아버지의 다섯 번째 기일이다. 차창 밖으로 혜경이 부부의 얼굴이 떠오른다. 어머니의 늙고 야윈 얼굴도. 혜선이의 어린 얼굴도 어렴풋이 그 위에 겹친다. 고속버스는 막 톨게이트를 지났다. 저것이 부산의 불빛이다.

07

피터 버갓 씨의 한국 일기

〜〜〜〜〜〜〜〜〜〜〜

2001년 8월 5일

노스웨스트 기機는 일본해로 들어섰다. 이 바다를 황해라고
도 부르던가? 기창機窓 밑이 온통 희부옇다. 누런 바다는 어디에
있는가? 어쩌면 내 눈이 지친 탓에 누런빛을 보지 못하고 있는지
도 모른다. 눈이 지칠 만도 하다. 일곱 시간 넘게 내 눈은 활자를
따라다녔다. 덕분에 나는 1920년대 말과 1960년대 초 서울의 풍
경들을 거충거충 머리에 담아놓을 수 있었다. 그 풍경들은 그 시
기에 그 도시에 머물렀던 그리고 그 도시를 사랑했던 한 유럽인
의 눈에 비친 풍경들이다. 보스턴을 떠나기 전에 나는 엠아이티
대학 도서관에서 책 두 권을 빌렸다. 같은 저자의 책이다. 다섯

해 전에 작고한 언어학자 기 파랑의 책. 나는 젊어서 《악타 링귀스티카》 지에 그에 관한 아티클을 몇 개 기고한 적이 있다. 파리에서 연구하던 시절에는 일주일에 두 번씩 소르본에 나가 그의 세미나실 한 모퉁이를 지키기도 했다. 그가 생전에 어렴풋한 가능태로 구상한 보편문법의 기술은 실상 내 언어학의 출발점이기도 하다. 파랑은 한국과 인연이 깊었던 프랑스인이다. 그는 한국과 한국어에 대한 책을 여러 권 썼고, 그의 외아들 장 프랑수아는 군의관으로 한국전쟁에 파견됐다가 전사했다.

아, 혹시 황해는 중국과 한반도 사이의 바다던가? 그런 것 같다. 그래, 황하의 황이 황해의 황이겠군. 그게 분명해. 그러니까 지금 저 아래 보이는 바다는 그저 일본해일 뿐이군. 천하의 피터 버갓이 일본해에다 황해를 포개놓다니. 내 대뇌도 이제 노쇠해가는 걸까? 그러나 다시 생각해보면 크게 자책할 일은 아니다. 미국인 스물 가운데 열아홉은 머릿속의 세계지도에서 한국의 위치를 정확히 떠올릴 수 없을 것이다. 베트남이나 인도 부근에 있는 나라로 짐작하는 사람이 태반일 것이고, 이 나라가 아시아에 있다는 사실조차 모르는 사람이 수두룩할 것이다. 코리아라는 말의 소리 빛깔만 놓고 보면, 이 나라는 카메룬이나 콩고 이웃에 있어야 할 것 같다. 나는 적어도 이 나라가 중국과 일본 사이에 있다는 것 정도는 알고 있다. 아주 오래전부터 말이다. 비록 그 나라의 동쪽 바다 이름이 조금 헷갈리기는 했지만.

한 시간 남짓 뒤면 나는 서울에 닿을 것이다. 서울은 이번이 처음이다. 그리고 틀림없이 마지막일 것이다. 십일 년 전에 도쿄까지는 온 적이 있다. 결국 이번에 내 생애 두 번째로 태평양을 건넌 셈이다. 나는 언제나 매사추세츠가, 보스턴이 편했다. 하긴, 보스턴만큼은 아니지만 유럽도 편하다. 젊은 시절 이래 나는 대서양을 숱하게 건넜다. 일로든 바캉스로든 나는 유럽의 구석구석을 돌아다녔다. 내 조상이 살았던 독일 바이에른의 도시들만이 아니라 레이캬비크에서 이스탄불에 이르기까지 내 발길이 닿지 않은 유럽의 도시들은 거의 없다. 정말, 그리고 보니 내 발길이 닿은 곳은 대부분 도시들이었다. 나는 농촌이 익숙하지도 않고 편안하지도 않다. 나는 어원 그대로의 시민으로 태어나 시민으로 살아왔고 시민으로 죽을 것이다. 세계 시민으로 말이다. 그러나 급진적인 세계 시민으로. 공동체주의를 지지하는, 제3세계를 원호하는 진보적 세계 시민으로 말이다. 내 몸 안의 세계시민주의와 제3세계주의는 자주 길항하며 나를 혼란스럽게 한다. 그 둘 사이의 모순은 자주 내 논적들의 표적이 돼왔다. 그러나 나는 그 둘을 지금까지 내 속에서 훌륭하게 화해시켜왔고, 앞으로도 그럴 것이다. 그것이 피터 버갓의 위대한 점이다.

헬렌은 두 시간쯤 전부터 자고 있다. 그녀도 이젠 정말 늙었다. 그녀와 섹스를 해본 것이 언젯적인지 가물가물하다. 내 평생의 반려. 내 둥지, 내 기둥, 내 사랑. 모나무르, 모나망트. 영어의 러브도 그렇지만, 프랑스어의 아무르나 아망트도 지나치게 포괄적이다. 고대 로마인들이 아모르라는 말로 표현했던 사랑이 모호했던 탓이다. 거기에는 정다움과 성애가 뒤범벅돼 있다. 그리스인들의 필리아와 에로스를 로마인들은 구별할 줄 몰랐다.

　　태평양을 건너는 동안 마음이 계속 뒤숭숭했다. 남한을 방문하기로 한 내 결정이 옳은 것인지 그른 것인지 또렷이 판단할 수가 없었기 때문이다. 이렇게 나이가 들어서도, 아니 나이를 먹을수록 뒷걱정이 몸을 갉는다. 지난 세기 70년대와 80년대에 나는 한국의 언어학자들로부터 그 나라를 방문해달라는 초청을 여러 차례 받았다. 그 언어학자들은 직간접적으로 나와 관련이 있는 사람들이었다. 엠아이티에서 공부한 사람들도 있었고, 하계 언어학 심포지엄에서 얼굴을 알게 된 사람들도 있었고, 단지 생성문법을 전공한 인연으로 나와 학문적 서신을 주고받은 사람들도 있었다. 나는 줄곧 그들의 방문 요청을 사양했다. 나는 물론 남한이 케임브리지 근처를 빼고는 생성문법이 가장 번성한 곳이라는 것을 알고는 있었다. 또 그곳의 반체제 캠프에 기호의 사회학이 풍미한다는 소문도 듣고는 있었다. 그래서 그 두 이론 체계의 창시자인 내가 한국에 가면 어떤 환대를 받을지 충분히 짐작할 수 있었다. 나는 그곳 학계의 주류와 비주류로부터 두루 환영받았을 것이다. 그러나 그 당시 한국은 육군 소장들이 어느 날 옷을 갈아입고 총칼로 다스리던 나라였다. 군사 파쇼 체제가 수립된 나라에 피터 버갓이 갈 수는 없었다. 내가 그 나라를 방문하는 것만으로도, 마치 내가 그 나라의 군인 대통령을 지지하는 것처럼 비치게 될지도 모를 일이었으니 말이다. 물론 그 군인 독재자가 내게 한국 비자를 내줄지도 확실하지는 않았지만. 아무튼 나는 그 시절에 라틴아메리카의 많은 나라들을 내 행선지의 목록에서 지워버린 것과 똑같은 이유로 한국이라는 나라도 이 행성에 없는 나라로 생각하고 살았다. 내가 그 시절에 한국에 갔다면, 래디컬 민주주의자로서의 내 미끈한 이력에 큰 흠집이 생겼을 것이다. 더구나 나는 그 나라의 군인 정치가들이 죽이고 싶어했던 시인 김지하의, 그리고 지금은 그 나라의 대통령이 된 김대중 씨의 구명 운동까지 했던 터다. 그 시절에 한국에 가는 것은 명백히 내 신념을 배반하는 것이었을 것이다. 나는 그럴 수는 없었다.

인천공항에 나오기로 한 김민동 씨는 해동대학교의 언어학과 교수로, 한국 사회언어학회라는 단체의 간사를 맡고 있다. 김은 하버드에서 학위를 받았는데, 그의 논문 심사위원단에 나도 끼어 있었다. 박사과정 중에 엠아이티에 와서 내 세미나에 참석하기도 했고, 학위를 얻은 뒤에는 잠시 엠아이티의 박사 후 과정에 적을 둔 적이 있다. 말하자면 그도 내 제자 가운데 한 사람이고 버갓 학파의 말석에 있다고 할 수 있다. 한국 사회언어학회는 매년 팔월에 한 차례씩 심포지엄을 여는데, 올해 심포지엄의 주제가 '피터 버갓과 언어학, 사회학 그리고 사회언어학'이다. 재작년에 케임브리지에 들른 김이 이 사실을 내게 알리며 서울을 방문해달라고 말했을 때, 나는 흔쾌히 마음을 정하기가 어려웠다. 물론 지금의 남한에 예전처럼 군사독재 정권이 있는 것은 아니다. 그러나 내가 예전에 구명 운동을 펼치기까지 한 지금의 남한 대통령은 한국 안팎에서 신자유주의자라는 소리를 듣고 있는 모양이다. 그가 실제로 신자유주의자인지 아닌지는 깊이 따져보지 않았지만, 중요한 것은 그에게 그런 혐의가 씌워져 있다는 사실이다. 그리고 그 신자유주의는 내가 지난 수십 년 동안 내걸어온 대의와는 거의 대척적인 것이다. 내가 한국을 방문한다면 나는 아마도 대통령을 만나게 될 것이고—나는 내 일정에 청와대 방문이 포함되는 것을 결국 수락했다—, 그것은 그 신자유주의자에 대한 나의 지지로 비쳐지게 될지도 모른다. 전 세계의 진보적 언어학과 사회학을 이끌고 있는 버갓 학파의 수장이 신자유주의자를 지지한다는 것은 커다란 추문일 것이다. 나는 그것이 영 개운치가 않았다.

　게다가 보스턴에서 서울로의 여행은 내 나이에 그리 만만한 것이 아니다. 그것은 보스턴에서 파리로 가는 여행과는 아주 다르다. 재작년에 내 나이 일흔이 되었을 때, 바로 그때가 김이 케임브리지에 들러 내게 서울을 방문해달라고 말하기 직전이었는데, 나는 내 여생의 여행지를 북아메리카와 유럽으로만 한정하기로 마음을 먹었었다. 그 이상의 장거리 여행은 내게 힘겨웠다. 나는 좀더 오래 살고 싶다. 그래서 이 궁핍한 세상에 내 구원의 목소리를 되도록 오래 전해주고 싶다. 그러나 김의 간곡한 그리고 여러 차례의 부탁은 내 마음을 흔들었다. 문득, 어차피 일등석으로 미대륙과 태평양을 횡단하는 것이니 한번 해볼 만하다는 생각도 들었다. 그리고 한국의 대통령이 어쩌면 신자유주의자가 아닐지도 모르지 않은가. 내가 구명 운동까지 벌인 사람이니, 그를 한번 만나보는 것이 크게 나쁜 일은 아닐 것이다.

마지막으로, 그러나 결코 덜 중요하지는 않았던 내 망설임의 이유는 오노라리움 문제였다. 김은 처음에 5천 불을 제시했다. 고백하건대, 나는 김에게 그 말을 듣는 순간 화가 머리끝까지 차올라서 서울에 가지 않는 것은 물론이고 앞으로 케임브리지에서도 한국인들을 보지 않으려고까지 생각했다. 이 사람들은 나를 뭘로 보았던 것일까? 내가 그 흔해빠진 노벨상 수상자만도 못하다고 생각하는 것일까? 내가 보기에는 우스꽝스럽기 짝이 없는 엠아이티의 동료들─노벨상을 탄 동료들 말이다─도 1만 불이하로는 움직이지 않는다. 그런데 한국 사회언어학회가 보기에 내가 이들의 반값도 되지 않았단 말인가? 물론 내게 돈이 궁했던 것은 아니다. 또 내가 돈독이 올라 있었던 것도 아니다. 그것은 자존심에 관련된 문제였다. 나는 내 값어치가 이들 극동인들의 눈에 그렇게 형편없이 비쳐졌다는 사실에 분개했다. 게다가 자존심을 떠나서도 사실 돈이라는 것은 다다익선이다.

　물론 나는 젊었을 때나 지금이나 가난한 자들의 편이다. 그러나 나는 가난한 자들의 편일 뿐, 가난한 자가 아니다. 이들은 왜 그것을 모르는 것일까? 내가 팔레스타인을 옹호한다고 해서 나를 팔레스타인 사람과 동급으로 보는 것일까? 내가 비천한 자들의 친구라고 해서 나를 비천한 자로 보는 것일까?

　나는 부아가 치밀어 김에게 1만 5천 불 이하로는 움직이지 않겠다고 잘라 말했다. 돈 자체의 문제가 아니라 그것은 피터 버갓의 자존심이라고 덧붙였다. 분명히 내 표정은 일그러져 있었을 것이다. 김은 금세 파랗게 질려 어쩔 줄을 몰랐다. 그는 거의 우는 표정이 되어 내게 거듭 사과했고, 한국의 경제 사정이며 학회의 재정 상태를 구구하게 늘어놓은 뒤 3천 불만 깎아달라고 애걸했다. 나는 조금 망설이다가 그와 그의 학회에 관용을 베풀기로 했다. 물론 나는 조건을 확실하게 했다. 한국 정부가 그 1만 2천 불에서 세금을 한 푼도 떼어서는 안 된다는 조건 말이다. 그 조건은 만약에 한국 정부가 내 몫의 오노라리움에서 세금을 뗄 경우, 내 초청자가 그 부분을 보충해준다는 조건이기도 했다. 결국 나는 보스턴과 시카고, 시카고와 서울 사이의 노스웨스트 항공 일등석 왕복 비행기표와 체제비 일체 그리고 오노라리움 1만 2천 불을 받기로 하고, 서울로 가는 데 동의했다. 돈이 좀 깎이기는 했지만, 크게 자존심 상할 일은 아니었다. 사실, 예일의 반고

프도 그보다 한 해 전에 싱가포르 미래학회에 초청받아 갔을 때 1만 1천 불을 받았다고 내게 살짝 귀띔했으니까. (나는 그 벨기에 놈이 동남아시아에서 왜 나보다 더 인기가 있는지 모르겠다. 미래학이라는 괴상한 분과의 거품 때문일 것이다.) 게다가 서울의 언어학계와 사회학계에는 버갓 마니아들이 들끓는다고 하니, 이번 기회에 내가 그들에게 기쁨을 줄 수도 있지 않겠는가.

그렇게 마음을 정했는데도 막상 한국행 비행기를 타고 보니 이게 과연 잘한 선택인가 싶었다. 마음을 다잡자! 좀 멀리 바캉스를 왔다고 생각하자! 인천에 거의 다 온 모양이다.

8월 5일 부기附記

인천공항에서 숙소인 플라자 호텔까지는 승용차로 두 시간이 걸렸다. 먼 거리다. 공항에는 예정대로 해동대학교의 김민동 씨가 나와주었다. 자기 조교 한 사람을 데리고. 서울의 여름은 후텁지근하다. 보스턴보다 훨씬 더 더운 것 같다. 서울을 아름다운 도시라고 할 수 있을까? 호텔까지 오는 길밖에 못 본 셈이지만, 그리 아름다운 도시라는 느낌은 들지 않는다. 건물들은 무질서하게 늘어서 있고, 조경에도 신경을 거의 안 쓴 것 같다. 첫인상은 도쿄나 오사카와 비슷한데, 그 도시들보다 훨씬 덜 다듬어진 듯하다. 기 파랑이 자기 책에서 서울을 너무 미화한 것 같다. 하기야 그는 생전에 자신의 한국 애호를 여러 차례 공언하기도 했으니. 어쩌면 서울이 그사이에 너무 변한 것인지도 모른다. 한국은 지난 반세기 동안 급격하게 근대화를 이루었고, 그 근대화의 한가운데에 서울이 있었을 테니 이해할 만도 하다. 피곤하다.

2001년 8월 6일

아침 식사를 하기 전에 헬렌과 함께 산책을 했다. 서울 시청 앞에서 경복궁의 국립박물관까지 걸어갔다 왔다. 경복궁 너머로 대통령 관저라는 청와대가 보였다. 잠깐 걸었을 뿐인데도, 이 도시의 공기가 너무 오염돼 있다는 생각을 지울 수 없다. 아침을 먹고는 호텔 건너편에 있는 덕수궁엘 들렀다. 미술관으로 사용하는 석조전이라는 유럽풍 건물이 있었다. 설계자가 유럽 사람인 듯했다. 아니면 유럽에서 공부한 아시아인이든가. 경복궁이든 덕수궁이든 왕궁이라고 하기엔 너무 초라했다. 우선 규모가 너무 작았고, 미학적으로도 깊은 인상을 남기지 못했다. 세계의 끝에 와 있는 느낌이다.

점심을 먹은 뒤에 기자회견을 했다. 언론사들을 개별적으로 만나는 것은 너무 번거로울 듯해서 공동 기자회견을 하게 해

달라고 미리 김에게 부탁해놓았던 것이다. 아닌 게 아니라 내가 이 나라에서 유명하기는 유명한 모양이다. 사진 기자와 카메라 기자까지 포함해서 기자들이 50명 넘게 온 것 같다. 하기야 나는 언어학과 사회학의 황제 아닌가? 내가 부시나 장쩌민만 못한 게 뭔가? 더구나 그들에게는 임기가 있지만 나는 종신직이다. 그게 내가 좀더 오래 살아야 할 이유이기도 하다. 그나저나 그 멍청한 부시가 백악관에 들어앉아 있으니, 미국과 세계의 앞날이 걱정스럽기는 하다. 결국 이성의 빛으로 세계를 인도해야 할 내 책임이 더 커진 셈이다. 미국인이 내지른 똥은 미국인인 내가 치울 수밖에 없다.

기자들이 몰려든 건 조금도 언짢은 일이 아니었지만, 안타깝게도 쓸 만한 질문을 하는 기자는 거의 없었다. 그것이 꼭 이 나라의 문화적 수준 탓이라 말하고 싶지는 않다. 미국의 기자들도 너무 형편없는 질문으로 나를 절망에 빠뜨리곤 했으니 말이다. 입 밖에 낼 말은 아니지만, 사실 미국인이라고 해서 다 미국인인 것은 아니고, 유럽계 미국인이라고 해서 다 똑같은 것도 아니다. 아프리카계 미국인이나 아시아계 미국인이 유럽계 미국인과 어디서 차이가 나도 나듯이, 독일 이북에서 건너온 미국인들과 프랑스 이남이나 동유럽에서 건너온 미국인들은 어디가 달라도 다르게 마련이다. 내가 독일계로서 불합리한 편견을 지니고 있다고 비판받을 수도 있겠지만, 내 눈에는 유럽계 미국인 가운데서도 독일계가 가장 우수하다는 사실이 또렷하게 보인다. 유대-독일계 말고 나 같은 순수 게르만계 말이다. 유대인들이야 약삭빠르고 음흉할 뿐 그들에게 진정한 지성이 있는 건 아니니까. 사실 미국의 주류 보수 언론에서 나를 따돌리고 있는 것은 이들에게—와스프 말고 유대인 놈들 말이다—게르만인에 대한 증오가 남아 있기 때문이다. 나는 분명히 그것을 느낀다. 이놈들에게서 언론을 탈환하지 않고는 미국과 세계의 해방은 요원하다. 사실 내가 수십 년 전부터 내 정열을 다 바쳐 팔레스타인을 옹호해온 것은 너무 자연스러운 일이다. 내가 급진주의자일 뿐만 아니라, 내심 유대인들을 혐오하기 때문이다. 물론 그것을 드러내서는 절대로 안 된다. 이들은 사악할 뿐만 아니라 복수에 집요한 놈들이니. 나는 제3세계인들의 해방과 자주라는 대의 때문에 팔레스타인을 지지하는 것이지, 유대인들에 대한 혐오 때문에 그러는 것이 아니다. 적어도 겉으로는 그렇게 보여야 한다.

히틀러가 유대인을 박해한 것은 사실이다. 나 역시 히틀러가 해서는 안 될 일을 했다고 생각한다. 같은 게르만인으로서 나도 그가 부끄럽다. 그러나 나는 가스실이니 6백만 희생자니 하는 신화는 믿지 않는다. 그건 이스라엘 놈들과 미국의 시오니스트들이 꾸며낸 말에 지나지 않는다. 아니, 만에 하나 그런 사실이 있었다고 해도, 거기에 반박할 자유도 당연히 있어야 한다. 언론의 자유는 무한정 보장돼야 한다. 90퍼센트의 언론 자유라는 건 존재하지 않는다. 언론의 자유는 있거나 없을 뿐이다. 0이거나 100일 뿐이다. 포리송이라는 친구가 프랑스에서 홀로코스트를 부정하는 논문을 써서 사면초가가 됐을 때, 내가 그를 거들어준 것은 마땅히 해야 할 일을 한 것이다. 프랑스 유대인 놈들도 참. 뭐, 그 정도 가지고 사람을 매장시키려고 한담. 하기야 유대인 놈들은 어디에 살든 다 마찬가지지만. 그들을 거드는 좌파라는 친구들도 한심스럽고. 진정한 좌파라면 무한정 표현의 자유를 인정해야 할 것 아닌가. 단 하나의 금기가 존재해도 표현의 자유는 아예 없는 것과 같다.

사실 미국만이 아니라 유럽 일부에서도 유대인들이 너무 설쳐댄다. 프랑스에서는 대통령 빼고 다 유대인들이 말아먹고 있으니, 참. 거기서는 유대인 대통령이 나올 날도 멀지 않은 것 같다. 내가 그놈의 나라에 신경 쓸 이유는 없지만, 그래도 그런 일이 생기면 즐거울 것 같지는 않다. 하긴 그때는 이미 내가 죽은 뒤일 테니 그나마 다행이긴 하다. 나는 되도록 오래 살기를 바라지만, 유대인 대통령이 나올 때까지 살고 싶지는 않다. 미국에서도 지난해에 하마터면 유대인 부통령이 나올 뻔했다. 나는 지난 선거에서 랠프 네이더에게 표를 던졌다. 나는 좌파니까. 사실 고어가 자기 러닝 메이트로 유대인을 고르지만 않았더라도, 나는 그에게 표를 던졌을 것이다. 내게도 전략적 사고라는 게 있으니 말이다. 공화당보다는 민주당이 그래도 내가 추구해온 대의와 더 친화적이라는 것, 녹색당에 던진 표가 결국 공화당의 집권을 도울 수도 있으리라는 것, 내가 이런 것을 몰랐던 것은 아니다. 그렇더라도 미국의 대통령 승계 순위 일인자 겸 상원의장에 유대인을 앉힐 수는 없지 않은가? 그러나 이런 생각을 내비쳐서는 절대 안 된다. 해도 될 말이 있고 해서는 안 될 말이 있다. 유대인들은 다 사악한 놈들이라는 것, 팔레스타인 놈들은 사악한데다가 멍청하기까지 한 놈들이라는 것은 내 머릿속에다만 쟁여놓아야 한다. 말한마디 잘못하면 인생이 순식간에 망가진다. 프랑스의 피에르 신부를 봐라. 몇 년 전에 로제 가로디라는 이상한 친구를 거들었다가 얼마나 망신을 당했나.

한국 기자들이 영어에 너무 서툴다는 데에 놀랐다는 것을 기록해두어야겠다. 내게 영어로 직접 질문한 기자는 둘뿐이었다. 그 가운데 한 기자는 미국에서 살았는지—기분 좋은 매사추세츠 악센트였다—영어가 거의 완벽했다. 물론 거의 완벽한 영어로 한다는 질문이 고작 "한국에 온 소감이 어떤가? 그리고 당신이 십 년 전에 방문한 일본과는 느낌이 어떻게 다른가?"였지만. 그러나 나는 그 멍청하기 짝이 없는 질문에 정치적으로 올바르게 대답했다. 나는 이 은둔의 나라에 오게 된 것을 영예롭게 생각한다고 말했고, 일본 제국주의와 연이은 군사독재 정권에 맞선 한국인들의 투쟁에 깊은 감명을 받았다고 말했고, 서울은 내가 태어난 필라델피아나 내가 반세기 동안 살아온 보스턴만큼이나 아름다운 도시라고 말했고, 일본은 너무 서양화돼서 별다른 느낌이 없었는데 서울에서는 기분 좋은 아시아의 냄새가 난다고 말했다. 그랬더니 기자들 모두 우레와 같은 박수를 치더구먼.

2001년 8월 7일

오늘은 세션이 오전에 하나, 오후에 두 개가 있었다. 내일도 같은 방식으로 진행될 모양이다. 첫 번째 세션이 시작되기 전에 사회자가 장황하게 내 소개를 했고, 그 장황한 소개 뒤에 내가 나가서 간단한 인사를 했다. 모두들 열렬한 박수로 나를 환영했다. 개중에는 기립 박수를 치는 사람들도 있었다. 분위기는 11년 전 도쿄에서보다도 한결 나았다. 기쁘지 않았다고 말한다면 거짓말일 것이다.

나는 이 심포지엄에서 두 개의 발제를 하기로 돼 있다. 첫날의 첫 세션에서는 내 언어학에 대하여, 그리고 둘째 날의 첫 세션에서는 내 사회학에 대하여. 심포지엄 첫날의 전체 주제가 버갓의 언어학이고, 둘째 날의 전체 주제가 버갓의 사회학인 것이다. 나는 《통사구조론》에서 시작된 내 지적 여정을 훑어가며 그것이 언어학의 역사에서 얼마나 중요한 혁명이었는지를 틈나는 대로 강조했다. 내가 처음 소개됐을 때처럼 내가 발제를 끝냈을 때

도 우레와 같은 박수가 터져나왔고, 나는 그것을 당연하게 생각
했다. 토론자들의 질문도 한껏 예의를 갖춘, 그러나 시시껄렁한
것이어서 흡족했다. 점심으로는 호화로운 레스토랑에서 양념갈
비라는 걸 먹었는데, 그 맛이 정녕 일품이었다. 한국 사람들은 쇠
고기를 아주 멋지게 익히는 법을 알고 있었다. 보스턴에 돌아가
서도 양념갈비를 하는 한국 식당이 있는지 찾아봐야겠다.

　　오후의 두 세션에서는 김 뭐라는 사람과 박 뭐라는 사람이
내 언어학을 주제로 발제를 했다. 별 들을 만한 얘기가 나올 것
같지 않아(실제로 그랬다) 그 자리를 지키고 싶지 않았지만, 그
래도 예의상 있기로 했다. 아무튼 나는 그리 적지 않은 오노라리
움을 받기로 하고 온 것이니까. 그리고 내가 자리에 있어주는 것
이 이 한국 사람들에게 기쁨을 주니까. 하품을 참아내느라고 혼
났다.

　　이번 심포지엄이 한국의 지성계에서는 중요한 일인 것이 분
명했다. 행사장인 해동대학교의 초대형 강당이 학자들과 학생들
로 그득 차 있었으니까. 내가 발제를 할 때는 자리를 구하지 못해
서거나 바닥에 앉아 듣는 청중도 많았다. 지금이 여름방학 때라
는 것을 생각하면, 피터 버캇은 정말 대단한 인물이다. 피터 버캇
은 피터 버캇이 자랑스럽다. 하기야 이런 기회가 아니면, 이 시골
사람들이 언제 내 얼굴을 육안으로 볼 수 있겠는가. 게다가 미디
어 어텐션도 대단했다. 거의 어제 기자회견장에서만큼이나 많은

기자들이 와 있었다. 김민동 교수의 귀띔에 따르면, 공동 기자회견 뒤에도 언론사에서 나를 개별적으로 인터뷰하고 싶다는 요청들이 주최 측에 쇄도했던 모양이다. 그러나 나는 신문사 한 군데와 방송사 한 군데에만 그것을 허락했다. 그리고 나는 그 인터뷰들을 한날로 몰았다. 심포지엄이 끝난 뒤인 모레 오전에 한국의 최고 유력지라는 〈고려일보〉를 위해 시간을 내기로 했고, 그날 오후에 공영방송인 HBS를 위해 시간을 내기로 했다. 〈고려일보〉에서는 그 신문의 기자가 나를 만나기로 했고, HBS를 위한 인터뷰는 김민동 교수가 맡기로 했다.

내가 약간 긴장한 것일까? 오후 세션이 끝날 때쯤 피곤이 몰려왔다. 그러나 심포지엄으로 내 오늘 일정이 끝난 것은 아니었다. 나는 이 나라의 문화부 장관 그리고 몇몇 언어학자들과 저녁을 함께하며 그들의 허영심을 충족시켜주어야 했다. 문화부라는 건 볼셰비키들이 발명하고 프랑스인들이 널리 보급시킨 괴물이다. 도대체 한 나라의 정부에 문화 진흥을 사명으로 삼은 부처가 왜 있어야 하는지 나는 모르겠다. 그러나 그런 것이 있어야 한다면 앙드레 말로나 자크 랑그 정도 되는 사람이 문화부를 이끌어야 하는 것은 아닐까? (프랑스 놈들은 내가 일반적으로 싫어하는 족속이지만, 인정할 건 인정하자.) 양보해서, 문화부의 꼭대기에 꼭 문화 전문가가 있어야 하는 것은 아닐지라도, 적어도 문화에 대한 기본적 소양과 애착은 지닌 사람이 있어야 하는 것은 아닐까? 이 나라의 문화부 장관이라는 사람에게는 그런 것이 보이지 않았다.

우선, 그는 영어가 너무 서툴렀다. 내가 늘 내 조국 아메리카 합중국의 제국주의를 비판해왔고, 또 영어 사용자들의 언어제국주의를 비판해왔으니, 한국의 문화부 장관이 영어가 서툴다고 투덜대는 것은 자가당착으로 들릴 수도 있다. 그러나 말은 말이고 느낌은 느낌이다. 너무나 괴이한 악센트의 영어를, 게다가 하염없이 어눌하게 더듬거리는 장관이라는 사람과 어렵사리 의사를 소통하다 보니, 내 속 깊은 곳에서 언어제국주의자가 되고 싶은 충동이 꿈틀거리는 것을 억누를 수가 없었다. 그건 어쩔 수 없는 일이었다. 나도 결국 사람 아닌가. 아무리 순수 게르만 혈통의 너그러운 미국인이라고 하더라도 말이다. 차라리 옆에 통역이라도 붙여놓을 일이지. 그러면 일이 간단했을 것 아닌가. 대화가—대화라고 하기에도 빈약한 것이긴 하지만—좀 미끈했을 것 아니냐는 말이다. 내 몇몇 동료들—내가 한국의 언어학자들을 이렇게 불러주는 것은 그들에게 영광일 것이다—이 통역을 하겠다고, 그러니 한국어를 사용하라고 장관에게 말했는데도 장관은 극구 그냥 영어로 하겠다고 고집을 부린 모양이었다. 그게 나에 대한 예의라며 말이다. 정말, 그와의 대화가 어찌나 답답했던지 내가 한국어를 할 줄만 안다면 차라리 한국어로 말하고 싶을 지경이었다. 그렇지만 내가 아는 한국어라고는 내 한국인 제자들에게 주워들은 외마디 소리들밖에 없다. 내가 아무리 역사상 가장 뛰어난 언어학자라고 하더라도 세상의 모든 언어를 말할 수는 없는 것 아닌가?

예전에 시라크가 미테랑 밑에서(좌우 동거 정부였으니 꼭 밑이라고 할 수는 없겠지만) 총리를 하던 시절에 새처와 통화할 일이 있을 때마다 굳이 영어를 사용했다는 자크 아탈리의 회고가 생각난다. 시라크의 비서들은 통역을 사용하라고 권했던 모양인데, 시라크가 직접 영어로 얘기하겠다고 고집했다는 것이다. 비서들은 시라크가 새처의 영어를 거의 못 알아들으면서도 알아들은 체하는 느낌을 받았다고 아탈리는 기록하고 있다. 영어에 대한 드골주의자 시라크의 이 집착을 어떻게 해석해야 할까? 그가 이끄는 정부의 문화부 장관은 방송에서 내보내는 음악 가운데 미국 음악이 30퍼센트를 넘지 못하게 하는 만용을 부렸고(나는 제3세계의 반미주의는 옹호하지만, 유럽인들의 반미주의는 마땅찮다), 공문서에서 영어를 사용하지 못하도록 하는 괴상한 법을 발의하기도 했는데 말이다. 뭐, 대놓고 할 말은 아니지만 영어에 대한 집착 자체는 좋은 일이고 격려할 만한 열정이다. 그러나 영어를 하려면 제대로 해야 할 것 아닌가?

꼭 영어의 문제만은 아니다. 이 문화부 장관이라는 사람은 70권이 넘는 내 책 가운데 단 한 권도 읽어보지 않은 게 분명하다. 아니, 도대체 나라는 사람을 잘 모르는 것 같았다. 그 점이 영

불쾌했다. 이런 사람을 문화부 장관에 앉힌 걸 보면 지금 청와대의 입주자도 내가 이전에 생각했던 것과는 꽤 다른 사람일지도 모른다. 모레 저녁에는 청와대를 방문해 대통령과 만찬을 하게 돼 있는데, 문화부 장관을 보고 나니 그 자리가 더 내키질 않는다.

아무튼 헬렌은 한국 방문을 기뻐한다. 그녀는 심포지엄장에는 얼굴도 비치지 않았다. 주최 측에서 그녀에게 붙인 가이드가 하루 종일 그녀를 잘 안내하고 있는 것 같다. 내가 그녀를 보게 되는 것은 만찬장에서다. 뭐, 좋다. 한국 방문이 내게 그리 좋은 일이 아니었던 것으로 판명날지라도, 그것이 헬렌에게 기쁨을 주었다면 나는 그것으로 만족하겠다. 지난 시절 그랬듯이(이렇게 말하자니 가슴이 조금 뜨끔하기는 하다), 나는 지금도 헬렌의 좋은 남편이고, 그리 길게 남지 않은 앞으로의 생애 동안에도 그러하리라.

2001년 8월 8일

심포지엄 둘째 날. 주제는 피터 버갓의 사회학이었다. 첫 세션에서 나는 내 언어학적 관심이 어떻게 사회학적 층위로 뻗어나갔는지를 얘기했다. 나는 내가 르네 데카르트와 막스 베버와 기 파랑에게 진 빚을 겸허하게 얘기했고, 내 관심이 순수 언어 이론에서 사회언어학으로, 언어사회학으로 확대된 경로를 거만하게 설명했다. 나는 특히 특정한 언어나 방언의 사용이 대단히 위력적인 상징 자본이 된다는 것을 여러 가지 예를 들어 강조했다. 그 설명 끝에, 나는 내가 퀸즈 잉글리시나 매사추세츠 영어로 나 자신을 위장할 수 있음에도 불구하고, 지배 계급에 대한 저항의 표지로서 어린 시절에 익힌 펜실베이니아 더치 악센트를 일부러 간직하고 있다는 점을 지나가듯 얘기했다. 당연히, 그 순간 박수소리가 심포지엄장을 가득 채웠다. 오늘 심포지엄장의 열기는 전반적으로 어제 못지않았다. 사실은 더했는지도 모르겠다. 어쨌든, 위상수학이나 기호논리학이나 분자생물학에 대해서라면 몰라도, 사회학이나 정치학이나 역사학이라면 그 앞에 무슨 수식어가 붙든 누구나 한마디쯤은 할 수 있으니까.

오후의 두 세션에서는 사회학자 리 뭐라는 사람과 김 뭐라는 사람이 나와서 내 이론이 경직된 좌파 이론들을 얼마나 멋지게 논파하고 진보적 인문사회과학의 새로운 지평을 열었는지를 설명했다. 그들은 발제 중에도 틈나는 대로 내게 경의를 표하는 것을 잊지 않았다. 나쁘지 않았다. 중국인들도 마찬가지지만, 한국인들의 성은 대체로 한 음절이다. 게다가 한국인들의 성은 중국인들의 성보다도 가짓수가 더 적은 듯하다. 도대체 김이나 박이나 리나 최라는 성은 왜 그리 많은지. 버갓이라는 성을 가진 사람은 북아메리카와 독일 인근에 널리 퍼져 있지만, 전세계의 버갓을 다 합쳐도 서울의 김에 비한다면 그 백분의 일도 안 되리라.

오늘 만찬은 이 나라의 교육부 장관이 주최해서 우리 부부와 한국의 사회학자들이 참석했다. 교육부 장관은 문화부 장관에 비해 영어가 썩 훌륭했다. 그럴 만도 했다. 알고 보니 그는 버클리에서 정치학으로 학위를 받은 사람이었다. 어제 만난 문화부 장관은 지금 대통령의 비서 출신으로 정계에 들어와, 국회의원과 대통령실의 대변인을 거쳐 문화부 장관이 됐다고 했다. 교육부 장관은 취임한 지 여섯 달쯤 됐는데, 장관이 되기 전에는 청구대학교에서 미국 정치를 가르쳤다고 한다. 그는 영어는 훌륭했지만, 미국 정치에 대한 생각은 나와 썩 다른 사람이었다.

교육부 장관은 미국이 세계의 경찰 노릇을 하는 것을 어쩔 수 없는 필요악이라고 생각하고 있었다. 경찰이 아예 없는 무정부적 세계 질서보다는 조금 심술궂더라도 경찰이 있는 세계가 낫다는 것이다. 나는 그의 견해가 내 견해와 다르다는 데 놀란 것이 아니라, 감히 피터 버갓 앞에서 다른 견해를 표명할 수 있는 사람이―더구나 한국인이―있다는 데 놀랐다. 그 놀라움은 물론 기쁨과는 거리가 있었다. 사실 나는 그가 우려하는 무정부적 세계 질서에 대해서 깊이 생각해본 바 없다. 어차피 그런 세계는 결코 도래하지 않을 테니까. 중요한 것은 그가 감히 내게 맞섰다는 것이다. 미국인인 내가, 더구나 미국 최고의 두뇌인 내가 내 조국의 제국주의적 행태에 대해서 한평생 동안 완전무결한 논리로 비판을 해왔는데, 극동의 조그만 나라에서 교육부 장관이라는 걸 한다는 사람이 미국의 제국주의를 용인하다니. 더구나 내 앞에서 공개적으로 말이다. 그는 미국이 주도하는 세계화라는 것을 인류가 피할 수 없는 경로라고까지 말했다. 이것은 정말 추문이라고 할 만하다. 김대중이라는 이 나라 대통령은 사람을 어떻게 쓰고 있는지 모르겠다.

나는 교육부 장관에게 당신의 생각은 한국 사람들의 이익에 반할 뿐만 아니라, 인류 전체의 이익에 반한다고 말해주었다. 실제로는 미국 기업에 불과한 다국적 기업이 지배하는 세계, 오로지 미국적 가치로 획일화된 세계, 80퍼센트의 인류가 굶주리는 가운데 20퍼센트의 인류만이 사람 노릇을 할 수 있는 세계가 얼마나 끔찍할 것인가에 대해 나는 다소 노한 표정으로 그에게 찬찬히 가르쳐주었다. 그가 내 논리에 승복했는지 내 표정에 겁을 먹었는지는 확실치 않지만, 그는 이내 다소곳해졌다. 마땅히 그래야 할 것이다.

피터 버갓의 언어학과 사회학을 주제로 한 심포지엄은 오늘로 끝났다. 그러나 내게는 몇 개의 공식일정이 남아 있다. 〈고려일보〉와 HBS를 위한 대담, 청와대 방문, 그리고 경주 방문.

2001년 8월 9일

　오늘 두 개의 인터뷰는 만족스러웠다. 〈고려일보〉 기자는 그 신문사 문화부의 차장이라고 한다. 그는 통역을 대동했지만, 그 자신도 어느 정도는 영어가 되는 사람이었다. 김이라는 이름을 지닌 그는—또 김이다. 게다가 통역자도 김이었다. 정말 이 나라는 김 공화국이라고 할 만하다—통역자가 자신의 뜻을 정확히 전달하지 못했다고 판단됐을 때는 간간이 영어로 개입해서 뜻을 명확히 하곤 했다. 그는 미국인으로서 미국의 패권주의에 반대하고 제3세계의 억압받는 민중을 위해 발언해온 내 일생에 경의를 표한 뒤 질문을 시작했다. 그가 내게 한 질문은 언어와 사회 사이의 관계 같은 거창하고 추상적인 것에서부터 지배 결속 이론이나 접합 파시즘론 같은 구체적이고 전문적인 것에 이르기까지 두루 걸쳐 있었다. 그는 내 책을 적어도 대여섯 권은 읽은 것이 확실했다. 나에 대한 기사 몇 개를 훑고 온 얼치기는 아니었다. HBS를 위한 대담도 흡족했다. 나를 초대한 김은 내가 그 자리를 만족스러워하도록 질문을 세심하게 골랐다.

　저녁은 청와대에서 먹었다. 주최 측의 몇몇 언어학자들과 사회학자들 그리고 우리 부부가 초대되었다. 대통령궁은 그럭저럭 멋이 있었다. 원래 이곳은 한국이 일본의 식민지였던 시절에 도쿄에서 파견된 총독이 살던 곳이라고 한다. 총독이 살던 곳에 독립된 국가의 대통령이 그대로 눌러앉아 사는 것이 내겐 좀 신기하게 느껴졌지만, 나는 예의 바른 사람이므로 그 점을 지적하지는 않았다. 대통령은 나보다 네댓 살 위인데, 지난해에 노벨 평화상을 받았다. 내가 예전에 구명 운동을 펼치지 않았다면 그는 오래전에 목숨을 잃었을 것이고, 청와대도 노벨상도 그와는 무관했을 것이다. 나는 그의 은인이라고도 할 수 있다.

그가 지적인 사람이라는 소문은 익히 들어왔지만, 소문과 사실이 꼭 들어맞는 것 같지는 않았다. 하기야 정치가에게 무슨 대단한 지성이 필요하랴. 그는 나를 대단히 예의 바르게 맞았다. 그러나 나는, 미국이나 유럽에는 고작 사회민주주의자로 알려져 있는, 게다가 이 나라의 좌파로부터는 신자유주의자라고 비판받고 있다는 노인을 지지하는 느낌을 주는 것이 싫어서, 결례를 무릅쓰고 만찬장에서 몇 가지 지적을 했다. 나는 우선 그가 추진해 온 개혁이 국제통화기금의 처방을 그대로 따름으로써 한국 경제를 미국에 종속시키고 가난한 사람들을 더욱더 가난하게 만든다고 말했다. 나는 또 특히 이런 정책이 그가 야당 지도자 시절 주장해왔던 원칙들과도 쉽사리 양립할 수 없다는 점을 그에게 일깨웠다. (사실 그가 야당 지도자였을 때 뭘 주장했는지 내가 잘 아는 것은 아니다. 그러나 그가 그 점에 대해서 반박하지 않았던 걸 보면 내가 틀린 말을 한 것은 아닌 모양이다.) 더 나아가 세계화라는 것은 결국 한국의 경제적, 문화적 자산을 회복할 수 없을 만큼 파괴해버릴 것이라는 점도 그에게 경고했다. (그런데 이 나라에 무슨 자산이 있기는 한가?) 이 노벨 평화상 수상자는 내 말이 듣기 싫었던 것이 분명했다. 그는 다소 샐쭉해진 채, 한국의 기형적인 재벌 구조를 생각할 때 국제통화기금이 요구하는 국제적 표준의 도입은 그 자체가 일정하게는 진보적 성격을 띤다고 주장했다. 그는 또 파괴될 경제적, 문화적 자산마저 부족한 제3세계의 어떤 나라들에서는 세계화가 건설을 위한 자본의 도입을 가능하게 하는 긍정적 역할을 할 수도 있다고 주장했다. 나는 바로 그런 논리가 미국의 지배 계급이 선전해온 것이라고 지적했다.

그러나 대통령은 나와 더이상 논쟁할 생각이 없는 듯했다. 사실 나도 그랬다. 세계 최고의 두뇌가 극동의 정치인과 무슨 논쟁을 한다는 것은 어색하기까지 할 것이다. 게다가 대통령이 지난해에 노벨 평화상을 탄 것은 그의 경제 개혁 때문이 아니라 주로 대북 화해 정책 덕분일 터이므로, 그의 수상이 크게 잘못된 것은 아니다. 나는 그 정도는 인정해주기로 했다. 선생님에게 꾸중 들은 학생을 달래듯, 나는 대통령에게 당신의 대북한 정책은 매우 바람직한 것이라고 그를 추어주었다 그리고 덧붙여서 당신은 넬슨 만델라나 빌리 브란트에 견줄 만한 정치가라는 말도 했다. 대통령은 금세 얼굴이 환해졌다. 정치가들이란, 특히 나이 먹은 정치가들이란, 왜 이리 좋은 말만 듣고 싶어할까?

오늘은 하루 종일 몸이 가뿐해서 밤이 깊은 시간에 김민동 교수를 토파즈로 불러냈다. 그에게는 내 호출이 영광일 것이다. 토파즈는 플라자 호텔 라운지에 있는 카페다. 헬렌과 김과 나는 그곳에서 간단히 한잔했다. 값이 만만치 않은 집이었지만, 코냑 몇 잔 정도쯤이야 김이 개인 돈으로라도 내게 낼 만하다. 다시 말하지만, 그는 우리 부부와 함께 있다는 것 자체를 영예스럽게 생각할 테니 말이다.

토파즈에서 바라보는 태평로와 세종로의 야경은 아름다웠다. 세종은 조선조 제4대 임금이다. 15세기 사람으로, 한글이라고 불리는 한국어 알파벳을 반포한 군주다. 여기 와서야 안 사실이지만, 서울의 거리들 가운데는 이름을 부여받지 못한 데가 많다. 기이한 일이다. 번지수도 뒤죽박죽이다. 그래서 주소를 가지고도 집을 찾는 일이 매우 어렵다고 한다. 김 교수는 그런 얘기 끝에, 길이 대체로 반듯반듯하게 나 있는 한강 이남의 일부 지역에서는 길 이름을 새로 붙이고 유럽처럼 공간적 순서대로 번지수를 매기는 작업이 몇 년 전에 시작됐다고 내게 일러주었다. 그 새로운 길 이름들은 대체로 순수 한국계 어휘로 채워졌다고 한다.

한국어 어휘의 반 이상은 중국계 어휘다. 마치 영어 어휘의 반 이상이 라틴어-프랑스어계 어휘인 것과 비슷하다. 영어에서도 대체로 지적인 말들이 라틴어-프랑스어계 어휘이듯, 한국어에서도 지적인 어휘는 대체로 중국계 어휘다. 그것이 한국의 민족주의자들에게 달가울 리 없다. 19세기 후반 이래 한국에서 일어난 언어 순화 운동은, 비록 성공적이진 않았지만, 한국어에서 중국계 어휘를 몰아내려고 안간힘을 썼다. 강남 지역의 길들에 한국계 어휘로 이름이 붙은 것은 그런 순화주의자들의 영향 때문이라고 한다.

강북의 길 가운데도 커다란 것들에는 이름이 있다. 을지로, 충무로, 퇴계로, 율곡로, 충정로 같은 것들이 그 예다. 을지로는 중국 수나라와의 전쟁을 이끈 7세기의 장군 을지문덕에서 따온 것이고, 충무로는 16세기 말 일본과의 7년 전쟁에서 크게 전공을 세운 해군 제독 이순신의 시호에서 딴 것이다. 시호란 동아시아 전통 사회에서 유력한 인물이 죽었을 때, 그 공덕을 기려 임금이 주는 이름이다. 우스꽝스러운 관습이다. 퇴계로와 율곡로는 조선조의 저명한 유학자들의 필명에서 따온 이름이다. 또 충정로의 충정은 20세기 초 일본의 국권 침탈에 저항해 자결한 학자 민영환의 시호다. 이렇게 역사적 인물의 이름에서 따온 길 이름들이 있긴 하지만, 실상 서울의 길 이름에서 이런 경우는 극히 예외적인 것이다. 이름이 붙은 길 자체가 그리 흔치도 않지만, 그 이름들 가운데서도 역사적 인물들의 이름을 딴 것은 매우 드물다. 서울에서 역사가 느껴지지 않는 것은 옛모습을 완전히 지워버린 재개발 탓만이 아니라, 역사적 이름들의 부재 탓도 있는 것 같다. 많은 역사적 인물들이, 자국인이든 외국인이든, 길 이름에 자기 이름을 빌려주고 있는 유럽과 비교되는 점이다.

강남 지역에는 테헤란로라는 거리가 있다고 김 교수는 말했다. 외국 수도의 이름을 딴 유일한 길이다. 지난 세기 70년대에 한국의 건설업체들이 이란에서 큰 돈벌이를 하게 되자 두 나라의 우호를 상징하기 위해 이름을 그렇게 지었다는데, 서울 한복판에 외국의 수도 이름을 딴 거리가 있다는 것에 불만을 품은 사람들 때문에 한때 그 이름이 논란거리가 된 적도 있다고 한다. 한국인들에게 넘쳐나는 민족주의의 한 자락을 보여주는 대목이다. 나야 제3세계의 민족주의를 옹호하는 입장이니, 그게 유감스러울 리는 없다.

2001년 8월 10일

오전엔 서울 시내를 둘러보았고, 오후에 항공편으로 경주에 왔다. 서울은 처음 도착한 날과 그 이튿날 내가 받은 인상보다는 더 나은 도시인 것 같다. (기 파랑이 묘사한 1920년대 말의 서울은, 그때 이름으로는 게이조였는데, 정녕 매력적이었다.) 비원은 규모는 작지만 그 나름대로 아름다웠고, 코엑스몰도 보스턴의 어느 건물 못지않게 현대적이었다. 이 도시는 한강을 경계로 북쪽과 남쪽의 이미지가 많이 다르다. 북쪽도 물론 기본적으로는 어수선한 재개발 도시지만, 거기에는 그래도 옛 서울의 자취가 조금은 남아 있다. 그러나 강남은 아주 다르다. 그곳엔 온통 볼품없이 하늘로 솟은 건물들뿐이다. 하기는 한강 남쪽은 원래 서울이 아니었다고 한다.

서울의 놀라운 점은 그 크기다. 이 도시는 뉴욕보다도 더 큰 것이 아닌가 하는 생각이 들 정도다. 내가 사는 보스턴에 비하면 정말로 큰 도시다. 하긴 이 나라 인구의 30퍼센트 가까이가 이 도시에 모여 산다고 한다. 그러나 서울에서 더 놀라운 점은 그 역동성, 그 생기일 것이다. 이 도시는 24시간 깨어 있는 도시다. 어제 토파즈에서 나온 뒤 김 교수가 나와 헬렌을 이끌고 동대문 근처의 밀리오레니 프레야타운이니 하는 쇼핑몰을 구경시켜주었다. 서울에는 그렇게 24시간 깨어 있는 구역들이 많이 있다고 한다. 그런데도 강력 범죄가 뉴욕이나 로스앤젤레스 수준에 이르지 않는다는 것은 신기한 일이다. 아무튼 나는 서울에서 젊음을 발견했고, 그것은 이 여행에서 내가 거둔 가장 커다란 수확이라고 할 수 있다. 자정이 훨씬 넘도록 젊은이들로 북적대는 거리에 있다 보니, 어렴풋이 내 젊은 날이 생각나기도 했다. 50년대의 뉴헤이븐, 60년대의 파리와 옥스퍼드가 다시 떠오르면서 가슴이 뭉클해졌다. 최근 3년 동안은 유럽엘 못 가봤다. 죽기 전에 열 번쯤은 더 가보고 싶다.

경주는 이곳 사람들이 미리 얘기해준 것에 비하면 초라한 도시였다. 이 도시로 오는 비행기 안에서 나는 11년 전에 방문한 교토와 나라를 떠올리고 있었는데, 막상 와서 내 두 눈으로 확인을 해보니 거기에 턱없이 못 미치는 도시였다. 한국이 가장 자랑할 수 있는 고도가 이 정도라면, 다른 데는 더 생각할 필요도 없겠다. 아무튼 경주는 못 보아도 그리 아쉬울 것이 없는 도시였다. 그러나 불국사라는 절은 꽤 아름다웠다. 헬렌은 그 절 마당에 세워진 탑 두 개를 바라보며 다소 과장된 원더풀을 연발했다. 이 나라는 뭐든지 규모가 작다. 일본 사람들은 작은 것 잘 만들어내는 데 세계 제일로 알려져 있지만, 옛 일본 사람들이 남겨놓은 유적들은 그 규모가 꽤 볼 만하다. 한국은 궁전이든 사찰이든 너무 작다. 단지 작을 뿐만 아니라 초라하다. 나는 이 나라가 아시아의 다른 나라들에 비해 미국인이나 유럽인에게 덜 매력적인 것이 충분히 그럴 만하다고 판단했다. 좋게 평가하자면, 이 나라는 과거의 나라가 아니라 미래의 나라인 듯하다. 이 나라 사람들이 자신들의 조상에게서 물려받은 빈약한 자연적 문화적 자원을 생각하면, 이 정도의 사회라도 만든 것이 대견하다 싶을 정도다. 한국 사람들은 자기들의 나라를 이탈리아나 아일랜드에 비교하고 싶어하지만, 이 나라에는 이탈리아나 아일랜드만한 과거가 없다.

서울에서는 사람들이 늘 나를 알아보았는데, 경주에서는 날 알아보는 사람이 거의 없었다. 편안하면서도 한편으로는 뭔가 섭섭하다. 물론 여기는 세계의 변두리에서도 다시 변두리다. 그러나 아무리 변두리의 변두리라고 해도 피터 버갓이 그저 평범한 백인 관광객 취급을 받다니.

　나는 일생 동안 내 지적, 정치적 발언의 상당 부분을 미국 비판에 할애해왔지만, 그럼에도 내가 미국 시민인 것을 자랑스러워해왔다. 내가 미국인이 아니었다면, 미국을 비판하면서도 그렇게 신바람이 나지는 않았을 것이다. 그 경우에 심지어 나는 미국 비판을 하지 않았을지도 모른다. 나는 편협한 민족주의자로 비치는 것이 싫다. 그러나 나는 미국인이 세계에서 가장 위대한 국민이라고 내심 생각하고 있다. 기원 전후에 로마인들이 그랬고, 18세기에 프랑스인들이 그랬듯이 말이다. 나는 다만 그것을 발설하지 않을 뿐이다. 그 침묵이 정치적으로 올바를 뿐만 아니라 내 안녕을 보장해주기 때문이다. 내가 미국인으로 태어나지 않았다면, 나는 미국으로 귀화라도 했을 것이다. 그런데 피터 버갓은 그 미국인 가운데서도 가장 위대한 인물들 중 한 사람인 것이다. 이들은 나를 알아보아야 할 의무가 있다.

2001년 8월 11일

　토함산에 올라가 일출을 보았다. 사람들이 다 놀라워했다. 이 나이에 내가 그런 고집을 부리는 것이 신기하기도 하고 위태로워 보이기도 했던 모양이다. 그러나 내게는 북해의 찬 바람을 맞고 살았던 조상들의 근기가 있다. 아니, 적어도 새벽에는 그렇게 생각했다. 토함산에서 바라보는 일본해와 그 일본해에서 떠오르는 태양은 아름다웠다. 일본, 떠오르는 태양의 나라, 태양의 제국. 사실 일본인들은, 비록 미국인이나 유럽인에게는 크게 못 미치지만, 꽤 괜찮은 종족이다. 보스턴의 일본인들도 비교적 우수하고 예의 바르다. 아시아를 이끌 만하다. 물론 미국의 후견 아래 말이다.

오후에 비행기로 서울에 돌아왔다. 당초엔 서울 거리를 좀 더 걸어볼 생각이었지만, 갑자기 몸살이 왔다. 토함산에 오를 때 내가 생각했던 것과는 달리, 내게 근기가 충분치 않은 모양이다. 그것은 나를 잠시 슬픔 속에 가두었다. 아무튼 새벽 등산이 내게 무리였던 듯하다. 나는 아스피린 두 알을 먹고 오후 내내 호텔 방에 누워 있었다. 헬렌이 나를 간호했다. 헬렌과 나는 50년 가까이를 함께 살아왔다. 헬렌에게는 프랑스인의 피와 그리스인의 피와 아일랜드인의 피가 섞여 있다. 결국 나는 내가 지금까지 물려받은 순수 게르만의 혈통을 내 아이들에게 물려주지 못했다. 조상들께는 조금 미안하지만, 그래도 헬렌은 좋은 여자다. 그녀와 나는 게르만적 냉철함과 남방적 정열을 잘 조화시키며 지금까지 비교적 화목하게 살아왔다. 위기가 전혀 없었던 것은 아니다. 생각해보면 그것은 다 내 탓이었다. 지식은 권력이었고, 그 지식 권력은 여자들에게도 효과가 있는 권력이었다. 말을 바꾸자면 지식이라는 권력은 성적 매력 못지않은 것이었다. 아니 지식 권력이 성적 매력이었다. 내 주위에는 항상 여자들이 들끓었고, 나는 그것을 즐겼다. 더러 그것은 심각한 연애 상황으로 발전하기도 했고, 그때마다 헬렌은 괴로워했다. 헬렌이 나와의 결혼 생활 동안 부정을 저질렀는지는 잘 모르겠다. 내 짐작으로는 그러지 않았던 것 같다. 그러니까 우리들의 관계는 대등하지 않았던 것이다. 공평하지 않았던 것이다. 그러나 헬렌은 지난 50년 가까이 버갓 부인으로서 명예를 누려왔다. 그녀가 다른 남자와 결혼했다면, 그 남자가 나와 달리 오로지 그녀에게만 충실했다고 하더라도, 그녀의 삶은 아마 덜 행복했을 것이다. 헬렌에게도 분명히 허영심이 있는 것이다.

주최 측에서 나를 위해, 우리 부부를 위해, 페어웰 만찬을 베풀어주었다. 나는 무거운 몸을 이끌고 거기 참석했다. 모두들 내게 덕담을 했고, 고마움을 표했다. 심포지엄의 발제와 토론 내용은 책으로 묶일 것이라고 한다. 그 책에 내 글은 고작 두 개가 들어가겠지만, 그래도 그것은 근본적으로 내 책이다. 김민동 교수가 내게 그 책의 표제를 어떻게 정하는 것이 좋겠느냐고 물어와서, 나는 잠시 생각하다가 '호모 로쿠엔스, 호모 폴리티쿠스'라고 하는 것이 좋겠다고 말해주었다. 라틴어를 사용하는 것이 책을 좀더 진지하게 보이게 할 것이라는 생각에서였다. 알맹이도 중요하지만, 껍데기도 그에 못지않게 중요하다. 아니 때에 따라서는 껍데기가 알맹이보다 더 중요하다. 이로써, 이미 충분히 기다란 피터 버갓의 참고문헌 목록에 또 한 권의 책이 추가된 셈이다. 몸이 무거워서 더 쓸 수가 없다. 자야겠다.

2001년 8월 12일

시카고행 노스웨스트 기 안이다. 창 너머로 태평양이 내려다보인다. 마젤란이 이 바다를 처음 보았을 때처럼 태평스러워 보인다. 나는 정확히 1만 2천 불을 현금으로 받았다. 한국 정부가 내게 세금을 부과하지 않았는지 아니면 주최측이 그 세금 액수를 보충했는지는 모르겠다. 아무려면 어떠랴. 24시간 깨어 있는 서울의 역동성이 더러 그리울지는 모르지만, 내가 다시 한국에 올 일은 없을 것 같다. 아무튼 나는 그 나라에 명예를 베풀었다. 그런 자잘한 배려는 나같이 위대한 정신에는 어울리지 않는 것이지만, 나는 태어나기를 이타적으로 태어난 것 같다. 그것이 내 운명이다.

08

찬讚 기 파랑

기 파랑이 죽었다. 일월 오일 자 〈르 몽드〉는 언어학자 기 파랑이 사일 새벽 두시 반께 파리 제이십구에 있는 크루아 생시몽 병원의 한 병실에서 숨을 거두었다고 보도했다. 이 신문에 따르면 기 파랑의 사인은 심근경색이었다. 그렇지만 그 나이쯤 되면 사인이 중요하지는 않으리라. 아흔 넘어까지 산 사람의 죽음은 언제나 자연사에 가깝다.

〈르 몽드〉가 제일면 오른쪽 머리의 스트레이트 기사와 두 면에 걸친 특집으로 그의 삶과 죽음에 호들갑스럽게 경의와 조의를 표하기도 했거니와, 기 파랑의 죽음은 예외적으로 품이 널렀던 어떤 육체와 정신의 소멸을 뜻할 뿐만 아니라 그 정신과 육체를 품었던 한 세기의 종말을 뜻하기도 한다.

그의 죽음이 한 세기의 종말을 뜻하는 것은 비유나 상징의 차원에서도 그렇고 실제의 차원에서도 그렇다. 실제의 차원에서도 그렇다고 한 것은, 한 세기의 끝을 불과 세 해 남기고 마감된 기 파랑의 삶이 바로 이 세기와 함께 시작되었기 때문이다. 그가 파리 교외 생-망데의 베쟁 병원에서 태어난 것은 일천구백일년이었다.

그러나 그의 죽음이 한 세기의 종말을 뜻한다고 우리가 말할 때 그것은 육체와 인위적 시간대의 그런 우연적 접촉을 훨씬 넘어서는 차원에서다. 이십세기는 전쟁과 혁명의 세기였다. (하기야 전쟁과 혁명의 세기가 아닌 세월이 있었으랴. 그러나 그 규모의 전면성에서 보자면 이십세기는 분명히 전쟁과 혁명의 세기였다.) 기 파랑의 삶은 그 혁명과 전쟁에 늘 연루돼 있었다. 그가 그 전쟁과 혁명에 늘상 전의에 불타는 투사로서 참가했다는 뜻은 아니다. 그러나 적어도 그는 한 사람의 지식인으로서 이십세기의 숱한 전쟁과 혁명에 끊임없이 참견했다. 예컨대 중국과 알제리와 쿠바와 니카라과의 혁명들, 그리고 스페인과 한국과 베트남과 유고슬라비아의 내전들에 그는 직접 입회했거나 그것들에 대한 자신의 입장을 공론화하려고 애썼다.

그것이 이데올로기든 과학이든 지적 유행의 측면에서 보자면 이십세기는 또 마르크시즘과 프로이디즘의 세기였다. 기 파랑의 지적 삶이 마르크시즘이나 프로이디즘의 진앙에 자리 잡았던 것은 아니다. 사실은 그 주변부에 자리 잡지도 않았다. 마르크스 연구나 정신분석학의 가장 자세한 서지書誌에서도 기 파랑이라는 이름과 그의 저작을 발견할 수는 없을 것이다.

그것은 일차적으로는 학자로서의 그의 전공 분야가 역사비교언어학이었다는 사정과 관련이 있다. 언어에 대한 그의 관심이 사회 계급이나 정신의 구조 같은 데로 조금만 확장되었더라도 그는 마르크시스트나 프로이디언으로 행세했을지 모른다. 또는 그렇지 않다면 적어도 그렇게 행세하고픈 유혹을 받았을지 모른다. 그러나 그는 언어 연구를 철학이나 사회학이나 정신분석학으로 환원하고 싶어 했던 전위파 언어학자가 아니었다. 학자로서의 그를 매혹한 것은 언어들의, 그리고 언어들만의 역사였고, 그것들의 내적 구조였다. 그는 그런 점에서 이 세기의 역사비교언어학자들 가운데서도 보수파 또는 고전파에 속했고, 바로 그 점에서라면 그는 이십세기 사람이었을 뿐만 아니라 십구세기 사람이기도 했다. 언어 또는 언어사에 대한 연구는 그가 보기에 자연 또는 자연사에 대한 연구와 다름이 없었고, 그런 방식의 언어 연구가 그에게 요구한, 또는 그가 자신의 언어 연구에 요구한 지적 엄밀성과 가혹한 실증성은 아주 추상적인 수준에서만 어떤 이념 체계들과 관련을 맺을 수 있었다.

그러나 기 파랑이 이십세기의 이념적 주류에 몸을 띄우지 않은 것을 반드시 그의 전공 학문 탓으로만 돌릴 수는 없다. 역사비교언어학자라는 것 이상으로 기 파랑의 정체성을 규정하는 시인·소설가·에세이스트로서의 기 파랑을 평가해도 그를 어떤 종류의 마르크시스트나 프로이디언의 대열에 끼워 넣을 수는 없다. 실상 그가 생애 후반부 내내 소설이나 에세이를 통해 비판한 것은 마르크시즘을 준거틀로 삼아 세워졌다는 사회들의 억압적 측면이었다.

그렇다고 해서 속류 프로이디즘의 개인주의적 숙명론이 그의 안식처가 되었던 것은 아니다. 그는 정신분석학적 인간관이라는 것이, 이십세기에 살을 얻었다가 이내 그것을 발린 어떤 마르크시즘 이상으로 인간을 왜소화한다는 것을 알고 있었다. 마르크시즘이든 프로이디즘이든 그것들은 인간의 자유라는 것에 적대적이라고 기 파랑은 생각했다. 그런데 그의 기다란 삶을 일관해서 이끈 것은 자유에 대한 신념이었다. 비록 구체적 사건들에 대한 그의 관점들이 때때로 흔들리고 변화하기는 했지만 말이다.

그러나 기 파랑을 적극적 반反마르크시스트나 적극적 반反프로이디언이라고도 할 수 없었다. 그는 그가 이해한 바의 마르크시즘이나 프로이디즘의 해방적 측면을 주목했다. 그는 마르크시즘이나 프로이디즘의 어떤 원리들이 억압적 사회와 맞서 싸우는 데 때로는 효과적인 지침이 될 수도 있다는 것을 알고 있었다. 그가 생애 후반기에 정력적으로 집필한 에세이들에서 개인의 자유와 욕망을 옹호하고 인간의 존엄과 사회정의를 갈망하여 예컨대 빌헬름 라이히나 에리히 프롬 같은 마르크시스트나 프로이디언을 인용했던 것을 그 증거로 내세울 수도 있겠다.

물론 그 자신이 그런 글을 쓰며 자신을 어떤 종류의 마르크시스트나 프로이디언으로 생각했던 것은 아마 아닐 것이다. 그는 그저 한 사람의 책임감 있는 시민이 되고자 노력했을 뿐이리라. 그렇다고 하더라도 그 시민적 책임감이 그가 이해한 바 마르크시즘이나 프로이디즘의 어떤 원리들에서 직간접적인 자양을 얻었다면 그를 마르크시스트나 프로이디언이라고 불러도 큰 망발은 아닐 것이다. 더구나 마르크시즘이나 프로이디즘이라는 것이 특별한 사람들의 전유물이 아닌 바에야 말이다.

그러고 보면 그를 한 사람의 이데올로그로서는 절충주의자, 아마추어, 딜레탕트라고도 할 수 있을지 모른다. 절충주의자, 아마추어, 딜레탕트 따위의 말들이 좋은 함의를 지니고 사용되는 경우는 좀체로 없다. 그러나 우리가 흔히 지나치거나 잊어버리고 있는 역사의 교훈 가운데 하나는 바로 그런 절충주의나 아마추어리즘이 대개는 광기에 맞서는 비판적 이성이나 양식의 다른 이름이라는 사실이다.

여기서, 그를 인용하는 사람들이 주로 역사비교언어학자나 보수적인 문학평론가들이지, 사회과학자나 실천운동가들은 아니라는 점을 지적하는 것이 좋겠다. 사회과학자나 실천운동가들이 우선 언어학에 대한 그의 이론적 텍스트를 인용하지 않는 것은 당연하다. 그의 언어학 논문들은, 예컨대 〈로만어의 격〉을 평하며 클로드 아제주가 옳게 지적했듯, 그의 이론의 투명성만큼이나 투명한 프랑스어로 쓰여 있지만, 그것들은 위에서 언급했듯 어떤 이념체계와 직접적 관련을 맺지는 않고 있기 때문이다.

다음, 그의 문학 텍스트들이 사회과학자나 실천운동가들에 의해 인용되지 않는 이유도 자명하다. 이념과의 관련을 이론적 텍스트에서보다는 더 표층적으로 노출시키고 있는 그의 문학 텍스트에는 그러나 이론적 텍스트에서만큼 그의 생각이 투명하게 드러나 있지 않기 때문이다. 투명하지 않은 것은 지표가 되기 어렵다. 그의 문학 텍스트의, 그리고 그것을 자아낸 그의 프랑스어의 불투명성은, 문학 텍스트라는 것의 고유한 특성일 수도 있을 것이고, 세계에 대한 기 파랑의 관점의 특성일 수도 있을 것이다. 아무렇거나 투명하지 않아서 지표가 되기 어려운 문학 텍스트를, 직업적 문학평론가라면 몰라도, 사회과학자나 실천운동가들이 인용할 까닭은 없다. 그 사회과학자나 실천운동가들이 예외적으로 섬세한 정신을 가진 이들이라면 혹 몰라도 말이다.

기 파랑의 문학 텍스트들이 문학평론가들에 의해 꽤 인용됐다고 해서 기 파랑을 위대한 문필가라고 말하기는 어렵다. 하기야 위대하다는 형용사도 그 잦은 쓰임 때문에 그 말이 본디 지니고 있던 광휘를 많이 잃어버리기는 했지만, 예술가로서의 기 파랑은 연구자로서의 기 파랑에 미치지 못하는 바가 분명히 있다. 그가 위대한 언어학자였다고 말할 수는 있어도 그가 위대한 작가였다고 말할 수는 없다는 뜻이다. 그의 소설이 공쿠르상을 탔고, 그의 어떤 시들이 내전기의 스페인이나 육십팔년 오월의 파리에서 구가됐다고 하더라도, 오늘날 이십세기 프랑스 문학사에서 그의 자리를 예컨대 사뮈엘 베케트나 폴 발레리의 자리에 견주기 위해서는 터무니없는 만용이 필요할 것이다.

그러나 위대한 글쓰기가 반드시 위대한 삶을 보증하는 것은 아니다. 하이데거가 이십세기의 가장 위대한 철학자 가운데 한 사람이었다는 데에는 아마 꽤 많은 사람이 동의할 것이고, 그의 철학과 나치즘 사이에 어떤 필연적 연관이 있는 것은 아닐지라도, 하이데거의 삶이 위대했다고 말할 사람은 거의 없을 것이다. 이것은 기 파랑의 삶이 위대한 삶이었다는 것을 은근히 암시하고자 하는 말은 아니다. 역사의 어느 시대에도 그랬듯, 이십세기에도 위대한 삶은 많았다. 더군다나 그 세기가 전쟁과 혁명의 세기였다면 이십세기가 위대한 삶들을 낳지 않을 수는 없었을 것이다.

그러므로 기 파랑이 중요한 것은 그의 삶이 반드시 위대했대서가 아니다. 그가 중요한 것은 그의 삶이 맞닿은 이십세기 내내 그가 이 세기의 특징적 사건들에 비판적으로 관여했고, 그의 쉬임 없는 비판적 관여가 이십일세기를 위한 하나의 전망을 우리에게 제시해줄 수도 있기 때문이다.

게다가 우리에게는 그가 중요한 이유가 한 가지 더 있다. 사실 어쩌면 이 이유가 더 클지도 모른다. 언어학자 기 파랑은 한국어에 관한 아주 중요한 책을 남겼고, 문필가 기 파랑은 그의 한국 체류기를 일부로 포함하는 에세이를 남겼다. 프랑스 애호라는 것이 문화계 일각에 깊이 뿌리내린 나라에서 그 두 책이 아직도 번역되지 않은 것이 기이한 일이기는 하지만, 앞의 책은 지금도 국어사학계가 넘어서지 못한 기념비적 저작이고, 뒤의 책은 이십년대 말의 조선 사회를 엿볼 수 있는 귀한 자료다. 그러나 이런 것을 떠나서라도 그는 개항 이래 조선을 가장 잘 이해하고 가장 사랑한 서양인 가운데 한 사람이었다. 그의 생애의 가장 커다란 슬픔이 바로 이 땅과 관련이 있는데도 말이다.

파리 동쪽에 우거져 있는 뱅센 숲의 언저리에 생-망데라는 코뮌이 있다. 이 작고 아름다운 교외 도시와 파리를 잇는 길, 즉 파리 거리에 일천팔백오십오년, 큼직한 병원이 들어섰다. 이름하여 베쟁 병원이다. 뛰어난 외과 의사였던 루이 자크 베쟁(일천칠백구십삼년에 태어나 일천팔백오십구년에 돌아감)의 업적을 기리기 위해 세워진 이 병원은 주로 군인이나 군인 가족들이 이용한다. 말하자면 군인 병원이다.

베쟁은 한 생애를 프랑스 군대에서 보내며 수많은 군의관들을 길러냈고, 그보다 훨씬 더 많은 수의 군인 환자들을 치료했다.

그러니 이 군인-의사의 이름을 딴 병원이 군인 병원이 된 것은
아주 자연스러운 일이다. 그렇다고 해서 지금도 그 자리에 서 있
는 이 병원이 민간인 환자들을 안 받는 것은 아니다. 다만 군인이
나 그 가족들에게 이런저런 혜택을 더 줄 뿐이다.

가족 가운데 직업군인이 아무도 없었던 기 파랑이 이 군인
병원의 한 산실에서 태어난 것은 일천구백일년 일월 이십이일이
다. 그날은 우연히도 영국의 여왕이자 인도의 여제로서 지구의
사분의 일을 통치하던 빅토리아가 향년 팔십일 세로 등하한 날
이었다. 그 우연은 우리의 기 파랑에게는 약간의 행운이기도 하
고 커다란 불운이기도 하다.

그것이 약간의 행운인 것은 여왕의 죽음과 그의 생일이 겹
치는 바람에 뒷사람들이 그의 생일을 쉽게 기억할 수 있게 됐다
는 점에서 그렇고, 그것이 커다란 불운인 것은 바로 그 이유 때문
에 일천구백일년 일월 이십이일이 결코 기 파랑의 생일로 기록되
지는 않을 것이라는 점에서 그렇다. 그날은 무엇보다도 빅토리아
여왕의 기일이었고 또 지금도 그리 기록되고 있다. 당연하다, 육
십삼 년 동안 세계 최대의 제국을 이끈 인물과 생애의 대부분을
학교와 난장 주위에서 맴돌며 약간의 이름을 얻은 인물을 비교
할 수는 없으니 말이다. 그렇다고는 하더라도 기 파랑이 일천구
백일년에 태어났다는 사실은 여왕의 죽음과는 상관없이 그의 연
보를 기억하기 쉽게 만든다. 그의 나이와 서기 연도의 두 끝자리

가 일치하기 때문이다.

은혜라면 은혜인 이런 행운을 잡은 사람들 가운데 뒷날 약간의 이름을 얻은 사람이 기 파랑만은 아니다. 그가 일천구백일년에 태어났다는 사실은 그가 쿠바의 독재자 풀헨시오 바티스타, 영화배우 클라크 게이블과 게리 쿠퍼, 물리학자 엔리코 페르미와 베르너 하이젠베르크, 인류학자 마거릿 미드, 만화가 월트 디즈니, 벨기에 국왕 레오폴드 삼세 같은 사람들과 동갑이라는 뜻이다.

이 가운데 지난 일월 사일 새벽까지 살아 있던 사람은 오직 기 파랑뿐이었고, 태어나면서부터 운명이 예견되던 사람은 레오폴드 삼세뿐이었다. 레오폴드 삼세는 벨기에 국왕 알베르 일세의 태자였으므로 그가 별 사변이 없는 한 뒷날 벨기에를 통치하게 되리라는 것은 누구나 예견할 수 있는 일이었다.

그러나 왕자로 태어났다는 것은 아주 특별한 것이다. 누구나 다 동의하는 것은 아니지만, 그리고 미리 사실대로 털어놓자면 어른이 된 기 파랑도 거기에 완전히 동의하지는 않았지만, 막 태어난 아이에게 미래는 무한히 열려 있는 것이다. 그것이 뒷날 이름을 얻게 된 기 파랑의 동갑내기들 가운데 레오폴드 삼세로 불리게 될 아이를 빼고는 그 누구의 탄생도 거국적으로 축복받지 못한 이유다. 흔히 들리는 농담이지만, 신문은 위인의 죽음은 기록하지만 위인의 탄생은 기록하지 않는 것이다.

기 파랑이 태어난 일천구백일년은 이십세기의 첫해다. 그러나 사람들은 보통 일천구백년대라는 것과 이십세기를 일치시키는 경향이 있다. 그래서 이십세기의 첫해라는 이미지는 노벨상이 수여되기 시작하고 스무 살의 파블로 피카소가 파리에서 첫 개인전을 연 일천구백일년보다는, 파리에서 만국박람회와 올림픽이 열린 일천구백년에 더 두텁게 입혀져 있다.

니체가 사망한 해인 일천구백년에는 자크 프레베르, 쿠르트 바일, 헬레네 바이겔, 에리히 프롬, 루이 암스트롱, 쥘리앵 그린, 토머스 울프, 마거릿 미첼, 아나 제거스, 앙투안 드 생텍쥐페리 같은 이름의 아이들이 기 파랑의 자치동갑으로 태어나 뒷날 시인으로, 배우로, 작곡가로, 사회학자로, 트럼펫 주자로, 소설가로 이름을 얻었다. 만국박람회의 부대행사 가운데 하나로 준비도 없이 엉망으로 치러진 그해의 제이회 올림픽과 기 파랑과는 아무런 관련이 없지만, 기 파랑의 친인척 가운데 체육인들이 있었다는 사실은 기록해두는 것이 좋겠다.

기의 이종사촌, 즉 어머니 카롤린 파랑(그녀의 처녀 때 성은 뷔샤르였다)의 이질인 조르주 뷔샤르는 유명한 펜싱 선수였다. 그는 일천구백이십팔년 암스테르담 올림픽과 일천구백삼십이년 로스앤젤레스 올림픽에 프랑스 대표로 출전해 두 번 다 개인 에페 부분에서 은메달을 따냈다. 스물세 살 때 기 파랑과 결혼해서 클레르 파랑이 된 클레르 샤르팡티에는 일천구백삼십륙년 베를린 올림픽에 나가 일백 킬로미터 사이클 개인경기에서 금메달을 따낸 로베르 샤르팡티에의 누이다. 기 파랑의 유일한 손녀인 아를레트 파랑(올해 사십칠 세인 그녀의 지금 성은 기욤이다. 그녀의 남편 미셸 기욤은 사회당 소속으로 파리 제이십구의 구청장이다. 또 미셸 기욤의 종조부는 기 파랑 못지않은 언어학자로서 '심리체계론'이라는 독특한 언어이론을 창안해낸 귀스타브 기욤이다)도 프랑스의 여자 마라톤을 대표해 일천구백칠십륙년 몬트리올 올림픽에 나갔다. 비록 그녀가 메달리스트의 영예를 얻지는 못했지만 말이다.

비행사를 일종의 운동선수로 쳐줄 수 있다면, 기 파랑의 두 살 터울 형인 올리비에 파랑도 운동선수였다. 학창 시절엔 축구선수의 꿈을 지니기도 했던 올리비에 파랑은 초창기의 국제항공로를 개척한 항공우편 비행사 가운데 한 사람이었다. 군 복무를 마치자마자 프랑스의 초창기 항공회사 가운데 하나인 콩파니 제네랄아에로포스탈에서 우편기 조종사 생활을 시작한 그는 일천구백삼십삼년 프랑스 정부의 주도로 이 회사가 다른 항공회사들과 합병돼 에르 프랑스로 되태어난 뒤에는 에르 프랑스의 비행기를 몰았다.

반면에 예술에 재능을 지닌 사람은 파랑 집안에 거의 없었다. 한 사람의 예외가 기의 종질인 클로드 파랑이다. 일천구백이십삼년생인 클로드는 철학자 폴 비릴리오와 함께 건축 원리 그룹을 창시한 이래 르 코르뷔지에의 근대성 양식에 도전하며 이론과 실제에서 이십세기 프랑스 건축의 한 귀퉁이를 받쳐온 건축가다.

원래 파랑 집안은 십칠세기 초 이래 인쇄업에 종사했다. 인쇄 노동자였던 기의 조부 베르나르 파랑은 일천팔백칠십일년 파리코뮌 당시 노동자군의 한 지도자였다. 그는 그해 오월 이십팔일 벨빌 거리에서 칠백여 명의 동료 노동자들과 함께 베르사유의 정부군에 맞서 최후까지 항전하다 전사했다.

기의 아버지 장-피에르 파랑도 파리의 중앙시장 근처에서 조그마한 인쇄소를 경영했다. 몇 세기 동안 내려오던 가업에 종지부를 찍은 것이 그의 두 아들 올리비에와 기였다.

학교생활을 축구로 채웠던 올리비에와는 달리, 기의 성장기는 책 속에 파묻혀 지냈다. 그리고 그의 교육과정은 자기 집안의 전통과는 달리 전형적인 파리 부르주아의 그것이었다. 기는 루이르그랑 고등학교의 예비반을 거쳐서 한 번의 실패 뒤에 파리 윌름 거리의 고등사범학교에 들어갔다. 스물한 살 때였다. 졸업 후 역시 한 번의 실패 뒤에 고전문학 교수 자격시험에 합격했고, 파리의 앙리 사세 고등학교와 고등사범학교에서 잠시 가르친 뒤 동아시아로 건너갔다. 귀국 뒤에는 고등연구 실천학교에서 가르치는 한편으로 소르본에서 국가박사 과정을 밟았다. 서른여덟 살에 국가박사 학위를 받았고, 그 뒤 은퇴할 때까지 뉴욕의 컬럼비아 대학, 스트라스부르 대학, 소르본 대학에서 로만어 비교언어학과 동아시아 언어들을 가르쳤다.

고등사범학교 시절과 고등연구 실천학교 시절 사이의 동아시아 체류에 대해서는 좀 자세히 언급하지 않을 수 없다. 사실은 위에서도 비쳤듯, 그것이 기 파랑의 삶에서 특히 우리의 주의를 끄는 대목이기도 하다. 기 파랑은 일천구백이십팔년부터 일천구백삼십삼년까지 네 해 반 남짓 현지 언어 연구를 위해서 중국과 한국과 일본에 체류했다. 기 파랑의 전공은 본디 로만어였지만, 그는 곧 그것을 동아시아어에까지 확대한 것이다.

그는 이십세기의 프랑스 언어학자들 가운데 아마 클로드 아제주를 빼놓고는 가장 많은 언어를 구사할 수 있는 사람이었을 것이다. 자신보다 한 세대 이상 뒷사람인 아제주에 대해서는 생전의 기 파랑도 한 심포지엄 석상에서 "그는 나보다 두 배 이상의 언어를 알고 있다"고 말한 바 있다. 그러나 그 말은 실은 그보다 한 세대 전에 에밀 벤베니스트가 기 파랑을 두고 한 말이기도 하다. 기 파랑보다 한 살 아래로 고등연구 실천학교의 절친한 동료이기도 했던 에밀 벤베니스트는 이십세기의 가장 위대한 인도유럽어 학자 가운데 한 사람으로 꼽히지만, 그 벤베니스트조차도 일천구백삼십칠년에 콜레주 드 프랑스 교수로 취임하며 그 취임 연설에서 "기 파랑은 나보다 두 배 이상의 언어를 알고 있고, 기 파랑의 이론은 내 이론보다 두 배 이상 정치하다. 그러나 지금 나 대신 이 자리에 있어야 할 그 사람은 스페인에서 총을 들고 싸우고 있다. 나는 펜으로도 총으로도 내 친구에 미치지 못한다"고 기 파랑에 대해 경의를 표한 바 있다.

일천구백이십륙년에 결혼한 아내 클레르와 함께 기 파랑이 북경에 도착한 것은 일천구백이십팔년 사월이다. 장개석이 북벌을 재개한 시점이다. 당시 클레르는 임신 중이었다.

그보다 한 해 전에 장개석은 상해에서 이른바 사일이 반공 쿠데타를 통해 공산주의자들의 봉기를 유혈 진압했다. 일천구백이십사년 코민테른의 주선으로 손문이 이뤄낸 연소용공 부조농공의 제일차 국공합작이 와해된 것이다. 장개석은 이로써 북쪽의 군벌과 그를 조종하는 일본군만이 아니라 공산주의자들까지도 적으로 돌리게 되었다.

공산주의자들은 그 뒤 코민테른의 지시에 따라 도시 폭동 노선을 강화했다. 그해 팔월 일일 홍군 이만여 명은 남창에서 봉기해 혁명위원회를 수립했고, 국민당군이 남창을 압박하자 그해 십이월에는 노동자들과 연대해 광주에서 무장봉기해 노농정부를 수립했다. 그러나 광주 코뮌도 국민당의 무차별 살육작전으로 삼주 만에 무너져버렸고, 이를 계기로 공산주의자들은 도시 폭동 노선을 폐기하고 농촌을 먼저 장악해 도시를 포위한다는 모택동 노선으로 선회했다.

모택동과 주덕의 지휘로 정강산으로 들어간 홍군은 국민당의 포위와 거칠기 짝이 없는 의식주 속에서도 이른바 삼대 규율, 팔대 주의, 유격전술의 사대 원칙으로 정신을 무장하며 반격의 채비를 갖췄다. 천하대란이라는 말만큼 당시의 중국 상황을 잘 표현할 수 있는 말은 달리 없었다. 일본과 서유럽 각국, 미국, 소련 등의 열강과 국내의 각 정치·군사 세력들이 자신의 이해관계를 중국의 진로에 가탁하며 합종연횡하고 있었으니 말이다.

북경에 도착한 지 두 달이 조금 못 되는 일천구백이십팔년 유월, 기 파랑은 장개석군의 북경 점령을 목격했다. 바야흐로 장개석의 북벌은 힘을 얻어가고 있었다. 그보다 넉 달 후인 시월 팔일에 장개석은 남경에서 국민당 정부의 주석에 취임했다. 그때 기 파랑은 이미 일본에 있었다. 그는 그보다 석 달 전인 그해 칠월 중국을 떠나 일본으로 향했다. 그가 조선을 거쳐서 일본에 도착한 것이 시월이었으니 그는 조선에서 두 달 반 가량을 체류한 것이다.

사실 그 당시는 조선이라는 나라가 없이 중국과 일본은 국경을 맞대고 있었으므로(일본의 괴뢰정권인 만주국 정부가 수립된 것은 일천구백삼십이년 이월이었다), 그가 조선을 거쳐서 일본으로 갔다는 말은 그때의 역사적 정치적 맥락에서는 올바른 말이 아니기는 하다. 조선은 그때 일본이었으니 말이다. 그러니까 기 파랑은 일본군이 조종하는 북양군벌의 최후 잔당들이 장악하고 있던 중국 동북지방에서 중일 국경을 지나, 일천구백십년부터 법적으로 일본 영토가 된 조선반도를 비스듬히 관통한 뒤, 해로를 통해 혼슈로 간 것이다.

기 파랑은 그 이듬해, 즉 일천구백이십구년을 온전히 조선에서 보내며 조선어를 연구하게 되지만, 그가 처음 들른 서울에 두 달 이상이나 머무른 것은 이 나라의 언어, 정확히는 일본의 조선반도에서 사용되는 언어를 연구하기 위해서는 아니었다. 동아시아 체류를 계획했을 때 그가 염두에 두었던 것은 중국의 여러 언어들과 일본어에 대한 연구였다. 그러니 그가 조선반도에 머무를 필요는 없었다. 그러나 그는 서울에 얼마간 머무르지 않을 수 없었다. 아내 클레르가 해산을 해야 했던 것이다.

파랑 부부가 일천구백이십팔년 팔월, 당신 이름이 게이조였던 서울에 도착했을 때, 기 파랑은 만삭의 아내와 함께 도쿄까지의 여행을 강행할 수 없다고 판단했다. 그래서 그는 아내가 해산을 하고 몸을 추스를 때까지 서울에 머물기로 했다. 그는 이종사촌인 조르주 뷔샤르가 암스테르담 올림픽에서 은메달을 땄다는 소식을 서울에서 들었다. 클레르는 그달 말, 서울의 한 병원에서 그들 부부의 유일한 아들 장-프랑수아를 낳았다. 앞질러 얘기하자면 장-프랑수아 파랑은 뒷날 자기 부모보다 훨씬 먼저 객사했고, 그것이 그들 부부와 조선이라는 나라의 관계를 끊을 수 없는 것으로 만든다.

클레르가 몸을 푼 지 한 달이 조금 지난 일천구백이십팔년 시월 초에 파랑 부부는 서울을 떠나 부산으로 가 현해탄을 건넜다. 파랑 부부가 일본에 오래 머문 것은 아니었다. 위에서 말했듯, 실상 기 파랑이 동아시아에까지 오게 된 것은 당초 일본어와 중국어에 대한 관심 때문이기는 했다. 일본어와 중국어의 걸음마를 겨우 뗀 파랑으로서는 동아시아로 가서 현지 학자들과 교유하고 자료를 수집하는 일방 여러 방언들에 대한 필드워크를 하고 싶었던 것이다. 그러나 아내의 해산 때문에 우연히 이뤄진 두 달 남짓의 서울 체류가 당초의 계획을 변경시켰다.

그는 서울에서 일단의 조선어학자들을 만났고, 조선어학자들만이 아니라 조선의 하늘과 조선의 산을 보았다. 그것이 그의 일생을 통해 이어진 한국 사랑의 시작이었다. 조선과 조선어에 대한 그의 첫 만남을 그의 동아시아 체류기 《봄 샐러드》는 이렇게 기록하고 있다 :

내가 태어났을 때 이 고요한 아침의 나라는 대한제국이라는 국호를 지니고 있었다. 내가 아홉 살이 되었을 때 이 나라는 일본제국에 병합됐다. 일본과 조선의 관계는 영국과 에이레의 관계와 비슷하다. 에이레가 영국의 식민지라기보다는 해외 영토의 일부이듯이(물론 최근에 에이레 남부가 자유 에이레로 자치권을 얻었으니, 이제 해외 영토의 일부라는 말은 정확히는 얼스터의 여섯 개 카운티에만 해당될 것이다. 그러나 그 남부마저 아직 완전한 독립을 얻은 것은 아니고, 과거를 조금만 거슬러오르면 에이레 전체가 조선과 닮은 점이 여러 가지이므로, 우리의 비교가 특별히 부적절한 것은 아니다), 조선도 일본의 식민지라기보다는 해외 영토의 일부인 것이다. 영국인과 에이레인들을 외모로 구별하기가 힘들듯이, 일본인과 조선인들을 얼른 보고 구별하기가 힘들다는 점에서도 그렇다.

그렇지만 에이레의 작가들이 이제 거의 영어로만 작품을 쓰는 것과는 달리, 조선의 작가들은 조선어로 작품을 쓴다. 병합의 역사가 아직 짧다는 사정 때문에 그럴 것이다. 만약에 조선인들 대부분의 뜻과 어긋나게 병합의 역사가 앞으로 길게 계속 된다면, 조선어로 작품을 쓰는 작가들이 일본어의 문화적 압력에 오래 버티지는 못할 것이다. 영어와 게일어보다 일본어와 조선어가 훨씬 더 가깝다는 점이 오히려 조선어의 미래에는 불리하게 작용할 것이다.

조선어와 일본어의 닮음은 놀랍다. 유형론적으로는, 얼핏 독립된 어휘부를 지닌 단일언어라는 느낌을 줄 정도다. 그것이 긴 시간 동안의 접촉과 간섭의 결과인지, 두 언어 사이의 친족관계의 결과인지, 아니면 이도저도 아니고 그저 우연인지는 알 수 없다. 두 언어 사이의 친족관계는 증명되지 않았다. 그리고 앞으로도 증명되기 어려울 것이다. 동원어同源語라고 할 수 있는 낱말들을 두 언어의 토착 어휘부에서 찾아내기는 정말 어렵다. 그렇다고 해서, 두 언어 사이의 접촉과 간섭이 아무리 긴 세월 동안 긴밀히 이뤄졌다고 하더라도, 그것 때문에 어휘부가 아니라 문법 유형이 그 정도로 닮게 되었다고는 믿기 어렵다. 우리가 알고 있는 언어사는 두 언어 사이의 접촉과 간섭이 조선어와 일본어와 같은 정도의 유형론적 상동을 낳은 예를 아직 기록한 바 없다.

어휘부에서도, 일본어가 야마토코토바 또는 와고라고 불리는 토착어와 캉고라고 불리는 중국계 어휘로 양분되듯이, 조선어의 어휘 역시 토착 어휘와 중국계 어휘로 양분된다. 조선어든 일본어든 이런 중국계 차용어가 어휘의 반 이상을 차지하고 있는데, 그것은 말할 나위 없이 중국어가 두 언어에 대해 긴 세월 동안 행한 간섭의 결과다. 그리고 두 언어의 서로 상응하는 중국계 어휘들은, 비록 다소 다르게는 읽히고 있으나, 동일한 중국어 형태소로 이뤄져 있고, 대체로 동일한 의미를 지니고 있다. 이런 양상은 일본의 조선 병합 이후에 일본어가 조선어에 대해 행한 간섭 때문에 더 강화되고 있다.

두 언어 사이의 이런 닮음은 두 언어의 화자가 상대 언어를 배우기 쉽게 만든다. 이를테면 조선 사람들은 유럽어보다 훨씬 더 쉽게 일본어를 배울 수 있고, 실제로 조선의 지식인들은 대체로 일본어를 알고 있다. 그러나 그 역은 사실이 아니다. 어쩌면 일본 사람들도 유럽어보다 쉽게 조선어를 배울 수 있겠지만, 나는 조선과 일본에서 체류하는 동안 조선어를 할 수 있는 일본 지식인을 겨우 세 사람 만났을 뿐이다. 더구나 그 가운데 두 사람은 조선어학자였으므로 말할 거리도 못 된다. 그리고 지식인들이 이럴진대, 일본의 일반 민중이 조선어를 모르는 것은 당연하다. 여기서, 예컨대 조선어의 음운구조가 일본어의 그것보다 훨씬 더 복잡해서 조선사람이 일본어를 배우는 것보다는 일본 사람이 조선어를 배우는 것이 상대적으로 더 어려우리라는 것은 전혀 문제가 안 된다. 문제는 문화적 압력이다. 일본제국의 문화가―조선이 아니라 일본이라는 국호가 이미 모든 것을 말하고 있듯이― 게이조가 아니라 도쿄에 중심을 두고 있는 이상, 그래서 문화활동 전반이 조선어가 아니라 일본어로 이뤄지는 이상, 더구나 일본열도의 교육과정에 조선어가 포함돼 있지 않은 이상, 조선어를 굳이 배우려는 일본인들은 거의 없을 것이다. 반면에 일본어를 알게 될 조선인들은 앞으로 점차 늘어날 것이다. 더구나 조선반도의 교육과정에는 일본어가 필수과목이 돼 있으니 말이다.

그리고 이런 상황에서 두 언어가 그리도 닮았다는 것은 일본의 조선 지배에 대한 조선 사람들의 일반적 적개심에도 불구하고(일천구백십구년 봄 게이조를 비롯해 조선반도 전역에서 일어난 대규모의 반일 봉기는 조선 사람들의 독립 염원이 에이레 사람의 그것에 뒤지지 않는다는 것을 보여주었다) 장기적으로는 일본어에 대한 조선인들의 저항감을 눅이는 방향으로 작용할 가능성이 있다. 그래서 조선에서의 조선어의 운명이 에이레에서의 게일어를 닮게 될 수도 있다. 그걸 염려하는 사람들이 이미 있었다. 조선어연구회라는 민간단체의 젊은 학자들이다. 그들은 모두 견결한 민족주의자들이다.

게이조의 거리엔 일본 사람들과 조선 사람들이 뒤섞여 걸어 다니고 있었다. 나의 경우, 처음엔 그들을 생김새로 구별할 수는 전혀 없었다. 옷차림새나 거동이나 말투를 세심히 관찰하고 나서야 조선인과 일본인을 구별할 수 있었다. 그러나 게이조에서 몇 주일을 보냈을 때, 나는 사람들의 표정만으로도 그들이 일본열도에서 온 사람인지 본디 조선반도에서 살던 사람인지를 알아챌 수 있게 되었다. 물론 내 짐작이 항상 들어맞았던 것은 아니다. 그러나 일본 사람과 조선 사람은 표정이 다르다. 묘하게도 일본 사람들의 표정은 뭔가 어둡고 비장한 데 견주어 조선 사람들의 표정은 밝고 낙천적이다. 그 거꾸로가 아니고 말이다. 그것은 영국인과 에이레인의 표정에 대한 내 관찰과도 일치한다. 그런 낙관주의 때문에 나라를 잃게 된 건지, 아니면 나라를 잃은 아픔을 견디기 위해 어쩔 수 없이 낙관적이 된 것인지는 알 수 없는 일이다. 그런 것과는 무관한 일일 수도 있다. 내가 보기엔 프랑스인들이나 심지어 앵글로·색슨계 미국인들의 표정도 영국인들의 표정에 비하면 대체로 밝고 낙천적이니까. 그 인과관계가 어찌 되었든, 내가 에이레 사람들에 대해 호감을 갖고 있듯이 나는 조선 사람들을 금방 좋아하게 돼버렸다.

장마가 끝난 게이조의 하늘은 매일 푸르렀다. 한 점의 구름도 찾아볼 수 없었다. 게이조의 여름 햇빛은 파리의 여름 햇빛에 비할 수 없을 정도로 기분좋게 살갗을 간지른다. 나는 이따금 남쪽의 목멱산을 산책했다. 짙푸른 나무들 속에 처박혀 책을 읽는 맛이란. 뷔트쇼몽을 거기에 비교할 수 있을까. 나는 그 나라에 얼마간 머물고 싶다는 생각이 문득 들었다. 그리고 그 나라의 말을 배워야겠다는 생각도.

그래서 그는 도쿄와 교토에 잠시 머문 뒤 다시 서울로 돌아왔다. 교토에서의 그의 행적으로 특기할 만한 것은 그가 히로히토 천황의 대관식에 참여했다는 것이다. 그 전 천황 요시히토가 죽은 것은 그보다 두 해 전인 일천구백이십륙년 십이월 이십오일이었기 때문에 이미 그날부터 히로히토는 일본제국의 새로운 천황이었지만, 대관식이 늦었던 것이다.

일천구백이십팔년 십일월 십일에 있었던 그 대관식에 외국인들로서는 몇몇 국가 수반과 일본 주재 외교관들만 초대가 됐는데, 스물여덟 살의 이름 없는 언어학자가 거기 끼일 수 있었던 것은 좀 뜻밖으로 보일지도 모른다. 그러나 당시 일본 주재 프랑스 대사였던 다니엘 갈리에니의 아들 마르셀 갈리에니가 기 파랑과는 루이르그랑과 고등사범학교의 절친한 동기동창이었다는 걸 생각하면 크게 이상할 것은 없다. 기 파랑은 다니엘 갈리에니를 학창 시절부터 잘 알고 있었다. 그는 이 직업 외교관의 애국심과 부르주아적 관대함을 존경하고 있었고, 갈리에니 대사 역시 자기 아들의 친구가 지닌 학문적 재능을 일찍부터 전해 듣고 그를 높게 평가하고 있었던 것 같다. 아무튼 공화주의자 기 파랑은 일종의 호기심으로 천황의 대관식을 보고 싶어 했고, 그것을 갈리에니 대사가 어렵사리 주선해주었다.

자기가 보고 싶어 했던 광경이기는 했지만, 천황의 대관식이 기 파랑에게 그리 큰 인상을 준 것 같지는 않다. 아니 인상을 주기는 주었으되 나쁜 쪽의 인상이었다고 말하는 것이 옳겠다. 당시의 인상을 《봄 샐러드》는 이렇게 기록하고 있으니까 말이다: "히로히토는 일본의 일백이십사대 천황이라고 한다. 일본어에는 반세잇케이万世一系라는 말이 있는데 이 말은 같은 혈통이 영속된다는 뜻이다. 일본인들이 자기들 황실에 대해서 이르는 말이다. 이천오백 년 동안 황실이 한 핏줄로 이어졌다는 뜻이다. 이 개명한 이십세기에 아직까지 핏줄에 대한 그런 신화가 존재한다는 것은 신기한 일이다. 더구나 일본 같은 문명사회에. 히로히토는 세계 평화의 유지를 위해서 모든 나라와 친선관계를 지속적으로 맺어나가겠다고 말했다. 유럽의 여러 나라들이나 미국과 마찬가지로 일본 역시 지난 세기 이래 지속적으로 전쟁을 추구해온 나라라는 걸 생각하면 그 연설이 참 얄궂다. 정치가들은—만일 천황도 정치가라고 할 수 있다면—지구 위 어디에서든 죄다 똑같다. 수치심이 없는 인간들인 것이다. 오후 두시에 시작된 대관식은 한 시간 남짓 걸렸다. 오후 세시가 조금 지났을 때 다나카 남작이라는 사람이 일어서서 천황 부부 앞에서 반자이를 세 번 외치자 모든 사람들이 이를 따라했다. 조금 무서운 생각이 들었다."

사실 그때까지 일본의 국가 이기주의가 조선 사람들이나 중국 사람들에게 저지른 범죄 행위를, 기 파랑의 조국인 프랑스를 포함해 유럽의 열강들이 아시아 사람들에게 저지른 범죄 행위보다 더 크다고는 말할 수 없을 것이다. 그러니 기 파랑이 일본 천황의 대관식을 참관하며 조금 무서운 생각이 들었다고 말할 때, 듣는 사람에 따라선 그 말이 우스꽝스럽게 들릴 수도 있다. 남을 무섭게 대한 자신에 대한 반성이, 유럽인으로서의 반성이 거기에는 보이지 않기 때문이다. 또 일본 같은 문명사회라는 말도 듣기에 따라선 우스운 말이다. 일본이 문명한 사회가 아니었다는 뜻이 아니라, 사회의 문명화 여부와 신화의 존속 여부는 별

상관이 없는 것 같기 때문이다. 이십일세기를 바로 눈앞에 두고 있는 지금도 온갖 종교적 근본주의, 고삐 풀린 민족주의가 지구 곳곳을 피로 물들이고 있지 않은가? 신앙의 순결성, 피의 순결성이라는 신화가 말이다. 더구나 프랑스 식민주의가 인도차이나를 사나운 발톱으로 할퀴고 중국까지 넘보기 시작한 것은 프랑스의 민족주의가 약진을 거듭하던, 즉 문명화가 가속화되던 제삼공화국 시기였다. 그 제삼공화국 민주주의의 화신이었던 쥘 페리는 식민주의의 화신이기도 했다.

그러나 동아시아 체류기인 《봄 샐러드》에 프랑스 식민주의에 대한 구체적 반성이 도드라지지 않는다고 해서 기 파랑을 비난할 수만은 없다. 어떤 책에다가 자기 생각을 모두 쏟아부을 수는 없는 노릇이고, 또 설령 《봄 샐러드》를 쓰던 당시에 기 파랑의 반식민주의가 철저하지 않았다고 하더라도(철저하지 않았다고 비판할 수는 있겠지만 그가 식민주의, 제국주의에 반대하고 있었다는 것은 그 책의 군데군데에서 드러난다), 그는 자신이 철저한 반식민주의자라는 것을 뒷날 다른 많은 글들과 무엇보다도 자신의 행동을 통해서 입증했기 때문이다. 그리고 기 파랑이 느꼈던 그 무서움이 만주사변, 중일전쟁, 태평양전쟁으로 이어지는 삼십년대 이후 일본의 침략전쟁들 직전에 생긴 것이라는 점에서 그 무서움은 직관과 통찰로 가득 찬 무서움일 수도 있다. 어쩌면 기 파랑은 천황의 대관식에서 뒷날 남경학살과 생체실험과

종군위안부 따위를 가능케 한 일본 정신의 한 자락을 어렴풋이 엿보았는지도 모른다.

　일천구백이십팔년 말 파랑 부부와 어린 장-프랑수아는 서울로 돌아왔다. 뉴욕 월스트리트의 증권 시세가 폭락해 대공황이 시작되던 검은 목요일의 해, 일천구백이십구년을 기 파랑 가족은 아침의 고요함이라는 이름으로 불리고 있던 땅에서 보냈다. 기 파랑의 이 두 번째 서울 체류는 그의 학문적 이력에서도 중요한 의의를 지닌다. 이 체류 때문에 그의 동아시아어 연구는 중국어나 일본어 중심이 아니라 한국어 중심으로 이뤄지게 됐기 때문이다.
　그는 서울에 머물며 경성제국대학 조선어문학과의 오구라 신페이 교수를 비롯한 강단의 학자들과 친교를 맺기도 했지만, 그가 더 애써 사귀고 어울린 것은 조선어연구회에 포진하고 있던 조선인 재야 언어학자들, 국어운동가들이었다. 그들과의 교유는 단순히 학문적 수준에서만 이뤄진 것이 아니라 정서적 교감을 포함하고 있는 것이었다.
　기 파랑은 이미 그 전해인 일천구백이십팔년 여름의 서울 체류 당시 조선어연구회 사람들을 포함한 몇몇 조선인 국어 연구자들과 안면을 익힌 바 있다. 그 가운데 한 사람이 벽초 홍명희의 아들인 홍기문이다. 기 파랑은 두 차례의 서울 체류 기간 동안 자기보다 두 살 아래인 홍기문과 가장 가깝게 사귀었던 모양으로, 그의 《봄 샐러드》에는 홍기문에 대한 언급이 여러 차례 나온다. 그 가운데 일부를 보이면 이렇다:

내가 홍을 처음 만났을 때 나는 조선어를 거의 몰랐고, 그는 프랑스어를 전혀 몰랐다. 그래서 우리는 중국어나 일본어 또는 영어를 통해서 얘기를 나누었다. 그는 중국에 체류한 경험도 있고 도쿄에서 유학을 하기도 해 중국어와 일본어에 능숙했다. 그의 영어는 아주 서툴렀지만, 내 중국어와 일본어가 달릴 때 그것을 보충할 정도는 되었다. …… 조선인으로서 조선어를 연구하는 사람들이 대체로 그렇듯, 홍도 견결한 민족주의자다. 그는 자신이 조선어 연구에 뛰어들게 된 것이 알퐁스 도데의 〈마지막 수업〉을 일본어로 읽고 나서라고 말했다. '한 나라가 노예 상태에 있을지라도 그 언어만 보존하고 있다면 그것은 감옥의 열쇠를 쥐고 있는 것과 다름 없다'는 아멜 선생의 말이 그의 가슴을 후려쳤다는 것이다. 그가 〈마지막 수업〉을 읽은 것은 일천구백십구년 삼월에 있었던 조선인들의 전국적 반일 봉기가 일본인들에 의해 처절하게 진압된 직후였다고 한다. …… 그는 내가 게이조에 처음 들르기 한 해 전인 일천구백이십칠년 〈현대평론〉이라는 잡지에 〈조선문전요령〉이라는 논문을 연재했는데, 나는 그 텍스트를 매뉴얼로 삼아 조선어를 공부하기 시작했다. 그는 이 논문을 보완해서 책으로 출판하고 싶다고 얘기하곤 했지만 다른 사회운동에 바빠 내가 중국을 떠날 때까지도 뜻을 이루지 못했다. 나는 조선을 떠나 중국에 머무르면서도 그와 이따금씩 문통이 있었는데 그는 그때까지도 정치적인 일로 바빠 언어학 연구에는 짬을 내지 못하는 모양이었다. 그의 재능을 가야 할 곳으로 가지 못하게 만드는 그의 조국의 현실이 안타깝다. …… 그는 신간회라는 좌우 통일전선단체의 핵심 인물 가운데 하나다. 그러니 그의 민족주의는 좌파 민족주의라고 할 만하다. …… 그의 부친인 홍명희는 저명한 저널리스트이자 교육자이자 문필가다. 나는 홍기문과 함께 그의 집에 두 차례 초대된 적이 있는데 그는 중국 사람과 다름없는 중국어를 구사했고, 그 박학과 논리적 언변이 감탄할 만했다.

일천구백삼십년대 중반 〈조선일보〉에 연재한 〈조선어연구의 본령〉이라는 논문에서 홍기문이 외래어의 청산과 신어新語의 창작에 몰두하는 이른바 '도데주의자들'을 몽상가라고 비판했다는 사실을 알고 있는 우리로서는, 도데와 홍기문의 영향 관계에 대한 기 파랑의 증언을 쉽게 수긍하기가 힘들다. 물론 그 몇 년 사이에 언어 정책이나 언어 운동에 대한 홍기문의 생각이 바뀌었을 가능성도 있기는 하다.

아무튼 홍기문은 뒷날 《조선문법연구》《향가해석》《고가요》등 국어학, 국문학 쪽의 기념비적 저서를 냈고, 북한의 《이조실록》번역 작업을 주도했으므로 결국은 기 파랑의 안타까움을 쓰다듬어준 셈이 되었다. 물론 그가 자신의 젊은 시절을 민족해방운동에 통째로 바치지 않아도 되었다면 그가 남긴 학문적 업적의 양과 질이 지금과 사뭇 다를 수는 있었겠지만 말이다. 반면에 홍기문의 바로 그런 헌신적 실천활동 때문에 그의 학문적 업적들이 더욱더 도두보이는 것도 사실이다. 그것은 기 파랑의 경우도 비슷하다. 물론 운동에 대한 열정과 헌신에서 기 파랑을 홍기문에 비유할 수는 없겠지만, 기 파랑 역시 자신의 학문적 야망을 위해서 자기 주위의 현실에 눈감지는 않았다. 학문적 야망이 일순위였다면 그가 뒷날 중국에 그리 오래 머무르지도 않았을 것이고, 국제여단의 전사로서 스페인으로 달려가지도 않았을 것이다.

기 파랑과 홍기문의 문통이 언제까지 이어졌는지는 알 수 없다. 《봄 샐러드》에서는 기 파랑의 중국 체류 때까지 두 사람의 문통이 계속됐다는 게 확인되지만, 그 이후의 책에서는 거기에 대한 언급이 없기 때문이다. 홍기문이 뒷날 북한에서 사회과학원 원장, 최고회의 상설회의 부의장 등 학계와 정계에서 두드러진 지위를 차지한 것이나, 거기에 비견할 지위에 이르지는 않았지만 기 파랑 역시 언어학계의 거물이 되고 프랑스 지식인의 상징적 인물이 된 것을 생각하면, 두 사람이 서로의 소식을 전혀 몰랐다고 생각하기는 힘들다. 그렇다면 자주는 아니더라도 편지를 주고받았을 수는 있다. 그렇더라도 그 편지 교환이 칠십년대 이후까지 이어지지는 않았을 것이다. 북한 체제에 대한 기 파랑의 입장은 칠십년대 이후에 상당히 비판적이 되기 때문이다. 그러나 기 파랑은 물론이고 홍기문 역시 삼십년대 중반 이후의 공간된 글에서 옛친구에 대한 언급이 없는 만큼 그 문제에 대해서 속단하기는 어렵다. 두 사람의 유품들이 완전히 정리되고 공개된 이후에야 거기에 대한 판단을 할 수 있겠는데, 일천구백구십이년에 사거한 홍기문의 유품에 대해서는 이쪽에서 확인할 길이 없고, 기 파랑의 유품들을 간직하고 있을 아를레트 기욤 여사 쪽에서 혹시 어떤 단서가 나올지는 모르겠다.

　　홍기문만이 아니라 당시 조선어연구회에 관련된 사람들과 기 파랑의 교분은 꽤 두터웠던 듯하다. 이 단체에 대한 언급이 《봄 샐러드》에 길게 기술되어 있기 때문이다. 두루 알다시피 조선어연구회는 일천구백이십일년 십이월 삼일 휘문의숙에서 창립됐다. 당시 휘문학교 교장이었던 임경재, 그 학교의 교사였던 권덕규, 중앙학교 교장이었던 최두선, 보성학교 교두였던 이규방, 그 학교 교사였던 이승규, 조선일보 문화부장이었던 장지영 같은 사람들이 창립회원들이었다. 대개는 한힌샘 주시경의 제자들이었다. 창립 당시의 규약 제일항에서 설립 목적을 "조선어의 정확한 법리를 연구함을 목적으로 한다"라고 밝혔다시피 이 재야단체는 기본적으로 학술단체였지만, 그들의 조선어 연구는 강한 민족주의적 지향을 지니고 있었다. 조선어연구회는 매년 사월에 총회를 열고, 매월 한 번씩 연구발표회를 열어 조선어의 연구와 지도, 보급에 힘썼다.

이 연구회는 일천구백이십륙년 십일월 사일, 음력 구월 이십구일을 가갸날로 선포했고, 일천구백이십팔년에는 이를 한글날로 개칭했다. 기 파랑의 《봄 샐러드》에도 거기에 대한 언급이 있다: "문자의 제정을 기념하고 경축하는 민족은 아마 지구 위에서 조선인들밖에 없을 것이다. 그러나 일본의 문화에 동화되는 걸 끔찍이 두려워하는 조선인들은 바로 그들의 이 고유한 문자에서 자신들의 정체성을 확인한다. 이 문자는 유럽인들의 눈에는 한자와 비슷하게 보이겠지만 한자와는 조직 원리가 전혀 다른 표음문자다. 그리고 아마 그것은 탄생일이 명확히 밝혀진 유일한 문자일지도 모른다."

조선어연구회가 음력 구월 이십구일을 가갸날로 정한 것은 그날을 한글이 반포된 날로 생각했기 때문이다. 세종실록을 보면 제일백십삼권 세종 이십팔년 구월 이십구일 자 뒤에 "이달에 훈민정음이 이뤄졌다是月訓民正音成"라는 기록이 있어서, 구월의 마지막 날인 이십구일에 훈민정음이 반포된 것으로 추정한 것이다. 조선어연구회는 가갸날이라는 이름을 한글날로 바꾼 뒤에도 계속 음력으로 이를 기념해오다가 일천구백삽십이년에 그날을 양력으로 환산해서 시월 이십구일을 새 한글날로 정했다.

　　그러다가 일천구백사십년 칠월 경상북도 안동에서 훈민정음 원본이 발견되었고, 그 책의 끝의 정인지 서문에 "정통 십일년 구월 상한正統十一年九月上澣"이라는 기록이 있어서, 훈민정음이 일천사백사십륙년 음력 구월 상한에 반포됐다는 사실이 밝혀졌다. 물론 당시는 기 파랑이《봄 샐러드》에서 전혀 예측하지 못한 상황, 즉 일본어의 문화적 압력만이 아니라, 일본 제국주의 정권 차원의 조직적인 조선어 말살 정책이 추진되고 있던 터여서 한글날에 대한 논의가 있을 수 없었고, 해방 뒤에야 구월 상한의 마지막 날인 구월 십일을 양력으로 환산해 시월 구일을 한글날로 정하고 일천구백사십륙년 시월 구일부터 이날에 한글날 기념 행사를 갖게 되었다. 우리가 알다시피 조선어연구회는 일천구백 삼십일년 일월 십일 이름을 조선어학회로 바꾸었고, 일천구백사 십구년 구월 오일에는 다시 한글학회로 개칭했다. 한글학회라는 괴상망측한 이름이 탄생한 것은 물론 조선이라는 말이 당시의 정치 상황에서 지니게 된 이데올로기적 함의 때문이다. 그때는 이미 기 파랑의 절친한 친구였던 홍기문이나, 일제하 조선어학회를 이끌어왔던 이극로 같은 사람들이 '조선'으로 넘어간 뒤였다.

기 파랑의 소설들과 에세이들을 통해서 우리가 발견하는 사람은 민족주의나 프롤레타리아혁명 같은 투명하고 순결한 관념을 늘 의구심으로써 대하는 사람이다. 그런데도 그는 알제리나 쿠바나 베트남에서의 혁명이 프랑스 지식인 사회의 쟁점이 될 때마다 늘 또렷한 제삼세계주의, 민중주의의 편향을 보여왔는데, 우리는 그것이 기 파랑의 조선 체험, 그리고 그 직후의 중국 체험과 관련이 있다고 생각한다.

조선어연구회 회원들의 강한 언어민족주의가, 일종의 보편주의적 믿음을 어려서부터 주입받은 뒤 지구의 반을 여행해온 이 벽안의 언어학자에게 어떤 열광을 불러일으켰을 것이라고는 생각되지 않는다. 단지 기 파랑은 조선어연구회 사람들의 때로는 편협해 보이기까지 하는 그 민족주의 속에서 족쇄에 묶여 있는 한 민족의 해방을 향한 갈망과 몸부림을 보았을 것이다. 그리고 그 갈망과 몸부림을 이해했을 것이다. 조선어연구회 사람들 말고도 그는 은밀히 또는 공개적으로 조선공산당 사람들이나 카프 문인들과도 친교를 맺었는데, 그들의 생각을 그가 큰 저항감 없이 받아들일 수 있었던 것도 같은 맥락에서였다고 생각된다. 어쩌면 단지 그것만은 아니었는지도 모른다. 그의 집안의 노동자적 전통, 파리코뮌 때 죽은 그의 조부의 피가 그의 마음을 조선의 투사들에게로 끌어당겼는지도 모른다.

《봄 샐러드》를 다시 한 번 펼쳐보자: "프랑스인으로서 나는 때때로 내가 세계의 중심에 있다고 생각하곤 했다. 프랑스는 세계의 중심이니까 말이다. 그것은 내가 어려서부터 알게 모르게 주입받아온 선민의식 같은 것이다. 프랑스적 가치는 보편적 가치라는 거만함이 내 마음속 깊은 곳에는 분명히 있었다. 그러나 도대체 프랑스적 가치라는 건 무엇인가? 그런 것이 있기나 한 걸까? 나폴레옹전쟁 이래 프랑스의 팽창주의는 그 보편적 가치를 세상에 널리 전파하기 위한 프랑스인들의 자기희생적 무용武勇이었을까? 내 선조들은 노동자들이었다. 일천팔백칠십일년 봄 파리의 거리에 피를 뿌리며 자기들의 자유를 쟁취하려고 싸웠던 그 노동자들 말이다. 그때 그 노동자들에게 프랑스 국가는 프로이센 국가와 크게 달랐던 것일까? 나는 한 제국주의 국가의 시민이면서 노동자의 후예다. 제국주의 국가의 시민으로서 나는 이 사람들에게 미안함을 느낀다. 노동자의 후예로서 나는 이 사람들에게 연대감을 느낀다."

기 파랑의 조선 체류가 그 자신의 학문이나 삶에만이 아니라, 조선에서의 조선어 연구와 조선어 운동에 일정한 흔적을 남기고 있다는 사실을 지적해야 하겠다. 일천구백삼십삼년 시월 조선어연구회의 후신 조선어학회가 발표한 조선어 철자법 통일안이 그것이다. 조선어 철자법의 통일, 즉 한글맞춤법의 통일은 일제하 우리 국어운동사의 가장 커다란 획을 이룬다고 할 만하다. 조선어학회의 통일안이 조선어 신문들에 의해 채택됨으로

써 비로소 그때까지 한글 표기가 겪었던 극심한 혼란상이 극복
됐기 때문이다. 지금 남과 북의 국어 철자법은 그 당시의 통일안
을 다소 손질한 것에 지나지 않는다. 물론 조선어 철자법 통일안
이 마련되는 과정에 기 파랑이 직접 관여했다는 기록은 남아 있
지 않다. 기실, 권덕규 김윤경 박현식 신명균 이극로 이병기 이희
승 이윤재 장지영 정열모 정인섭 최현배의 십이인 위원으로 철자
법 위원회가 구성된 것은 기 파랑 일가가 서울을 떠난 뒤인 일천
구백삼십년 말의 일이다.

그러나 그가 조선에 체류하던 당시에 조선어연구회 회원들
과 숙의 끝에 만들어낸 기 파랑 식 한국어 로마자화 안은 철저한
형태음소주의를 취하고 있어서, 뒷날 조선어학회의 조선어 철자
법 통일안 또는 '한글맞춤법 통일안'의 형태음소주의와 거의 완
벽하게 조응한다. 이를테면 그보다 십 년 뒤에 언어학적 소양이
전혀 없었던 두 사람의 미국인, 즉 매큔과 라이샤워가 급조해내
영어권의 한국학 연구자들에게 널리 보급된 한국어의 음성 표
기, 즉 엠아르 시스템과는 한 자리에서 거론하기가 민망할 만큼
그 수준과 안목이 천양지차인 것이다.

한국어의 로마자 표기안은 일천팔백삼십이년 필립 프란츠
폰 지볼트가 제안한 어설픈 음소 표기에서부터 시작해 지금까지
외국인들과 한국인들에 의해서 수십 가지의 안이 제기돼왔지만
그 가운데 가장 널리 보급된 것은 철저한 음성 표기인 엠아르 시

스템과 기형적 음소 표기인 대한민국 교육부 안 두 가지다. (말이 나온 김에 필립 프란츠 폰 지볼트가 한국어 문법 기술에 남긴 선구적 업적은 기록해두는 것이 좋겠다. 독일계 네덜란드인인 지볼트는 일천팔백이십삼년부터 일천팔백삼십년 사이에 네덜란드 동인도 회사의 나가사키 주재원으로 일하면서 일본 문화를 연구한 의사다. 그는 네덜란드로 귀국한 뒤인 일천팔백삼십이년《일본을 기술하기 위한 문헌》이라는 책을 출간했는데, 이 책의 제칠장에서 조선의 언어와 문자를 개관하고 있다. 그는 나가사키에 억류돼 있던 조선인 조난자들로부터 조선어를 배웠다고 한다. 그 기술의 수준을 떠나서 지볼트의 책은 조선어에 대한 서양인의 학술적 관찰을 포함하고 있는 최초의 책이라고 할 만하다.) 그러나 복잡하기 짝이 없는 한국어의 음운 조직 원리를 고려하면 국어의 표기는 당연히 형태음소적 표기가 돼야 한다. 조선어 소리의 자율적 단위는 대부분의 언어와 마찬가지로 음성도 아니고, 대부분의 언어와 달리 음소도 아닌, 형태음소이기 때문이다. 특히 엠아르 시스템의 음성 표기는 단순한 음성 전사일 뿐, 하나의 문자체계라고는 도저히 말할 수 없다.

일천구백삼십삼년에 조선어 철자법 통일안을 만들었던 조선어학회 사람들은 그것을 알았던 것이고, 바로 그 전에 자기 나름의 한국어 로마자 표기법안을 만들었던 기 파랑도 그걸 알았던 것이다. 엠아르 시스템의 음성주의는 철저한 읽기 중심, 즉 외

국인-외국어 중심이고, 대한민국 교육부 안의 기형적 음소주의
는 읽기와 쓰기의 어정쩡한 타협안이다. 그러나 그것이 문제체계
라면 당연히 쓰기 중심이 돼야 하고, 한국인-한국어를 중심에
놓고 고안돼야 한다. 조선어 철자법 통일안이 그렇고 바로 기 파
랑의 한국어 로마자 표기법이 그렇다.

　그로부터 이십사 년 뒤인 일천구백오십사년에 예일 대학의
새뮤얼 마틴 교수가 《한국어 형태음소론》을 저술하며 제시하고,
그로부터 다시 십삼 년 뒤인 일천구백륙십칠년 마틴과 이양하
교수가 공저한 《한영사전》에 적용됨으로써 영어권 학자들 사이
에 보급되기 시작한 예일 시스템은 그런 당연한 원칙에 따라 형태
음소주의를 취하고 있다. 한국어의 전문가들이 점차로 예일 시스
템을 사용하고 있다는 데서 이 시스템의 정당성이 입증되고 있기
는 하지만, 기실 예일 식이란 기 파랑 식에 사소한 수정을 한두 가
지 보탠 데에 불과하다. 이를테면 모음 ㅜ와 ㅡ의 처리에서 차이
를 보이는 외에, 기 파랑이 한국어의 ㄹ 음소를 r로 대표시켰던
것에 견주어 예일 식은 그것을 l로 대표시킨 정도다. 그러니 그것
을 굳이 예일식이라고 부르는 것은 공정하지 않다. 역사적 사실
에 맞추어 기 파랑 식이라는 이름을 돌려주어야 할 것이다.

　게다가 ㄹ음소를 예일식으로 l로 대표시키는 것이 옳은 방
향의 수정도 아니다. 어차피 그것이 형태음소적 표기를 하고 있
다면 ㄹ음소의 대표값은 ㅅ, ㅈ, ㅊ 음소들의 경우와 마찬가지로

폐음절에서가 아니라 개음절에서 찾아야 할 것이고, 그렇다면 당연히 ㄹ 음소는 r로 표기해야 한다. 이십사 년의 세월에도 불구하고 마틴이 한 일이란 기 파랑의 표기법을 세부적으로 개악한 것 외에 다른 것이 아니라는 평가도 나올 만하다.

　사실, 일천구백삼십삼년의 〈한글맞춤법 통일안〉은 그 실용성에서만이 아니라 이론적 측면에서도 획기적인 것이다. 그런 이론적 획기성이란 다름 아니라 위에서 지적했듯, 모든 형태소가 그것의 기본형으로 선정된 단일 형태에 의해 표기되는 형태음소론적 표기라는 점에 있다. 한국어의 음운 조직 원리를 더할 나위 없이 정확하게 반영하고 있는 그 형태음소 표기는 그로부터 삼십 년 이후에야 미국에서 출현할 생성음운론의 기저형 표기와 이론적 맥락을 같이하는 것이다. 그것이 특히 일천구백삼십년대에 서유럽의 언어학 이론과는 아무런 관계도 없이 이루어졌다는 사실이 지금까지 놀랍게 평가되고 있기도 하다. 그러나 우리는 당시의 조선어연구회 회원들이 기 파랑에게 영향을 끼쳤든 반대로 기 파랑이 조선어연구회 회원들에게 영향을 끼쳤든, 바로 그 시기에 연구회 주변에 있던 한 유럽인 학자에게도 동일한 아이디어가 있었다는 사실을 잊어서는 안 된다.

　기 파랑은 그 뒤로 삼십 년 뒤에야 한국을 다시 방문하게 되지만, 일천구백이십년대 마지막 해의 서울 체류는 이 밖에도 그의 전공 저서 목록에 한 권의 중요한 책을 보탰다. 그 책은 그가 스트라스부르 대학 비교언어학 교수로 재직하고 있을 일천구백오십년에야 나오게 되는《한국어의 기원》이다. 이 책은 그보다 십일 년 전에 핀란드의 알타이어 학자 람스테트가 헬싱키에서 출간한《한국어 문법》과 함께 서양 사람에 의해서 쓰인 가장 수준 높은 한국어 관련 저술이다. 더욱이 람스테트의 책이 일찍이 국내 학자들에 의해 극복 지양된 데 견주어 기 파랑의 책은 지금도 한국어학계의 극복을 기다리고 있는 불후의 고전이다.

기 파랑은 이 책에서 람스테트와는 달리 한국어의 알타이어설에 회의의 눈길을 보내며, 만약에 알타이어족이라는 것이 존재하더라도 한국어는 일본어와 함께 알타이어족의 외부에 자리 잡고 있고, 한국어와 일본어와의 관계도 그 친족성을 입증할 수 없다고 주장했다. 기 파랑에 따르면 현대 한국어는 적어도 네 개 이상의 기층언어 위에 얹혀 있는 복잡한 구성물이고, 그 기층언어의 하나 또는 둘이 알타이어에 속한다고 하더라도 한국어를 알타이어에 속한다고 할 수는 없다. 그것은 비유컨대 스페인어가 아랍어와 서고트어를 중요한 상층어, 방층어 또는 기층어로 포함하고 있다고 하더라도 그 언어를 햄-셈어나 게르만어로 분류할 수 없는 것과 마찬가지다. 그 뒤 오십 년 가까운 세월이 지났어도《한국어의 기원》을 능가할 만한 책이 나오지 않고 있다는 것은 한국어사 연구자들의 부끄러움이기도 하지만, 기 파랑 학문의 실증적 치밀성을 보여주기도 한다.

일천구백삼십년 이월 기 파랑 가족은 서울을 떠났다. 그러나 기 파랑이 북경으로 간 반면 클레르와 장-프랑수아는 파리로 돌아갔다. 아내와 아들과 떨어져 있는 것이 기 파랑에게 내키는 일은 아니었지만 가족과 함께 있기에 중국은 너무 위험하다고 판단했기 때문이다. 당초 기 파랑은 중국에 한 해 정도 머물 생각이었다. 이것저것 자료를 뒤지고 방언을 녹취한다고 하더라도 한 해면 충분하리라고 생각했기 때문이다. 그러나 역사는, 또는 운명은, 기 파랑을 그리 쉽게 중국에서 놓아주지 않았다.

처음에는 단지 언어학자의 관심으로 도착한 중국에서 그는 도도히 흐르는 역사의 물줄기를 보았다. 그해 여름에 중국 전국에 걸쳐 서른 개가 넘는 소비에트가 수립되고 그에 맞춰 국민당군의 공세가 강화돼 내전이 날로 격화하는 것을 본 기 파랑은 그 포연과 살육의 현장을 피하기보다는 거기 입회하기 위해 자신의 중국 체류를 연장하기로 결정했다. 그러고 나서 유조구 사건이 터지고 만주사변이 발발했다. 일본이 본격적인 대륙 침략의 시동을 건 것이다. 중국 전역의 큰 대학들에서 항일 구국회가 결성되고 대학생들은 국민당에 대해 내전의 종식과 항일을 위한 대동단결을 촉구했지만, 장개석은 일본과의 싸움을 주저하고 국제연맹의 개입만을 기대하고 있었다. 그에게는 일본보다 공산주의자들이 더 큰 적이었기 때문이다. 항일투쟁을 촉구하는 대학생들에게 국민당 중앙집행위원회가 내놓은 답변은 이랬다: "싸워야 할 때 싸우지 않고 나라를 멸망시킨다면 그 죄는 정부가 져야 한다. 그러나 싸우지 않아야 할 때 싸워 나라를 멸망시킨다면 그 죄 또한 정부가 져야 한다. 이 큰 어려움을 당해 국민이 정부를 신임하지 않고 비난만 일삼는다면 건강한 나라라고 할 수 없다."

장개석의 이 후안무치에 대한 기 파랑의 논평을 읽기 위해 다시 한 번《봄 샐러드》를 펼치자: "이것은 왕실 사이의 결혼동맹이나 국가 간의 왕위계승 전쟁이 시도 때도 없이 일어나 한 정치영역 내 주민집단의 민족적 정체성이라는 것을 찾아보기 힘들었던 근대 이전의 유럽에서 나온 발언이 아니다. 국민적 정체성이 세계 어디에서보다도 더 명확하고 그 국민의 대다수가 일본에 대한 극히 정당한 항전을 주장하고 있는 이십세기 중국의 지도자가 공개적으로 천명한 입장이다. 정치라는 것은 이다지도 비합리적이다. 아니, 이렇게 무섭도록 합리적이다. 장개석이 취한 이 입장은 내게 중국에서 어느 편에 서야 할지를, 어느 자리에 발을 딛고 있어야 할지를 가르쳐주었다."

만주와 몽고를 중국 본토로부터 분리해 괴뢰정부를 세운다는 일본의 계획이 구체화되고 국제연맹의 무기력 속에 일본의 상해 공격이 시작됐을 때야 장개석은 일본과 싸우기로 결정했다. 그러나 때는 이미 늦었다. 청조 마지막 황제 부의를 앞세운 일본의 만주괴뢰정부 수립 계획은 착착 진행되어, 일천구백삼십이년 이월 십팔일에는 일본 관동군의 조종을 받은 만주 지역의 옛 군벌들과 재력가들이 만주의 독립을 선언했다.

그사이에도 내전은 쉴 새 없이 계속되었다. 일천구백삼십년대 초 중국 중남부의 여러 성에 들어선 소비에트를 기반으로 모택동은 이듬해 십일월 강서성의 서금을 수도로 삼은 중화소비에트공화국 임시정부를 수립했고, 장개석은 만주의 독립이라는 굴욕적 조건으로 만주사변을 마무리지은 뒤 항일전의 총부리를 공산주의자들에게 돌려 대대적인 토공전討共戰을 전개했다. 전세는 나날이 공산주의자들에게 불리하게 전개되고 있었다. 그 불리는 기 파랑이 유럽으로 돌아가고 난 뒤 대장정이라는 멋진 이름의 길고 참혹한 퇴각으로 이어질 것이었다.

제일차 세계대전과 제이차 세계대전이 발발했을 때 우연히 기 파랑은 징집 연령을 피해 있었던 터여서, 그가 프랑스 군복을 입고 싸운 적은 한 번도 없다. 그 뒤 베트남과 알제리에서 프랑스가 수행한 제국주의 전쟁 때는 나이도 나이거니와 그가 격렬한 평화주의자, 제삼세계주의적 면모를 보일 때라서 더 말할 나위도 없고. 그러면 그가 삼색기나 프랑스 군복과 상관없이 전투원으로서 싸운 적은 있는가? 어쩌면 한 번이고, 어쩌면 두 번이다.

기 파랑이 중국에서 실제로 총을 들고 싸웠는지 여부는 알 수 없다. 기 파랑이 중국에서 전투 행위에 참가했다면 그는 일생을 통해 두 번의 전장을 겪은 셈이다. 뒷날의 스페인 내전과 함께 말이다. 중국에서의 체험을 기초로 바로 그 현장에서 집필해 귀국 직후 발표한 소설《아무도 죽음을 피할 수 없다》에 숱한 전투 장면, 테러 장면이 출몰하기는 하지만, 어쨌든 그것은 소설일 뿐이다. 어쩌면 그는 그 소설이 묘사한 어떤 장면에서 실제로 총이나 폭탄을 들었는지도 모른다.

그러나 이십년대 말에서 삼십년대 초까지의 그의 동아시아 체류를 기록하고 있는 에세이《봄 샐러드》는 저자가 서금의 중화소비에트 공화국 임시정부 편에서 코민테른 사람들이나 외국 기자들, 적십자 단원들의 통역을 포함한 행정업무를 보았다는 것만 언급하고 있을 뿐, 자신이 직접 참가한 전투나 봉기에 대해서는 언급이 없다. 우리가 확인할 수 있는 것은 기 파랑이 일천구백삼십일년 십이월부터 일천구백삼십이년 말까지 일 년 남짓 서금에 머물렀다는 사실이다. 어쩌면 그가 겸손해서 자신과 관련된 여러 가지 무용담을 생략했는지도 모른다. 그렇지만 우리가 그의 겸손에 대한 억측으로 중국에서의 그의 활약을 창조해낼 수도 없는 노릇이다. 만일 그가 중국에서 싸우지 않았다면, 국제여단의 단원으로서 스페인 내전에서 싸운 것이 그가 일생에 전투원으로 참가한 유일한 전쟁일 것이다.

그러나 반드시 전투원으로서 총이나 폭탄을 들고 싸워야만 싸우는 것은 아니다.《봄 샐러드》의 기록만 가지고도 그가 자기 나름의 방식으로 중국 민중의 편에 서서 헌신적으로 싸웠다는 것을 확인할 수 있지만, 소설《아무도 죽음을 피할 수 없다》의 행간에서는 핍박받는 자들에 대한 작가의 사랑과 핍박하는 자들에 대한 작가의 분노가 끈끈히 묻어난다. 이를테면 저자 자신을 어느 정도 투영하고 있을 화자의 이런 한탄을 보자: "도대체 세월이 미쳐버린 게 아닐까? 죽음은 누구에게나 공평하다고 하지만, 중국에서 죽음은 그렇지 않다. 빈자의 죽음과 부자의 죽음은 그 죽음의 방식이나 장례 절차에서만이 아니라 우선 죽는 곳에서부터 차이가 난다. 빈자들의 죽음의 장소는 적토다." 그러나 더욱 더 미쳐버린 세월이 유럽에서 그를 기다리고 있다는 것을 화자는 알고 있었을까?

아무튼 일천구백삼십이년 말까지의 중국 체류 동안 그는 참여적 관찰자로서 이십세기 역사의 가장 격동적인 장면을 목격했다. 중원을 놓고 영웅호걸들이 출몰했고, 일본군은 상해에 입성했고, 만주국이라는 것이 세워졌다. 그사이에 전 세계 지식인의 희망, 어둠의 삼십년대를 가르는 단 한 줄기의 빛, 그 위대한 소련에서는 참혹하기 짝이 없는 정치재판이 시동을 걸고 있었다.

일천구백삼십삼년 기 파랑은 파리로 돌아와 가족과 합류했다.

유럽의 정치 기상도에는 먹구름이 그득했다. 사실 바로 그해는 유럽의 역사에서 어두운 시대의 개막을 알리는 해였다. 그가 파리에 도착한 것은 이월 일일이었는데, 바로 그 전날 바이마르 공화국의 마지막 대통령 파울 폰 힌덴부르크는 그다지 내키지 않는 기분으로 아돌프 히틀러를 수상으로 지명했다. 그로부터 한 달 뒤 독일 제국의회 의사당은 원인 모를 화재를 만났고 이를 빌미로 독일 공산당은 가혹한 탄압을 받기 시작했다. 베르톨트 브레히트는 바로 그날 조국을 떠났다. 다시 그로부터 한 달 뒤, 다하우 근처에 첫 강제수용소가 만들어졌고, 이어 오월 십일에는 '비非독일적인' 책들이 금서목록에 오르며 공개적으로 소각됐다. 하인리히 만과 토마스 만 형제, 아르놀트 츠바이크와 슈테판 츠바이크 형제, 막스 브로트, 에곤 에르빈 키슈, 아르투르 슈니츨러의 책들이 독일 전국의 모든 대도시에서 소각됐고, 노벨상 수상자 구스타프 헤르츠와 제임스 프랑크를 비롯해 마그누스 히르슈펠트, 파울 틸리히, 알프레트 칸토로비츠 같은 큰 학자들이 대학에서 쫓겨났다. 모든 것이 '정상화'라는 이름의 비정상을 향해 치닫고 있었다. 이해 노동절 다음 날인 오월 이일 히틀러는 전국 모든 노동조합의 자유활동을 금하고 이들을 어용적인 독일 노동전선으로 통폐합했다. 이어서 나치당 이외에는 정당활동이 금지되고 그해 시월 독일은 국제연맹에서 탈퇴했다. 유태인에 대한 박해가 시작됐고, 이와 함께 양심적 지식인들의 망명이 잇따랐다.

유럽 정치의 균열이 본격화되던 그해에 기 파랑은 소설《아무도 죽음을 피할 수 없다》와 에세이《봄 샐러드》를 동시에 출간한 뒤, 고등실천연구학교에서 동아시아 언어들을 가르치며 소르본에 등록해 국가박사 학위 과정을 밟기 시작했다. 소설《아무도 죽음을 피할 수 없다》는 그해 십일월 공쿠르상을 수상해 그에게 이름과 돈을 주었다. 그해부터 스페인 내전이 발발하는 일천구백삼십륙년까지는 기 파랑이 오로지 강의와 연구에 몰두하던 기간이었다. 기 파랑의 중요한 언어학 관련 저서들이 출간되기 시작하는 것은 프랑스에서 제이차 세계대전이 끝난 일천구백사십사년 이후지만, 실상 그 저작들은 일천구백삼십구년 전쟁 발발 이전의 여섯 해, 더 정확히는 스페인 내전이 발발하기 전 세해 동안의 작업에 기초를 두고 있는 것이다. 이 시기의 논문 생산량은 한 해 평균 열 편을 넘어서고 있다.

일천구백삼십사년 오스트리아 수상 엥겔베르트 돌푸스가 나치 당원들에 의해 피살되고 독일에서 히틀러가 대통령과 수상의 기능을 한 손에 쥔 퓌러가 됐을 때도, 그 이듬해에 독일에서 유태인을 겨냥한 인종차별법이 의회에 상정되고 이탈리아가 이디오피아 침공을 개시했을 때도, 다시 그 이듬해 오월 프랑스 총선에서 인민전선이 승리해 파리코뮌 이래 최초의 좌파 정부가 들어섰을 때도 기 파랑의 일상의 궤적은 파리 제십삼구의 아파트와 소르본과 고등연구실천학교를 거의 벗어나지 않았다. 그가 이 시기에 발표한 논문들의 목록을 대충 훑어보자: 〈언어 기호의 동기화에 대하여〉〈조선어 음운론에 대한 몇 가지 관찰〉〈접촉과 간섭: 중국어, 조선어, 일본어〉〈기호는 자의적이 아니다〉〈비교문자론: 한자, 한글, 카나〉〈중국어는 단음절어가 아니다〉(이상 일천구백삼십삼년); 〈조선어, 알타이어?〉〈동사의 시제: 프랑스어, 이탈리아어, 스페인어〉〈루마니아어에서의 관용구 파생동사〉〈중세 프랑스어에서의 완곡어법〉〈스페인적 존재: ser와 estar〉(이상 일천구백삼십사년); 〈라틴어의 동사상 명사 재론〉〈바스크어의 능격에 대하여〉〈희랍어 아오리스트 재론〉〈현대 조선어의 경어 체계〉〈프랑스어 en과 이탈리아어 ne: 그 다름과 같음〉〈조선어 '~하다'와 일본어 '~스루': 그 다름과 같음〉〈라틴어 형식소상 동사 재론〉(이상 일천구백삼십오년); 〈조선어 '~하다'의 의미론을 위하여〉〈현대 조선어의 격〉(이상 일천구백삼십륙년). 그의 관심이 유럽어와 아시아어에 고르게 퍼져 있었음을 확인할 수 있다.

그러나 일천구백삼십륙년 칠월 십팔일 프랑코가 이끄는 모로코 주둔군의 반란으로 스페인 내전이 시작됐을 때, 자신이 투표로써 지지했던 프랑스의 인민전선 정부가 자신이 심정적으로 지지했던 스페인의 인민전선 정부에 대한 지원을 포기하고 스페인 내전에 대한 불간섭을 선언했을 때, 스페인 전역이 피로 물들여지는 가운데 베를린에서는 올림픽이 치러지고 있었을 때, 기파랑은 더이상 강의실과 연구실과 가정에만 머물러 있을 수 없었다. 그의 처남이 베를린 올림픽의 사이클 경기에서 금메달을 따냈다는 것도 그에게는 아무런 기쁨을 주지 못했다. 모택동의 대장정이 완료된 지 한 해가 지난 바로 그해 가을, 중국에서 끓었던 그의 피는 다시 끓었고, 그는 스페인으로 가야 한다고 생각했다. 이번에는 현지 언어 조사가 아니라 총을 들고 파시즘에 맞서 싸우기 위해서.

일천구백삼십륙년부터 일천구백삼십구년까지의 스페인 내전은 프랑스 지식인들을 분열시키며 새로운 지식인상을 창조했다. 프랑스 우파의 대부분은 군부의 쿠데타를 지지했지만, 폴 클로델과 조르주 베르나노스 같은 대표적인 가톨릭 작가는 파시즘과 스페인 가톨릭 교회를 비판하고 나섰다. 당초에 프랑코군의 반란에 호의적이었던 프랑수아 모리악도 결국은 공화파 정부 지지로 돌아섰다.

좌파의 분열은 더 심각했다. 그들이 공화파를 지지하기는 했지만, 이 내전 상황에 구체적으로 어떻게 대응해야 하는가에 대해서는 생각들이 달랐다. 평화를 우선시하는 측과 이데올로기를 우선시하는 측 사이에 갈등이 있었고, 이데올로기를 우선시하는 측에서도 예컨대 트로츠키주의자는 스페인 공산당 내지 공화파 정부가 스탈린에 경도하고 있다고 생각해 지원을 망설였다. 그렇다고는 해도 스페인 내전을 통해서 프랑스 지식인은 자신의 대의를 토론장과 펜을 통해서만 추구하던 전통적 이미지를 버리고 직접 총을 드는 행동의 지식인으로 변했다. 참여의 의미가 변한 것이다. 그 구체적인 열매가 국제여단이었다.

기 파랑은 일천구백삼십륙년 십일월 구일 바르셀로나에 도착한 국제여단의 선발대 육백여 명 가운데 한 사람이었다. 중국에서의 싸움이 후방에서의 싸움이었다면, 스페인에서의 싸움은 전방에서의 싸움이었다. 그는 열심히 싸웠고 스페인에 도착한 지 오 개월쯤 되었을 때 바스크 자치정부의 수도인 게르니카 이루노에 있었다. 사월 이십륙일 독일의 콘도르 군단이 게르니카를 무차별 폭격했고, 기 파랑은 그 아비규환의 현장에서 기적적으로 살아났다. 그러나 그는 그 폭격 때 왼쪽 어깨를 바스러뜨렸고, 후송된 병원에서 삼 개월 동안 병상을 지켜야 했다. 그러고는 불편한 몸과 패잔병 의식을 가지고 파리로 돌아왔다.

스페인 내전은 기 파랑의 정신사에서 중요한 의미를 지닌다. 첫째, 비록 그가 내전 전에 특별한 이념을 신봉한 것은 아니었고 그것은 내전 후도 마찬가지지만, 그는 중국에서와 마찬가지로 공산주의자들과 어깨를 겯고 싸운 바로 그 내전을 통해서 자신의 가톨릭 신앙을 포기했다. 루이르그랑을 다닐 때부터 이미 공화주의자를 자처하기는 했지만, 가톨릭은 한편으로 어린 시절 이래 그의 신앙이었다. 열심히 교회를 나간 것은 아니었지만, 그는 가톨릭의 보편주의라는 것에 막연한 희망을 걸고 있었고 성경은 애독하는 책 가운데 하나였다. 그러나 스페인에서의 경험이, 포화와 시쳇더미 사이에서 보낸 얼마간의 삶이 모든 것을 바꾸어놓았다. 그가 보기에 프랑코군에 대한 스페인 가톨릭 교회나 프랑스 가톨릭 교회 일반의 지지는 가톨릭 교회의 일부 잘못된 분파의 탈선이 아니라, 가톨릭 교회가 본질적으로 지니고 있는 반동성의 현현이었다. 그리고 그의 이런 생각은 뒷날 나치즘에 대한 바티칸의 침묵에 의해서 더욱더 강화되었다.

둘째, 볼셰비즘에 대한 그의 불신이 이 내전을 통해서 싹텄다. 기록되는 역사는 늘상 너무나 커다란 그물코를 지니고 있어서 인간 삶의 구체적이고 미세한 부분을 잡아내지 못한다. 스페인 내전에 대한 공식 역사도 마찬가지다. 파시스트가 자행한 살육에 대해선 더 말을 보탤 것이 없지만, 좌파도 지선至善은 아니었다. 그들도 우익을 박해했고, 그보다 더욱더 심각하게는 좌파끼리 서로를 적대시했다. 스탈린주의자는 트로츠키주의자를 적대시했고, 트로츠키주의자는 무정부주의자를 적대시했다. 사정은 국제여단 내에서도 마찬가지였다. 국제여단이라는 것이 내전 시기 세계 양심의 상징이었다는 것 때문에 좌파 공화주의자들의 입장에서 국제여단의 활동을 비판하는 것은 금기처럼 돼 있지만, 실상은 국제여단 안에서도 끊임없는 갈등과 길항이 있었다. 코민테른은 국제여단 안에 요원을 잠입시켜 트로츠키주의자들을 조직적으로 거세했고, 그래서 등뒤에서 날아오는 총탄에 희생된 자유의 전사들도 있었다. 기 파랑은 이 모든 것을 현장에서 지켜보았다. 그때의 심경이 뒷날의 에세이집《작은 것들에 대한 사랑》에 드러나 있다: "옳은 것에 대한 신념이 때로는 옳지 않은 결과를 빚을 수도 있다는 것을 나는 스페인에서 알았다. 그것이 권력이든 도덕률이든 신앙이든 이념이든 국가든, 커다란 것에 대한 맹목적 사랑은 인간을 얼마나 왜소화하는가?"

그럼에도 불구하고 스페인에서의 그 쓰디쓴 경험이 기 파랑을 정치적 허무주의로 내몬 것은 아니었다. 기실 거기에 기 파랑의 위대함이 있었다. 전부 아니면 전무라는 순결의 철학이 아니라, 가장 나쁜 것에서도 좋은 것을 발견해내고, 가장 좋은 것에서도 나쁜 것을 발견해내는 그 중용과 균형의 철학 말이다. 그것을 절충주의라고 부르든 아마추어리즘이라고 부르든 딜레탕티슴이라고 부르든, 바로 그런 균형과 중용의 세계관이야말로 기 파랑의 삶을 일관했던 미덕이었고, 우리가 상속받아 다음 세기로 이월할 값어치가 있는 철학이기도 하다. 스페인 내전을 겪은 직후에도 기 파랑에게 허무주의적 제스처가 없었다는 데 대해서는 제사공화국 시절에 총리를 지내기도 한 좌파 정치인 피에르 맹데스-프랑스의 증언이 있다.

기 파랑보다 여섯 살 아래로 삼십삼년 기 파랑의 귀국 얼마 뒤 그와 알게 돼 일생 동안 우정을 유지한 맹데스-프랑스는 그의 일천구백륙십팔년 저서《미래를 준비하기 위해서》에서 그때부터 삼십 년 이전에 있었던 기 파랑과의 어떤 대화를 이렇게 소개

하고 있다: "기 파랑은 카페 라 로통드에 앉아 있던 사람들 가운데 가장 힘이 없어 보였다. 마흔이 안 된 사람이라고는 믿기 어려웠다. 몸이 아직 완전히 회복되지 않은 게 분명했다. 그러나 그의 몸보다 더 아픈 것은 그의 마음인 것 같았다. 그는 내게 가톨릭 교회와 볼셰비즘에 대한 환멸만 이야기한 것이 아니라 프랑스 정부의 내전 불간섭 정책을 되풀이 힐난했다. 그는 프랑스의 인민전선 정부가 도대체 어떤 원칙과 신념에 기대어 정책을 수립하는지를 내게 계속 다그쳤다. 나 역시 프랑스나 영국이 스페인의 인민전선 정부를 도와야 한다는 생각이었지만, 풋내기 국회의원으로서 내가 할 수 있는 일에는 한계가 있었고, 그러니 기 파랑에게 내가 할 수 있는 말도 없었다. 나는 무력감을 느꼈고, 그 무력감에는 그가 느끼고 있다고 내가 생각했던 무력감까지 포개져 나는 한없이 우울했다. 얼핏, 스페인에 갔던 걸 그가 후회하고 있는 게 아닌가 하는 느낌까지 받았다. 그래서 내가 그에게 쓸쓸하게 물었다: '기, 스페인이 당신을 정치적 허무주의자로 만들었군요?' 그는 웃으며, 그러나 단호히 내게 대답했다: '절대 그렇지 않아, 피에르. 나는 알고 있네. 모든 정치가 더러운 건 아니라는 걸. 그리고 모든 행동이 헛된 건 아니라는 걸.'"

몸을 추스르며 국가박사 학위논문을 마무리하고 있던 기 파랑에게 들리는 소문은 우울한 것뿐이었다. 일본의 중국 침공개시, 뮌헨의 퇴폐 미술 전시회, 히틀러의 오스트리아 병합……
모든 것이 파국을 향해 치닫고 있었다. 국제여단이 스페인을 떠
났다는 소식이 날아온 일천구백삼십팔년 유월 이십팔일 기 파
랑은 국가박사 학위 청구 논문을 소르본에 제출했고, 개학이 돼
논문발표회를 가지면서 뮌헨회담의 결과로 히틀러가 주데텐을
병합했다는 것을 알았다.

그러나 학위 획득은 기쁜 일이었다. 그의 학위논문은 〈로만
어 역사음운론〉이었다. 그는 이 논문에서 통속 라틴어에서 현대
의 여러 로만어에 이르기까지의 음운체계의 변천 과정을 추적
했다. 그때까지의 로만어 역사비교 언어학이 갈로-로만어, 이베
로-로만어, 이탈로-로만어들에만 주의를 집중시키느라 발카노-
로만어 들에는 상대적으로 소홀했던 것에 견주어, 기 파랑의 학
위논문은 루마니아와 그 인근에서 사용되는 여러 로만어의 역
사적 변천을 추적하는 데 세심한 공을 들였다는 미덕이 있다. 흔
히 루마니아어로 불리는 네 개 언어, 즉 다코-루마니아어, 이스
트로-루마니아어, 마세도-루마니아어, 메글레노-루마니아어의
음운사를 개별적으로 추적하고, 다시 다코-루마니아어의 세 개
방언인 몰다비아어, 발라카어, 트란실바니아어의 음운사를 독
립적으로 기술한 뒤 이를 비교해보는 작업은 기 파랑 이전에는
없었다. 달마티아어의 모음체계가 발카노-로만어들과 이탈로-
로만어들 사이에서 어떻게 동요했는지를 따져본 것도 기 파랑이

처음이었다.

　뉴욕의 컬럼비아 대학이 로만어 강좌 교수로 그를 초대했을 때 그는 이를 기쁘게 받아들였다. 전운이 감도는 유럽을 뒤로 하고 가족과 함께 대서양을 건너간 그의 행위에 대한 평가는 여럿일 수 있겠지만, 아무튼 시의적절했던 컬럼비아 측의 초청으로 그는 전장에서 떨어져 강의와 연구에 몰두할 수 있었다. 그가 뉴욕에 도착한 이튿날인 일천구백삼십구년 팔월 이십일 히틀러의 독일과 스탈린의 소련은 상호불가침 조약을 맺어 전 세계의 공산주의자들을 경악하게 했고, 그로부터 열흘 뒤 독일이 폴란드를 침공하고 영국과 프랑스가 독일에 선전포고함으로써 제이차 세계대전이 발발했다.

　조국이 독일에 점령되어 있는 동안 그가 무슨 생각을 하고 있었는지는 알 수 없다. 이 시기의 그는 띄엄띄엄 발표하는 로만어 관련 논문을 제외하고는 거의 집필활동을 하지 않았다. 그가 뉴욕에 있던 시절,《아무도 죽음을 피할 수 없다》와《봄 샐러드》를 포함해서 그의 문학작품 전부가 프랑스 점령 독일군 사령부의 금서목록, 이른바 오토 리스트에 올라 있었다는 사실을 기록해두기로 하자.

　일천구백사십사년 프랑스가 해방되자 그는 조국으로 돌아

왔다. 스트라스부르 대학이 비교언어학 교수로 그를 초빙했다. 거기서 그는 로만어 비교언어학만이 아니라, 동아시아 언어들의 대조언어학도 강의했다. 일천구백륙십년 소르본으로 자리를 옮길 때까지 그는 스트라스부르에 머무르며 정력적으로 집필활동을 계속했다. 그 집필의 영역은 그 자신의 전공 분야인 로만어 언어학과 동아시아어 비교·대조 언어학만이 아니라 소설, 시, 에세이 등 다양하다. 그는 또 이 시기에 베트남을 재식민지화하려는 프랑스의 정책을 비난하고 알제리의 독립과 쿠바의 혁명을 옹호하는 일단의 지식인 대열에 합류한다. 그가 자기보다 네 살 아래인 사르트르에 견주어 프랑스에서나 외국에서나 더 유명하다고는 할 수 없었지만, 그리고 그의 집필활동이 정치와 밀접한 관계가 있었던 것은 아니지만, 그는 거의 사르트르와 비슷한 빈도로 서명과 시위에 참여하며 세상사에 간섭했다.

이 시기 기 파랑의 삶을 기술하며 한국과 관련해 두 가지 사실을 누락할 수 없다. 첫째는 그의 외아들인 장-프랑수아가 군의관으로 한국전쟁에 참전했다가 전사했다는 것이고, 둘째는 그가 사월혁명 이후 한국에 한 달 가까이 체류했다는 것이다. 일천구백오십년 한국에서 전쟁이 터졌을 때 기 파랑이 명확히 한쪽 편을 들지 않는 반전평화주의의 입장에 서면서도 상대적으로 북과 소련보다는 남과 미국에 더 비판적이었다는 사실을 생각하면, 아버지의 정치적 입장을 알고 있었을 장-프랑수아가 왜 굳이 한국에 가기를 지원했는지는 알 수 없다. 또 그걸 왜 기 파랑이 허락했는지도 알 수 없다. 더구나 장-프랑수아는 당시 막 결혼한 상태였다.

아마도 장-프랑수아는 아버지의 반대를 무릅쓰고라도 자기가 태어난 도시, 서울이 보고 싶었을지도 모른다. 자기가 태어난 곳이 전장으로 변해 있을 때, 거기 살고 있는 사람들에게 의료의 손길을 뻗치는 것은 풋내기 군의관으로서의 사명이자 자신이 태어나면서부터 정해져 있던 운명이라고 생각했는지도 모른다. 그리고 기 파랑 역시 아들이 어차피 의료진으로 가는 것이니 전쟁의 성격을 떠나 그것 자체가 훌륭한 대의가 될 수 있고, 상대적으로 덜 위험할 것이라고 판단했는지 모른다.

장-프랑수아는 중국군의 반격이 최고조에 이르던 일천구백오십일년 이월 오산 근처에서 사망했다. 그가 죽기 석 달 전에 그의 유일한 딸 아를레트가 파리에서 태어났다. 아들을 잃고 기 파랑이 느낀 슬픔은 그 사건을 소재로 삼은 듯한 단편소설 〈쇠약〉에 이렇게 묘사돼 있다: "프랜시스 베이커는 서울에서 태어나 서울에서 죽었다. 인도에서 태어나 인도에서 죽은 영국인들은 숱하게 있었다. 베이커가의 친인척들 가운데도 그런 사람들이 있었다. 그러나 한국은 역사적으로 영국과 긴밀한 관계를 지닌 적이 없다. 서울의 영국인이라는 표현은 뭔가 어색하다. 그 어색한 일이 그러나 이제는 조금도 부정할 수 없는 현실이 되었다. 누대를 런던에서 살아온 그의 선조들과는 달리 프랜시스는 유라시아 대륙의 동쪽 끝에서 태어나 자기가 태어난 도시에서 죽은 것이다. 에드워드 베이커는 아들을 서울에 빼앗긴 것이다. 에드워드는 젊은 시절 자신이 머물렀던 그 도시에 대한 애증 사이에서 어쩔 줄을 몰랐다.”

기 파랑은 사월혁명으로 이승만 정부가 물러난 일천구백륙십년 칠월부터 팔월까지 서울을 방문했다. 이번에도 클레르와 함께였다. 자식이 태어나고 죽은 땅을 다시 한 번 방문하고 싶었을 것이다. 그 땅이 오랜 독재체제에서 풀려났으니 더 보고 싶었는지도 모른다. 그가 삼십 년 전에 알았던 친구들은 대개 북으로 올라갔거나 사망했지만, 그래도 그는 몇몇 국어학자들과 해후해 경주와 부여를 둘러보았다.

바로 그해에 소르본으로 자리를 옮긴 그는 칠십년 은퇴할 때까지 몇 권의 소설과 언어학 관련 서적을 더 남겼다. 은퇴한 해에 그가 아내 클레르를 잃었고, 그 이후 독신으로 지내왔다는 것을 기록해두기로 하자. 또 은퇴하기 두 해 전인 일천구백륙십팔년 오월의 학생시위 때, 그가 소르본에서 학생들의 대의를 공개적으로 지지한 극소수의 교수 가운데 하나였다는 것도 기록해두기로 하자. 관리사회, 경찰국가에 대한 혐오만큼이나 무정부주의에 대한 거리낌을 숨기지 않았던 그가 육십팔년 오월에 아무런 유보도 없이 학생들 편에 섰다는 것은 좀 의아스럽기도 하다. 어쩌면 그는 그런 일시적 무정부 상황이 없이는 드골주의의 갑각에 균열을 낼 수 없으리라고 판단했는지도 모른다. 일천구백칠십년 이후의 그의 집필활동은 뜸했다. 아주 띄엄띄엄 언어학 논문을 몇 편 발표한 것이 전부다.

그러나 학자로서 그의 활동이 운동량을 잃었다고 해서 지식인으로서 그의 활동도 수그러든 것은 아니다. 그는 칠십년대 이래 앰네스티 인터내셔널의 자문위원으로서 한국의 김지하와 김대중을 포함한 전 세계 수많은 정치범의 석방 탄원서에 서명했고, 베트남 보트 피플과 팔레스타인 사태와 최근의 유고 내전과 인종주의에 관련한 집회를 포함해서 무수한 집회와 시위에 직접 참가하거나 지지·반대 성명을 냈다. 그의 나이를 생각하면 정녕 대단한 것이었다. 우파 정부든 좌파 정부든 역대 프랑스 정부와 그리 사이가 좋지 않았던 그는 어떤 국가훈장도 못 받았고, 그 이유로는 아니더라도 아카데미 프랑세즈의 회원도 콜레주 드 프랑스의 교수도 못 되었지만, 죽기 바로 전까지도 프랑스 지식인들의 좌장이었다. 육체의 나이로는 당연히 그랬고, 아마 정신의 나이로도 그랬을 것이다.

아니 그가 어떤 국가훈장도 받지 못했다는 것은 곰곰 따져보면 사실이 아니다. 그는 죽기 직전에 국가훈장을 하나 받았다. 그러나 그것은 프랑스 정부로부터가 아니라 스페인 정부로부터였다. 그 훈장을 받기 위해 그는 최후로 나라 밖 여행을 했고, 최후로 공개석상에 모습을 나타냈다. 그가 최후로 공개석상에 모습을 나타낸 것은 일천구백구십륙년 십일월 구일 국제여단의 스페인 내전 참전 육십주년을 기념하는 행사에서였다.

잠시 시간을 거슬러 올라가보자. 스페인 내전에서 반란군 측의 승리가 굳어지던 일천구백삼십팔년 시월 어느 날, 당시 인민전선 정부의 총리 후안 네그린은 외국에서 온 자유의 투사들에 대한 감사의 표시로 전쟁이 끝나면 국제여단 생존자 모두에게 스페인 국적을 부여하겠다고 약속했다. 내전이 프랑코 측의 승리로 끝났으므로 당연히 이 약속은 지켜지지 않았다. 그러나 사회주의 노동당이 집권하고 있던 일천구백구십오년 스페인 의회는 만장일치로 오십팔 년 전의 이 약속을 지키기로 결의했고, 그 결의에 따라 스페인 정부는 이듬해 십일월의 행사에 국제여단 생존자 전원을 초청해서 국적을 부여하기로 했다. 기 파랑은 스페인 정부의 초청을 받아 마드리드로 간 사백여 국제여단 생존자 가운데 한 사람이었다.

그는 전 스페인 총리 펠리페 곤살레스가 이 자유의 투사들에게 올린 감사에 말에 대한 답사를 옛 전우들을 대표해서 했다. 그때 그가 한 말은, 비록 의례적인 말일지라도, 겸손과 연대로 무르익은 어떤 정신의 경지로서 기록해둘 만하다: "고마워해야 할 사람은 당신들이 아닙니다. 우리들입니다. 당신들 덕분에 우리들은 파시즘과 싸울 기회를 얻었고, 참다운 국제주의를 배울 기회를 얻었습니다. 그리고 마침내 당신들 가운데에 속하게 되었습니다."

그 자리에 참석한 옛 전우들과 스페인 사람들을 눈물범벅으로 만든 기 파랑의 그 답사는 그가 오십팔 년 전에 피에르 맹데스-프랑스에게 한 말을 다시 연상시킨다: "모든 정치가 더러운 것은 아니다. 모든 행동이 헛된 것은 아니다."

기 파랑은 페르 라-셰즈 묘지에 묻혔다. 언젠가는 여기저기 흩어져 있는 논문들이 수합돼 그의 전집이 출간되겠지만, 그가 생전에 출간한 책들을 보이자면 언어학 분야 저작으로《로만어학의 문제들》(1) (2)《언어학 에세이》《중세 프랑스어》《로만어의 격》《로만어 역사음운론》《한국어의 기원》《동아시아의 언어들》, 장편소설로《아무도 죽음을 피할 수 없다》《중앙시장》《비아리츠의 사람들》《두 갈래 길》《제일현》, 단편소설집으로《쇠약》, 시집으로《찬가》《겨울의 노래》, 일반 에세이집으로《봄 샐러드》《작은 것들에 대한 사랑》이 있다.

09

서유기西遊記

잠자리에 들기 전에 전화기의 신호음을 죽여놓는 것은 내 오랜 버릇이다. 전화벨 소리에 잠이 깨게 되는 것이 끔찍해서다. 전화 코드를 아예 빼어놓는 것이 가장 탐스러운 일이겠지만, 그것은 먹고사는 일에 지장을 준다. 이 세상 안에서 먹고살기 위해서는 자동응답기를 통해서라도 바로 그 세상과 통해 있어야 하는 것이다.

그 전날 밤 엉망으로 취해 들어오지 않았다면 나는 그녀의 목소리를 몇 시간 뒤에나 들었을 것이다. 그리고 아마 그녀를 만나지 못했을 것이다. 그러나 행인지 불행인지 나는 그 전날 밤에 엉망으로 취해 집엘 들어왔고, 그래서 전화기의 신호음과 응답기 소리를 죽여놓는 것을 깜박 잊었다. 그것도 운명이다.

전화벨 소리에 잠이 깼을 때 나는 우선 짜증부터 났다. 전화를 건 누군가에 대해서 살의까지 생겼다. 물론 나는 수화기를 들지 않았다. 제발 전화선 저쪽의 누군가가 마음을 바꿔 수화기를 내려놓기를 바라며. 전화벨이 다섯 번째 울리자마자 응답기가 작동됐다: "봉주르, 주 부 르메르시 드 보트르 아펠. 레세 앵 메사주, 실 부 플레. 안녕하세요, 전화 고맙습니다. 메모를 남겨 주십시오."

비몽사몽간에 내 목소리를 들으며, 나는 전화기 저편의 누군가가 이제야말로 결단을 내려야 할 때라고 생각했다. 과감히 수화기를 내려놔! 삐 소리가 울렸음에도 아무 소리도 없었다. 그래, 그래, 전화기를 내려놔. 그러나 그 휴지休止는 잠시 동안의 망설임일 뿐이었다: "저, 내 목소리를 잊은 건 아니죠? 지금 북역 안의 르보레라는 카페테리아에 있어요. 지금이 오전 아홉시 십오분인데 열한시 반까지는 여기 있을 거예요. 한번 봤으면 해서 전화했어요. 잠깐만이라도요. 사실 내가 시간이 없기도 하고요. 열한시 오십분 기차로 파리를 떠날 참이에요. 이 메모를 듣게 되면 북역으로 나와줬으면 좋겠어요. 끊어요오."

여자는 수화기를 놓았고, 그 순간 나는 다시 잠을 이루는 것이 불가능한 일임을 깨달았다. 내가 어떻게 그 목소리를 잊을 수 있겠는가? 그것이 4년 만에 듣는 목소리라고 하더라도 말이다. 나는 그 목소리의 주인공과 살을 맞대고 살았다. 우리는 89년 6

월에 결혼해서 92년 8월에 이혼했다. 이혼하기 전 6개월 정도는 따로 살았지만, 결혼하기 전 6개월 정도를 함께 살았으니 세 해 너머를 함께 산 것이다.

나는 윗몸을 일으켰다. 나무 덧창의 틈을 비집고 겨울 햇빛이 침대 위로 새어들고 있었다. 머리는 지끈지끈 아팠고, 목은 뭔가 차가운 액체를 갈구하고 있었다. 나는 옆에서 자고 있는 하스나의 얼굴을 물끄러미 바라보며 북역으로 나갈까 말까에 대해 잠시 망설였다.

"르펜이 암살당했대?"

내 쪽으로 몸을 돌린 하스나가 내 배를 손바닥으로 쓰다듬으며 말했다. 24년의 프랑스 체류가 완전히 지워버리지 못한 그녀의 아랍어 악센트가 그랬더라면 밍밍했을 그녀의 프랑스어에 돋을무늬를 새기며 내 욕정을 다시 자극했다. 여느 때처럼. 그러나 나는 내 몸속의 짐승을 을러대며 단지 그녀의 왼쪽 귓불만을 만지작거렸다.

"아니, 그 친구는 건재해. 하스나 아야타가 아니면 누가 르펜을 죽일 수 있겠어?"

"실은, 그 자식을 목졸라 죽이는 꿈을 꾸다가 깼어."

"거꾸로겠지, 아마?"

"아냐, 그 늙은 도살자에 비하면 난 아직 젊고 힘세."

"그 늙은 도살자와 상관없이 넌 아직 젊고 힘세."

"그대의 아부는 늘 날 기분좋게 간지럽혀."

그녀가 만족스러운 표정으로 흥얼거렸다. 그녀 오른손의 다섯 손가락이 계속 내 배를 간질이고 있었다.

"나, 지금 나가봐야 할 것 같은데."

그녀의 손을 잡아끌어 바닥과 등에 번갈아 입을 맞추며 내가 말했다.

"늦을 거야?"

"그렇지 않을 거야, 아마. 그저 잠깐 동안 내 영혼의 벗을 만나게 될 거야."

"그대 육체의 벗을 버려둔 채 말이지?"

"같이 갈래? 내 영혼과 육체가 둘 다 행복해지도록 말이야."

나는 빈말로 물었다. 그 말에 하스나는 진지하게 대답했다.

"정녕 그러고는 싶지만 내겐 잠이 더 필요해."

나는 기지개를 한 번 활짝 켠 뒤 옷을 주섬주섬 주워 입었다. 정오 이전에 세면을 하지 않는 것도 내 오랜 버릇이다. 그녀를 만나기 위해서 굳이 거울 앞에 설 필요는 없을 것이다.

나는 스물일곱 살 때부터 서른네 살 때까지 서울에서 나오는 한 영문 일간신문의 기자로 일했다. 나는 그 신문사에서 아내를, 아내가 될 여자를, 지금은 전 아내가 된 여자를 만났다. 동료로서. 서울을 떠난 직접적 계기가 된 것은 그녀와의 이혼이었다. 결혼했다가 이혼한 사람끼리 한 직장에서 매일 얼굴을 마주하는 것은 어색한 일이었고, 그래서 나는 즉시 직장을 떠났는데, 직장을 떠난 김에 아예 서울을 떠나기로 마음먹은 것이다. 나는 아내가 있는 서울을 견딜 수 없었던 것 같다.

그러나 꼭 그 이유에서만은 아니었을 것이다, 내가 서울을 떠난 것이. 이혼이 그럴싸한 핑계거리가 되었다고는 하더라도 이혼 여부를 떠나서 나는 줄곧 서울에서의 삶이란 어두울 수밖에 없는 삶이라고 생각했던 것 같고, 그래서 먼 곳에 대한 동경을 늘 키우고 있었던 것 같다. 서울에서 멀리 떨어진 곳에는 좀더 밝은 삶이 기다리고 있으리라는 기대를 가졌던 것 같다. 나에게만이 아니라 누구에게나 밝은 삶이. 가난도 억압도 없는 삶이. 나 자신의 가난과 억압이 아니라, 서울이라는 도시의 가난과 억압 말이다. 다만 얄궂은 것은, 내가 서울을 떠나기로 결심한 것이 그 도시가 그 오랜 가난을 말끔히 씻어내고 그 오랜 억압에서 서서히 풀려나기 시작한 뒤라는 것이다.

그러니, 어쩌면 서울의 가난과 억압이라는 것조차 하나의 핑계에 지나지 않았는지도 모른다. 사회 전체의 가난이나 억압이라는 것을 떠나서 내게는 개인적인 불행 의식이 있었는지도 모른다. 그 불행의 책임이 내게 있든 내가 서울에서 알던 사람들에게 있든 말이다. 나는 어쨌든 내 과거를 지워버리고 싶었던 것 같다. 이혼이라는 것은 그 과거를 지워버리는 계기로서 얼마나 그럴듯한 것인가.

굳이 파리로 오게 된 것은 어린 시절 이래 이 도시에 대해 지니고 있던 막연한 선망 때문이었다. 대학에서의 내 전공도 불문학이었다. 대학을 졸업할 무렵 프랑스로 유학을 올 생각이 전혀 없었던 것은 아니다. 분명히 그런 유혹이 있었다. 그러나 경제적으로 내 공부를 더이상 뒷바라지해줄 사람이 없었다는 것, 그리고 혹 다행스럽게 그런 사람이 있었다고 하더라도 내가 공부를 해서 뭐가 될 자신은 없었다는 것이 그런 유혹을 물리치게 했다. 그래서 나는 신문사엘 들어갔고, 결국 일곱 해 뒤에야 서울을 떠나게 되었다. 그때는 이미 공부를 하기 위해서가 아니라 그저 살기 위해서였지만.

일곱 해 동안 영어로 기사를 써서 밥을 먹고 살았으므로, 미국이나 영국으로 갔다면 먹고살기는 지금보다 더 수월했을 것이다. 사실 파리에서 네 해를 산 지금도 프랑스어로 말하고 쓰는 것은 내게 여전히 힘들다. 죽을 때까지 여기서 산다고 하더라도 내 프랑스어가 유창해지지는 않을 것 같다. 그 네 해를 영국이든 미국이든 호주든 영어가 쓰이는 나라에서 보냈더라면, 내 영어는 꽤 쓸 만한 것이 되지 않았을까 하는 생각도 해본다. 그런 생각은 일종의 아쉬움 같은 것이다.

그러나 서울을 떠나기로 결심했을 때 영국이나 미국에는 그다지 마음이 쏠리지 않았다. 어린 시절 케미 슈즈의 텔레비전 광고에서 인상 깊게 보고 들은 에펠탑과 파리의 하늘 밑이라는 노래가 떠올랐고, 프랑스혁명과 파리코뮌과 레지스탕스와, 앞에 신新 자나 반反자가 덧붙은 사학·철학·소설·연극, 그리고 구조주의· 해체주의·탈근대주의 같은, 내가 그 실체를 전혀 모르는 말들이 머릿속에서 꼬리에 꼬리를 물고 이어지면서 내 가슴을 울렁거리게 했다. 《개선문》이나 《해는 또다시 떠오른다》 같은 소설들에 대한 기억도 외국인으로서 파리에 사는 것이 꽤 낭만적이리라는 기대를 불러일으켰다.

게다가 내게 그럴듯하게 생각된 미국인이나 영국인들은 대체로 파리를 거쳐간 사람들이었다. 나탈리 바니와 에즈라 파운드를 시작으로 헨리 밀러, 어니스트 헤밍웨이, 스콧 피츠제럴드, 토머스 스턴스 엘리엇, 제임스 조이스, 맨 레이 같은 사람들 말이다. 지드니 콕토니 콜레트니 발레리니 피카소니 브라크니 아폴리네르니 막스 자콥 같은 사람들이 그 영미인들과 어울리며 빚어냈다는 1910년대, 20년대 파리의, 특히 몽파르나스의, 국제적 분위기가 내 상상 속에서 재구성되었다.

내 상상 속의 그 몽파르나스 풍경은 또 〈말리서사〉라는 제목의 수필에서 시인 김수영이 아마도 다소 미화해 묘사한, 해방기 서울의 풍경과 포개졌다. 김수영은 그 수필에서 해방기의 서울이 '몽마르트르 같은 분위기'였다고 말했다. 김수영이 파리엘 가보지 못한 만큼, 그 몽마르트르 같은 분위기도, 내 몽파르나스 풍경처럼, 김수영의 상상 속에서 만들어진 것일 테지만 말이다.

김수영이 상상한 몽마르트르 같은 분위기, 그가 겪은 해방기의 서울은 "글 쓰는 사람과 그 밖의 예술하는 사람과 저널리스트들과 그 밖의 레이맨들이 인간성을 중심으로 결합될 수 있는 여유있는 시절"이었다. 김수영의 그 문장 속에서 레이맨은 내게 파리를 사랑하다가 파리에서 죽은 미국 화가 맨 레이를 연상시켰고, 김수영의 그 문장 속에서 저널리스트들은 내게 헤밍웨이를, 그리고 특히 재닛 플래너라는 미국 여자를 연상시켰다. 재닛 플래너라는 이름의 여기자가 〈뉴요커〉지에 〈파리에서 보내는 편지〉라는 제목의 칼럼을 50년간이나 연재했다는 얘기를 나는 어디선가 읽었던 것이다. 그래서 나는 파리로 왔다. 헤밍웨이나 재닛 플래너처럼 파리의 영어 사용자가 되기 위해서.

물론 내가 헤밍웨이도 재닛 플래너도 될 수 없다는 것을 깨닫는 데 오랜 세월이 걸리지는 않았다. 노력해서 나도 그들만큼 다부진 기자가 될 수는 있었을 것이다. 또 노력해서, 그들만큼이야 아니더라도 지금보다는 훨씬 나은 영어를 쓸 수도 있었을 것이다. 그러나 나는 미국인이 아니었다. 그것은 내가 노력한다고 될 수 있는 것이 아니다. 아니다, 내가 노력한다면 미국 국적을 얻을 수야 있을 것이다. 그러나 문제는 내 국적이 아니라 내 갈색

눈동자와 누런 피부였다. 그것은 내가 노력한다고 바꿀 수 있는 것이 아니다. 내가 헤밍웨이도 재닛 플래너도 될 수 없다고 말한 것은 바로 그런 의미에서다. 그러나 물론, 파리행 비행기를 탔을 때 나는 그것을 알지 못했다.

나는 소르본 대학 근처 라틴 쿼터에 스튜디오를 하나 얻어 거기다 컴퓨터와 팩시밀리를 비롯한 각종 현대적 장비들을 비치해놓고 프리랜스 기자로 새 출발했다. 나는 닥치는 대로 썼다. 영어와 한국어로. 정치에서 연예에 이르기까지 프랑스에서 일어나는 일이면 다 내 취재 대상이 되었고, 나는 그 기사들을 주로 런던과 서울의 신문, 잡지에 기고했다. 런던에서 발행되는 주간신문《더 유러피언》과 서울에서 나오는 시사 주간지《시사 저널》은 내가 고정적으로 기고하는 매체지만, 그 외에도 나는 여기저기 기사를 팔았다. 기사 청탁을 내 쪽에서 거절하는 법은 없었다. 먹고살아야 했으므로. 그 결과, 먹고사는 데는 지장이 없게 되었다. 더구나 나는 혼잣몸이므로. 실제로는 그렇지 않더라도 적어도 법적으로는 말이다.

아내는, 그러니까 내 전 아내는, 본디 미인이었다. 내가 못 본 네 해 동안에 그녀는 더 예뻐진 것 같았다. 게다가 그사이에 오히려 더 젊어졌다는 느낌까지 주었다. 르보레에 앉아 있는 여행자

들 가운데 그 누가 그녀의 얼굴에서 서른다섯의 나이를 읽어내
랴. 그녀는 담배를 피우고 있었다. 〈파이낸셜 타임즈〉를 테이블
위에 펼쳐놓고. 바로 그 모습이었다. 편집국의 자기 자리에 앉아
신문을 읽으며 담배를 피우는 젊은 여기자의 모습. 나는 여덟 해
전에 바로 그 모습에 홀렸었다. 무언가를 읽으며 담배를 피울 때
의 그녀의 표정, 그녀의 손 움직임에는 뭔가 끈적끈적한 분위기
가 있다. 그녀가 내 앞에 있었다. 그녀가 내 앞에 있다. 그녀를 만
나는 것이 어쩌면 어색할지도 모른다는 내 마음 한구석의 걱정
은 그녀가 담배를 피우는 모습을 보자마자 이내 사라져버렸다.

　　그녀는 처녀였다, 정말 처녀였다. 내가 그녀를 허물기 전까지
는 말이다. 내가 지금 뭘 뽐내고 있는 것은 아니다. 그때나 지금
이나 나는 성적 봉건주의를 그리 탐탁하게 생각하지 않는다. 적
어도 지금의 나는 섹스라는 것을 그저 심심풀이를 위한 전자오
락처럼 생각한다. 그러니 처녀와 잤다는 것은 내게 뽐낼 일도 수
치스러운 일도 아니다. 그렇지만 나는 그녀가 처녀일 거라고는
생각하지 않았고―그녀가 담배 피우며 빚어내는 그 끈끈한 분
위기 때문에 그랬다는 뜻이 아니라 스물여덟 살 먹은 여자가 처
녀일 거라고 기대할 만큼 내가 엉뚱하지는 않았다는 뜻이다―,
그래서 그녀와 처음 잠자리를 같이했을 때 그녀가 처녀라는 걸
알고는 무척 놀랐다.

　　고백하건대 사실 나 역시 그 전까지는 여자를 몰랐다. 학교

에 다닐 때든 군대에 있을 때든 나는 여자를 살 수 있는 그 수많은 기회를 물리쳤다. 물론 마음속으로는 열 살 넘어서부터 헤아릴 수 없을 정도로 많은 여자와 간음을 했지만 말이다. 그것도 가장 전위적이고 불륜한 방식으로. 그렇지만 막상 육체적으로는, 뭔가 사건을 벌일 모험심이랄까, 실험정신이랄까 하는 것이 내게 부족했다. 그런 점에서 아내나 나나, 말하자면 일종의 푼수였던 셈이다. 나는 그것이 온전한 과거형이기를 바란다.

아내와의 그 첫밤은 후덥지근한 여름밤이었고, 주말이었다. 속초의 한 여관에서였다. 우리는 동해를 보기 위해서 속초로 내려갔고, 바다를 본 김에 서로의 몸을 보기로 결정했다. 누구의 제안이었는지는 기억나지 않는다, 한방을 쓰기로 하고 옷을 벗기로 한 것이. 아마 말없이 느낌이 전해졌을 것이다.

어쨌든 그 밤, 우리들은 얼마나 서툴렀던지…… 우리는 둘 다 그것을 원했지만, 사실 둘 다 상대편한테 깔보일까봐 두려웠다. 처음이라는 걸 상대방이 알까봐 말이다. 내가 아내의 마음까지 어떻게 아느냐고? 그 서툰 의식이 끝난 뒤에 그녀가 내게 그렇게 고백했으니까. 우리는 푼수답게 서로의 깔봄과 서로의 수줍음을 에끼기로 했다.

　　우리는 근황을 주고받았다, 라기보다는 주로 그녀가 자기 얘기를 했다. 내가 신문사를 그만둔 뒤 넉 달쯤 뒤에 자기도 신문사를 때려치웠다고 그녀는 말했다. 자기도 어지간히 강한 여자지만, 그 개새끼들의 눈초리를 맞받아내기가 곧 힘들어지더라고 그녀는 말했다. 차라리 내 쪽이 신문사에 남아 있었더라면 덜했을 거라고, 그 개새끼들이 이혼한 남자에 대해서 그런 눈초리를 보내지는 않았을 거라고 그녀는 말했다. 그런 눈초리를 보내는 게 사내새끼들만은 아니었다고, 계집애들도 마찬가지더라고 그녀는 말했다. 아니, 계집애들이 더하더라고 그녀는 말했다. 그 계집애들이 여자 동료로서 자기를 감싸주기는커녕 사내새끼들이랑 어울려 자기에 대해 이러쿵저러쿵 뒷얘기를 하는 눈치를 보이더라고 그녀는 말했다. 자기가 그런 눈치를 느낀 것은 절대로 무슨 웃기는 자의식 같은 것 때문이 아니었다고 그녀는 거듭 말했다. 군사 파시즘보다 여자들한테 더 무서운 것이 열녀 파시즘이고 정실正室 파시즘이고 백년해로 파시즘이더라고 그녀는 웃으며 말했다. 신문에다가는 페미니즘이 어떻구 성의 해방이 어떻구 읊어대는 년들이 알고 보니 죄다 서방 콤플렉스, 순결 콤플렉스, 백년해로 콤플렉스, 열녀 콤플렉스, 정실 콤플렉스에 빠져 있는 년들이더라고 그녀는 정색을 하고 말했다. 그년들이 그런 콤플렉스에 빠져 있는 걸 보면 그년들도 행실이 그리 순결하지 못할 게 분명하다고 그녀는 비웃듯이 말했다. 자기는 그런 콤플렉스가 없기 때문에 그러고 나서 한 해쯤 뒤에 한 보석 세공업자와 결혼했다고 그녀는 말했다. 자기의 지금 남편인 그 보석 세공업자는 나보다 나이는 다섯 살이 위지만 나보다 오히려 더 젊어 보이고 나보다 훨씬 이해심이 많은 사람이라고 그녀는 말했다. 남편도 원하는 일이고 자기도 원하는 일이어서 자기가 남편 사업을 거들고 있다고 그녀는 말했다. 사업차 앤트워프에 갈 일이 생겨서 유럽엘 오게 됐는데 날 보기 위해서 일부러 파리행 비행기표를 끊었다고 그녀는 말했다. 날 왜 보려고 했는지는 자기도 잘 모르겠다고 그녀는 말했다. 그렇지만 막상 파리에 도착하자 내게 전화를 해야 할지 말아야 할지 몰라서 이틀을 빈둥거렸다고 그녀는 말했다. 기다란 망설임 끝에 전화를 했고 거래처 사람과의 약속이 내일이어서, 아까 만일 내가 없어서 날 못 만나게 되었더라도 그냥 앤트워프로 갈 생각이었다고 그녀는 말했다. 서울로 되돌아가는 비행기는 암스테르담에서 탈 터이므로 다시 파리에 올 일은 없다고 그녀는 말했다. 내가 전화 메시지를 듣고 역에 나온 건 자기한테 참 다행스러운 일이라고 그녀는 말했다. 그게 내게도 다행스러운 일이었으면 좋겠다고 그녀는 말했다. 그래서 그게 내게도 다행스럽다고 나는 말했다.

"그냥 계속 여기서 살 거야?"

그녀는 아까 전화에서와는 달리, 날 보자마자 우리가 함께 살았던 때의 반말투를 사용하고 있었다. 그렇게 말을 트니까, 그녀가 내 누이 같다는 생각이 들었다.

"아마 그렇게 될 것 같아. 그렇지만 알 수 없는 일이지, 뭐. 내가 결정하는 게 아니라 운명이 결정하는 거니까."

사실이 그랬다. 미래에 대해서 무슨 계획을 세우는 건 내 성격이 아니다. 그때그때의 충동에 이끌려서 세상을 더듬거리고 있을 뿐이다. 일 분 뒤에, 한 시간 뒤에, 하루 뒤에 어떤 자극을 받아 내 신경이 거기 어떻게 반응할지는 나도 모른다.

"내가 뭐랄 순 없지만, 그만 서울로 들어오는 게 낫지 않나? 사람이 제 나라에서 살아야지. 얼굴이 상한 것 같아."

"그건 어제 술을 좀 마셔서 그래. 너랑 살 때도 늘상 그랬지, 뭐. 술 마신 이튿날이면 얼굴이 반쪽이 됐다고 니가 핀잔을 주곤 했어. 발붙이고 살면 바로 거기가 다 내 나라야. 사람들은 다 똑같아. 잔인하고 이기적이고 교활하다는 점에서. 걸리버 여행기 생각나? 걸리버가 절망하고 혐오한 그 야후들이라구. 불란서놈들이나 조선놈들이나."

우리가 이혼하기 전 얼마 동안 우리는 언쟁이 잦았고, 언쟁을 할 때마다 서로를 야후라고 불렀다.《걸리버 여행기》의 제4부 '말들의 나라'에 나오는 야후 말이다. 인간의 형상을 한, 그러나 모든 동물 가운데 가장 탐욕스럽고 사납고 불결한 동물. 우리는 서로에게 한 마리의 야후였다. 야후는 다른 동물들보다 자기 종족을 더 싫어하는 동물이기도 하다.

"아직도 그 염세주의를 훈장처럼 달고 다니시는군."

그녀가 배시시 웃으며 가볍게 비아냥댄 뒤 웃음을 거두고 말을 이었다.

"그래도 당장 세상을 버릴 게 아니라면, 그러니까 야후들 틈새에서 살아야 한다면, 조선 야후들이 같이 있기 더 편하지 않나? 나면서부터 함께 살아온 익숙함이 있으니까 말이야."

"나와 똑같은 악취를 풍긴다는 점에서 그럴 수도 있겠지. 그렇지만 어차피 그런 악취가 운명이라면 난 좀더 다양한 악취를 맡고 싶어."

"말장난 좀 그만해. 여기서 아무리 아등바등 애써봐야 결국 외국인 아냐?"

말장난을 거두라는 그녀의 말은 내게 말장난의 욕망을 불러일으켰다. 그러나 어떤 말장난에도 진실이 스며 있을 수 있는 법이다. 비록 그 함량이 문제이기는 하겠지만.

"사람은 누구나 외국인이야. 아니 그렇게 일반화할 수는 없겠지. 적어도 나는 어디서나 외국인이야. 이곳 경찰들한테만 외국인인 게 아니라 너한테도, 그러니까 한국인들한테도 외국인이구, 하느님한테도, 그런 게 있다면 하는 말이지만, 외국인이구, 그래, 나 자신한테도 외국인이야."

나는 에밀 시오랑의 어떤 문장을 비틀어서 그렇게 대꾸했다. 그리고 그 말에 내 진실이 담뿍 담겨 있다는 걸 이내 깨달았다.

“내가 한민수 어록을 들으려고 파리에 온 셈이군. 정말 어떻게 사람이 그렇게 안 변해? 그 청승은…… 그렇다고 여기서 죽을 건 아니잖아?”

“아니, 그럴지도 몰라. 한 해쯤 전까지는 여기서 죽을지도 모른다는 생각이 끔찍했어. 몸이 아플 때면 겁이 덜컥 들면서 서울 생각이 났지. 몸은 서울에 묻어야 한다는 강박이 있었어. 그런데 지금은 아니야. 혹시 여기서 죽어도 상관없겠다는 생각이 들어. 불란서에서 죽어도 상관없다는 뜻이 아니라 서울 아닌 다른 데서 죽어도 상관없다는 뜻이야. 서울에서 죽어도 죽을 땐 결국 혼자인 걸, 뭐. 누구나 다 그렇듯이.”

“날 때도 그렇지.”

그녀가 약간 쓸쓸한 표정이 되어 말했다. 나는 담배를 꺼내며 고개를 끄덕였다.

“그동안 서울에 한 번도 안 들어왔었지?”

나는 담배에 불을 붙이며 고개를 끄덕였다.

“서울 생각 안 나?”

“왜, 처음엔 생각이 났지. 고운 생각이든 미운 생각이든. 니 생각하면 미운 생각이었구 다른 친구들 생각하면 고운 생각이었지. 그런데 이젠 별로 생각이 안 나. 사실 서울 생각이라고 해도 그게 서울이라는 공간에 대한 생각이 아니라 서울 사람들에 대한 생각인 건데, 그러니까 말하자면 인젠 그 사람들 생각이 잘 안 나는 거지. 고운 기억이구 나쁜 기억이구 점점 희미해져. 그게 나쁜 일은 아닌 것 같아."

　나는 파리 시내와 근교의 묘지들을 생각했다. 어디쯤에 내 몸을 묻으면 가장 그럴싸할까를 생각했다. 그러다가 내가 내 육신의 화장火葬이라는 걸 고려해본 적이 없다는 걸 깨달았다. 물론 나는 알고 있다. 죽음은 모든 것을 끝장낸다는 걸. 죽음 뒤엔 쾌락만이 아니라 고통도 사라진다는 걸. 희로애락애오욕이 그걸 느꼈던 내 몸뚱어리와 함께 지워진다는 걸. 내 죽음과 함께 우주도 소멸한다는 걸. 그런데도 내 죽은 몸뚱어리가 불에 태워진다는 건 왠지 찜찜하다. 뜨거움을 느끼지도 못할 텐데. 그것은 늘상 세상이 싫다싫다 하면서도 죽는 걸 두려워하는 내 비겁한 당착과도 비슷하다. 그래, 내 염세는 진지한 염세가 아닐지도 모른다. 행여 그것이 진지한 염세라고 하더라도, 그 염세는 또 삶에 대한 징그러운 애착과 등을 맞대고 있는 것이다. 나는 사람이 싫으면서 사람이 그리운 것이다. 야후의 냄새를 저주하면서, 야후의 냄새에서 힘을 얻는 것이다. 요컨대 허무라는 걸 받아들일 만큼 내 마음은 크지도 비워지지도 않은 것이다. 나는 이 몸뚱어리의 긴 긴 존속을 갈구하고 있는 것이다. 고통이 덕지덕지 붙어 있는 이 몸뚱어리의.

　"결혼은 안 할 거야?"

　그녀가 삶 쪽으로 나를 불러내며 물었다. 나는 안도하며 담배를 힘껏 빨았다.

"야, 너한테 그렇게 질렀는데 결혼은 무슨 결혼이냐?"

나는 웃으며 짐짓 목소리를 높였다. 그러고는 덧붙였다.

"결혼 비슷한 상태에 있기는 해. 아마 결혼으로 이어지지야 않겠지만."

하스나의 눈동자와 입술과 가슴과 엉덩이가 떠올랐다. 그녀가 내 앞에 있는 여자보다 확실히 덜 아름답다는 생각도 퍼뜩 들었다. 그러나 하스나가 내 삶 속으로 들어온 건 내게 얼마나 다행스러운 일인가. 그녀 덕분에 나는 파리에서, 아니 이 거대하고 고요한 우주 안에서 외로움을 눅일 수 있었으니 말이다.

한 사람이 또 한 사람에게 끌릴 때, 그 끄는 힘은 어디에 있는 것일까? 외모고 지성이고 재력이고 성격이고 뭐 그런 것들이겠지만, 결국 그런 것들은 분위기로 수렴되는 것 아닐까? 그런 것들이 이리저리 조합돼 빚어내는 분위기 말이다. 내 앞에 있는 여자에게 내가 오래전에 반한 것, 재작년 가을에 내가 하스나에게 반한 것, 그런 것들은 다 내가 그 여자들의 분위기에 반한 것 아닐까? 사람이란, 곧 그 분위기 아닐까? 그 분위기를 만들어내는 것은, 그것이 성격이든 지능이든, 결국은, 인간의 뇌일 것이다. 그러니 어떤 사람에게 반한다는 건 그 사람의 뇌에 반하는 것이리라. 그 뇌가 겉으로 드러나 있지 않은 것은 다행스러운 일이다. 사진으로 본 인간의 뇌는 좀 끔찍했다. 나는 내 앞에 있는 여자의 뇌도, 하스나의 뇌도 결코 보고 싶지 않다.

하기야 인간의 뼈라는 것도 그렇기는 하지만, 인간의 내장이라는 것은 죄다 보기에 그리 아름다운 것은 아니다. 결국 한 사람이 또 한 사람의 육체를 탐할 때 그가 또는 그녀가 탐하는 것은 몇 밀리미터의 살거죽뿐인 셈이다. 슬픈 일이다.

결혼 비슷한 상태에 있다는 내 말에 아내는, 내 전 아내는, 알겠다는 듯이 고개를 끄덕이고 더이상 묻지 않았다. 그러나 나는 그녀가 자신의 결혼에 대해 내게 자상히 얘기를 해준 만큼 내가 거기서 입을 다무는 것은 불공평하다고 생각했다.

"외국 여자야."

"불란서 여자?"

그녀가 용기를 얻은 듯 물었다.

"응, 말하자면 불란서 여자지, 국적은. 사실은 아랍 여자야, 알제리 여자. 외국 여자라구 말해놓고 보니 정말 외국인이군, 나같은. 너보다 두 살 어린데, 불행하게도 너보다 더 늙어 보여. 더 불행한 건 너보다 이해심도 없고."

그녀가 살포시 웃었다.

"경제적으론 괜찮어?"

"그걸 왜 니가 걱정하니?"

나는 가볍게 면박을 준 뒤에 재떨이에 담배를 비벼 끄며 덧붙였다.

"응, 나 혼자 버는 걸로도 두 사람 먹는 건 충분한데, 같이 사는 여자도 일을 해. 나 같은 프리랜서야. 물론 보석 세공업자만큼이야 벌지 못하겠지만."

나는 마지막 말은 안 하는 게 좋았을 거라고 얼른 후회했다. 그러나 그녀는 다행스럽게도 그 말에 괘념치 않았다. 그녀의 귀에는 보석 세공업자 운운보다 두 사람 먹는 건 운운이 더 인상적으로 들렸던 모양이다. 왜냐하면 그녀가 이렇게 말을 이었으니까.

"나 두 해 전에 딸아일 낳았어."

"잘됐군."

내가 시큰둥하게 받았다. 우리에게는, 나와 내 앞에 있는 여자 말이다, 아이가 없었다. 특별히 피임을 한 것은 아닌데도 아이가 생기질 않았다. 물론 아내나 나나 그것 때문에 병원엘 갈 생각은 하지 않았다. 둘 다 아이를 간절히 원했던 것은 아니기 때문이다. 둘 다 아이를 간절히 원하지는 않았으므로, 아이가 없다는 것 때문에 우리가 이혼을 하게 된 것은 절대 아니다. 사실, 이혼 사유라는 말처럼 우스꽝스러운 말도 없다. 그저 상대방에게 싫증이 났다는 것 말고 무슨 별다른 이혼 사유라는 게 있을 수 있겠는가? 나는 이 여자에게 싫증이 났고, 이 여자도 내게 싫증이 났을 뿐이다. 그리고 그 싫증이 출구 없이 지속되자 증오로까지 변했을 뿐이다. 그러나 우리에게 아이가 없었다는 사실 때문에 이혼이 간편했던 것은 사실이다. 아이가 있었다면 아내나 나나 헤어지기 전에 더 망설였을 것이다. 그리고 어쩌면 그 망설임 끝에 결국은 헤어지지 않았을지도 모른다. 게다가 사람 사이의 감정이라는 건 늘 변덕에 휘둘리기 마련이니까. 이 여자와 이혼까지 하게 된 것은 길게 보아 내게 다행스러운 일이었을까, 불행한 일이었을까? 그건 잘 모르겠다. 아무튼 그 당시에 이혼은 우리들에게 최선의 선택이었다.

아내가 재혼해서 아이를 낳은 걸 보니 불임의 원인은 나한테 있었던 모양이다. 그래, 하스나에게도 아이가 생기질 않는다. 그녀가 피임을 하고 있는 눈치도 아닌데.

"축하해."

내가 정색을 하고 말투를 고쳤다. 그러고는 약간의 질투심을 느끼며 진심으로 말했다.

"넌 그런데 아직도 전혀 아이 엄마 같지가 않다."

"아냐, 화장으로 지워서 그렇지 눈가에 벌써 주름이 생기기 시작한걸."

그녀는 짐짓 표정을 찡그리며 눈가에 주름을 만들어 보였다. 내가 이 여자를 왜 그리 싫어했을까? 그리고 도대체 이 여자는 날 왜 그리 지겨워했담?

"내가 왜 한민수를 만나고 싶어 했는지 방금 깨달았어."

나는 말없이 이 여자를 바라보았다.

"그 말을 해야 한다고 생각했던 것 같아. 아이를 낳았다는 말."

　나는 고개를 끄덕였다. 그러나 그녀의 말이 무슨 뜻인지는 알 수 없었다.

　그녀를 태운 기차가 북역을 떠났다. 그녀가 승강구에 오르기 전에 나는 그녀의 두 볼에 가볍게 입을 맞췄다, 유럽식으로. 그 감촉은 누이의 감촉이었다. 그녀가 승강구에 올라서 몸을 돌려 손을 내밀었고, 나는 그 손을 맞잡아 손등에 입을 맞췄다. 그리 자연스럽지는 않은 의식이라고 나는 생각했다. 그녀가 탄 기차는 파리 발 암스테르담 행 열차다. 그 기차는 브뤼셀을 지나 앤트워프에다 그녀를 내려놓을 것이다.

　막 떠나보낸 그녀의 얼굴에 하스나의 얼굴이 겹쳤다. 내가 하스나를 처음 본 것이 바로 이곳 북역에서다. 북역은 파리에 있는 여섯 개의 터미널 역 가운데 하나다. 북역에서 떠나는 열차들은 벨기에를 거쳐 네덜란드나 독일로 이어지거나 도버 해협의 유로 터널을 지나 런던의 워털루 역에 닿는다.

　그날, 내가 하스나를 처음 본 날 말이다, 나는 파리에 들른 고등학교 동기생을 런던으로 태워보내기 위해 북역에 있었고, 하스나는 앤트워프로 취재를 갔다가 파리로 막 돌아온 참이었다. 그때가 95년 가을이었다. 당시 파리에서는 연쇄 폭탄 테러가 있었던 터여서 시내 곳곳에 무장한 경찰들이 깔려 있었다. 좀 과장하자면 그때의 파리는 전두환 시대의 서울 풍경을 닮아 있었다. 물론 닮은 점보다는 다른 점이 훨씬 많았던 것은 말할 나위가 없다.

전두환 시대의 경찰이 검문하고 희롱한 것이 제 나라 대학생들, 특히 여학생들이었던 데 견주어, 그 당시 프랑스 경찰이 검문하고 때때로 굴욕감을 준 것은 주로 외국인 남자들이었다는 것이 우선 겉보기에도 달랐다. 본질적인 데까지 들어가면 그 다름은 더 커진다. 전두환의 경찰들이 시민들을 겁주기 위해서 시내 곳곳에 서 있었다면, 시라크의 경찰은 시민들을 안심시키기 위해 시내 곳곳에 서 있었던 것이니 말이다. 그렇지만 나는 금방 이 말을 후회한다, 본질적인 데까지 들어가면 그 다름이 더 커진다고 말한 것을 말이다. 그 말은 뭔가 잘못됐다는 생각이 든다. 잘못되어도 크게 잘못되었다. 정말 본질적인 데까지 들어가면 전두환의 경찰과 시라크의 경찰이 다를 게 뭐가 있단 말인가? 그들은 어차피 체제의 유지를 위한 무력의 일부일 뿐이다. 어느 나라 경찰이든 근본적으론 권력의 하수인일 뿐이다. 게다가 그들은 자기들끼리만 닮은 것이 아니라 자기들의 적, 범죄자들과도 닮았다. 그렇다, 경찰과 범죄자란, 특히 조직 범죄자란, 본질적으로 같은 족속들이다. 단지 그들이 속한 조직이 다를 뿐이다. 탐욕스러운 독재자와 견결한 혁명가가 본질적으로 같은 족속인 것과 마찬가지다. 하긴, 견결한 혁명가는 혁명이 성공하고 나면 흔히 탐욕스러운 독재자로 변한다.

스탈린이라는 사람은 히틀러라는 사람과 과연 얼마나 달랐던 것일까? 희극 배우 같은 경박함을 곁들여서 자신의 악을 거리낌없이 만천하에 드러냈던 히틀러보다 동족과 이민족의 유혈―그 피는 대부분 프롤레타리아의 피였는데―위에 자신의 권력을 구축하고도 늘상 전 세계 노동자의 구세주로 자처한 스탈린이 오히려 내게는 더 역겨움을 불러일으킨다. 히틀러가 악이라는 것은 누구나 단박에 알 수 있지만 스탈린을 단죄하는 것은 뭔가 찜찜하다는 점에서―모스크바 재판? 실제로 그들은 죄다 간첩이었어, 피고들이 다 자백했잖아! 자기가 안 한 짓을 했다고 하겠어? 설령 그렇더라도 죽이기까지 한 건 너무했다구? 이런 순진하긴 쯧쯧, 당시의 국제 정치 상황을 돌이켜보라구, 제국주의자들의 간섭에 맞서서 우선 러시아의 혁명만이라도 보위해야 했다구. 독소불가침 조약은 불가피한 것이었어, 우선 힘을 비축해놓아야 싸울 수 있을 것 아냐. 폴란드 침략과 분할? 우선 폴란드의 반쪽만이라도 나치즘으로부터 구해놓고봐야 할 것 아닌가?―, 스탈린의 악은 더 교활하고 음험한 악이다.

스탈린은 정말로 노동자들을 사랑했는지도 모른다. 그렇다고 하더라도 그가 사랑한 노동자는 그의 관념 속에 있는 노동자였지, 바로 그의 주변에서 숨 쉬고 일하고 핍박받는 노동자는 아니었을 것이다. 그의 눈에 보이는 현실 속의 비루한 노동자들은 죄다 그의 관념 속에 갈무리돼 있는 위대한 노동자 계급의 적이었다. 얄궂은 일이다, 그의 냉혹한 정치적 리얼리즘이 그의 덜떨어진 심리적 아이디얼리즘에서 나온 것이라면 말이다.

그의 국제주의는 소비에트 이기주의의 외피였고, 그의 소비에트 이기주의는 그 자신의 이기주의의 외피였다. 소련을 혁명의 조국으로, 모스크바를 혁명의 수도로 생각했던 그 많은 외국인 노동자들, 외국인 혁명가들을 생각하면 안쓰럽고 짜증스럽다. 미국의 일본인들이 잠재적인 간첩으로서 집단 수용되었듯이, 연해주의 조선인들도 잠재적인 간첩으로서 중앙아시아로 강제 이주되었다. 외국인들은 야만인이고, 외국인은 간첩인 것이다. 그리고 그 야만인들과 간첩들을 처치할 임무를 맡고 있는 것이 경찰이다, 어느 나라에서나. 파리에서 폭탄 테러가 이어졌을 때, 경찰의 검문이 외국인에게 쏠렸던 것은 당연하다.

그러나 그 당시 외국인 모두가 경찰의 검문 대상이 되었던 것은 아니다. 길거리에서 경찰의 경례를 받는 것은 대체로 아랍 사람들이었다. 수사 당국에서 그 연쇄 테러의 혐의를 무장 이슬람 그룹이라는 알제리의 이슬람 근본주의 단체에 두고 있었기 때문이다. 그 혐의는 사실 정당한 혐의이기도 했다. 아무튼 95년 가을에 프랑스 경찰이 주로 아랍인을 검문 대상으로 삼았다는 것 때문에 나는 하스나와 만나게 되었다.

역 한쪽이 소란스러워서 호기심으로 가보니 경찰관 두 사람과 아랍 사람처럼 보이는 남녀 둘이 언성을 높이며 싸우고 있었다. 남자는 경찰관과 이미 드잡이라도 한 듯, 윗옷이 엉망이 돼 있었다. 여자는 새된 목소리로 경찰관들에게 대들고 있었는데 바로 그녀가 하스나였다.

사정은 이랬다. 경찰관들이 기차에서 내린 아랍 남자 한 사람을 검문하면서 그의 가방을 너무 꼼꼼히 뒤지자 검문의 대상이 된 남자가 거기에 항의를 했고, 그러자 경찰관들은 대뜸 그 남자에게 반말을 썼다는 것이다. 그래서 실랑이가 벌어지기 시작했는데, 경찰관이 계속 고압적인 태도에 욕설까지 하자 남자가 거기 분개해 맞대들었고 경찰은 그를 공무 방해 혐의로 연행하기로 했다. 남자는 연행을 거부하며 버텼고 그래서 소동이 커지게되었는데, 우연히 그 옆을 지나던 하스나가 거기 끼어들어 경찰관들에게 거칠게 항의한 것이다.

이 남자에게 테러와 관련된 혐의가 없다면 당신들이 그를 연행할 권리는 없고 당신들이 그에게 반말과 욕설을 한 것은 당신들이 인종주의자들이기 때문이라며 하스나는 이 사건을 법정으로 가져가겠다고 협박하기까지 했다. 그러나 경찰관들에게 그말이 먹혀들 리 없었고, 그들은 하스나 역시 연행하려던 참이었다. 이번에는 내가 끼어들어 경찰관에게 항의하는 동안 역 구내에 있던 다른 경찰관 네 명이 우리를 에워쌌고 결국 우리 셋은 모두 경찰서로 연행되었다. 우리들이 연행될 즈음엔 수를 헤아릴수 없을 만큼 구경꾼이 몰려 있었다.

경찰서로 가는 차 안에서 적어도 그들이 우리를 구타하지는 않았다. 그러나 우리 손목에는 어처구니없이 수갑이 채워져 있었고, 그들은 흥분한 상태로 수틀리면 구타라도 할 기세였다. 그들은 계속 우리에게 반말을 사용했고 물론 우리도 이판사판인 셈이어서 계속 반말로 응수했는데, 나는 실상 분위기를 타고 반말로 대꾸는 하면서도 상당히 겁을 집어먹고 있었다. 이 친구들이 예컨대 한국 경찰들보다 더 점잖을 거라고는 더이상 생각할 수 없었기 때문이다. 그러나 하스나는 그렇지 않았다. 나와는 달리 그녀는 조금도 겁을 집어먹지 않은 것 같았고, 경찰이 한 마디 하면 서너 마디는 대꾸하곤 했다. 설령 그 경찰관들 가운데 하나가 반쯤 정신이 나가서 여자인 하스나에게 손찌검을 했다고 하더라도 그는 즉시 그 값을 치렀을 것이다. 하스나는 아마 수갑에 묶인 손을 가지고도 힘이 완전히 소진될 때까지는 그에게 물리적 타격을 가했을 테니까.

경찰서에서도 하스나의 태도는 조금도 누그러들 줄 몰랐다. 그녀는 우리를 연행한 경찰관들에게 인종주의자라고 계속 소리를 고래고래 질러댔고, 다른 경찰관들에게도 그리 곱지 않은 소리들을 날렸다. 그리고 그들을 고소해서 철창에 보내겠다고 협박했다. 그렇지만 우리가 정식으로 기소되지 않고 네 시간 만에 풀려난 것이 하스나의 협박 때문이 아니라 내가 지니고 있던 프레스 카드 덕분이었던 것은 분명하다. 내가 프레스 카드를 꺼내

자 그들의 태도가 사뭇 부드러워졌다는 점이 그걸 증명한다.

반말과 욕설을 먼저 한 것이 그들이라고 하더라도, 또 그 상황에서 수갑을 채운 것이 인권 유린에 가까운 직권 남용이라고 하더라도 그건 뭉개버리면 그만이었다. 그러나 상대가 기자라면 얘기가 좀 달라진다. 그건 한국이고 프랑스고 마찬가지다. 여기저기 떠벌리고 다녀서 사건을 불편한 방향으로 키울 수 있으니 말이다. 비록 프리랜서이기는 할 망정 프랑스 외무부가 발급한 그 프레스 카드가 경찰관들에게는 다소 부담스러웠던 것이다. 그러나 그들은 판단을 잘못했다. 그들이 잘못 건드린 것은 내가 아니라 하스나였던 것이다. 경찰서에서의 네 시간은 내게 결코 유쾌하지 않은 기억이었고, 쓸데없이 남의 일에 끼어들어 하루를 완전히 망쳤다는 후회까지 겹쳤기 때문에, 나는 경찰서에서 나오자마자 그것을 잊어버리고 싶었다.

그러나 하스나는 나와는 달랐다. 풀려나자마자 그녀는 인권단체나 변호사를 찾아가는 대신 〈뤼마니테〉—프랑스 공산당 기관지 〈뤼마니테〉 말이다—편집국으로 달려갔고, 그로부터 이틀 뒤에 하스나와 나와 또 한 사람의 아랍인—사건의 처음 당사자였던 말레크라는 모로코 사람—은 〈뤼마니테〉 1면 머리기사의 주인공이 되었다. 그 머리기사의 표제는 "바캉스에서 돌아온 경찰, 인종주의로 마수걸이"였고, 우리가 겪은 그 사건 외에도 비슷한 사건들을 묶어서 보도하고 있었다. 왼쪽 하단에는 하스나와의 인터뷰가 따로 상자기사로 뽑혔다. 그날 치 〈뤼마니테〉의 사설은 프랑스가 테러를 구실 삼아 경찰국가로 변하고 있고 특히 경찰이 인종주의의 온상이 되고 있다고 꾸짖고 있었다.

이틀 뒤에는 〈리베라시옹〉과 〈르 몽드〉에도 비슷한 사례와 논조의 기사가 실려, 하스나는 문제의 경찰관들에게 충분히 분풀이를 한 셈이 되었다. 기사들이 그 경찰관들에게 실제로 얼마나 아팠는지는 알 수 없지만 말이다. 하스나는 내가 〈더 유러피언〉에 정기적으로 기고하고 있다는 걸 알게 되자, 우리가 겪은 사건을 기사화하라고 내게 충동질하기도 했다. 물론 나는 자신이 당사자 가운데 하나인 사건을 기사로 쓰는 것이 좀 뭣해 그녀의 충동질을 물리쳤다.

하스나는 프리랜스 보도사진 작가였다. 그리고 지금도 그렇다. 고향인 알제리의 오랑에서 아홉 살 때까지 자랐고, 그 뒤 부모를 따라 니스로 왔으며, 열세 살 때 파리 근교의 몽트뢰유로 이사 왔다. 하스나는 아랍어로 아름답다는 뜻이라고 그녀는 나중에 내게 일러주었는데, 실제로 그녀가 빼어나게 아름다운 것은 아니다. 예컨대 내 옛 아내에 견주면 그저 수수한 얼굴이라고 할 수 있다. 게다가 나이는 나보다 여섯 살 아래인데도 나보다 젊다고는 할 수 없는 얼굴이다. 그러나 그 하스나라는 이름이 그녀의 몸매를 지칭한 것이라면 그 이름은 정곡을 얻었다고 할 수 있다. 그녀의 몸매는 아름다울 뿐만 아니라 젊기까지 하다. 특히 그 터질 듯 팽팽한 가슴이란. 나는 그녀의 벗은 몸을 물끄러미 바라보는 걸 그녀와 껴안고 있는 것만큼이나 좋아한다. 어떨 때는 껴안는 것보다 보는 걸 더 좋아한다. 껴안고 있을 때는 그녀의 몸 전체를 볼 수 없기 때문이다.

이슬람 의식을 행하지는 않았고, 또 모스크에도 한 해에 한두 차례 정도 얼굴을 비칠 뿐이었지만, 그녀는 자신을 무슬림이라고 생각하는 여자였다. 물론 그녀는 코란의 가르침을 거역하는 남녀 평등주의자이기는 하지만.

경찰서에서 보낸 네 시간 동안 하스나와 나 사이에는 어쩔 수 없는 공범 의식이 생겼고, 그래서 그 이후로 가끔씩 데이트를 했으며, 다섯 번째로 함께 잠을 잔 날 아침에 우리는 살림을 합치기로 결정했다. 내가 제안했고 그녀가 받아들였다. 이곳 사람들 식으로 얘기하자면 자유 결합이었다. 그녀는 부모와 함께 살고 있었고, 내 스튜디오는 둘이 살기엔 너무 비좁았으므로, 우리는 내가 살던 스튜디오 근처에 세 칸짜리 아파트를 새로 구해 실질적 부부가 되었다.

내게 다행스러웠던 것은 그녀가 내게 자신의 이슬람 신앙을 강요하지는 않았다는 점이다. 내가 그 말을 하자, 그녀는 그것이 이슬람교의 관용주의라고 말했다. 이베리아반도가 이슬람 치하에 있었을 때도, 당신의 통치자들은 기독교도를 비롯한 이교도들에게 세금을 더 매겼을 뿐 강제로 개종을 요구하지는 않았다는 것이다. 그녀는 그것이 기독교와 이슬람교의 차이라고 주장했다. 물론 나는 동의하지 않았다. 이란이나 알제리의 이슬람 근본주의를 생각하면, 그녀의 주장이 꼭 옳다고는 할 수 없었으니까. 모든 종교에는, 모든 이념에는 근본주의적 속성이 있는 법이다. 그것이 내가 종교에도 이념에도 몰두하지 못한 이유 가운데 하나이기도 하다.

이슬람 근본주의에 대한 그녀의 태도는 다소 모호했다. 그녀 자신은 결코 근본주의자가 아니었지만, 그녀는 프랑스 언론의 근본주의 사냥을 못마땅하게 생각하고 있었다. 프랑스 언론이 정말 겨냥하고 있는 것은, 프랑스 언론만이 아니라 서방의 언론이 죄다 그렇지만, 이슬람 근본주의가 아니라 이슬람교 자체라는 것이었다. 특히 냉전이 끝나자 서방 언론은 공격의 목표를 잃어버리게 됐는데, 예전 공산권의 대타로 그들이 새로 설정하고 있는 적이 기독교 이외의 문화권, 특히 이슬람권이라고 그녀는 말했다. 미국에서 얼마 전에 출간된 책 제목 덕분에 유명하게 된 지하드와 맥월드—지하드로 상징되는 이슬람 근본주의와 맥도날드 햄버거로 대표되는 세계 자본주의 체제 말이다—의 이분법을 서방 언론이 전술적으로 추구하고 있다는 것이다. 그녀가 프랑스 경찰 내의 인종주의자들을 소탕하기 위해 서방의 언론사를—비록 그 신문이 공산당 기관지라고 하더라도 말이다—찾아간 걸 보면 그녀의 그런 주장이 꼭 옳은 것인지는 잘 모르겠다.

　아무튼 그녀는 프랑스 언론이 이슬람 근본주의를 비판한다는 구실 아래 이슬람교 자체에 대해서 문화 투쟁을 수행하고 있고, 그 문화 투쟁을 밀어붙이는 동력은 이슬람교에 대한 문화적 적의만이 아니라 백인 이외의 사람들에 대한 인종적 우월감이라고 생각하고 있었다. 특히 지난해와 지지난해에 프랑스 교육부가 공립학교에서 베일 쓰기를 고집하는 무슬림 여학생들을 단속하라는 지침을 내렸을 때, 공인된 극우파 신문 말고도 다른 일부 언론에서마저 교육부의 조처를 거들고 나온 데 대해 그녀는 분개하고 있었다. 자신은 여성이 베일을 쓰는 데 결코 찬성하지는 않지만, 베일을 쓸 자유는 누구에게나 있어야 하고 베일을 쓰는 것이 근본주의의 표징이 되는 것도 아니라고 그녀는 말했다. 그녀는 또 프랑스 정부든 언론이든 그들이 알제리의 이슬람 근본주의자들에 대해 퍼붓는 비판의 반만이라도 알제리의 군부 정권에 돌렸다면 알제리 상황이 지금보다는 더 나아졌을 거라고 말하곤 했다.

　나는 여자들이 자의든 타의든 살을 드러내서는 안 되는 게 그녀의 남녀 평등주의와 어떻게 조화될 수 있는지가 궁금했고, 정치적 맥락이야 어떻든 알제리를 피로 물들이고 있는 것이 군부 정권의 폭압 이상으로 이슬람 근본주의자들의 무차별 테러라는 걸 알고 있었지만, 그녀에 대한 사랑으로 입을 다물곤 했다.

네 해 만에 만난 여자를 태운 기차가 시야에서 사라질 때쯤 손바닥 하나가 내 등을 때렸다.

"한 형 아니야, 여기 웬일이야?"

정태하 씨였다.

"정 선배, 정 선배야말로 여기 웬일이세요?"

"응, 민선이가 집에 왔다가 쾰른으로 되돌아갈 때가 돼서 배웅 나왔다가 막 보낸 참이야."

정태하 씨는 파리에서 내가 정기적으로 만나는 거의 유일한 한국인이다. 내가 그를 처음 만난 것은 파리에 정착하고 얼마 안 돼서였다. 파리 8대학에서 정치학을 공부하고 있던 대학 후배를 통해서 나는 그를 처음 만났다.

그는 한 무역회사의 파리 주재원으로 일하던 지난 79년 한국에서 터진 어떤 좌익 조직 사건에 연루된 뒤 귀국을 포기하고 파리에서 망명 생활을 하고 있었다. 그의 망명은 강요된 망명이었고 내 망명은 자발적 망명이었으나, 나는 그의 지쳐 보이는 얼굴과 서툴러 보이는 처세에서 어떤 동병상련을 느꼈고, 단박에 그와 친해졌다. 그는 버려진 자였고, 나도, 해석하기에 따라서는 버려진 자였으므로.

그가 한국 나이로 마흔아홉이 되던 95년에 그는 오랜 가난
으로부터 다소간 해방되었다. 그가 자신의 대학 시절과 망명 생
활을 에세이 형식으로 기록해 서울의 한 출판사에서 낸 책이 베
스트셀러가 된 덕분이다. 그는 그 뒤로 서울에서 나오는 몇몇 진
보적 매체들의 단골 필자가 되었고, 내친 김에 몽파르나스에 스
튜디오를 하나 얻어 그곳을 작업실로 이용하고 있다. 아예 문필
가의 길로 나선 것이다. 민선은 그의 딸 이름이다. 그녀는 파리 7
대학을 졸업하고 쾰른으로 유학을 가 그곳에서 독일 정치학을
공부하고 있다.

"근데 정말 한 형은 웬일이야?"

"저도 누구 배웅 나왔다가 막 보낸 참이에요. 서울에서 알
던 친구 하나가 파리에 잠깐 들렀어요."

"그랬구먼. 가만 있자, 시간도 거진 다 됐는데 점심이나 같이
하지. 그러고 보니 우리 같이 밥 먹은 지도 한 달 가까이 돼가네."

사실 그랬다. 나와 정태하 씨는 보통 일주일에 한 번은 만나
서 밥 먹고 술 마시고 세상 욕하고 그랬었는데(물론 술을 주로
마시는 건 나다. 정태하 씨는 술자리의 분위기는 좋아하지만 술
자체는 그리 즐기지 않는다), 그 즈음엔 나도 하스나와 함께 준비
하는 사진집 마무리에 정신이 없었고, 정태하 씨도 프랑스 신문
과 한국 신문을 비교하는 책을 한 권 써보겠다고 스튜디오에서

두문불출해 한 달 가까이 서로 얼굴을 보지 못했다. 물론 전화는 이따금씩 주고받았지만.

나는 속이 느글거려 밥 생각이 없었지만, 그를 본 것이 오랜만이고 해서 그의 제의에 응했다. 우리는 평소에 잘 가는 퐁피두 센터 근처의 일식집 도쿄로 갔다. 우리가 도쿄엘 자주 가게 된 것은 순전히 내 탓이다. 정태하 씨는 사실 일식을 그리 즐기지 않는다. 원체 외식을 잘 하지도 않지만, 그는 굳이 외식을 하더라도 나와 함께가 아니라면 주로 한국 식당엘 가고, 그것도 아니면 차라리 일식보다는 그리스 식당이나 터키 식당을 선호하는 편이다. 그렇지만 내가 생선회를 워낙 좋아하는 걸 알고는 나와 만나선 대체로 그가 먼저 도쿄로 가자고 제안하곤 했다. 도쿄는 내가 파리에서 가본 일식집 가운데서 가장 음식을 잘하는 집은 결코 아니지만, 가장 식대가 싼 집이다.

나는 장국이나 몇 개 시켜서 마시고 말겠다고 했으나, 정태하 씨가 우겨서 우리는 생선회 2인분과 정종을 시켰다. 술은 말자고 해도 그가 막무가내였다. 내가 안 마시면 자기가 다 마시겠다는 것이었다. 나는 그 말을 농담으로 받아들이고 내게는 매일매일의 술몫이 따로 있다는 비감 또는 희열에 빠져 그에게 동의하고 말았는데, 정태하 씨는 정종이 오자마자 정말로 두 잔을 내리 마셨다. 나도 그에 질세라 한 잔 두 잔 마셨는데, 참 묘한 일이다, 해장술이라는 것에 과학적 근거가 있는지는 모르겠지만, 정종이 목구멍을 통해 위로 흘러 들어가면서 속이 오히려 좀 풀리는 듯한 느낌이 드는 것이었다.

우리는 서로의 작업이 얼마나 진척됐는지에 대해서 얘기를 주고받았다. 정태하 씨가 쓰고 있는 책은 프랑스의 주요 신문과 한국의 몇 개 신문의 논조를 비교 분석하는 것이었다. 세상을 바라보는 사람들의 생각이 한 가지일 수는 없는 이상 신문이라는 것도 운명적으로 편파적일 수밖에 없기는 하지만, 정태하 씨 생각으로는 프랑스 신문들이 이념적 색채를 떠나서 적어도 논조의 일관성은 대체로 유지하고 있는 데 견주어 한국 신문들은 한 신문에서도 논조가 오락가락한다는 것이다.

예컨대 프랑스에서는 〈르 피가로〉 같은 신문이 보수주의의 대변자이고 〈리베라시옹〉 같은 신문이 좌파를 대표하는 신문이라는 것은 그 신문들을 읽어보면 자연스럽게 드러나는데, 한국의 신문들은 추구하는 이념적 지향이 무엇인지 알 수 없다는 것이다. 같은 지면 안에서 정치적·사회적 정황에 따라 정반대의 논조들이 발견되기 때문이다. 한국 신문에 대한 정태하 씨의 작업은, 그러니까 어떤 신문이 보수적이고 어떤 신문이 진보적이냐를 가려내는 것이 아니라, 한 신문 안에서 논조가 얼마나 일관되고 얼마나 변덕스러우냐를 따져보는 것이었다. 그는 이 작업을 위해서 한 해 전부터 한국의 중앙 일간신문 다섯 개를 구독하고 있었다.

내가 하스나와 함께 만들고 있는 책은—사실은 하스나가

하는 일을 내가 옆에서 거들고 있다고 해야겠지만—지금까지 하스나가 찍은 사진들 가운데 유럽의 사회 운동에 관한 사진 아흔아홉 개를 추려내 사진마다 짤막한 단장을 붙이는 것이다.《인간의 존엄을 향한 아흔아홉 걸음》이라고 우리가 임시로 표제를 붙여본 이 책에는 그러니까 주로 집회나 시위나 농성을 담은 사진들이 실릴 것이었다. 그 사진에 붙이는 단장이 되도록 시적이고 잠언적이어야 한다는 것이 하스나의 생각이어서 우리는 그 문장들을 다듬는 데 많은 시간을 들이고 있었다.

"한 형, 우리, 보부르에 가서 한잔 더하지."

퐁피두 센터의 별칭인 보부르는 퐁피두 센터 바로 옆에 있는 맥줏집 이름이기도 하다. 어느 그리스 건축가가 설계했다는 그 집은 파리의 비좁은 여느 카페들과는 달리 널찍한 독일풍의 맥줏집이다. 서울 대학로 근처에서 흔히 볼 수 있는 맥줏집들과 비슷하다.

"괜찮으시겠어요, 정 선배? 벌써 정 선배 정량은 넘어선 것 같은데."

나는 사실 정종 몇 잔에 이미 술 발동이 걸려버린 상태였다. 술이 술을 부른다고 몇 시간 전 그렇게 물에 목말라하던 기억은 어느 때부터 희미해져버리고 이제 술에 목말라하고 있었다. 나의 쾌락 추구는 뒷일에 대한 계산을 모른다. 그렇지만 정태하 씨가 여느 때에 비해 너무 술을 급하게 드는 것 같아 나는 예의로라도 그리 묻지 않을 수 없었다.

"아냐, 오늘은 좀 마셔야겠어. 원고도 대충 마무리됐고 또 술 마셔본 지 너무 오래됐어. 그리구 한 형이랑 할 얘기도 있고."

그래서 우리는 보부르로 자리를 옮겼다. 이바노비치의 〈다뉴브 강의 잔물결〉이 흐르고 있었다. 내 어린 시절의 기억 속에서 파리라는 도시를 상징하는 노래가 〈파리의 하늘 밑〉이었다면, 지금은 그것이 〈다뉴브 강의 잔물결〉로 바뀌었다. 다뉴브 강을 끼고 있는 동유럽의 여러 도시에서 한 번도 들은 기억이 없는 이 노래를 다뉴브 강으로부터 멀리 떨어져 있는 파리에서 나는 하루에도 몇 차례씩 듣는다. 주로 거리의 악사를 통해서다. 지하철이나 광장 한 모퉁이에서 아코디언이나 바이올린이나 첼로를 켜며 구걸을 하는 그 거리의 악사들 말이다. 그들이 가장 즐겨 연주하는 곡이 〈다뉴브 강의 잔물결〉이다. 곡조가 슬프기도 하지만, 그 슬픈 곡조가 걸인들의 이미지와도 포개져 내게는 다뉴브 강이 꼭 가난을 상징하는 강처럼 생각된다. 그러고 보니 악기를 들고 있든 그렇지 않든 내가 파리에 정착한 뒤로도 걸인들이 계속 늘어나고 있다는 느낌이다. 하기야 프랑스 정부의 통계로도 실업자가 계속 늘고 있으니—경제 활동 인구 여덟 사람 가운데 한 사람이 실업자다—, 걸인이 느는 것은 당연한 일인지도 모른다. 파리에는 풍요의 느낌이 없다, 적어도 서울에 견주면 말이다. 쇠락하고 있는 것 같은 이 도시에선 정말 세기말의 냄새가 난다.

정태하 씨는 술이 들어가더니 그날따라 자꾸 서울 얘기를 꺼냈다.

"서울은 많이 변했겠지?"

서울은 그의 고향이다. 그는 서울 한복판 가회동에서 태어나 초등학교에서 대학교까지를 종로구에서 다녔다.

"정말 많이 변했죠. 정 선배가 파리로 오신 게 79년이니까 벌써 17년 전 아녜요? 상전벽해라고밖에는 말할 수 없어요. 아마 지난 4년 동안에도 많이 변했을 거예요. 종로 쪽이야 변두리에 비해서 크게 변했다고는 할 수 없지만 서울 전체로 보면 완전히 새로운 도시라고 말해도 될 거예요. 어떻게 보면 과거가 없는 도시라고도 할 수 있죠, 파리와는 달리. 누구한테 들은 것 같은데 파리는 19세기 그대루래며요."

그렇다, 이 도시는 이미 19세기에 완성된 도시다. 우리가 지금 보는 파리는 19세기의 파리다. 파리의 지리와 풍경에 익숙한 사람이라면, 파리를 배경으로 한 19세기 또는 그 이전의 소설이나 그 당시의 지지地誌를 들추며 그것들이 한 세기도 훨씬 전에 쓰인 것이라는 사실을 좀체로 실감하기 어려울 것이다. 이 도시는 한 세기 이상 변하지 않았다.

"그러니까 좋게 변한 건 아니군. 개발한다는 명목으로 역사의 흔적을 다 없애버린 거 아냐."

"꼭 그렇다고는 할 수 없어요, 제 생각엔. 물론 유럽의 도시들과는 다르죠. 역사라는 게 느껴지지 않는다는 점에서요. 그리고 브라질이나 호주의 어떤 도시들처럼 세심한 도시 계획에 의해서 만들어진 도시도 아니구요. 분명히 어설프다는 느낌은 있어요. 그렇지만 그게 꼭 좋지 않은 건지는 잘 모르겠어요."

"왜 그렇지?"

"전 개발론자는 아니지만, 어려서 보았던 서울의 가난한 풍경에 무슨 향수 같은 건 없어요. 과거라는 건 대개 미화되기 마련이어서 옛날이 좋았다고 말하는 사람도 많지만, 저는 안 그래요. 비만 오면 장화가 없인 살 수 없었던 도시, 천변에 판잣집들이 게딱지처럼 늘어서 있었던 도시가 사실 서울이잖아요. 정 선배한테 차마 드릴 말씀이 아니긴 하지만, 전 때때로 박정희 시대라는 게 전적으로 부정되어야만 할 시대인가 하는 생각까지 들어요."

박정희와 맞서 싸우다 30대 초에 국제 미아가 되어버린 뒤 50줄에 이르도록 고향에 돌아가지 못하고 있는 사람 앞에서 박정희 시대라는 걸 긍정적 맥락에서 거론하는 것은 일견 잔인한 짓일 것이다. 그러나 내겐 박정희와 박정희 시대라는 게 전혀 별개의 것이었다. 박정희는 박정희고 박정희 시대는 박정희 시대인 것이다. 박정희가 박정희 시대를 전유專有하고 있는 것은 아니다. 김지하의 시와 옥중 투쟁도, 정태하 씨의 반체제 운동도 박정희 시대의 한 얼굴인 것이다. 박정희 시대를 전적으로 부정할 수만은 없다는 내 말은 부분적으로는 김지하의 시를 한국 문학사에서, 그리고 한국 사회정치사에서 지워버릴 수 없다는 뜻이기도 했다.

박정희 시대라고 말해놓고 보니 묘한 감회가 생겼다. 박정희가 죽었을 때 나는 대학교 3학년이었다. 이념적으로 무색무취했던 터여서 내게 그에 대한 커다란 증오가 있었던 것은 아니지만, 그의 죽음이 일순 마음을 후련하게 했던 것은 사실이다. 해묵은 체증이 내려간 것처럼. 그의 시대는 나같이 평범한 주변인의 마음에까지도 뭔가 무거움을 얹어놓고 있었던 것이다. 내가 태어난 것은 이승만 시대였지만, 나는 박정희가 죽고 나서 최규하가 대통령직을 승계할 때까지 대통령이라는 직함 앞에 박정희 이외의 이름이 놓이는 것을 들어본 적이 없었다. 내 세대의 사람들 모두에게 그랬겠지만 박정희라는 고유명사와 대통령이라는 보통명사는 동의어였다. 80년대 초 성장기에 진입한 프랑스인들에게 미테랑이라는 이름과 대통령이라는 말이 동의어였듯이 말이다. 최규하 대통령, 최 대통령이라는 말이 처음엔 얼마나 어색하게 들렸던지. 대통령은 박정희이어야만 했고, 박 대통령이어야만 했다. 그 박정희가 이제는 역사가 되어버렸다.

"결국 개발론자구먼, 뭐. 결과적으로 서울의 외양이 변했으니까 다 잘된 거라는 거 아냐. 그 개발의 과정에서 다친 사람들 생각을 해야지. 새 아파트가 들어서기 전에 이미 갈 곳 없는 철거민이 생겼을 거구, 그 아파트에 정작 입주한 사람은 그런 철거민이 아니었을 것 아냐. 철거민만이 아니지. 근대화라는 걸 한다구 박정희가 없는 사람들에게 얼마나 못할 짓을 했어? 농촌은 피폐해졌고, 농민 다수가 도시 변두리로 흘러들어와 저임금 노동자가 됐고, 잔업 철야에 시달리는 그 저임금 노동자들에게는 노조를 만들 권리도 없구. 지금 한국 경제가 외형적으로 그럴싸하게 보인다고 해도 그건 결국 그 사람들의 피를 빨아먹으며 그리된 거 아냐? 그런데도 한 형 생각엔 박정희한테도 사줄 만한 점이 있다, 이거지?”

　“반드시 그런 뜻은 아니에요, 정 선배. 전 생래적으로 군인 정치가들은 찜찜해요. 이쪽 사람들이 숭배하는 드골 같은 사람들까지 포함해서요. 그치들은 대개 애국심을 독점하려는 경향이 있죠. 더구나 박정희를 드골에 비교할 수야 없죠. 무슨 애국심이구 개인적 이력이구 역사 의식이구를 떠나서 박정희가 정적을 박해했던 방식은 피에 주린 음모가 이상이 아니었으니까요. 그렇지만 정 선배도 말씀하셨듯이 박정희 시대라는 게 박정희 혼자서 만든 시대는 아니잖아요. 그러니까 경제개발이라는 것도 결국 노동자들을 포함해서 한국인 모두가 집단적으로 이뤄낸 성과라고 생각하면, 그게 또 사실이기도 하고요, 그렇게 생각하면 거기에 대해 크게 거부감을 가질 건 없을 것 같아요. 박정희 시대라고 제가 말씀드린 게 잘못된 것 같은데, 그냥 그건 편의상 그렇게 부른 거지, 그게 박정희가 만든 시대라는 뜻은 아니었어요.”

"그건 궤변이야, 한 형. 사람들이 한국의 경제개발이라는 것에 대해 부정적인 건 그걸 박정희가 이뤄서가 아니라구, 그게 낳은 부작용 때문이지. 단지 박정희가 미워서 박정희와 조금이라도 관련된 모든 것을 부정하려는 건 아니란 말이야. 박정희가 그 쿠데타 방식으로 내세운, 하면 된다는 그 성장 제일주의가 지금에 와서는 백화점과 다리를 무너뜨리고 사회 전체를 부패의 늪으로 빠뜨린 것 아니냔 말이지. 그러니까 박정희의 가장 큰 잘못은 한국 사회를 윤리적 불감증 상태로 몰아넣은 데 있는 것 아닐까?"

"분명히 부작용은 있었죠. 그걸 부정하는 사람은 아무도 없을 거예요. 60년대 이래 한국 경제의 확장 속도는 자본주의 역사에서 그 유례를 찾을 수 없는 것이었다니까 거기에 따른 부작용이 없을 수는 없었겠죠. 농촌은 피폐해졌고, 공동체적 유대는 옅어졌고, 관료 조직을 포함해서 사회 전체에 부패가 일상화됐고, 사람들은 더 그악스러워졌겠죠. 그렇지만 한편으로 보면, 부패는 조금 다른 얘기지만, 도시화와 개인주의의 확산이라는 건 피할 수 없는 추세가 아닌가요? 이걸 패배주의라고 할 수 있을지는 몰라도 말예요."

"그게 패배주의라면 차라리 낫겠어, 한 형. 그렇지만 한 형의 그런 말투에선 패배자의 자괴감이 아니라 승리자의 폭력이, 힘의 논리가 느껴진다구. 무슨 말이냐 하면 도시화와 개인주의의 확산이 피할 수 없는 추세라고 한 형이 말할 때, 거기선 이게 대세다, 이 흐름을 거스르는 자는 파멸이다, 하는 협박 같은 게 느껴진다구. 사회주의 체제의 파산 앞에서 맘에도 없이 잠시 당혹스러운 표정을 지었다가 이내 정색을 하고는 자본주의 만세, 시장 만세를 부르는 주류 이데올로그들이나 회심한 좌파의 협박 같은 거 말이야."

"제 변명을 하자면 그 시기에 대해서, 우리가 그걸 박정희 시대라고 부르든 또 뭐라고 부르든 말이죠, 그 시기에 대해서 제가 지니고 있는 이미지도 그리 좋지는 않아요. 아니, 사실은 끔찍하죠. 그래요, 저임금, 철야, 잔업, 전태일의 분신, 일본인들의 기생 관광, 재개발이라는 이름의 철거, 남산의 중앙정보부, 빙고 호텔의 물고문·전기고문, 영화 상영 전의 애국가, 대한 뉴스, 국기에 대한 맹세, 박정희의 이름과 함께 소문으로 떠돌던 모모 탤런트들의 이름, 민방위 훈련, 학원 간첩단 소동, 남침 위협, 그래요, 전 중학교 때까지도 이따금씩 전쟁이 터지는 꿈을 꾸곤 했어요, 북쪽 사람들의 전면 남침으로 불바다가 된 서울의 꿈을요. 그것만이 아니죠, 야간 통금, 장발 단속, 치마 단속, 금지곡, 군사훈련 그저 죄다 그런 것들이에요. 사실 그런 것들을 빼놓고는 저도 박정희 시대를 되돌아볼 수 없어요. 그렇지만……."

"그렇지만."

나는 좀 망설이다가 결국 말을 이었다.

"위험한 생각일지는 모르지만, 그리고 결과론에 불과하지만, 박정희 시대의 한국이 피노체트 시대의 칠레보다는 더 낫지 않았느냐는 거죠."

나는 지금 너무 막 나가는 게 아닐까?

"경제개발 때문에?"

"아니라고는 말씀 못 드리겠어요. 사람들이 정말 가난할 때, 그러니까 거기서 무슨 값싼 낭만을 느낄 정도의 그만그만한 가난이 아니라, 잠자리와 끼니에 대한 걱정을 늘상 해야만 할 때 말예요, 그때도 과연 사람들 사이의 유대라는 게 가능할까요?"

"나는 가능하다고 생각하는데. 사람들은 단지 가난하다고 불평을 하는 게 아니라 남들보다 가난하다고, 그러니까 불평등하다고 불평을 하는 거라구. 예전에는, 한국이 지금보다 훨씬 더 가난했던 예전에는, 콩 한 쪽이라도 서로 나눠 먹는 인정이라는 게 있었다구. 그런 인간의 심성을 파괴해버린 거야, 박정희는. 경제개발이라는 이름으로. 인간의 인간다운 점을 말이야."

"글쎄, 저도 아까 말씀드렸듯이 사람들이 더 그악스러워졌을지도 모른다고는 생각해요. 그렇지만 가난 속에서 인간의 존엄이라는 게 유지될 수 있을까요? 그 가난이라는 게 진짜 가난이라면 말이에요. 되풀이되는 얘기지만 그런 적빈 속에서는 사람들이 오히려 더 이기적이 될 수도 있지 않을까요? 광에서 인심 난다는 말도 있잖아요?"

"그러니까 아무튼 한 형은 개발론자인 거 아냐. 처음부터 자백을 하지, 왜 굳이 아니라구 하누? 그 개발 때문에 한 형 말대로 서울은 역사가 없는 도시가 돼버렸고, 자연은 파괴됐고, 공해 물질이 국토 전체를 뒤덮어버린 거 아냐? 하면 된다는 그런 생각 때문에. 해서 될 것과 해서는 안 될 것을 미리 생각해보지도 않고 그저 하면 된다는 생각만 앞섰던 거지."

"환경 문제에 대해서는 뭐라고 말씀을 못 드리겠어요. 확실히 환경은 오염되고 있고, 그것이 자연에 대한 인간의 이기주의, 그리고 다음에 올 세대들에 대한 지금 세대의 이기주의와 무관하지는 않다고 생각해요. 그렇지만 전 근본적 환경주의자라고 하는 사람들에게도 별로 믿음이 안 가요. 그 사람들은 전통 사회의 공동체를 그리워하지만, 제가 그런 전통 사회에서 이끌어내는 이미지는 질병, 기아, 자연재해, 노예 노동, 엄격한 신분 질서, 더러움, 억압된 욕망 그런 것들이거든요. 그리고 저는 과연 근대화된 사회의 인간이 전근대적 사회의 인간보다 반드시 더 이기적인지에 대해서도 자신이 없어요."

"한 형의 서울은 아름다운 서울이군."

정태하 씨가 한숨을 쉬며 말했다.

"꼭 그렇지는 않아요, 정 선배. 그렇다면 제가 왜 파리로 도망 나왔겠어요? 서울이 가난하지 않은 도시인 건 확실하지만 자유로운 도시도 아니거든요. 가난하고서는 인간의 존엄이 유지될 수 없지만, 다른 편으론 물질적 여유만 가지고 그 존엄이 획득되는 것도 아니잖아요. 제멋대로 할 수 있는 분위기가 있어야죠. 그래요, 풍요의 느낌은 서울이 파리보다 훨씬 더 있어요. 파리의 이 촌녀석들을 서울 잠실의 롯데월드라는 데 갖다놓으면 눈이 휘둥그레질 거예요. 그렇지만 서울의 공기는 억압적인 공기예요. 요샌 길거리에 담배 꽁초도 못 버리게 한다잖아요. 전 싱가포르 같은 도시는 딱 질색이에요. 파리에 막 와서 지저분한 길거리와 신호등을 무시하는 보행자들을 보고 마음이 후련했어요."

그는 잠시 말이 없었다. 그 침묵을 프란시스코 타레가의 〈알람브라 궁전의 추억〉이 채우고 있었다. 나는 알람브라 궁전을 생각했다. 지난해 5월에 하스나와 함께 찾았던 그 아름다운 궁을. 그 궁전 안에 하스나가 있었다. 하스나를 바라보는 나도 있었다. 나도 하스나도 알람브라 궁전이 처음이었다. 우리는 본궁의 아라베스크 문양에 한동안 넋을 빼앗긴 뒤, 헤네랄리페 별궁 앞의 정원을 팔짱을 끼고 걸었다. 그 5월의 꽃들과 나무들과 샘들 사이를. 그때 하스나는 알카사바 성에서 그라나다 시가를 내려다보며 말했다. "600년 전엔 저 거리를 아랍 사람들이 걸었다는 걸 상상할 수 있겠어? 나는 양탄자와 마법의 램프를 지닌 사람들이 말이야." 하스나의 그 말에는 아랍 사람으로서의 자부심과 아쉬움이 배어 있었다. 8세기 이래 이베리아반도에 지구 위의 가장 찬란한 문명을 건설했던 모로인의 자부심과 15세기 말 지구 위의 가장 아름다운 궁전을 버리고 유럽 바깥으로 쫓겨날 수밖에 없었던 모로인의 아쉬움이.

알람브라 궁전의 빼어난 아름다움이야 말할 나위 없는 것이었지만, 그라나다라는 도시 전체가 아름답기도 했다. 그리고 그 도시는 무엇보다도 이국적이었다. 유럽풍의 도시가 아니었다는 뜻이다. 알람브라 궁에서 내려다보는 그라나다는 중세 아랍의 도시였다. 천일야화 속의 도시. 알라딘과 신밧드가 걸었던 도시. 하스나의 말마따나 나는 양탄자와 마법의 램프가 사고 팔렸던 시장의 도시. 사랑과 미움과 탐욕과 술수와 보은과 지혜와 야심과 기적이 배회하는 인간 시장. 그 나는 양탄자와 마법의 램프만 있다면 당장에라도 다시 알람브라로 가볼 수 있으련만. 하스나와 함께. 그리고 정태하 씨가 원한다면 그도 함께. 순식간에 날아가 알람브라 옆에 더 웅장하고 아름다운 궁전을 지을 수도 있으련만.

실제로 알람브라에 다녀온 얼마 뒤 하스나와 나는 몽트뢰유의 벼룩시장엘 가서 낡은 램프와 양탄자를 샀다. 그것이 나는 양탄자와 마법의 램프라도 되는 듯이. 내 거실의 테이블 위에 놓인 그 램프는 이따금씩 하스나와 나 둘만의 오붓한 술자리를 밝히고, 거실 바닥에 놓인 그 양탄자는 침실이 너무 멀 만큼 다급할 때 하스나와 나의 벗은 육체를 떠받친다.

몽트뢰유도 그라나다가 이국적이라는 의미에서 이국적이

다. 즉 아랍적이다. 그러나 몽트뢰유는 그라나다처럼 단순히 건물들의 분위기가 아랍적인 것이 아니라 실제로 악센트 강한 프랑스어를 쓰는 아랍 사람들로 바글거린다. 하긴 파리 주변에야 어디고 아랍 사람들이 많기는 하지만. 상인들과 고객들이 내지르는 프랑스어의 억센 아랍어 악센트 때문에, 몽트뢰유 벼룩시장은 파리 교외의 시장이 아니라 마치 중세 바그다드의 시장 같다. 즉 천일야화 속의 시장이다. 그러니 하스나와 내가 산 그 양탄자가 나는 양탄자이고 그 램프가 마법의 램프라고 믿어도 되지 않을까?

생각해보면 시장은 어디나 비슷하다. 그것이 이야기 속의 시장이든 현실 속의 시장이든. 그것이 아랍의 시장이든, 유럽의 시장이든, 서울의 시장이든. 시장에서는 자유와 생명의 냄새가 난다.

실제로 내 유년기의 조각난 기억들 가운데 가장 반짝거리는 부분은 시장에 대한 기억이다. 어머니를 따라 시장에만 가면 왠지 신바람이 나곤 했다. 그곳엔 세상의 온갖 보화들이 모여 있었다. 그곳의 시끌벅적함은 풍요고 자유고 활기였다. 바라보는 것 자체가 황홀이었다. 내게 서울의 기억은, 그러니까 시장의 기억이다. 그 기억은 또 흔히 내 침샘을 자극한다. 신촌 시장의 해장국이나 남대문 시장의 떡볶이 같은 것에 대한 기억이 그렇다. 늘상 허기져 자란 탓인지도 모른다. 나는 양탄자가 있다면 그라나다를 들러 서울의 신촌 시장과 남대문 시장엘 들를 수 있을지도 모른다. 떡볶이와 튀김을 먹을 수 있을지도 모른다. 나의 하스나와 함께. 그리고 정태하 씨가 원한다면 그도 함께.

"서울이 그리워."
정태하 씨가 침묵을 깼다. 알람브라 궁전의 추억이 끝났다.
"그라나다엘 들렀다 가는 거죠, 나는 양탄자를 타고 말이에요?"
나는 얼결에 그렇게 말했으나 정태하 씨의 표정이 여전히 진지했으므로, 즉시 내 몽상의 창을 닫고 현실로 돌아올 수밖에 없었다. 그랬다. 그는 서울이 그리웠던 것이다. 언제고 서울이 그립지 않았던 때는 없었겠지만 오늘따라 더 서울이 그리웠던 것이다. 그래서 자꾸 서울에 대해서 마땅치 않은 말을 하고 있었던 것이다. 그러나 그는 서울엘 갈 수 없다. 그가 여권 대신 지니고 있는 여행증명서 행선지 난에는 '한국을 제외한 모든 나라'라는 문구가 선명히 박혀 있는 것이다. 아니, 들어가려면 들어갈 수 있을지도 모른다. 그리고 지금의 정치적 분위기로 보아서 그가 귀국한다고 해서 큰 고초를 겪거나 하지는 않을지도 모른다. 그의 책이 베스트셀러가 되고 그의 글이 여기저기 나돌아다니는 곳이 서울이니 말이다. 그러나 그가 일단 서울로 들어가면 그의 망명자 지위는 박탈된다. 그러면 그는 17년의 세월을 건너뛰어 서울에서 새롭게 살아야 하는데, 그게 그리 쉬운 일은 아닐 것이다.

나는 그때 문득 그의 책이 서울에서 베스트셀러가 된 이후 그의 표정이 오히려 전보다 더 어두워졌다는 것을 기억해냈다. 사실 그 책의 출간은 그 자신의 삶에 커다란 의미가 있는 사건이었다. 그는 그 책에다 망명 생활의 설움과 외로움을 토해냈고, 그것은 그에게 일종의 카타르시스가 됐을 것이다. 책이 출간된 뒤 그는 수백 명의 독자들로부터 편지를 받았고, 그의 책을 읽었든 그렇지 않든 서울의 웬만한 사람들은 이제 그의 이름을 알고 있다. 그가 나온 대학의 학보사는 지난해에 재학생들을 대상으로 동문들 가운데 가장 만나고 싶은 사람을 묻는 앙케트를 실시했는데, 그는 서울의 숱한 명망가들을 제치고 4위에 기록되었다. 무엇보다도 그는 그 책을 통해서 오랜 가난의 주름을 조금은 폈다. 그런데도 그의 얼굴은 환해지지 않았다. 나와 함께하는 술자리에서 그의 말수는 점점 줄어들었고, 내 고질적인 시니시즘을, 나에 대한 그의 불만의 가장 큰 이유였던 그 시니시즘을, 예전처럼 그리 책망하지도 않았다. 이따금은 나의 시니시즘에 동의해 주기까지 했다.

나는 그것을 이념의 푯대가 부러져버린 시대에 대한 그의 실망 때문이라고 생각했었다. 또는 쉰을 넘겨버린 나이에 대한 아쉬움 때문이라고 생각했었다. 내 그런 생각이 완전히 틀렸던 것은 아니다. 그러나 그가 내게 서울이 그립다고 얘기했을 때에야, 미욱한 나는 책 출간 이후에 그의 얼굴이 더 어두워진 진짜 이유를 알 수 있었다. 그 근본적 이유가 말세가 돼버린 세상에 있든 천명을 알아버린 그의 나이에 있든, 그는 서울이 그리웠던 것이다. 서울엘 가고 싶었던 것이다.

　책이 출간되기 전에는 그는 서울에 돌아간다는 것을 아예 꿈도 꾸지 못했을 것이다. 그러니 그 욕망은 마음속 가장 깊은 곳에 꼭꼭 눌러 담겨 밖으로 튀어나올 엄두를 못 냈을 것이다. 서울 사람들과의 연락이 아예 두절된 터였으므로, 서울의 서울 사람들만이 아니라 파리의 서울 사람들과도 아예 연락이 두절된 터였으므로, 서울로 돌아가고 싶다는 욕망이 깨어날 여지도 적었을 것이다. 그러나 그 책의 출간은 모든 것을 바꾸어놓아버린 것이다. 그는 많은 서울 사람들과 접촉하고 있지만, 그래서 서울로 돌아가고 싶다는 욕망은 활짝 피어났지만, 그는 법적으로 여전히 망명자이고, 여전히 서울에 돌아갈 수가 없는 것이다.

　"한 형, 나 말이야…… 귀화하면 안 될까?"

　나는 그를 바라보았고, 그의 표정에서 그가 그 말을 얼마나 어렵게 뗐는지를, 그 말을 꺼내는 것이 그에게 얼마나 큰 고통이었는지를 즉각 읽어낼 수 있었다. 사실 귀화는 그와 가족이 서울을 방문할 수 있는 유일한 방법이기도 하다. 이런 어려운 질문에는 쉽고 단호하게 대답하지 않으면 안 된다. 내 침묵은, 그게 잠깐의 침묵일지라도, 그에게 상처를 줄 것이다.

"왜 안 되겠어요? 정 선배가 귀화한다고 정 선배한테 뭐랄 수 있는 자격을 지닌 사람은 세상에 아무도 없어요. 정 선배의 세월을 아무도 겪어보지 못했으니까 말예요. 게다가 아이들은 어차피 불란서 사람으로 살아야 할 텐데요, 뭐."

사실이 그렇다. 그에게는 딸이 둘 있다. 정태하 씨가 북역에서 쾰른으로 보낸 민선이와 파리 4대학에서 고전문학을 공부하고 있는 현선이라는 아이다. 그 아이들이 태어난 곳은 서울이지만 서울에 대한 기억은 두 아이 모두에게 거의 없다. 정태하 씨의 부인이 그 아이들을 극성스레 한글 학교에 보낸 덕에 한국어를 그럭저럭 읽을 수는 있다고 하지만, 그 아이들이 서울로 돌아가 한국인으로 살 수는 없을 것이다. 여기서 외국인인 그 아이들은 한국으로 돌아가서도 역시 외국인일 것이다. 그리고 한국어가 그리도 서툰 그 아이들에게 외국인이라는 느낌은 여기보다 서울에서 훨씬 더 클 것이다. 정태하 씨의 부인도 그렇다. 생활력이 강한 그녀는 서울에서 사건이 터지고 가족의 망명이 결정된 뒤로 지금까지 줄곧 파리에서 직장 생활을 해오며 살림의 큰 부분을 떠맡아왔다. 그녀가 맺어온 교우의 망은 파리에 있지, 서울에 있는 것이 아니다.

그것이 정태하 씨와 그의 가족 사이의 다른 점이다. 말하자면 그의 아이들은 국적이 한국으로 돼 있을지라도 정서적으론 이미 프랑스인이 돼버린 상태고, 그의 아내 역시 반쯤은 프랑스인이 돼 있는 상태지만, 정태하 씨 자신은 아직까지 순수한 한국인으로 남아 있는 것이다. 아마도 거기에는, 정태하 씨가 아이들처럼 파리에서 교육을 받은 것도 아니고, 아내처럼 상근 직장엘 줄곧 나간 것도 아니라는 점이 크게 작용했을 것이다. 그러나 그런 것을 고려하더라도 정태하 씨는 17년 이상 외국에서 산 사람치고는 너무나 한국인이다. 가족들이 육체는 한국인이되 정신은 프랑스화되었다면, 정태하 씨 자신은 육체고 정신이고 고스란히 한국인으로 남아 있다.

나는 이따금씩 가벼운 농담으로 그에게 친불주의자의 딱지를 붙이기도 하고, 그 역시 자신과 가족을 받아들인 프랑스 사회의 긍정적 측면에 대해 거리낌없이 얘기하는 편이지만, 그는 근본적으로 프랑스 사람이 될 수 없는 한국인이었다. 그는 이식해서는 잘 재배가 안 되는 재래종 식물이었던 것이다. 그러나 그렇다고 하더라도 그 역시 한국으로 돌아가 살기는 힘들 터였다. 그는 17년 동안 서울을 비웠고, 그러므로 서울에 대한 그의 기억은 17년 전에 멈춰 있다. 그가 한국으로 돌아가 그 세월을 따라잡을 수 있을까? 그는 이미 서른세 살의 그가 아닌데 말이다. 그리고 서울의 그 17년이란 얼마나 현기증 나는 17년인가? 결국 그도, 그의 가족들과 마찬가지로, 프랑스에서 살아야 할 운명이다. 그렇다면 그가 서울을 방문할 수 있는 방법은 귀화밖에 없다. 그것은 명확한 논리적 귀결이다.

그러나 그는 그 말을 내게 꺼내기 전에 얼마나 망설였을까? 그 말을 꺼내기 위해서 그에게는 술이 필요했던 것이다. 평소의 그가 잘 감당하지 못하는 술이. 그게 얼마나 꺼내기 힘든 말이었는지를 알아챈 내가 얼른 그리 대답은 했으나, 그리고 나 역시 그가 여생을 추방된 한국인으로 살기보다는 귀화한 프랑스인으로 살며 서울을 오가기를 진심으로 바라고 있으나, 내 마음 한구석엔 뭔가 착잡한 것이 내려앉았다. 상징이라는 것이 늘 현실을 감당하지 못하는 법이기는 하지만, 아무튼 그는 박정희 시절 이래 유럽으로 건너온 한국인 망명자들 가운데서 아직까지 한국 국적을 지니고 있는 유일한 사람이니 말이다. 그렇지만 꼭 그 이유에서만은 아니었다. 사실 그건 아무래도 좋았다. 그것보다는, 프랑스인으로서 정태하 씨의 삶이 그리 행복할 것 같지가 않았다.

이것은 내가 애국자여서, 그러니까 한국이라는 나라에 대해 유별난 애정이 있어서 든 생각은 아니다. 사실 나는 어설픈 개인주의라는 걸, 덜 익은 세계시민주의라는 걸 신봉하는 몽상가다. 그리고 나는 내가 태어나고 자란 도시에 대해, 나라에 대해 별다른 애정도 없다. 그리고 아내에게, 그러니까 이전 아내에게 말했듯, 아마 내 삶을 외국 어디에선가 마치게 될 것이다. 그렇지만 난 한국 국적을 포기할 생각은 추호도 없다. 아니, 한국 국적을 쉽게 포기할 수 있다면 포기하겠다. 그렇지만 그 이후에 다른 나라의 국적을 얻을 생각은 전혀 없다. 다시 한 번, 그것은 내가 애국자여서가 아니다. 단지 그 절차가 부담스럽기 때문이다.

귀화는 적극적인 국적 취득 행위다. 그것은 출생과는 아주 다른 것이다. 세상에 막 태어나며 자신의 의사와 상관없이 국적을 부여받는 것과는 달리, 성인이 되어서 자기 의사에 따라 어느 나라의 국적을 획득한다는 것은 그 나라에 대한 충성의 선서를 전제한다. 내 막연한 짐작으로는 실제로 귀화 과정에 그런 선서식 같은 것도 있을 수 있을 것이다. 어느 나라든 귀화자에게는 토착인에게보다 더 큰 충성심을 요구하는 법이니까.

나라면 그것을 결코 견딜 수 없을 것 같다. 내가 태어나고 자란 나라에 대해서도 충성을 다짐해본 적이 없는 내가 또다른 나라에 대해 충성을 맹세한다면 얼마나 우스운 일이겠는가? 어린 시절 국기에 대한 맹세라는 걸 외며, 오후 다섯시의 국기 하강식 때 울려 퍼지는 애국가 앞에서 몸을 정지시키며, 나는 얼마나 굴욕감을 느꼈던가? 나는 어떤 집단에 대해서도 충성을 맹세할 수 없을 것이다.

더구나 정태하 씨는 나 같은 세계시민주의적 몽상가가 아니다. 그의 기나긴 망명생활의 원인이 된 조직은 통일운동을 위한 비밀 결사였다. 그가 그 조직에 가담했다는 것은 나와 달리 그에겐 명백한 조국이 있고, 그 조국은 말할 나위 없이 남과 북을 아우른 한국이라는 것을 뜻한다. 정태하 씨가 지금까지 귀화를 하지 않고 버틴 것은 그가 자기 삶의 그런 무게를 느꼈기 때문일 것이다. 그런데 그가 과연 가벼운 마음으로 한국이 아닌 다른 나라에 충성을 선서할 수 있을까? 더구나 공식적 방법으로 말이다. 그것은 그에게 또다른 상처가 되지 않을까?

때도 그리 좋지 않았다. 지금의 프랑스는 예전의 프랑스가 아니다. 1930년대 이래 인종주의가 최악의 기승을 부리는 사회인 것이다. 그 인종주의는 르펜이라는 자가 이끄는 극우 정당 국민전선만의 것이 아니다. 국민전선의 지지자든 아니든 반수에 가까운 토박이 프랑스인들이 적극적 또는 소극적 인종주의를 고백하고 있다. 침체된 경제 사정이 큰 원인이기는 하겠지만 외국인들의 체류 조건이 점점 더 까다로워지고, 불법 체류자들을 본국으로 송환하기 위한 전세 비행기가 쉴 새 없이 뜨는 나라가 프랑스다.

그 인종주의는 또 단순한 정치적·문화적 차원의 외국인 혐오가 아니라 생물적 차원의 인종주의다. 예컨대 두 차례의 세계 대전을 통해서 20세기 내내 프랑스인들이 품고 있던 독일인 혐오가 대상에 대한 존중과 두려움을 동반한 단순한 외국인 혐오였다면, 지금 프랑스에 만연하고 있는 것은 '인종은 평등하지 않다'는 유사 나치즘 교의에 기초한 진짜 인종주의인 것이다. 즉 국적이 문제가 아닌 것이다. 그러니 그 인종주의가 겨냥하고 있는 것은 국적 여부를 떠나서 백인 이외의 사람들이다. 프랑스에 살고 있는 외국 국적의 사람들 이상으로 귀화한 비非유럽계 프랑스인들이 그 인종주의의 먹이가 되고 있다는 것을 많은 여론조사 결과가 보여주고 있었다. 정태하 씨가 귀화를 한다고 해도 그가 백인이 아닌 이상 진짜 프랑스인이 될 수는 없을 것이다. 그는 단지 하나의 변경에서 또 하나의 변경으로 자리를 옮기는 것인데 그 자리 옮김을 그가 후회하게 되는 건 아닐까?

나는 그 전날 파리 시내의 레퓌블리크 광장에서 시작해 강베타 광장에까지 이어진 시위에 하스나와 함께 참가했었다. 최근에 파리 제20구에 어렵사리 설립 허가가 난 이슬람 사원을 두고 국민전선이 며칠 전부터 대대적인 반대 시위를 조직한 터여서 이에 맞서 일단의 이슬람 교도들과 인권운동 단체들이 역시위를 조직한 것이다. 세상만사에 시큰둥한 나는 그저 하스나에 이끌려 그 시위에 참가했을 뿐인데, 시위가 끝난 뒤 몇몇 아랍계 프랑스인 친구들과 밤늦도록 가진 술자리에서도 외국계 프랑스인이 이 사회에서 맞닥뜨리는 어려움에 대한 얘기들이 나왔었다.

그러나 사려를 가장한 내 이런 생각들은 한편으로 얼마나 사려 없는 망상인가? 결국 나는 진정으로 정태하 씨를 이해하지는 못하고 있는 것이다. 적어도 그의 처지를 내 처지로 완전히 바꿔서 생각해볼 수 있을 만큼 사려가 있는 것은 아닌 셈이다. 내게 그런 사려가 있었다면, 내가 달콤한 환상에 젖어 찾은 파리가 지난 17년 동안 그에겐 감옥과 다름없었다는 걸 실감할 만큼 사려가 있었다면, 마땅히 그가 얘기하기 전에, 한 해 전이든 두 해 전이든, 내 쪽에서 먼저 그에게 귀화를 권했어야 했을 것이다. 도대체 귀화란 게 뭐란 말인가? 종이 쪽지 몇 장 만드는 일에 불과한 일 아닌가?

"아니야, 한 형, 내가 술 탓에 괜한 소릴 한 모양이군. 귀화는 무슨 귀화야, 지금처럼 살면 되지. 아이들이야 이젠 저희들 뜻에 맡겨야겠지만 나랑 여편네랑은 이대로 살 거야."

정태하 씨가 쓸쓸하게 말했다. 그의 눈이 젖어 있었고, 그 젖은 눈이 내 입을 막았다.

짧은 겨울 해가 어느새 뉘였거렸다. 우리는 밖으로 나와 센 강을 향해 걸었다. 바람이 차가웠다. 센 강에 거의 이르렀을 때 내가 옆의 행인을 향해 소리를 버럭 질렀다.

"저게 센이죠, 그렇지 않은가요?"

"물론이죠."

그 역시 호기롭게 대답했다.

"우리 강 건너서 한잔 더 하지."

시테 섬을 걸으며 정태하 씨가 말했다.

"좋죠, 뭐 밤새 마십시다."

내가 기꺼이 악을 써서 받았고, 정태하 씨가 더 큰 목소리로 맞받았다.

"하스나 좀 나오라구 해, 얼굴 본 지 오래됐어!"

생 미셸 다리를 건너 카페 데파르 생 미셸에 자리를 잡은 뒤 나는 집으로 전화를 걸었다. 신호음이 다섯 번 갔을 때, 내 목소리가 들렸다: "봉주르, 주 부 르메르시 드 보트르 아펠. 레세 앵 메사주, 실 부 플레. 안녕하세요, 전화 고맙습니다. 메모를 남겨 주십시오."

10

고요한 밤 거룩한 밤

초인종이 울렸다. 와인 잔을 만지작거리며 자기 가족의 잠버릇에 대해 우스개를 늘어놓던 세원이 일어나 현관으로 갔다. 마주앙 모젤을 더 마시고 싶다며 민우가 배달시킨 생선회가 온 것일 터였다. 바닷고기 없이는 백포도주를 못 마시는 게 민우의 습성이다. 생선회에서 고기수프에 이르기까지 곧바로 먹을 수 있는 음식 대부분을 전화 한 통화로 즉시 배달시킬 수 있는 나라는 아마 한국뿐일 것이다. 프랑스에서라면 고작 피자 정도가 가능할 것이다. 세원과 배달원이 주고받는 말소리에 이어 쿵 소리가 들렸다. 한 귀에도 두 사람 가운데 누군가가 쓰러지는 소리였다. 그와 함께 세원이 새된 목소리로 뭐라고 외쳤다. 민우와 나는 동시에 벌떡 일어나 현관으로 달려갔다. 놀란 아이들도 우리를 따렸다. 생선회 접시가 나동그라져 있었다. 낯선 여자가 현관 신발장 앞에 쓰러져 있었다. 서른 살이 채 안 돼 보였다. 민우는 그녀를 안아 소파에 눕힌 뒤 가정의학과 의사다운 섬세함으로 몸을 이리저리 살폈다. 그러고는 내 동의를 구하듯 말했다.

"그저 일시적으로 의식을 잃은 것 같아. 좀 있으면 깨어날 것 같긴 한데…… 어쩐다…… 아냐, 아무래도 안 되겠어, 제롬. 이런 일은 확실히 하는 게 제일이야. 병원으로 옮기는 게 낫겠어. 나랑 같이 좀 가."

나도 내과 의사다운 신중함으로 민우의 의견에 동의했다. 그러나 민우의 혈관으로 스며들었을 알코올이 마음에 걸렸다.

"운전할 수 있겠어? 난 좀 힘들 것 같은데."

"문제없어. 나도 음주운전하는 자들 다 감옥에 처넣어야 한다는 쪽이지만, 딱 오늘만 예외야. 사정이 사정이니만큼. 게다가 여기 술 안 마신 사람 아무도 없잖아. 병원이 그리 멀지도 않고."

우리는 다른 식구들에게 파티를 계속하라고 당부하고 여자를 민우의 소나타로 옮겼다. 걱정스러운 표정이 된 우리 가족들에게 민우가 짐짓 유쾌하게 외쳤다.

"더 쇼 머스트 고 온. 마벌러스 크리스머스 투 유 올!"

여자의 몸은 나 혼자서도 가뿐히 들 수 있을 만큼 가벼웠다.

"한국 사람이 아닌 것 같아."

운전석에 앉은 민우가 말했다.

"그럼?"

"글쎄, 필리핀 사람이거나 네팔 사람이거나. 그냥 느낌이야. 물론 내 느낌이 틀렸을 수도 있고."

민우 말을 듣고 그녀를 살펴보니 그런 듯도 했다. 한국인 아내와 산 지도 스무 해가 돼간다. 한국인을 중국인이나 일본인과 구별할 수 있는 감각은 아직도 못 익혔지만, 이제 남아시아 사람들과는 얼추 구별할 수 있다. 내가 처음 한국에 왔을 때, 이 나라의 거리에선 일본인들 말고는 아시아 출신 외국인들을 보기 어려웠다. 그러나 이제 어딜 가나 그들을 마주칠 수 있다. 오랜 은둔에서 벗어난 지 한 세기가 지난 지금, 마침내 이 나라 사람들도 이방인들과 사는 법을 배우고 있는 것이다. 이 여자가 필리핀 사람이라면 가톨릭 신자일지도 모른다. 그렇다면 크리스마스가 그녀에게 특별한 뜻을 지닐 것이다. 만약에 네팔 여자라면? 필리핀 여자라 할지라도 이교도라면? 이교도? 이 말도 우습기는 하다. 유대교도들이 말하는 이교도, 곧 장터는 기독교도 아닌가? 유년기 이후 교회에 나가본 적이 거의 없고 이젠 신의 존재마저 거의 믿지 않는 나는 그 이교도에라도 속할까? 이교도든 아니든, 오늘 저녁은 그녀에게 특별했을 것이다. 누구에게든, 예수라는 사람의 탄생이 어떻게 뜻이 없으랴. 그리고 이런 날 이런 일을 당하는 것이 어찌 대수롭지 않은 일이랴. 나는 아까 참에 세원이 불렀던 〈고요한 밤 거룩한 밤〉의 스페인어 가사를 되뇌었다. "노체 데 파스, 노체 데 아모르/ 토도 두에르메 엔 데레도르/ 이 아스타 로스 아스트로스 케 에스파르센 수 루스/ 반 아눈시안도 알 니니토 헤수스/ 브리야 라 에스트레야 데 파스/ 브리야 라 에스트레야 데 아모르."

프란츠 그루버의 이 캐럴은 오스트리아의 수출품 가운데, 아마도 정신분석학과 함께, 역사상 가장 성공적인 것이었을 터이다. 크리스마스를 쇠지 않는 이교도들의 귀에도 이 노랫가락만큼은 익숙할 것이다. 스페인어 가사의 시작은 '평화의 밤, 사랑의 밤'이다. 프랑스어 가사에도, 여러 버전 가운데, '평화의 밤'으로 시작하는 것이 있기는 하다. 그러나 두 번째 소절 '사랑의 밤'은 내게 여전히 설다. 그다음 행의 데레도르와 운을 맞추기 위해 아모르를 골랐을 터이다. 가장 널리 보급된 영어 가사는 요제프 모르의 독일어 원가사를 거의 직역한 것이다. 프랑스어 가사에도 그것과 매우 닮은 버전이 있다. 그러나 나는 세원에게 오늘 처음 배운 스페인어 가사가 더 마음에 들었다. "평화의 밤, 사랑의 밤/ 사위는 모두 잠들어 있네/ 빛을 내뿜는 별들도/ 아기 예수의 탄생을 알리네/ 평화의 별이 빛나네/ 사랑의 별이 빛나네." 아마도 사생아였을 그 아기 예수가 자라 청년이 되었을 때, 그가 세상에 전하고 싶었던 것이 바로 평화와 사랑이었을 것이다. 이교도인 나는 2천여 년 전 오늘 태어난 아이의 얼굴에 콜랭과 미셸의 얼굴을 포갰다. 한나의 얼굴도. 이 여자에게도 아이들이 있을지 모른다. 한국에든 필리핀에든 네팔에든. 나는 까맣게 잊어버린

신에게 어느 틈에 빌고 있었다. 그 아이들 모두에게 이 밤이 평화의 밤이기를. 사랑의 밤이기를. 여기 이 여자에게도. 나와 민우에게도. 외젠과 세원에게도. 지상의 모두에게 그렇기를. 바그다드에서 뉴욕까지, 브레스트에서 전주까지 지상의 모든 도시에, 그리고 물론 시골에, 평화와 사랑이 깃들기를.

"아멘!"

나도 모르게 소리가 미끄러져 나왔다.

"뭘 빌었어?"

운전석의 민우가 물었다.

"아무것도 아냐. 그저 지상의 사랑과 평화를."

나는 내 구질구질한 위선을 들킨 게 무참해 짐짓 심드렁하게 대답했다. 기도를 하는 내가 문득 우스워졌다. 나는, 어려서부터, 신을 믿기에는 너무 이성적이었고 신을 안 믿기에는 너무 유약했다. 그러나 누군가가 설령 무신론자라고 하더라도, 그가 크리스마스에 신에 대해 생각해보거나 더 나아가 신을 아쉬워하는 것 정도는 그분도 언짢아하지 않을 것이다.

크리스마스를 한국에서 보내는 것은 처음이다. 프랑스 바깥에서 지내는 것이 처음은 아니다. 나는 열여덟 살 때의 크리스마스를 그라나다에서 보냈고, 스물일곱 살 때의 크리스마스를 이스탄불에서 보냈으며, 서른다섯 살 때의 크리스마스를 베네치아에서 보냈고, 서른일곱 살 때의 크리스마스를 사라예보에서 보냈다. 사라예보에서 보낸 크리스마스는 참혹했다. 그러나 나나 국경없는의사회 동료들이 거기서 느낀 참혹함을 과장하는 것은 팔다리가 잘려나간 당사자들에 대한 예의가 아닐 것이다. 나는 그해 크리스마스를 전후해 사라예보에서 의사로서의 보람과 무력감을 처음으로, 동시에, 강력하게 느꼈다. 정치인 한 사람이 후벼놓은 상처를 아물리기 위해서는 의사 백 사람도 부족하다는 것을 나는 그 지옥 같은 땅에서 깨달았다. 베르나르 쿠슈네르가 일찍이 정계로 나간 것은, 자신의 정치적 야심도 작용했겠지만, 그런 깨달음의 소산이기도 했을 터이다. 사라예보에서의 크리스마스날, 나는 아기 예수를 생각하지 않았다. 내 주위에 수많은 아기 예수들이 있었으니까. 팔다리가 잘려나간 아기 예수들이 말이다. 국경 없는 의사든 국경 있는 의사든, 그곳에 의사는 턱없이 모자랐다. 내과 의사인 나마저 자주 메스를 들어야 했을 정도였다. 나는 그곳에서, 내 몸 한 구석에 흐르고 있는 세르비아인의 핏줄에 대해 불편함을 느꼈다. 사라예보의 팔다리 잘린 아기 예수들은 그 뒤에도 자주자주 내 꿈속에 나타났고, 그때마다 메스를 든 내 손은 얼어붙었다. 아무튼 그 크리스마스를 포함해 나는 프랑스 바깥에서 몇 차례 크리스마스를 보냈다. 그러나 유럽 바깥에서 크리스마스를 보내는 것은 이번이 처음이고, 그 첫 나라가 한국이 되었다. 이 나라에 내 아이들의 외가가 있다. 지금까지 내가 한국에 몇 번 왔을까? 일곱 번? 아니 이번이 여덟 번째인 것 같다. 여덟 번째라고는 해도 서울을 제대로 둘러보게 된 것은 이번이 처음이다. 나는 한국에 들렀을 때는 김포공항에서, 지금은 물론 국제선 비행기가 인천공항에 내리지만, 거의 언제나 전주로 직행해 그곳에서 머물곤 했다. 처가가 전주에 있는 탓이다. 긴 세월이 흐른 것은 아니지만, 내가 처음 전주에 갔을 때와 비교해도 그 도시는 많이 변했다. 가장 두드러진 것은 야간의 불빛이 늘어났다는 것이다. 그러나 나는 그것이 그리 좋아 보이지 않는다. 그 도시의 활력은 점점 유흥가의 붉은 불빛들에 의존하는 것 같다. 그래도 나는 전체적으로는 그 도시를 좋아한다. 전주는 콩피에뉴를, 잔다르크가 부르고뉴 사람들에게 붙잡혔다는 도시를 닮았다. 외젠도 그렇다고 말한 적이 있다. 외젠과 함께 갔던 콩피에뉴의 중국 레스토랑 이름이 뭐였더라? 홍콩이었던가? 콩피에뉴에도 전주처럼 천이 흐른다. 우아즈 강은 전주천처럼 평화롭고 사랑스럽다. 아, 전주에는 숲이 없다. 콩피에뉴의 그 아름다운 숲이. 아무렴 어떠랴. 콩피에뉴처럼 전주에도, 퇴적된 세월의 정취라고 할 만한 것이 배어 있다.

콜랭이 케익을 일곱 조각으로 잘랐다. 한나가 그것들을 개인 접시에 담아 우리 모두에게 배분했다.
"난 됐어. 아이스크림이 더 좋아."
미셸이 입을 우물거리며 말했다.

"그럼 내가 먹을게."

민우 앞에 접시가 두 개 놓였다. 미셸은 벌써 아이스크림을 세 개째 먹고 있다. 앞의 두 개처럼 세 번째도 바닐라다. 이 아이는 아이스크림이라는 것을 처음 먹어본 때부터, 그게 아마 두 살 반쯤 됐을 때였을 것이다, 오로지 바닐라만 밝혔다. 케익과 아이스크림은 민우네에 오는 길에 아파트 입구의 파리바게트와 배스킨라빈스에서 산 것이다. 미셸이 우겨서 아이스크림의 반은 바닐라로 골랐고, 케익은 콜랭의 뜻대로 초콜릿을 택했다. 민우 말로는 파리바게트가 전국 체인이라고 한다. 이 체인은 파리라는 도시의 유구하고 달콤한 명성을 이용하고 있는 것이지만, 파리도 이 체인 덕분에 한국인들에게 허명을 쌓아가고 있는 셈이다. 구접스러운 상호부조다. 그러고 보니 광화문 언저리에서도 파리바게트를 본 것 같다. 전주에서는 왜 그 가게를 한 번도 보지 못했는지 모르겠다. 파리도 프랑스어고 바게트도 프랑스어지만, 파리바게트라는 말에서는 이국적 풍취가, 다시 말해 프랑스 바깥의 풍취가 느껴진다. 그 풍취의 뿌리는 한국어일 수도 있겠지만, 아마 영어이기 쉬울 것이다. 그래, 파리바게트에서는 영어 냄새가 난다. 마치 프랑스 텔레콤에서 그렇듯. 아카데미 프랑세즈에서 아무리 프랑스 텔레콤이 올바른 프랑스어가 아니라고 우겨도, 프랑스 텔레콤은 여전히 프랑스 텔레콤일 뿐이다. 그것은 지표 위에 점점이 박혀 있는 기간 통신회사들의 표준적인 이름이다. 브리티시 텔레콤이 그렇고 코리아 텔레콤이 그렇듯. 벨가콤이 그렇듯. 영어는, 다른 언어를 몰아내기 전에, 우선 그 언어의 몸을 비틀어놓는다. 영어와 접촉해서 영어를 비틀어놓을 수 있는 언어는 이제 없는 것 같다. 폭력적이든 아니든, 그 접촉과 간섭의 경로를 통해 사람들은 점차 영어에, 그리고 영어를 닮아가는 모국어에 익숙해진다. 이 언어의 강력한 제국주의에 우리 몸은 점점 동화한다. 정말, 모노컬처가 토양을 사막으로 만들듯, 모노링귀즘도 인간의 정신을 사막으로 만들까? 영어제국주의가 가져올 언어 다양성의 퇴조가, 자연 착취가 초래하는 생물 다양성의 퇴조만큼이나 무서운 일일까? 프랑스 문화부의 공식 입장은 그렇다는 것인 듯하다. 오디오에서는 크리스마스 캐럴이 계속 흘러나오고 있다. 다행스럽게도 이것은 영어가 아니라 스페인어다. 세원이 얼마 전에 이 동네의 음반 가게에서 고른 것이라고 한다.

"카르티아 카르데날이라는 가수야. 니카라과 여자지."

세원이 설명한 뒤 젠체하는 표정이 돼 〈고요한 밤 거룩한 밤〉의 가사를 따라 불렀다.

"노체 데 파스, 노체 데 아모르

토도 두에르메 엔 데레도르

이 아스타 로스 아스트로스 케 에스파르센 수 루스

반 아눈시안도 알 니니토 헤수스

브리야 라 에스트레야 데 파스

브리야 라 에스트레야 데 아모르”

세원은 대학에서 스페인 문학을 전공했다.

“전공했다고 말한다면 내가 거짓말쟁이가 되겠지. 문학은
더듬어보지도 못했거든. 〈라만차의 돈키호테〉도 끝까지 읽어보
지 못했어. 말도 그래. 내 이 더듬거리는 영어보다 더 기우뚱대는
게 내 스페인어야.”

세원은 언젠가 제 전공을 얘기하며 이렇게 말한 적이 있다.
그녀의 영어는 사실 그리 미끈하지 못하다. 내 영어라고 해서 그
리 미끈한 것은 아니지만. 나는 그녀가 스페인어로 말하는 것을
들어본 적이 없다. 올라, 헤수스 마리아 이 호세, 무이 비엔, 그라
시아스 따위의 몇몇 외마디 소리를 빼놓고는 말이다. 그녀의 스
페인어가 정말 그녀의 영어보다 더 기우뚱거린다면, 그녀가 대학
에서 배운 스페인어가 보잘것없다고 판결을 내려도 좋을 것이다.
그러나 그녀의 스페인어가 실제로 그렇지는 않을 것이다. 그것은
그저 겸양이겠지. 그녀는 적어도 카르티아 카르데날이 부르는 크
리스마스 캐럴의 스페인어를 잘 이해하고 있다. 그리고 그것이
영어 가사와 어디서 다르고 어디서 같은지를, 그리 미끈하지 못
한 영어로 우리에게 설명해주고 있다. 스페인어를 약간은 아는
나는, 스페인어를 전혀 모르는 다른 사람들처럼, 잠자코 세원의
설명을 듣고 있다. 그렇다고 내가 꼭 겸손해서 그러는 것은 아니
다. 사실 내 귀는 캐럴의 스페인어를 이해할 만큼 훈련받을 기회

가 없었다. 리세에 다닐 때 내가 독일어 대신 스페인어를 택한 것은 오직 배우기 쉽다는 이유에서였다. 의사가 되겠다는 결심이 그때 이미 확고했다면 독일어를 선택했을 수도 있었겠지만, 그 당시 앞날에 대한 내 생각은 다소 막연했다. 그러나 내가 약간의 독일어 대신 약간의 스페인어를 알게 된 것을 후회하지는 않는다. 두 언어를 배경으로 한 문화의 크기를 비교할 눈은 내게 없지만, 생리학 연구실에서 멀찌감치 떨어져 있는 현장 의사에게 약간의 독일어가 약간의 스페인어보다 크게 유용할 이유는 없다.

익숙한 멜로디에 실린 익숙지 않은 말들은 뭔가 로맨틱한 데가 있다. 오페라도 그렇다. 내 경우에, 프랑스어 공연으로 볼 때는 별 감흥이 없었던 로시니의 〈기욤 텔〉이, 이탈리아어 공연이나 독일어 공연으로 보니 왠지 로맨틱했던 기억이 있다. 알아듣지 못하니, 로맨틱했다. 하물며 달착지근한 로맨티시즘으로 그득 찬 크리스마스 캐럴에서랴. 내가 잘 알아들을 수 없는 스페인어 캐럴은, 알아들을 수 있는 프랑스어 캐럴이나 영어 캐럴보다, 한결 로맨틱하다. 열여덟 살 때의 크리스마스가 생각난다. 짧은 해, 흐린 날씨에 알람브라 궁전을 보고 그라나다 시내로 나와 난생 처음 취하도록 마셨었지. 그리고 그날 밤, 난생 처음 내 맨몸을 여자의 맨몸에 부볐었지. 알람브라는 내가 지금까지 본 가장 아름다운 건물이었다. 프란시스코 타레가의 〈알람브라 궁전의 회상〉도 실제의 알람브라 궁전만큼 아름답지는 못하다. 타레가의 음악은 알람브라 궁전의 그림자일 뿐이다. 모든 빛깔을 죽여버린 잿빛 그림자.

민우가 일하는 병원은 그의 아파트에서 차로 15분도 걸리지 않았다. 한국 최대의 재벌이 경영한다는 병원이었다. 우리는 응급실 앞에 내려 환자를 옮기며 당직 의사를 찾았다. 그러나 그는 너무 바빴다.

"대밋! 내가 직접 보는 게 낫겠어."

민우는 서둘러 옷을 갈아입은 뒤 간호사 한 사람에게 뭐라고 지시하기 시작했고, 나는 응급실을 빠져나와 맞은편의 택시 정류장 앞을 오락가락했다. 이즈음의 서울의 큰 건물 주위가 흔히 그렇듯, 이 재벌 병원도 화려한 크리스마스 트리로 장식이 돼 있다. 몇 시간 뒤면 파리도 서울처럼 어두워지기 시작할 것이고, 샹젤리제는 인공 광선으로 휘황해질 것이다. 브레스트 시청 앞도 그럴 것이다. 발걸음을 이리저리 옮기며 나는 날씨가 그리 춥지 않은 게 다행이라고 생각했다. 민우 집에 전화해 사람들을 안심시켜야 한다는 생각이 들었다. 외젠이 전화를 받았다.

"어떻게 됐어?"

"아직 몰라. 민우가 처치하고 있어."

"별일 없어야 할 텐데. 그 여자 네팔 사람이래, 세원이 그러는데. 아마 불법 체류인이기 쉬울 거라던데. 가족들도 한국에 있는데, 남편이 성남이라는 곳에서 공장 노동자로 일한대. 집도 그 언저리고."

"남편 연락처 좀 알아줘. 횟집에 전화해보면 되잖아. 내가 조금 있다 다시 전화할게."

민우 짐작이 맞았군. 네팔 여자야. 내가 네팔에 대해 무얼 알고 있을까? 아마 군주국일 테고, 아냐, 잘 모르겠군, 아무튼 리세의 역사지리 시간에 네팔의 구르카 왕조라는 걸 들어본 기억이 희미하게 난다. 아마 가난할 테고. 가난은 이주 노동의 에너지니까. 그렇군, 히말라야의 나라군. 에베레스트, 마나슬루, 안나푸르나…….

"친친!"
"친친!"
민우와 나는 다시 잔을 부딪친 뒤 마주앙 모젤을 한 모금 들이켰다. 첫 잔만이 아니라 몇 번이고 잔을 부딪치는 것은 전형적으로 한국적인 풍습인 것 같다. 어쩌면 극동의 풍습인지도 모르지. 그것은 어찌 보면 마시는 속도를 평등하게 만들려는 요령처럼 보이기도 한다. 하기야 이 정도는 약과다. 한국인들은 술 마시는 속도의 평등을 위해서, 그리고 짐짓 우애를 과시하기 위해서 술잔을 돌리기까지 하지 않는가? 폭력적인 악습이라 할 만하다. 민우에게는, 다행스럽게도, 그런 습관이 없다. 혹시 한국인들과 마실 때면 어떨지 모르겠지만, 나와의 술자리에서 잔을 돌린 적은 없다. 민우와 나는 벌써 일고여덟 잔째인 것 같다. 외젠과 세원도 네댓 잔씩은 마신 것 같고. 그러나 아직 취기가 도는 분위기가 아니다. 술이 일종의 윤활유 역할을 하는 것은 특히 이 자리에서처럼 자신들에게 충분히 익숙하지 않은 언어로 말해야 할 때인 것 같다. 민우 가족과 외젠이 서로 한국어로 얘기하기도 하고 내 가족이 더러 프랑스어로 얘기하기도 하지만, 이 자리의 공용어는 영어다. 그러나 이 강력한 국제어를 민우 가족이나 내 가족이나 아직 충분히 제 것으로 만들지 못했다. 차라리 아이들끼리는 말이 더 잘 통하는 것도 같다. 이 아이들이 영어로 주고받는 말에는 거침이 없어 보인다. 그러나 부모들은 좀 다르다. 민우 부부나 외젠이나 나나 중등학교의 영어 시간을 실쌈스럽게 보내지는 않은 것 같다. 그리고 우리들의 나이를 생각하면 우리가 앞으로라도 영어를 자유자재로 쓸 수 있을 것 같지는 않다. 영어로 말하려고 하자마자, 우리들의 혀는 굳기 시작한다.

"참, 몇 달 전에 〈인터내셔널 헤럴드 트리뷴〉에선가 읽었는데, 영어 발음을 좋게 하려고 아이들에게 혀 수술 시키는 부모들이 있다는 게 사실이야?"

외젠이 민우에게 물었다. 생각난다. 외젠이 내게도 그 기사를 보여주며 혀를 끌끌 찬 적이 있다.

"난 그런 환자 받아본 적 없어서 확언할 순 없지만, 그런 부모들이 있긴 한 모양이야. 기러기 아빠, 원정 출산의 연장선에 있지, 뭐."

"기러기 아빠? 원정 출산? 그게 뭔데?"

내가 끼어들어 물었다. '기러기 아빠'라는 낭만적 이름이 특히 궁금증을 자아냈다.

"아이들 교육을 위해서 처자식을 외국으로, 뭐 대개 미국이지, 보내고 혼자 사는 남자를 한국에서는 기러기 아빠라고 해. 최근 몇 해 사이에 생긴 말이야. 그런 현상이 제한적인 유행을 타기 시작한 게 최근이거든. 한국 사람들한테 기러기는 외로움, 그리움 같은 걸 상징해. 기러기를 소재로 외로움이나 그리움을 그린 대중가요도 있고. 최근에 어느 철학자가, 한국 사람인데, 거기에 대해 재미있는 말을 했어. 기러기 아빠라는 말 때문에 이제 기러기의 이미지가 개인들의 의지와 상관없이 외로움의 사회적 차별화를 생산하고 있다는. 말하자면 이런 거야. 전에는 외로운 사람이면 누구나 자신을 기러기에 투사하며 기러기와 관련된 환상을 펼칠 수 있었지만, 이젠 문화적으로 고급스러운 외로움을 지닌 사람들만 기러기 환상을 펼칠 수 있다는 얘기야. 기러기 아빠 가운데 반 이상이 대학교수고 나머지도 만만찮은 교육 배경과 문화적 자산을 지닌 중산층 이상 사람들이니까 말이지. 결국 이 청승맞은 기러기 아빠도 계급 재생산기제인 거지. 기러기 아빠의 아이들은 다시 우아한 기러기 아빠가 되거나 우아한 기러기 가족의 일원이 되기 쉬울 테니까. 그 철학자 말을 그대로 옮기면 기러기라는 새가 문화적 권력 확보라는 길에 올라 날개를 퍼덕거리는 거지. 기러기를 소재로 외로움을 그린 한국 대중가요 가운데 '기러기 울어 예는'으로 시작하는 게 있는데, 그 철학자 말로는 기러기 아빠는 슬피 울지 못한대. 슬피 우는 시늉을 하면 위선이라나. 그럴듯한 얘기지."

"응, 재미있는 설명 방식이네. 그러면 한국의 가장 뛰어난 아이들은 아예 초중등 교육부터 미국에서 받고 있단 말이야?"

"꼭 그런 건 아냐. 한국 교육 환경이라는 게 굉장히 폭력적이거든. 물리적인 학교 폭력도 물론 있지만, 경쟁 시스템 자체가 폭력적일 만큼 살벌해. 아이들 인성 형성에 바람직한 분위기는 아니지. 그런 경쟁 체제를 힘들어하는 아이들 가운데, 부모가 경제적 능력이 있는 아이들이 미국이나 다른 영어권 나라들로 가는 거야. 아무튼 그 아이들이 지적으로 뛰어나든 그렇지 않든, 그 부모들은 두 집 살림을 할 정도로는 경제적 여유가 있는 거지."

"평균적인 한국인들이 사뭇 민족주의적이라는 걸 생각하면 뜻밖이네."

나는 제법 한국인들에 대해 안다는 투로 받았다. 외젠이 내 청혼을 받아들인 뒤 우리가 처가 어른들을 찾았을 때 그들이 난감해 했던 것도 생각났다.

"기러기 아빠들이 평균적인 한국인인 건 아니니까. 그런데

사실, 기러기 아빠가 돼 있는 지식인 가운데는 평소에 민족주의
적 주장을 공적으로 펼치는 사람들도 꽤 있어. 늘 나라 걱정하면
서 애국심을 독점하고 있는 사람들. 그런데 그 사람들의 행태는
대단히, 뭐랄까, 코스모폴리탄하거든. 입과 엉덩이가 따로 노는
이 이중성이 진짜 문제인 거지. 민족주의가 옳다 그르다를 떠나
서, 그걸 완전히 제 살로 만든 민족주의자는 한국에 드문 것 같
아.”

“그건 어느 사회에서나 자연스러운 일이야. 개인의 이해관계
를 초월한 이념에 몸을 고스란히 맡길 정도의 공심은 세상 어디
에서나 드문 자원이니까.”

나는 세상을 다 아는 자의 말투로 민우를 어른 뒤 내처 물었다.

“그럼 원정 출산이라는 건 뭐야?”

“그건 아이에게 미국 국적을 얻어 주려고 미국 영토에 잠깐
들러서 분만을 하는 거지. 본토를 이용하는 사람들도 있고, 사정
이 그만 못한 사람들은 괌 같은 델 이용하고.”

“그런 일들이 흔히 있단 말야?”

나는 진심으로 놀라서 물었다.

“물론 보편화한 관습은 아니지. 일부 중상류층 사람들이 그
러는 거지. 그 사람들 가운데 일부는 나중에 기러기 아빠가 될지
도 모르고. 사실 내 병원 동료들 가운데도 기러기 아빠가 있어.
쉬쉬해서 그렇지 원정 출산도 더러 있을 거고.”

민우가 약간 자기모멸적인 어조로 말하며 어깨를 으쓱했다. 그 자조적 어조는, 자기완 무관하다는 뜻의 어깨 움직임과 묘한 부조화를 이루었다. 어깨를 으쓱하는 건 동양인의 신체 습관은 아니다. 그러고 보면 민우도, 비록 그가 기러기 아빠나 원정 출산과는 관련이 없을지라도, 한국에서 서유럽이나 북아메리카에 기울어진 바로 그 계급의 일원인 것이다.

"그건 그렇고 혀를 어떻게 수술한다는 거야?"

외젠이 우리 얘기의 본줄기가 생각난 듯 민우에게 물었다.

"쉽게 말하면 혀가 날렵하게 움직일 수 있도록 혀 밑의 얇은 조직을, 이걸 프레뉼럼이라고 하는데, 잘라내는 거야. 그런 수술이 필요한 사람들이 있긴 해. 프레뉼럼이 너무 짧아서 언어장애가 있거나 먹는 것이 불편한 사람들에게 시술하는 경우가 있지. 그런데 지금 한국에서 문제가 되고 있는 건 멀쩡한 애들 혀에 칼을 댄다는 거지."

"프레뉼로터미 말하는 거구나."

내가 전문가 말투로 물었다.

"응, 맞았어. 대밋!"

민우가 전문가답지 않은 말투로 가볍게 받았다. 나는 그런 가십을 얼핏 듣고도 긴가민가했었다. 그런데 한국에 살고 있는 의사가 지금 그걸 확인해준 것이다. 나는 원정 출산보다 프레뉼로터미에 훨씬 더 크게 놀랐으나, 내 한국인 인척들이 민망해할

까봐 심상한 표정을 지었다. 왜 그 부모들은 아이들에게 와인을 한 잔 줘볼 생각을 하지 않았을까? 지금 이 자리가 그렇다. 와인은 우리들의 굳은 혀를 부드럽게 풀어 이 자리의 우리가 그 앵글족의 언어를 더 익숙하게 사용하는 데 기여하고 있지 않은가. 그렇게 혀가 풀릴 때, 민우의 '대밋'은 훨씬 더 그럴듯하게 들린다. 와인은 혀만 부드럽게 하는 게 아니라 우리 유럽인들이 '얼음'이라고 표현하는 서먹함을 깨는 데도 효과가 있는 것 같다. 물론 민우와 나는 서먹한 사이는 아니다. 아니, 이제 꽤 친밀한 사이랄 수도 있다. 각자의 가족들이 서로 그렇듯 말이다. 민우와 내가 같은 직종에 종사한다는 것, 게다가 동갑내기라는 것이 우리의 친밀감을 더 키웠다. 그러나 내 가족이 한국어를 할 수 있거나 민우 가족이 프랑스어를 할 수 있다면, 우리 모두는 지금보다 훨씬 더 친밀해졌을 것이다. 물론 양쪽 언어를 거의 완벽하게 부리는 외젠이나 프랑스어를 제법 하는 한나가 통역을 해줄 수도 있을 것이다. 그러나 우리는 그런 우회로를 버리고 비록 몸에, 그러니까 혀에 딱 맞지는 않지만 그래도 이젠 국제 표준어가 된 언어, 영어를 사용하기로 했다. 처음 만났을 때부터 말이다. 사실 민우와 나는 의사라는 우리들의 공통 직업에 관련된 얘기라면 영어로라도 그리 어렵지 않게 할 수 있다. 보통 사람들이 거의 알아듣지 못할 희랍산 전문용어들이 나올 때 우리 의사들은 영어 속에서도 편안하다. 우리가 사용하는 영어는 게르만적 순수성에 갇혀 있지 않다. 우리 의사들이 영어를 말할 때 이 언어는 제가 속한 게르만어파만이 아니라 고전그리스어와 라틴어의 층위를 자유자재로 오간다. 그것은 추상적인 개념어에서만 그런 것이 아니라 가장 구체적인 인체 부위에서도 그렇다. 민우의 영어 어휘 목록 안에 뇌는 브레인이라는 게르만어 못지않게 엔케팔로스라는 고대 그리스어와 케레브룸이라는 라틴어로도 기입돼 있다. 뇌사는 브레인 데쓰지만, 뇌연화증은 엔세펄로멀레이시어이고, 뇌척수액은 세레브로스파이널 플루이드이기 때문이다. 내 영어 어휘 목록 안에도 피는 블러드라는 게르만어 못지않게 하이마라는 고대 그리스어와 상귀스라는 라틴어로 기입돼 있다. 혈압은 블러드 프레셔지만, 혈우병은 헤모필리어이고, 조혈은 생귀니피케이션이기 때문이다. 내가 영어로 된 의학 서적을 읽으며 시각 기관에 아이라는 게르만어만이 아니라 오쿨루스라는 라틴어와 오프탈모스라는 그리스어를 즉각 대응시켰듯, 민우도 영어로 쓰여진 의학 서적을 읽으며 땀을 뜻하는 한국어에 스웨트라는 게르만어만이 아니라 히드로스라는 그리스어와 수도르라는 라틴어를 즉시 대응시켰을 것이다. 그래서 우리 의사들은 영어로 땀샘관은 스웨트 덕트지만, 발한증은 히드로시스고, 발한제는 슈도리픽이라는 것을 알고 있다. 영어를 사용하는 내 안과 의사 동료는 속되게 말하면 아이 닥터지만, 약간 고상하게는 오큘리스트이고, 아주 고상하게는 오프썰몰러지스트다. 이미 오래전에 죽은 고대그리스어와 라틴어는 프랑스어로 된 의학 교과서에만이 아니라 민우와 내가 사용하는 의학 영어 속에 팔팔 살아 있다. 결국 민우나 나는 그리스인인 것이다. 현대의 의사들은, 그들이 히포크라테스를 섬기든 안 섬기든, 모두 그리스인이다. 우리의 영어는 우리가 나누고 있는 그리스적 자양에 침윤된 영어다. 그 속에서 우리는 편안하게 방심할 수 있다. 이른바 의학전문용어는, 그것이 영어라는 이국어의 외양을 쓰고 있더라도, 민우나 나에게 푹신한 소파 같은 것이다. 우리는 소박한 동사와 전치사로 그 묵직하되 편안한 의학 용어들을 연결시키며 한없이 대화를 풀어갈 수 있다. 그러나 우리 화제가 일상사로 돌아올 때 우리는 어쩔 수 없이 우리의 집중력을 최대한 발휘해야 한다.

나는 고개를 들어 하늘을 바라보았다. 서울의 밤하늘에는 별이 없었다. 사실 파리는 물론이고 브레스트에서도 별을 보기가 쉽지 않다. 더러 밤하늘이 맑아도 지상의 불빛들이 너무 강렬하기 때문이다. 멍하니 하늘을 쳐다보는 것도 꽤 오랜만이다. 내 눈은 너무 오래 지표 언저리에 머물러 있었다. 문득 현기증이 일며 몸이 부드럽게 녹는 느낌이 들었다. 내가 누구지? 여기가 어디지? 내가 왜 여기 있지? 클랙슨 소리가 나를 현실로 데려왔다. 내가 택시 앞을 가로막고 서 있었던 것이다. 나는 미안하다는 뜻으로 기사에게 손을 가볍게 흔든 뒤 민우 집으로 다시 전화를 걸었다. 이번에도 외젠이 받았다.

"그 여자 집에 연락 됐어. 남편이 병원으로 갈 거야."

"잘됐네."

"그런데 그 여자 상태는 어때?"

"내가 바깥에 있어서 모르겠어. 크게 염려할 정도는 아닐 거야. 파티는 계속되고 있는 거지?"

"어떻게 그럴 수가 있어? 아이들도 뒤숭숭해 하고, 세원은 안절부절못하고 있어."

"다들 걱정 말라고 해. 가만, 저기 민우가 나오네. 잠깐만."

나는 휴대폰을 열어놓은 채 민우에게 물었다.

"어때?"

"괜찮아. 깨어났어. 그런데 심한 빈혈이야. 영양 상태가 아주 안 좋아."

"괜찮대, 외젠. 이따가 봐. 그리고 다시 파티의 엔진을 가동시켜."

나는 통화를 마치고 민우의 수고를 치하했다.

"그 여자 남편이 이쪽으로 온대. 집이 성남이라고 했던 것 같아. 그런데 그 여자 거동은 할 수 있겠어?"

"물론이지. 그래도 오래 쉬어야 할 것 같은데, 참."

와인은 확실히 민우의 혀를 부드럽게 만들어놓은 것 같다. 우리들의 전문 분야를 벗어난 얘기에도 이제 그의 영어는 꽤 유창하다.

　"제롬, 그거 알아? 20여 년 전만 해도 한국에는 통행금지라는 게 있었어. 자정부터 새벽 네시까지는 일반 시민들이 거리에 나올 수 없었던 거야. 전시도 아닌데 말이지. 지금 생각하면 우스꽝스럽기 짝이 없는 규율이었지만 그땐 아무도 거기 이의를 제기하지 못했어. 용기가 없어서도 그랬겠지만, 그게 비정상이라는 생각조차 하지 못했을 거야. 너무 오래도록 금제에 길들여져 있다 보니, 그게 정상처럼 돼버렸던 거지. 그 시절에 한 해 가운데 통금이 없는 날이 딱 이틀 있었는데, 하나가 오늘 같은 크리스마스 이브였고 다른 하나가 제야였어. 그날 밤이면 사람들이 거리로 쏟아져나와 물결을 이뤘지. 한 해 내내 억눌려 있다가 자유를 찾은 사람들처럼 말이야. 내게도 더러 그런 기억이 있어. 크리스마스 전날 밤 시내로 나가 5, 6킬로가 넘는 밤거리를 따라 집으로 걸어 돌아오던 기억. 그런데 그날이 지나고 나면, 나 역시, 다시 정상으로 돌아온 것 같은 느낌이 드는 거야. 사실은 정상에서 비정상으로 돌아온 건데도. 그 시절 서울에선 밤 열한시만 되면 술집들도 거의 문을 닫았고, 귀갓길을 재촉하는 사람들로 길거리가 어수선했어. 자정이 지나면 도시는 죽은 듯이 고요했고."

　처음 듣는 얘기였다. 전시가 아닌데도 야간 통행금지가 있었다니. 내가 아는 오늘의 서울을 생각하면 상상하기 힘든 일이다. 서울은 파리보다도 훨씬 생동감 있는 도시고, 사실상 24시간 깨어 있는 도시 아닌가.

"그런 얘긴 처음 듣네. 그때가 물론 군사정권 때였겠군."

"그래, 군사정권 때지. 사실은 군사정권 이전부터야. 아니, 결국 시작은 군사정권이라고도 할 수 있겠네. 1945년 8월에 제2차 세계대전이 끝나고 미군이 남한을 점령한 뒤부터 통행금지라는 게 시작됐으니까. 그런데 군사정권 때라고 해서 한국이 내내 계엄령 아래 있었던 건 아니거든. 그런데도 야간통금은 계속됐지. 계엄령이 떨어지면 통금 시간이 더 길어지고. 예컨대 밤 열시 이후부터 그다음 날 아침 여섯시까지 하는 식으로 말이야."

엘뤼아르의 시 〈야간통행금지〉가 생각났다. 독일 점령기의 파리를 은유한. 시에 대한 내 교양은 리세에서 끝났다. 그러나 나는 이 시를 외고 있다. 어쩌란 말인가 문은 감시 받고 있었는데 어쩌란 말인가 우리는 갇혀 있었는데 어쩌란 말인가 거리는 차단되었는데 어쩌란 말인가 도시는 정복되었는데 어쩌란 말인가 도시는 굶주려 있었는데 어쩌란 말인가 우리는 무장해제되었는데 어쩌란 말인가 밤이 되었는데 어쩌란 말인가 우리는 서로 사랑했는데. 나는 잠시, 이 시를 영어로 번역해 민우에게 들려줄까 하는 생각도 했다. 그러나 이내 그 생각을 접었다. 젠체하고 싶지 않아서가 아니라, 영어로 미끈하게 번역할 자신이 없어서였다.

"그런데 얄궂은 건, 결국 그 통금 제도를 푼 것도 그 뒤의 군사정권이었다는 사실이야. 압제의 강도가 그 전의 군사정권 못지않았던 군사정권. 전두환이 이끌던 군사정권 말이야."

내가 한국 현대 정치사에 대해 쓸 만한 지식이 있는 것은 아니다. 그러나 대통령 재임 중에 프랑스에 오기도 한 훈타 두목 전두환의 악명에 대해서는 익히 들었고, 1993년에 들어선 새 정부가 문민정부라는 브랜드를 내세운 것 정도는 알고 있다. 그때가 외젠과 결혼한 지 10년이 되는 해였다.

"그 군사정권은 1993년에야 끝났군."

"그렇게 보는 사람이 많지만 꼭 그렇다고 말할 순 없어. 1987년에 전국적인 시위의 결과로 일종의 시민혁명이 일어났는데, 그 이듬해에 들어선 정부가, 비록 그 우두머리인 노태우가 전직 장군이자 전두환의 쿠데타 동료이긴 했지만, 민간정부의 시작이랄 수 있지. 말하자면 지금 한국은 1987년의 연장선에 있는 셈이야."

"그러니까 지금 한국은 1987년 체제군. 프랑스가 1959년 체제이듯."

내가 짐짓 지식인다운 말투로 말했다.

1987년이라. 1987년에 프랑스에 무슨 일이 있었나. 그리고 난 무얼 하고 있었나. 나는 의과대학 시절 수백 개의 뼈 이름과 혈관 이름과 근육 이름을 구겨 넣었던 내 뇌 속에서 내 생애가 훑고 지나온 세월의 한 단면을 끄집어내기 시작했다. 그래, 그 전해 가을부터 한 해 동안 난 파리에서 일했다. 정확히는 파리 근교

생망데의 베쟁 병원이었지만. 그때 나는 종합병원의 관료주의에 내 몸뚱이를 적응시킬 수 있을지 시험해보고 있었다. 결국 실패한 시도였지만. 연초에 철도와 지하철 파업이 있었다. 몇 번은 레퓌블리크 광장 부근의 아파트에서 병원까지 걸어서 출근하기도 했다. 자동차를 운전할 수 없을 만큼 눈이 지독히 내렸기 때문이다. 브레스트에도 큰 눈이 왔었다. 외젠과 걱정스러운 전화 통화를 하던 일이 생각난다. 그해 겨울은 지독히 추웠다. 프랑스에서만 70명인가 80명이 얼어죽었다고 했다. 그 추위가 가고 나서 미니텔이라는 것이 보급되기 시작했다. 인터넷이 보급되기 전까지 몇 년간 미니텔은 전자 프랑스의 상징처럼 보였다. 한순간의 허망한 환상이었음이 곧 드러났지만, 프랑스의 통신 기술이 미국 못지않은 것처럼 느껴지기도 했다. 그리고 여름이 되자 리옹의 도살자 클라우스 바르비가 종신형을 선고받았다. 바르비를 변호하던 자크 베르제스라는 변호사 얼굴이 하루에도 몇 번씩 브라운관에 비쳤다. 어머니가 베트남 사람이라던. 글이 아니라 말로써, 그렇게 명료한 프랑스어를 사용하는 사람을 나는 그 전까지 본 적이 없다. 그 뒤에는? 그 뒤에도 마찬가지인 것 같다. 베르제스는 내 상상 속에서 가장 이상적인 프랑스어 사용자였다. 그는 나중에 카를로스의, 별명이 자칼이었던 베네수엘라 테러리스트 말이다. 본명이 일리치 라미레스 산체스라고 했던가, 아무튼 카를로스의 변호를 맡기도 했다. 베르제스의 고객은 극우에서

극좌를 넘나든다. 무엇이 그를 극단주의자들의 변호인으로 만든 것일까? 돈 때문은 아닐 것이다. 그의 능력이라면 소송 가액이 억 단위를 웃도는 민사사건을 얼마든지 맡을 수 있었을 것이다. 텔레비전에 비친 그의 말에서는 프랑스 주류 사회에 대한 분노가 조금도 거리낌없이 발산됐다. 그것은 그가 반은 베트남 사람이어서일까? 그즈음 외젠이 아이들을 데리고 파리로 왔다. 반은 한국인인 아이들을. 콜랭은 걸리고 미셸은 안은 채 퐁피두센터에 간 게 기억난다. 개관 10주년 전시회를 하고 있었는데, 그 주제가 보들레르와 관련이 있었던 것 같다. 아마 그즈음이었을 것이다. 크리스틴 오크랑이, 아니 오크랑이 아니라 테에프1이라고 해야겠지만, 미테랑을 기묘한 방식으로 조롱한 것이 말이다. 오크랑이 진행하던 한 프로에, 그 제목은 기억나지 않는다, 미테랑이 출연했는데, 그와의 인터뷰 도중에 오크랑이 난데없이 광고를 삽입했던 것이다. 그 광고는 소니였던 것 같다. 아니, 소니가 아니라 히타치였던 것 같기도 하다. 아무튼 일본 회사 광고였다. 시청자들이 다 그랬겠지만, 나도 많이 놀랐다. 오크랑이 개인적으로 미테랑을 조롱하려고 했다고는 상상할 수 없다. 되바라졌다는 평이 없는 것은 아니지만, 오크랑이 대통령에게 그렇게 무례할 만큼 용기가 있거나 둔한 여자는 아니다. 그렇다면 그 장면은 민영화의 힘이었을까? 그쪽이 옳을 것 같다. 테에프1은 제가 버젓한 상업방송이라는 것을, 그래서 좌파 대통령쯤은 우습게

볼 수 있다는 것을 늙은 사회주의자에게 뽐내고 싶었던 것 같다. 놀라운 일도 아니지만, 테에프1은 상업방송이 된 뒤 좌파 정권 아래서나 우파 정권 아래서나 일관되게 우파를 옹호해왔다. 그 당시에도 미테랑은 그리 건강해 보이지 않았다. 좌우동거라는 것도 그의 얼굴에 그늘을 드리웠을 것이다. 내 기억이 정확하다면, 그는 이듬해 대선에 출마할 것이냐는 오크랑의 질문에 아직 결정하지 않았다고 대답했다. 그러나 그는 아무튼 이듬해 대선에 다시 출마했고, 건방지게 나대던 시라크를 가볍게 눌렀고, 새 7년 임기를 무사히 마치고 퇴임했다. 비록 임기 말이 사회당의 부패와 또 한번의 좌우동거로 만신창이가 됐지만. 1987년이라. 여느 해처럼 그해에도 명사들이 죽었다. 내 기억이 정확하다면 달리다가 죽었고, 아, 그녀가 알랭 들롱과 함께 부른 〈파롤레〉를 신혼 초의 외젠과 난 즐겨 부르곤 했지, 리타 헤이워스가 죽었고 세고비아가 죽었다. 리노 방튀라와 장 아누이와 마르그리트 유르스나르도 그해에 죽었다. 역시 내 기억이 정확하다면 말이다. 베를린의 슈판다우 형무소에서 루돌프 헤스가 자살했다는 소식도 들려왔다. 늙은이의 자살은, 비록 을씨년스럽기는 해도, 비극의 냄새가 없다. 이미 소진된 것의 마감은 그저 을씨년스러울 뿐이다. 헤스는 왜 자살했을까? 그는 정말 자살했던 것일까? 그것이 자살이었다면 그는 그 자살을 왜 그리 늦추었던 것일까? 그는 무엇을 기다리고 있었던 것일까? 저 제상에서 그가 통일 독일을 보았다면, 자살을 후회했을까? 그해 가을 나는 종합병원에서 승진 사다리를 올라가려던 당초의 계획을 포기하고 브레스트의 가족에게 돌아왔다. 나의 외젠과 나의 콜랭과 나의 미셸에게. 그리고 내가 태어나고 자란 집 근처에 진료실을 얻어 개업했다. 그러나 돈벌이에 대한 열정이 있었던 것은 아니다. 나는 내 가족의 생계를 최소한으로 뒷받침할 수 있는 선에서 개업의로서의 열정을 억제하고, 나머지 시간을 좀더 자유롭게, 젠체해도 된다면 보람차게 살기로 마음먹었다. 그 보람의 서식처는, 자연히, 국경없는의사회였다. 나는 엠에스에프에 두 차례 지원해 옛 유고슬라비아와 르완다로 떠돌았고, 앞으로도 그 일을 계속할 계획이다.

"옷 갈아입고 나올게. 차 안에서 기다리지 그래?"

민우가 내 회상을 중단시켰다.

"이 편이 좋아. 춥지도 않은걸. 다리 운동도 좀 해야 할 것 같고."

나는 내 동료이자 사촌처남이 참 미더운 사람이라고 생각했고, 문득 자랑스럽기까지 했다. 처가의 친척 가운데 서울에 살고 있는 사람들은 많았다. 그러나 그 가운데 내가 서로 알고 지내게 된 사람은, 아내의 친형제를 제외하면, 이종오빠 민우 가족이 처음이었고 지금까지 거의 유일하다. 한국인들은 외국인에게 낯을 심하게 가리는 것 같다. 민우 역시 처음엔 그랬다. 그와 내가 같은 직업에 종사하고 있질 않았다면 친밀감이 생기는 데 더 시간이 걸렸을지 모른다. 그를 처음 본 것은 여덟 해 전이다. 그는 그때 서울의 직장에서 안식년을 얻어 가족과 함께 영국으로 갔고, 런던 보건대학에 적을 두고 있었다. 그러다가 그의 이종누이가 사는 브레스트에 가족과 함께 잠깐 들른 것이다. 그때가 크리스마스 사흘 전이었다. 민우네 가족이 아니었다면, 나와 내 가족은 그해 크리스마스를 브레스트에서 보냈을 것이다. 그러나 민우네가 베네치아를 보고 싶어해서 그들과 우리는 함께 베네치아로 갔다. 민우 이름을 처음 들었을 때 나는 외젠에게 속삭였다. 그러니까 새끼 고양이란 말이지? 언어들이 맞부딪치며 만들어내는 소리 상징들의 엇갈림은 유치한 만큼이나 재미있다. 처음 만났을 때 민우는 프랑스어를 한 마디도 할 줄 몰랐고, 지금도 열 마디 안쪽일 것이다. 그렇다고 내 한국어가 변변하다고 말하는 것은 아니다. 비록 민우의 프랑스어보다는 약간 낫겠지만. 한국에 오래 체류할 기회가 있었다면 어설프게라도 한국어를 배울 기회가 있었을 것이다. 그러나 나는 잠깐씩 방문하는 것 외엔 한국에 살아보질 않았다. 외젠도 내게 한국어를 가르치려 하지 않았다. 사실 외젠이 가르치려 했다고 하더라도 내가 기꺼이 배우지는 않았을 것이다. 나는 어려서부터 외국어를 배우는 데 소질이 없었다. 라틴어 시간이나 영어 시간이나 스페인어 시간이 즐거웠던 기억은 없다. 그래서 내가 편하게 사용할 수 있는 언어는 오직 프랑스어뿐이다. 영국과 미국에 얼마간 체류했던 터라 내 영어는 학창 시절에 견주어 많이 나아졌지만, 아직도 그 언어로 얘기할 때는 혀만이 아니라 온 몸이 긴장된다. 내 아버지가 어려서 사용했던 말은 세르보크로아티아어였고, 할아버지가 어려서 사용했던 말은 러시아어였지만, 나는 아직 키릴문자를 읽을 줄도 모른다. 그러니 내가 어떻게, 어쩔 수 없는 상황이 닥치지 않은 다음에야, 한국어를 배울 엄두를 냈겠는가? 그러다 보니 외젠과 나 사이의 두 아들도 한국어를 한 마디도 모르게 되었다. 그것은 그 아이들에게 불행일까? 모르겠다. 그러나 내가 세르보크로아티아어를 모른다고 해서 큰 결핍감을 느끼지 않듯이, 콜랭과 미셸도 한국어를 모르는 것 때문에 큰 결핍감을 느끼게 될 것 같진 않다. 아무튼 그 아이들은 결국 프랑스에서 살게 될 터이니까. 아닐지도 모르지. 내 할아버지와 내 아버지가 그랬듯 서쪽으로 이주할지도 모르지. 도버해협을 건너 영국으로, 아일랜드로, 합중국으로 가게 될지도 모르지. 그래서 매사추세츠 어딘가에 또는 아이오와나 조지아나 캘리포니아 어딘가에 톨스토이들을 퍼뜨릴지도 모르지. 그렇게 되면 이 아이들의 아이들은 영어를 쓰게 되겠지. 내가 이렇게 더듬거리는 영어를 그 아이들은 능숙하게 쓰게 되겠지. 나는 잠시 프랑스어를 하나도 모르고 영어를 사용하는 내 후손을 생각했다. 문득, 그들로부터 내가 잊혀져 있다는, 버림받았다는 느낌이 엄습했다. 그러나 이내 나는 러시아어를 사용했던 내 조상들과 프랑스어보다 세르보크로아티아어가 더 자유스러웠던 아버지를 생각했다. 그들은 러시아어를, 세르보크로아티아어를 전혀 모르는 나를 어떻게 생각할까? 내게 잊혀졌다고, 내게 버림받았다고 생각할까? 나는 그들을 버리지 않았고, 잊지도 않고 있는데 말이다. 그렇게 생각하니 마음이 좀 눅여졌다. 내 아이들의 아이들이 프랑스어를 전혀 알지 못한다고 해도, 그 아이들은 여전히 내 아이들일 것이고 영어를 더듬거렸던 나를 희미한 전설로나마 기억해줄 것이다. 그 아이들의 아이들이 다시 서쪽으로 건너가 일본인이 되고 중국인이 돼도, 한국인이 되면 말할 나위 없지만, 그들은 일본어도 중국어도 한국어도 못하는 나를 희미한 전설로나마 기억해줄 것이다.

민우를 처음 만났을 때 내가 그의 이름을 쉽게 왼 것 이상으로 민우 역시 내 성을 쉽게 외웠던 것이 분명하다. 그가 아, 레프 톨스토이 같은, 하고 물었으니 말이다. 사실 내 성이 깊은 인상을 준 것은 민우에게만이 아니었다. 초등학교 시절부터 내 성은 급우들과 교사들에게 강렬한 인상을 주었다. 내 성을 한 번 듣고 기억하지 못하는 사람은 드물었다. 누가 19세기 최고의 소설가 가운데 한 사람의 성을 쉽게 기억하지 못하겠는가? 내가 말하는 톨스토이는 말할 나위 없이 레프 니콜라예비치다. 그러나 러시아 문학사는 그 앞뒤로 두 사람의 톨스토이를 도드라지게 배치하고 있다. 한 사람은 알렉세이 콘스탄티노비치고, 또다른 사람은 알렉세이 니콜라예비치다. 그들 가운데 어느 하나와 내가 핏줄로 이어져 있는지는 확신할 수 없다. 돌아가신 아버지는 자기 할아버지가 레프 톨스토이의 먼 조카뻘이라고 말하곤 했지만, 그걸 내게 증명해준 사람은 없다. 그 할아버지는 젊어서 당시 오스트리아-헝가리 제국에 속해 있었던 세르비아의 베오그라드 언저리에 정착했고, 그의 아들 곧 내 아버지의 아버지는 제2차 세계대전 직후 프랑스로 와 브레스트에 정착했다. 그리고 해군 공창의 인부로 일하며 가족을 먹여 살렸다. 그 할아버지가 왜 파리나 리옹 같은 큰 도시가 아니라 브레스트에 정착했는지 모르겠다. 외국인이 일자리를 얻기엔 큰 도시가 더 나았을 텐데 말이다. 그가 파리에 정착했으면 나 역시 파리 아이로 자라났을 텐데, 하고 내가 아쉬워하는 것은 절대 아니다. 나는 젊은 시절 잠시 파리를 동경하기도 했으나, 내 고향을 끔찍이 사랑한다. 역사가 로마 시대까지 올라가는 그 유구한 항구도시에서 해군 장교와 병사들을 보고 자라나며 나는 바다의 넉넉함을 배웠다. 브르타뉴 사람들 특유의 강인함을 내 몸이 온전히 빨아들이지는 못했지만, 파리에서 자랐다면 나는 지금보다도 더 유약한 인간이 되어 있을 것이다. 더 나아가, 할아버지가 브레스트에 정착하지 않았다면 아버지는 어머니를 만나지 못했을 것이고, 나는 태어나지 못했을 것이다. 나는, 삶이라는 것이 대단한 것이라고 느낀 적은 많지 않지만, 한번 살아볼 만한 것이라고는 생각한다. 그리고 내가 브레스트에서 태어났다는 것은 내가 브레스트에서 태어날 수밖에 없었다는 뜻이기도 하다. 그것만 해도 내가 그 도시를 사랑할 충분한 이유가 된다. 게다가 나는 브레스트에서 태어나 자란 덕에 외젠을 만났다. 외젠은 그곳 대학에서 공부하고 있는 친구에게 놀러왔다가 브레스트 시내의 한 카페에서 우연히 나를 만났다.

아내 이름은 한국어로 유진이라고 읽는다. 유진이 외젠이 된 것은 아내가 여권에 자기 이름의 로마자를 Eugene으로 표기했기 때문이다. 영어식 발음을 염두에 둔 표기인데, 아내는 그때나 지금이나 제 이름을 그렇게 표기하고 있다. 그래서 유럽인들이 들으면 남자 이름 같은 이름을 갖게 되었다. 그 유럽어 이름의 그리스어 어원대로 아내가 좋은 집안 출신인지는 모르겠다. 적어도 아내의 주장에 따르면 그는 귀족의 후예다. 그 귀족은 먼 옛날의 귀족일 테지만. 결혼하기 전 아내의 성은 한인데, 그것은 한국을 뜻한다. 그 본관(이란 성씨의 뿌리가 되는 지역을 뜻한다)이 청주라고 하는데, 이 청주 한씨는 북원이라는 곳을 본관으로 둔 선우씨, 그리고 행주라는 곳을 본관으로 둔 기씨와 뿌리가 같아서 이 세 성 사이에는 통혼을 하지 않는다고 한다. 법률적으로 금지돼 있는 것은 아니지만, 아무튼 그것이 이들 세 성씨 집안의 관습이라고 한다. 기이한 관습이다. 역시 아내의 주장에 따르면 이 청주 한씨 집안에서는 조선조 때만 따져도 재상 열셋, 왕비 여섯, 부마 넷을 포함해 수많은 왕가 사람들과 정치가들이 나왔다고 한다. 이 모든 것이 사실이라면 아내의 집안은 레프 톨스토이 집안으로서도 감당하기 힘든 명문가임이 틀림없다.

"남편이 아직 안 온 모양이지?"

민우가 나왔다.

"응."

"성남이면 여기서 멀지 않은 곳인데. 하긴, 택시를 탈 형편이 못될 수도 있겠네. 여긴 이주노동자들 사정이 프랑스보다도 훨씬 나쁘거든. 게다가 가난한 외국인들에 대한 편견도……."

민우가 죄스럽다는 표정으로 말끝을 흐렸다. 민우 옆머리의 흰 올들이 크리스마스 트리 장식의 불빛에 비쳐 비현실적으로 도드라져 보였다. 우리도 이제 젊은 나이는 아니다. 민우가 사는 곳은 강남이라는 중산층 거주 지역의 한 아파트다. 넓이는 100제곱미터 정도 될까? 방이 셋이고 살롱이 하나 있다. 콜랭, 미셸과 한나는 브레스트와 베네치아에서 어울린 적이 있다. 그사이에 아이들도 많이 컸다. 그때 초등학생들이었거나 초등학교에도 들어가지 않았던 아이들이 이제 고등학생, 중학생이 돼 있다. 민우의 외딸 한나는 한 외국어 고등학교에서 프랑스어를 전공하고 있다. 한국에는 외국어와 과학을 전문적으로 가르치는 특수 고등학교들이 있다고 한다.

민우는 인도주의실천의사협의회라는 단체의 열성 활동가다. 인도주의실천의사협의회는, 국제 활동이 주업이 아니라는 걸

빼면, 한국판 엠에스에프인 듯하다. 의사와 휴머니즘이 자연적
으로 맞붙어 있던 시기는 지났다. 인도주의실천의사협의회라는
이름은 인도주의에 무관심한 의사도 있음을 암시한다.

"제롬, 뭐 별 일은 아닌데, 그러니까, 사실 난 두 해 전에 대한
의사협회라는 데서 회원자격정지 처분을 받았어."

민우가 대단한 비밀이라도 고백하듯 망설이며 말했다.

"대한의사협회라는 건?"

"한국 의사면 어중이떠중이 다 들어가 있는 이익단체지."

"그러니까 프랑스의사협회나 미국의사협회 같은 거군. 더블
유엠에이 회원 단체일 테고."

"그렇지."

"그런데 거기서 왜 쫓겨났어?"

"내 영어 능력으론 설명하기가 좀 복잡한데. 아무튼 이전 정
권이 모험적으로 추진한 의약분업 와중에 내가 의사들의 표적이
돼버린 셈이야."

그의 영어 능력으로? 와인의 효력이 이제 떨어졌나?

"왜?"

"설명하기가 좀 복잡하다니까. 아무튼 내가 의사들의 이익
에 반하는 행동을 했다고 의사협회가 판단을 한 거지."

"그게 구체적으로 뭔데?"

"그러니까, 뭐랄까, 설명하기가 참 복잡하다니까. 쉽게 말하

자면 의약분업에 맞선 의사들의 파업에 내가 참가하지 않았거
든. 그리고 그 파업을 비판했고."

"전혀 복잡한 일이 아니군. 그러니까 의사조합 내부의 배신
자였군."

내가 웃으며 말했다.

"그런 셈이지. 난 위선적인 부르주아고, 내 위선을 부르주아
동료들이 참을 수 없었던 거지."

민우도 웃으며 대답했다. 그리고 덧붙였다.

"대밋!"

의사들의 표적이 돼버린 의사라…… 위선적인 부르주아?
나는 내 엠에스에프 활동도 부르주아의 위선이 아닌가 골똘히
생각하며 민우에게 건성으로 물었다.

"그런데 병원에선 어떻게 쫓겨나지 않았네?"

"원장에게 톨레랑스가 있었던 모양이지."

민우가 어깨를 으쓱하며 말했다.

그 여자의 남편이 딸아이를 데리고 응급실 앞에 도착했다.
두 사람 다 몹시 놀란 얼굴이었다. 아이는 일고여덟 살 정도나 돼
보였다. 광대뼈를 깜찍스럽게 떠받치고 있는 아이의 볼이 잘 익
은 사과처럼 빨갰다. 민우가 그들을 안심시켰다. 그러고는 집에
가서도 아내가 안정을 취해야 한다고 남편에게 신신당부했다. 남

편은 걱정스럽게 진료비에 대해 물었고, 민우는 자신이 다니는 병원이니 괜찮다고 그를 안심시켰다. 남편의 영어는 민우나 내 영어보다도 오히려 나아 보였다. 남편이 사양했음에도 민우는 그들을 집에까지 태워주겠다고 우겼고, 우리 다섯 사람은 민우 차에 함께 탔다. 민우는 뒷자리의 네팔 사람들에게 한국어를 할 줄 아느냐고 물은 뒤 잠시 한국어로 이야기를 나누다가, 이내 영어로 돌아왔다. 그것은 나에 대한 배려에서였을까 아니면 모국어를 사용하는 기득권이 치사해서였을까? 아마 둘 다 이유가 됐을 것이다. 민우는 언젠가 내게 세상 사람들이 다 영어를 사용해야 한다고 생각하는 미국인들의 치사함에 대해 얘기한 적이 있다. 민우의 소나타 안에서 오갔던 영어는 그런 치사한 영어는 아니었다. 그것은 네팔인과 한국인과 프랑스인을 공평하게 담아내는 그릇이었다. 그런 공평함의 물리적 기반은 어차피 미국인들의 언어제국주의일 테지만.

"많이 놀라셨죠?"

민우가 뒷자리의 남자에게 물었다.

"예, 아내가 일 마치고 돌아와 셋이 크리스마스 파티를 하기로 했었는데."

"네팔에서도 크리스마스를 쇠나요?"

내가 뒤를 돌아보며 주책없는 질문으로 끼어들었다. 민우가 영어를 이 공간의 공용어로 삼은 것은 나더러 이야기에 끼라는 뜻이기도 하니까.

"여긴 한국이니까요."

네팔인 가장이 현자의 목소리로 대답했다. 남편에게 기대어 아이를 그러안고 있는 여자의 얼굴은 핏기가 없었지만, 그래도 평화로워 보였다. 이 남자와 아이는 그녀가 세상에서 가장 사랑하는 사람들일 터였다.

"카트만두 출신이세요?"

나는 내가 아는 네팔의 유일한 도시 이름을 대며 남자에게 물었다.

"아니에요. 파탄에서 왔어요. 카트만두 바로 아래에 있는 도시지요. 네팔에 가보셨나요?"

"아직 그럴 기회가 없었어요."

"파탄은 외국인들에게 꽤 알려진 관광지예요. 거기 옛 왕궁 터와 큰 사원들이 있거든요. 저는 한국에 오기 전에 얼마간 관광 안내원으로 일했어요."

그의 훌륭한 영어는 그 경험에서 길러진 것일 터였다.

"저도 외국에서 잠시 살아봤는데, 제일 힘들 때가 갑자기 몸이 아플 때인 것 같아요. 늘 몸조심하세요."

민우가 남자에게 말했다. 선의로 가득 찬 이 말이 내겐 가시처럼 걸렸다. 민우가 말하는 제 외국 생활이란 런던에서 보낸 안식년일 텐데, 그것을 이 네팔 가족의 한국 생활과 나란히 견줄 수는 없을 것이다. 이들은 아마 의료보험의 혜택도 받지 못하고 있을 터였다. 뒷자리의 어린아이의 얼굴이 미셸과 콜랭의 얼굴과 포개지며 나는 문득 위선적으로 우울해졌다. 그러나 남자의 대답이 나를 어느 정도 안심시켰다.

"저도 그렇게 생각해요. 그런데 성남에는 다행스럽게도 외국인 노동자들을 무료로 치료해주는 의사가 한 분 있어요. 혹시 큰 병이 걸리면 모르겠는데, 그분 덕분에 자잘한 병은 해결이 됩니다."

"아, 다행이군요."

나는 아직도 인도주의와 선의를 버리지 못한, 그 위선적인 내 동료에게 신의 축복이 히말라야의 눈처럼 쏟아지기를 진심으로 기원했다. 뒷자리의 아이에게 뭔가 크리스마스 선물을 주고 싶어 주머니를 뒤져보았지만, 줄 만한 것이 없었다. 차창 밖으로 24시간 편의점이 눈에 띄었다. 나는 민우에게 그 앞에 차를 잠시 세우도록 부탁한 뒤 초콜릿을 한 상자 사다가 아이에게 건넸다. 아이가 한국어로 고맙다고 말하며 수줍게, 환히 웃었다. 민우도 뒤질세라 콘솔 박스를 뒤지더니 오르골 하나를 꺼냈다. 민우가 태엽을 돌리니 〈고요한 밤 거룩한 밤〉이 흘러나왔다. 오르골을 받아든 아이는 다시 한 번 환히 웃었다. 아이는 주머니를 뒤져 땅콩 한 줌씩을 민우와 나에게 내밀었다. 우리도 환한 웃음으로 그것을 받으며 아이에게 사의를 표했다. 차는 다시 출발했고,

뒷자리에서는 오르골의 〈고요한 밤 거룩한 밤〉이 계속 흘러 나왔다. 오늘 밤 이 캐럴은 온 누리에서 수백 개의 언어로 울려 퍼지고 있을 것이다. 어쩌면 네팔에도 그 나라 말로 이 멜로디가 울려 퍼지고 있을지 모른다. 한 움큼의 허우룩함 속에서 그들의 초라한 집 앞에 세 식구를 내려주었을 때 시각은 자정이 넘어 있었다. 구세주가 오신 날이었다.

11

아빠와 크레파스

한 선배께

거의 석 달 만에 연락을 드리는 것 같네요. 미원이 문제로 집 안이 뒤숭숭했었습니다. 제 어지러운 마음을 한 선배께 드러내는 것이 그리 내키지 않아 연락을 못 드렸습니다. 저는 언제쯤이나 대범해질까요?

미원이는 K대 법학과에 등록을 했습니다. 결정을 한 것은 미원이 자신이었습니다. 저나 미원이 엄마나 그 아이가 재수하는 게 심란해 내심 그래주길 바라기는 했지만, 아이에게 이래라 저래라 할 분위기가 아니었습니다. 또 아이들의 진로는 아이들 결정에 맡겨야 한다는 것이 저희 부부의 생각이기도 했고요. 미원이 엄마나 저나 아이의 결정을 일단 다행스럽게는 생각합니다.

그렇지만 잘한 일인지 섣부른 일이었는지는 잘 모르겠습니다. 가장 중요한 것은 미원이가 항심을 계속 유지하는 것일 텐데, 그게 어떻게 될지 잘 모르겠습니다. 그 아이도 결정을 내리기 전에 많이 망설였으니까요.

지난 석 달이 참 길었습니다. 미원이가 수능을 망친 뒤의 석 달 말입니다. 사실 망쳤다는 것도 욕먹을 소리이긴 합니다만. 수능을 보고 나서 그 아이는 사흘간 제 방에서 나오질 않았습니다. 학교에 들러 정답을 맞춰본 시간을 빼고는 말입니다. 저는…… 저도 저 자신에게 조금 놀랐습니다. 저는 줄곧 제가 아이들의, 특히 미원이의 학교 공부에 무심하다고 생각해왔습니다. 아이들 엄마도, 저보다는 아이들 공부에 더 신경을 썼지만, 여느 엄마 같지는 않았습니다. 저희 부부가 미원이의 학교 성적을 입 밖에 내는 일은 거의 없었습니다. 아내나 저나, 내심 아이가 저 정도 해주고 있으니 큰 걱정은 안 해도 되리라는 타산이 있었는지도 모르지요. 저는 아내에게 늘, 그저 미원이가 서울의 아무 대학이나 가주기만 하면 그걸로 만족한다고 말해왔습니다. 아이가 그저 학교 생활을 무사히 마쳐주는 것만 해도 고마운 일 아니냐고, 아이가 주름 없이, 그늘 없이 자라주기만 하면 그만 아니냐고 말하곤 했지요. 그 말들이 적어도 그때에는 거짓이 아니었습니다. 저는 정말 그것을 바랐습니다.

그러나 막상 아이가 수능을 망쳤다는 말을 듣고 나서는, 오히려 아이보다 제가 더 낙심했던 것 같아요. 아비답지도 못했고, 어른답지도 못했습니다. 저는 아이를 위로할 겨를도 없이 먼저 낙담해서, 그 이튿날 술을 마셨고, 엉망으로 취했고, 술자리의 친구들에게 주정까지 했습니다. 물론 미원이 얘기를 하며 주정을 한 것은 아니지만, 친구들도 이내 눈치 챘겠지요.

미원이는 고등학교 내내 노력했습니다. 공부가 삶의 전부인 듯했어요. 그 아이의 성적은 1학년 때보다는 2학년 때, 2학년 때보다는 3학년 때 더 나아졌습니다. 3학년 2학기에 들어선 뒤로는 모의고사에서든 학교 시험에서든 전교 1등을 놓치지 않았습니다. 다섯 해 동안이나 외국에서 살다가 서울에 와 고등학교에 들어간 아이치고는 정말 잘해낸 것이지요. 더구나 영어권 국가에서 살다 와 영어 과목에서라도 무슨 이점을 누린 것도 아니었으니까요. 파리에 있을 때 경제적 부담을 감수하고라도 아이들을 인터내셔널 스쿨에 보냈다면 아이들이 서울에 와서 공부 따라가기가 더 쉽지 않았을까 하는 후회도 했었습니다만, 아이들은, 특히 미원이는 저의 그런 후회가 우스꽝스럽게 보이도록 이쪽 공부에 금방 적응했지요. 그렇지만 1, 2학년 때의 성적이 시원치 않아서 전체적으로 내신이 썩 좋은 건 아니었어요. 그래서 그 아이에게는 수능이 아주 중요했습니다. 그런데 지난번 수능이 턱없이 쉬웠잖아요. 만점자가 수두룩했지요. 실수 안 하기 경연대회 같았습니다. 미원이는 세 문제를 놓쳤답니다. 2점짜리 두 문제와 1점짜리 한 문제를요. 그 아이 주장에 따르면 한 문제는 아리송했고, 나머지 두 문제는 실수로 틀렸다더군요. 아무튼 내신이 좋지 않았던 미원이는 그 점수로는 자신이 원하던 서울대 법대에 갈 수 없게 됐지요. 혹시나 하고 특차에도 정시에도 거기 지원을 했습니다만, 역시 안 됐습니다. 미원이 말을 들어보면 논술 시험에서 다른 아이들에게 뒤진 것 같지는 않은데, 아무래도 미끈하지 못했던 내신이 전체 점수를 크게 깎아먹은 듯합니다.

공부가 미원이만 못한 많은 학생들을 생각하면, 그리고 그 아이들의 부모들을 생각하면, 미원이나 우리 부부의 실망은 지독한 이기심, 천한 일등주의라고 욕먹을 만합니다. 배불러 터진 자들의 탐욕스러운 불만이라고 말입니다. 그런 욕이 정당하다고 저도 생각합니다. 저 역시 우리 교육제도에 문제가 많다는 것을, 학교 서열화가 얼마나 많은 아이들에게 상처를 주는지를, 그 서열화가 고스란히 계급의 층위로 복사된다는 것을 모르지 않습니다. 그것은 학교 공부가 시원치 않았던 저 자신의 경험으로도 모를 수가 없지요. 그런데 막상 그것이 부모로서의 제 개인의 일로, 제 가족의 일로 닥치고 보니, 그렇게 마음 편하게 얘기할 수만은 없더군요. 물론 사회가 바뀌면 좋습니다. 그러나 그 사회가 바뀌지 않을 때, 한 개인은 어떻게 해야 합니까? 학교 서열화가 나쁘니, 수능의 차별화 기능을 없애도 좋은 것일까요? 아마도 미원이의 처지에 제가 많이 영향을 받았겠습니다만, 선뜻 그렇다는 대답이 나오지 않습니다. 그것은 학교의 서열화를 그대로 둔 채 많은 아이들의 운명을 제비뽑기에 맡기는 역할을 할 수 있다는 생각이 듭니다. 내신과 결합된 쉬운 수능은 폭력적인 제도라는 생각마저 듭니다. 단 한 번의 제비뽑기로 인생을 결정하고 패자부활전마저 주지 않는 야박한 제도라는 생각이 말입니다.

본고사가 있었던 예전에는, 고등학교 내내 공부를 소홀히 했던 학생이라도 막판에 자신을 혹사해서 성적을 올려 원하는 대학에 갈 수도 있었지요. 그해에 안 되면 재수를 해서라도 갈 수가 있었지요. 내신이 지금처럼 절대적이지만 않더라도, 그런 기회가 있을 수 있겠지요. 그러나 내신이 지금처럼 결정적일 때, 수능에마저 차별적 기능이 없다면, 한번 결정된 순위는 부동의 순위가 되고, 한번 열등생이면 영원한 열등생이 되고 맙니다.

한 선배가 꼭 동의하실지는 모르겠지만, 미원이에게는 서울 법대에 가야 할 제 나름의 이유가 있었다고도 할 수 있습니다. 단지 법률가가 되기 위해서만이 아니었겠지요. 그것이 비록 딱하게 보일지라도 말입니다. 그 아이는 자신의 존재를 증명하고 싶었겠지요. 그 존재가 허수룩하지 않다는 것을 증명하고 싶었겠지요. 요컨대 그 아이는 뽐내고 싶었겠지요. 저는 그 아이의 아비로서, 미원이의 그런 욕심을 어렴풋이 짐작했고, 그 욕심을 마음속으로라도 나무랄 수가 없었습니다. 그것은 분명히 일종의 가족이기주의이고 뒤틀린 보상 심리이기도 합니다만.

아무튼 저도 이제 대학생의 아비가 되었습니다. 저 자신이 대학에 입학한 것이 엊그제 같은데, 벌써 제 아이가 대학생입니다. 한 선배께는 외람된 말씀이지만, 세월이 얼마나 빠른지요.

그러고 보니, 제 말만 드리느라고 그쪽 안부도 못 여쭈었군요. 형수님이랑 지동이랑은 다 안녕하신지. 지동이는 고전문학으로 전공을 바꾸었다고요? 희수한테서 전화로 얼핏 들었습니다. 아무튼 지동이의 독립이 좀 늦어지겠군요. 경제적 독립이 말입니다. 한 선배가 지금보다 더 열심히 쓰실 수밖에 없겠네요. 희수는 제가 거의 챙기지 못하고 있습니다. 변명입니다만, 그 아이가 저를 좀 어려워하는 것 같기도 하고요. 파리에서도 좀 그랬지요. 죄송합니다. 카페 데파르 생미셸의 마들렌은 지금도 늘 교태인지. 파리가 그립습니다.

서울에서 민우 올림.

김 형 보세요.

나이가 먹어가는 걸 요즘은 더 절감합니다. 시도 때도 없이 온몸이 쿡쿡 쑤시거든요. 여름 한 철만 빼곤 늘 그렇지만, 겨울엔 특히 그래요. 마음도 그렇습니다. 보들레르가 '스플린'이라고 표현한 게 뭔지를, 그 사람이 죽은 나이보다 훨씬 더 늙어서, 이제야 절감합니다. 여기저기 원고 빚은 많은데 그걸 어떻게 다 감당할지 모르겠어요.

미원이를 격려해주세요. 그 아이로선 성에 차지 않겠지만, 대한민국의 그 아이 또래들 가운데는 그래도 매우 운이 좋다는 걸 비치세요. 자기 재능과 노력이 제대로 보상받지 못했다는 생각이 그 아이를 괴롭히겠지만, 저번 수능에서 그런 실수를 한 아이들은 미원이 말고도 수없이 많을 테고, 또 재능이라는 것도 일종의 운 아닙니까? 어떤 근본적인 운이라고 할 수 있지요. 재능도 운이라는 걸 깨닫고 나면, 미원이도 마음이 좀 가벼워질 겁니다.

이건 내가 미원이와 한 다리 떨어져 있기 때문에 하는 얘기는 아니에요. 미원이는 잘해냈어요. 지동이도 바칼로레아 점수가 욕심만큼 나오질 않아 노르말 준비반에 못 들어간다는 게 확실해졌을 때 조금 실망하는 것 같았지만, 그 실망이 오래가지는 않았어요. 그때 내가 지동이한테 해준 말이 재능 역시 운이라는 말이었어요. 게다가 지동이는 제가 하고 싶은 공부를 하고 있는 거니까 이내 마음을 다잡을 수 있었지요. 비록 그 관심이 분산되고 자꾸 바뀌어 공부 기간이 길어질 것 같기는 하지만. 물론 한국과 프랑스는 사정이 많이 다르니, 미원이가 지동이 같을 수는 없겠지요. 게다가 미원이에게는 그 아이가 감당하기 힘겨운 상처도 있고. 힘들 때 가족만큼 중요한 건 없어요. 김 형이랑 계수씨가 늘 그 아이에게 관심을 보이면, 미원이도 곧 극복해낼 겁니다.

그러나 나로서는 수능은 쉬우면 쉬울수록 좋다고 생각해요. 그것이 당장은 몰라도 장기적으로 학교의 서열화를 누그러뜨리는 데 도움을 줄 수 있을 것 같아요. 방향이 옳은 것은 확실해요. 물론 그 과정에서 불이익을 받는 학생들이 나올 수밖에 없겠지만. 미원이도 말하자면 그런 불이익을 받은 셈인데, 그냥 대범하게 생각하세요. 다시 하는 말이지만, K대 법학과면 미원이 또래 아이들 대부분이 선망하는 데 아닙니까?

그런데 법학과엘 간 건 좀 뜻밖이군요. 파리에서 콜레주 다닐 때부터 미원이가 대학에서 경제학 공부를 하고 싶어하지 않았던가요? 한국의 대학 문화라는 걸 생각하면 법학으로 바꾼 사정을 짐작할 만하기는 하지만.

지동이는 고전문학으로 리상스를 다시 할 모양이에요. 고전문학이 종착지는 아니고, 결국은 철학 쪽으로 돌릴 모양인데, 저는 그 아이 공부와 진로에 간섭할 생각은 없어요. 다만 나는 바칼로레아 이후 6년까지만 먹여살려주겠다고 그 아이에게 공언을 해놓았으니, 그다음은 제가 직장을 찾든 공부를 그만두든 알아서 하겠지요.

사실은 저야말로 서울이 그립습니다. 그곳이 내 생애에는 결코 못 돌아갈 곳이라고 생각하며 살 때는 차라리 자포자기한 상태에서 담담하기라도 했는데, 한번 발을 들여놓고 보니 향수병이 더 커지는 것 같아요. 마음 같아서는 지금 당장이라도 이곳 생활을 정리하고 서울로 돌아가고 싶지만, 현실적으로 가족들이 걸리네요. 지동이는 어차피 앞으로 프랑스인으로 살 수밖에 없을 거고, 아이들 엄마도 서울로 돌아가 정착하는 걸 그리 내켜하지 않아요. 그곳 생활에 다시 적응할 자신이 없는 것 같아요. 아무튼 지금까지는 그럭저럭 살아올 수 있었고, 앞으로도 지금보다는 점점 더 나아질 전망이 보이는데, 이 흐름을 갑자기 바꾸는 게 두려운 모양입니다. 맥락에서는 벗어난 얘기지만, 사람은 간직할 것이 있는 한 늘 보수주의의 유혹에서 벗어나기 힘든 것 같아요. 가족은 안식처이자 구속이라는 걸 다시 느낍니다.

우리 언제쯤이나 다시 볼지. 데파르 생미셸에는 지난주에도 여기 유학생 두 사람이랑 들렀었는데, 마들렌은 여전히 보드랍습니다. 마들렌 과자처럼요. 참, 레코드점은 잘돼요?

파리에서 기연.

한 선배께

어제 미원이 입학식에 다녀왔습니다. 괜한 얘기가 아니라, K대학의 교정이 아주 푸근했습니다. 대학 시절 몇 차례 그 학교에 가본 적이 있습니다. 잠시 사귀던 아가씨가 그 학교 간호학과 학생이었거든요. 지금은 어떻게 변해 있을까, 얼마나 늙었고 아이는 몇이나 될까 하는 생각을 하다 보니 미원이 엄마한테 좀 겸연쩍은 생각이 들더군요.

말을 들어보니 1학년 땐 전공 과목이 법학개론 하나뿐이랍니다. 국어나 영어나 문학 같은 교양 과목들뿐인 모양이에요. 미원이가 특별히 대학엘 왔다는 느낌을 가질지 모르겠습니다. 그래도 강의실을 찾아다니는 식이니 고등학교 때와 다르기는 하겠지요. 법학과엔 여자아이들이 열댓밖에 안 되더군요. 정원은 3백 명인데. 하긴 그것도 저희들 다닐 때 비하면 늘어난 것이긴 하지만.

저로선 미원이가 적을 둘 과에 남자아이들이 많은 게 다행스럽습니다. 그 아이가 고등학생 때 남자 친구가 전혀 없었거든요. 여학교엘 다니기도 했고, 공부에 바쁘기도 했겠지만, 제 몸이 성치 못하다는 데 대한 열등의식이 작용했을지도 모릅니다. 이젠 주변에 남학생들이 많으니, 그 가운데 몇몇과는 가까워질지도 모르지요. 그러다 보면 이 학교에 정을 붙이게 될지도 모르고요.

미지도 그저께 입학식을 치렀습니다. 남녀공학입니다. 그 아이는 공부는 제 언니만 못하지만, 한 선배도 아시다시피 성격은 매우 활달합니다. 너무 활달해서 걱정일 정도예요. 미지의 경우엔 남녀공학인 것이 오히려 걱정스럽습니다. 벌써부터 연애꾼이 될 소질을 다분히 보이고 있거든요. 거꾸로 됐어야 했는데, 그러니까 미원이가 남녀공학엘 다니고 미지가 여학교엘 다녀야 했는데, 세상일이 꼭 마음같이만 되지는 않네요. 사실 미지는 이화외고(여학교입니다)라는 곳에 시험을 쳤는데, 떨어져서 일반 학교엘 다니게 됐습니다. 그런데 이 아이는 진심인지 그저 하는 소린지, 떨어진 게 다행이라는 거예요. 그 이유라는 게, 남녀공학엘 다니게 돼 기쁘다는 겁니다. 제 엄마가 뭐라고 핀잔을 줘도 흘려 듣고 맙니다.

레코드점은 처음 걱정했던 것보다 잘됩니다. 벌이가 회사 다닐 때만은 못하지만, 일이 훨씬 널널해서 행복합니다. 회사에서 내쳐지길 잘했다는 생각이 들 정돕니다. 레코드 가게 주인 된 걸 계기로 대중음악에 대한 책을 써보고 싶다는 욕심도 생깁니다. 물론 그전에 공부를 좀 해야겠지요.

〈한겨레〉에서 한 선배 칼럼 읽었습니다. 한 선배 글에 점점 더 노기가 짙어지네요.

민우 올림.

한 선배께

앞의 메일 보내자마자 생각나서 다시 씁니다. 이런 말씀 드리는 게 저도 쉽지는 않은데, 그냥 말씀드리겠습니다. 신문 칼럼 쓰실 때, 한국을 프랑스에 견주어서 말씀하시는 건 되도록 피하시는 게 좋을 것 같습니다. 한 선배를 잘 이해하는 이들에게야 그게 아무것도 아니지만, 그걸 가지고 트집을 잡는 사람들이 있습니다. 그리고 그런 비판들에 감염력이 꽤 있습니다. 우리 사회가 그만큼 민족주의적이라는 거겠지요.

사실을 말씀드리자면, 저도 더러 한 선배의 한국-프랑스 비교에 오해의 소지가 있겠다는 생각이 듭니다. 그걸 민족적 콤플렉스 때문이라고 할 수도 있겠지만, 다시 생각해보면 그게 반드시 비난받아야 할 일은 아닌 것도 같습니다. 예컨대 필리핀과 한국을 비교하며 필리핀의 장점과 한국의 단점을 대비시킨다면, 독자들이 대수롭지 않게 넘어가겠지요. 있는 자(우리가 필리핀에 견주어 '있는 자'인지도 알 수 없지만요)의 너그러움 같은 걸로요. 그렇지만 프랑스는 느낌이 좀 다른 것 같습니다.

저 개인적으로도, 저는 그 나라나 그 나라 사람들에게 별 정이 가지 않습니다. 한 5년 외국인으로서 그곳에 살면서 오히려 반불주의자가 돼서 돌아온 것 같아요. 그 사람들은 톨레랑스라는 걸 자기들의 전매특허처럼 내세우지만, 그건 오직 말뿐인 듯한 생각이 들어요. 물론 한국과 비교할 수는 없겠지만, 그곳의 인종주의 역시 제 눈엔 그리 만만하게 보이지 않았습니다. 제 기억으로는 텔레비전의 그럴싸한 토론 프로그램에 흑인이 나온 걸 거의 못 봤습니다. 정계나 관계의 그럴싸한 자리는 더 말할 것도 없겠지요. 거리에는 흑인들이 넘쳐나고, 그 가운데는 프랑스 국적을 지닌 사람들이 꽤 될 텐데도 말이에요. 아무튼 저는 그렇게 느꼈습니다. 그리고 사실 그 톨레랑스라는 것도 그 사람들이 영국이나 네덜란드에서 수입한 것 아닌가요? 노여워하지 마십시오. 말씀을 드리는 게 나을 것 같아서.

민우 올림.

보고 싶은 김 형

이제 정말 대학생 아빠가 됐군요. 축하합니다. 그리고 미원이가 그 학교를 사랑하게 되기를, 게다가 남자 친구들이 아주 많이 생기기를 기원합니다. 미원이가 경쟁심이 많고 성격이 다소 침울한 건 장녀이기 때문에도 그럴 거예요. 김 형 부부가 그 아이에게 기대를 많이 한 탓도 있고. 반면에 미지는 그런 압력이 없는 상태에서 자라나 구김살이 없는 거지요.

우리 아이들은 거꾸론데, 아마 나도 모르게 내가 희수에게보다 지동이에게 더 기대를 한 모양이에요. 희수가 계집아이고 지동이가 사내아이라는 이유로요. 부끄러운 일이지요. 아무튼 그게 희수가 지동이보다 더 밝게 된 이유 가운데 하나가 아닌가 생각합니다. 아, 물론 그게 다는 아닐 거고, 다른 환경적 요인들도 많이 있었겠지요. 또, 태어나길 그렇게 태어났을 수도 있겠지요.

김 형의 지적은 나도 한번 곰곰 생각해볼게요. 김 형한테도 더러 그렇게 비쳤다면 문제가 작지 않군요. (사실 좀 섭섭하네, 김 형까지 그렇게 생각했다니.) 나는 다만, 내가 한국 사람이니까, 한국 비판은 결국 자기비판인 거고, 그걸 그런 맥락에서 받아들일 줄 알았는데, 안 그런 독자들도 있다니 생각을 다시 해보지요. 사실 그런 얘기를 처음 들은 건 아닌데, 그냥 무시해왔어요. 귀 기울일 필요가 없는 딴죽걸기라고 생각했지요. 그렇지만 김 형한테서까지 그런 얘기를 들으니, 좀 흔들리네요.

어휴, 내가 원래 젊어서부터 글 쓰던 사람도 아닌데, 몇 년 전부터 그놈의 '문필가'가 돼서 몸에 맞지 않는 옷 입고 있으려니 불편해요. 미원이 엄마께 안부 전해줘요.

기연.

한 선배께

오해의 소지를 없애는 게 낫겠다는 뜻이었습니다. 죄송합니다.
민우 올림.

한 선배께

미원이가 집에 들어오는 시각이 점점 늦어집니다. 도서관에서 매일 공부하느라고 그러는 것 같지는 않고, 같은 과 친구들이랑 어울리는 모양입니다. 저도 아이한테 그랬거든요. 사법시험 같은 것은 2학년에 올라가 전공 공부를 본격적으로 하게 된 뒤에 생각하고 1학년 때는 대학 생활을 즐기라고요. 그 아이도 그럴 생각인 듯합니다. 눈치를 보니까, 술도 조금씩 하는 것 같고요. 저는 그걸 다행스럽게 생각합니다. 요 며칠은 그 아이 얼굴이 유난히 밝더라고요. (혹시 술기운으로 얼굴이 발그레했던 건가?) 아이 엄마는 딸자식 둔 아비답지 않다고 저를 나무라곤 합니다. 그러나 저는 어떤 이유로라도 그 아이가 밝아지는 게 좋아요. 그 아이의 눈이 세상의 밝은 면만 보았으면 좋겠습니다.

집에 있을 때도 미원이의 휴대폰이 자주 울린답니다. 미원이가 세상 한가운데 있다는 뜻이지요. 비록 제 아비는 세상에서 밀려났지만. 이건 그냥 엄살입니다. 반쯤은 자발적으로 물러난 것이니, 거기에 커다란 후회는 없습니다. 먹고살기 위한 구속은 될 수 있는 대로 적은 게 좋으니까요. 사실은 파리에 살 때만큼이나 자유롭습니다. 제가 일하고 싶지 않으면 가게 문을 닫아놓으면 그만이니까요. 물론 단골 고객들을 생각하면 제 마음 내키는 대로만 할 수는 없기도 하지요. 아무튼 음악 속에서 산다는 것은 즐거운 일입니다.

아이 엄마한테 듣자니, 희수가 며칠 새에 파리로 간다면서요? 무슨 일이 있습니까, 학기 중에?

민우 올림.

김 형 보세요.

아이들 엄마가 몸이 좀 아파요. 큰 병은 아닌 듯한데, 희수가 보고 싶어서 못 견디겠다고 해서 아이에게 잠깐이라도 들르라고 했어요. 나나 집사람이나 나이 들면서 잔병이 자꾸 생기는 것 같아요. 아무튼 집에 아픈 사람이 있으니 뒤숭숭합니다. 글도 잘 써지질 않고.

기연.

한 선배께

혹시 형수님도 일종의 향수병을 앓고 계신 게 아닐까요? 말씀은 그곳 생활이 더 낫다고 하시지만, 아무래도 연세가 들어가시면서 고향 생각이 나시는지도 모르지요. 지동이가 거기 있으니 들어오시긴 어렵고, 그러면서도 마음 깊은 곳에서는 들어오시고 싶은 생각이 크고 해서 더 힘드신 게 아닌가 싶습니다. 한 선배도 건강 조심하세요. 두 분이 다 아프시면, 지동이가 정말 힘들 겁니다.

민우 올림.

김 형 보세요.

나도 언뜻 그런 생각이 들어요. 이 사람이 정말 파리가 좋은 건지 아니면 지동이 때문에 좋아하려고 애쓰는 건지 모르겠어요. 뒤쪽이라고 해도 어쩌겠소, 그게 어미의 숙명인걸

기연.

한 선배께

이번 주일은 미원이의 중간고사 기간입니다. 다음 주는 축제고요. 대학 다닐 때의 축제가 생각나네요. 늘 시위와 몇몇 친구들의 구속으로 끝나던. 그 생각을 하면 요즘 아이들이 행복하기는 행복한 건데.

하긴, 세대 간의 비교를 할 수는 없겠지요. 어차피 요즘 아이들은, 모든 세대의 아이들이 그렇듯, 그 또래 아이들보다 더 행복하거나 덜 행복하겠지요.

민우 올림.

김 형

김 형이 대학 축제 애길 하니, 나도 스무 살 무렵이 생각나요. 연극반 사람들이랑 어울리던 시절 생각이오. 그야말로 호랑이 담배 피우던 시절이지요. 그때는 꿈이 있었는데. 학교를 어렵사리 졸업하고 직장 생활을 하면서도, 마음 한구석엔 늘 그 꿈을 지니고 있었지요.

79년에 그 사건이 안 터졌다면, 지금쯤 제법 잘나가는 연극 배우나 연출가가 됐을지도 몰라요. 내 재능을 뽐내는 건 아니지만, 그럴 가능성은 충분했어요. 사실 그 사건이 안 터질 수는 없었겠죠. 박정희라는 사람이 없었다면 몰라도.

1984년에, 그러니까 갑오농민전쟁 90주년이 되던 해죠, 유럽의 한인들 가운데 딴따라 기질이 있는 사람들을 모아, 농민전쟁을 연극으로 만들어본 적이 있어요. 아, 김 형한테도 몇 번 애기한 것 같네. 그때 베를린이랑 브레멘이랑 프랑크푸르트랑 뮌헨에서 공연을 했지요. 사실 그 연극을 함께한 사람들도 대부분 독일에 있는 사람들이었어요. 프랑스나 다른 곳엔 한인 사회가 뿌리내리지 못했을 때니까. 지금도 크게 다른 건 아니지만. 축제라……

기연.

추신: 희수는 내일 서울로 갑니다.

한 선배께

미원이는 지난주 내내 자정이 다 돼서 들어왔습니다. 아, 한 번은 새벽 두시가 돼서야 들어왔지요. 얼굴은 발그레하고, 입에서는 술냄새가 났어요. 들어오자마자 번개같이 세면장으로 들어가 양치질을 하더라구요. 한 20분쯤 세면장에 있다가 나온 아이를 아이 엄마가 뭐라고 야단치길래 제가 말렸습니다. 제가 푼수 같은 아비인지는 모르겠지만, 전 그게 기쁘더라구요. 그때까지 계집아이들과만 있지는 않았겠지요. 그게 기뻤습니다. 애길 들어보니 희수랑도 가끔 만나는 모양이더군요. 파리에 있을 땐 아이들이 어리기도 했지만 서로 수줍어하는 것 같더니, 이젠 둘 다 어엿한 아가씨가 돼 어울리는군요. 희수는 이번 학기에 논문을 마칠 거라고 들었습니다. 어차피 조국으로 유학을 와 학위를 하게 된 셈이니, 그냥 여기 눌러앉는 것도 나쁘진 않을 것 같네요. 물론 그 아이가 원하는 대로 국제기구 같은 데서 일하는 것도 나쁘지는 않겠지만.

민우 올림.

김 형

어제는 집사람과 지동이를 데리고 디에프엘 다녀왔어요. 오랜만에 날씨가 청명했거든요. 그곳에서 영불해협을 보고 있자니, 김 형 파리에 살 때 함께 노르망디를 누비던 생각이 나더군요.

내가 참견할 일은 아니지만, 혹시 미원이를 너무 풀어놓는 것 아닌가요? 계수씨가 양식 있는 분인데 괜한 일로 아이를 나무라겠어요? 아이를 나무랄 때 옆에서 말리면 나무라는 사람이나 나무람 당하는 사람이나 둘 다에게 좋지 않아요. 하기야 그걸 김 형이 모를 리도 없겠지만.

미원이가 희수랑도 어울린다니 잘됐군요. 희수는 유네스코에 자리가 있나 알아보고 있다는데, 어떻게 될지 모르겠습니다. 나는 그 아이가 제 뜻대로 유네스코에서 일하게 됐으면 좋겠어요. 지동이가 어차피 파리나 이 근처에서 살게 될 테니 희수가 파리에서 직장을 얻으면 오누이끼리 가까이 살게 돼 좋지 않을까요? 우리 부부가 계속 파리에서 살 수 있을지도 알 수 없는 일이고, 또 파리에서 산다고 하더라도 결국은 아이들 곁을 떠나게 될 텐데, 저희들끼리 가까이 있는 걸 봐야 좀 마음이 놓일 것 같아요.

기연.

한 선배께

제가 그 생각은 못 했습니다. 희수가 서울에서 일자리를 얻으면, 지동이가 결국 파리에 혼자 남게 될지도 모른다는 걸요. 한 다리만 건너도 생각이 그렇게 성글어지네요. 그렇지만 한편으론, 그 아이들도 언젠간 다 완전히 독립해야 할 것 아닌가 하는 생각도 듭니다. 지동이가 누이에게 기대 산다거나, 희수가 동생에게 기대 산다는 건, 그게 끝까지 가능하지도 않을 거고 바람직하지도 않을 것 같아요. 그리고 참, 한 선배도, 지금이 마르코 폴로가 살던 시절입니까? 서울에서 파리까지 열 시간 남짓이면 가는데 무슨 걱정이 그리 많으세요? 저는 저희 부부 죽은 다음에 미원이가 서울에 살고, 미지가 달나라 기지에 살게 된다고 해도 아무 걱정 안 합니다. 그렇게 떨어져 살게 된다면, 떨어져 살 만하니까 떨어져 사는 거고, 달리 생각하면 그것이 그 아이들의 팔자인 거고, 또 더 나아가서 우리들이 죽은 다음의 자식 걱정을 왜 합니까, 참. (제가 너무 넘쳤나요?)

어제 저녁엔 미원이가 가게엘 들렀습니다. 상가가 정문 앞이고 오다가다 보면 들를 만한데도 한 번도 안 들르던 아이였거든요. 무슨 일인가 했더니, 그냥 제 엄마 없는 데서 저랑 단둘이 얘길 하고 싶었던 모양입니다. 별다른 얘기는 아니고, 그냥 이런저런 살아가는 얘기입니다. 그 아이의 사는 얘기, 그리고 저 사는 얘기.

말할 나위 없이 저는 기뻤습니다. 그러면서도 한편으로는 뭔가 어색하기도 했습니다. 제가 미원이와 단둘이 있을 때 흔히 그랬듯이요. 하긴 그 아이와 단둘이 있어본 것이 너무 오랜만이라는 생각도 들었습니다. 정말 미원이와 저는 좀 스스럼이 있는 부녀 같아요.

저희 부녀가 언제부터 이렇게 어색해졌던 것일까요? 서울에 와서부터였을까요, 아니면 파리에서 살 때부터였을까요? 그것도 아니면 그 이전부터였을까요? 아무튼 미원이와 저는 아이들 엄마나 미지를 매개로 해서만 서로 편안했던 것 같습니다. 그렇지만 왜 그랬을까요? 왜 그 아이가 저를 어려워하는지 모르겠습니다. 아니 제가 그 아이를 어려워했는지도 모르지요. 어느 쪽이든 왜일까요? 제가 그 아이를 끔찍이 사랑하는데 말입니다. 그리고 그 아이도 저를 싫어하는 것은 아닐 텐데 말입니다. 결국 그 아이의 짐 때문이었을까요?

미원이는 제 가게가 잘되느냐고 묻더군요. 그 녀석도 아비의 먹고사는 모습에, 그러니까 결국 저희 가족이 먹고사는 문제에 너무 무관심했다는 생각이 들었던 모양이지요.

그리고 파리에서 살 때는 그곳이 좋다는 생각을 안 했는데, 지금 돌이켜보니 그때가 좋았다는 얘기, 그렇지만 지금도 충분히 좋다는 얘기, 뭐 그런 얘기들이었습니다.

참, 제가 그 자리에서 미원이한테 남자 친구가 있느냐고 물었죠. 아주 많다고 대답하더군요. 진짜 남자 친구를 말하는 거라고 제가 재차 물었더니, 잠시 망설이다가 있다고 하더군요. 같은 학교 인류학과에 다니는 친구랍니다. 뽀뽀도 해봤느냐고 제가 짓궂게 물었죠. 저는 그냥 장난으로 물은 것인데, 이 아이는 진지한 표정이 되더군요. 그러더니 지난번 축제 때 처음 뽀뽀를 했고, 그 뒤로 세 번 했다고 말하더군요. 저는 조금 놀랐습니다. 그러고는 말했죠. 네가 판단할 일이긴 하지만, 당분간 뽀뽀 이상으로는 나가지 말라고요. 미원이는 그러겠다고 했습니다. 제 경험으로는 그게 가능한지 모르겠지만요.

사실 저도 좀 혼란스러웠습니다. 이제 미원이도 대학생이니 성인이라고 할 수 있는데, 이 아이의 사생활에 대해서 제가 간섭할 필요가, 권리가 있나 해서요. 아직 제가 충분히 리버럴하지 못한 모양입니다. 이 아이에게 남자 친구가 생기길 그렇게 바랐으면서도, 막상 생겼다니 조금 걱정이 됩니다. 일전에 한 선배가 하신 말씀도 생각나고요. 결국 저도 아이 엄마와 생각하는 것이 크게 다르지 않은 모양입니다. 미원이는 자기가 남자 친구와 뽀뽀했다는 걸 제 엄마에게는 절대 말하지 말라고 하더군요. 그래서 제가 그건 내가 네게 할 말이다라고 대꾸했죠. 아무튼 좋은 저녁나절이었습니다.

미원이는 뚱딴지같이 〈아빠와 크레파스〉라는 동요를 틀어 달라고 했어요. 제가 그 아이에게 처음 크레파스를 사준 날이 기억난다면서요. 저는 놀랐고 기뻤습니다. 그 아이가 그날을 기억하다니요. 그게 그 아이가 초등학교에도 들어가기 전이었는데요. 저도 그날을 기억합니다. 술이 얼근히 취한 날이었죠. 아이는 자고 있었고, 저는 그 아이의 볼에 뽀뽀를 했지요. 잠을 깬 아이는 제 술냄새에 앙증스럽게 항의했지만, 46색 크레파스를 보고 얼굴이 환해졌습니다. 그때 이미 그 아이는 한 눈이 의안이었습니다. 사고를 당한 게 그 전해였거든요. 그다음 날 아침, 술에 전 저를 깨운 건 아이 엄마가 아니라 미원이었어요. 제 앞에서 노래를 부르더군요. 〈아빠와 크레파스〉를 말입니다. 아마 한 선배는 그 노래를 모르실 겁니다. 한 선배가 프랑스로 가신 뒤에 만들어진 노래일 거예요. "어젯밤엔 우리 아빠가 다정하신 모습으로 한 손에는 크레파스를 사가지고 오셨어요"로 시작되는 노랩니다. 그때 그 아이가 얼마나 사랑스러웠던지…….

크레파스 얘기를 하니 제 국민학교 때 일이 떠오릅니다. 국민학교 때 제 또래 아이들에게 가장 인기 있었던 크레파스는 '피카소파스'였습니다. 그런데 어느 날부턴가 문구점에 나온 그 크레파스 갑 위의 상표 부분에 종이가 덧대졌어요. 그 덧대진 종이 위에는 '피닉스파스'라고 써 있더군요. 피카소파스가 피닉스파스로 바뀐 것이지요. 한 선배는 그때 이미 대학에 다니고 계실 때니 그런 일이 있었는지도 모르셨을 겁니다. 좀더 크고 나서야, 피카소가 공산당에 몸담은 적이 있어서 상표를 바꿔야 했었나 보다 하는 짐작을 하기는 했지만, 지금 돌아봐도 참 옹색한 일이었어요. 그 상표 이름을 바꾸라고 다그쳤을 기관도 옹색했고, 어차피 바꿀 바에야 크레파스를 새 갑에 담을 것이지 옛 갑에 종이만

덧대 그 위에 '피닉스파스'라고 표시한 업자도 옹색했고요. 하긴 그 시절엔 만사가 옹색했지요. 아무튼 그 '피카소파스'는, 동네 곳곳에서 볼 수 있었던 '맹견 주의'나 '소변 금지' 표시와 함께, 저를 푸근한 60년대의 서울로 데려갑니다. 제가 너무 청승을 떠나요? 어차피 떤 김에 한 마디만 더 하겠습니다. 다시 어제 얘긴데요. 가게 문을 닫고 저는 미원이와 아파트 상가 안의 치킨집으로 갔지요. 거길 가자는 제안을 한 건 제가 아니라 그 아이였어요. 딸과, 제 딸 미원이와 말이에요. K대학 법학과 학생인 그 아이와 제가 맥주를 마셨답니다. 그 아이는 오백 두 개를, 저는 너무 기분이 좋아서 천 세 개를요. 부러우시죠? 함께 술을 마실 때, 저는 그 아이와 조금도 어색하지 않았답니다.

민우 올림.

　김 형 보세요.

　축하합니다. 미원이랑 술자리를 함께했다니요. 나는 내 아이들과 아직 그런 복을 누리지 못했답니다. 내가 술을 잘 못 마시기도 하지만. 희수는 포도주 몇 잔은 하는 것 같은데, 떨어져 있으니 함께 술자리를 할 기회가 없고, 지동이는 술은 아예 입에 대지도 않아요. 몸에 더 나쁠 것이 틀림없는 담배는 끊임없이 빨아대는데. 부러워요. 피카소파스 애긴 그즈음 언뜻 들은 것도 같네요.

그런데 미원이와 그렇게 오랜 세월 동안 서로 어색했나요? 김 형 엄살도 참.

기연.

한 선배께

어제는 아주 슬픈 날이었습니다. 그리고 이 슬픔이 언제 가실지 지금으로서는 짐작할 수도 없습니다. 미원이의 삶이 아주 힘들어질 것 같습니다. 그 아이가 볼 수 없게 될 것 같아요.

한 선배도 아시다시피 미원이의 한쪽 눈이 성치 않잖아요. 오른쪽 눈이 의안이죠. 저희가 파리에 살 때 그 아이 눈을 두고 별로 티가 안 난다고 한 선배가 말씀하시긴 했지만, 저는 그 아이를 바라볼 때마다 그 눈 때문에 마음이 아렸습니다. 사실 미원이를 자세히 살펴보면 오른쪽 눈이 이상하다는 걸 누구라도 알아차릴 겁니다.

그 아이의 눈이 그렇게 된 지 벌써 15년쨉니다. 제가 파리에서 말씀드렸던가요? 그 아이가 다섯 살 때 아파트 놀이터의 미끄럼틀에서 떨어졌는데, 땅바닥에 얼굴을 부딪히며 돌부리에 그 눈을 다친 겁니다. 아무튼 다섯 살 때부터 열아홉 살 때까지, 그 아이는 한쪽 눈으로 세상을 바라본 셈이죠.

물론 큰 장애가 아니라고 말할 수도 있습니다. 제가 생각하기에도 사실 큰 장애는 아니었습니다. 세상에 존재하는 불행의 목록은 너무나도 기니까. 그 목록에서 미원이가 겪고 있는 불행보다 더 큰 불행을 찾는 것은 매우 쉬울 겁니다. 그러나 한쪽 눈이 성치 않다는, 그 '대단찮은' 불행을 겪고 있는 것은 제가 모르는 사람이 아니라 제 아이입니다. 저는 거기 무심할 수가 없었습니다. 제가 아이의 학교 공부에 별 신경을 쓰지 않은 것, 그저 밝게만 자라주었으면 좋겠다고 생각한 것은 그래서였을 겁니다. 그러나 바로 그것 때문에, 아이는 학교 공부에 그렇게 매달린 겁니다. 저는 그것을 어렴풋이 짐작은 했으면서도, 그것을 충분히 가슴 아파할 줄 몰랐던 형편없는 아비였던 거죠.

그런데, 한 선배, 미원이가 왼쪽 시력까지 잃게 될 것 같아요. 단성녹내장이라는데, 의사가 굉장히 자신 없어 합니다. 몇 년 전부터 미원이가 가끔 두통을 호소했지만, 그 아이나 저희들 부부나 대수롭지 않게 생각했지요. 아이 엄마는 이 아이가 공부에 너무 열중해 그러는 거려니 생각하고, 쉬엄쉬엄 하라고 말하는 정도였답니다. 여고 다니는 동안 시력도 많이 약해졌다는데, 그것도 그저 책에 파묻혀 사는 탓일 거라고만 생각하고 넘겼습니다. 아이 말을 들어보니 몇 번 홍륜이 나타나기도 했답니다. 그런데 미원이가 그걸 대수롭지 않게 생각하고 제 부모들한테도 얘길 안 한 거예요. 저희 부부를 그 아이의 부모라고 할 수 있을까요? 제 자식 몸 하나 제대로 건사하지 못했던 인간들을 말입니다.

두 눈을 다 잃고도 그 아이가 밝게 살아갈 수 있을까요? 죽은 다음의 자식 걱정을 왜 하느냐고 한 선배께 드린 말씀 때문에 제가 벌을 받고 있는 걸까요? 이 아이가 빛을 완전히 잃는다면, 제가 편히 죽을 수나 있을까요?

민우 올림.

김 형 보세요.

무슨 말을 드려야 할지 모르겠네요. 어떤 일이 생기더라도 자책하지 마세요. 자책은 문제 해결에 아무 도움이 안 되니까요. 아무튼 수술에 희망을 가져봅시다. 방법이 있을 거예요. 지금은 21세기 아닙니까? 그리고, 최악의 상황이 발생하더라도, 그것이 세상의 끝은 아닙니다. 내가 지금 남의 일 애기하듯 한다고 생각하지 마세요. 나도 미원이 생각하느라고 오늘 내내 심란했답니다. 아무튼 너무 일찍 절망하지 말고 기다려봅시다. 안심입명이라는 말을 반복해서 마음에 새기세요.

기연.

한 선배께

오래도록 연락 못 드렸습니다. 지난겨울과는 비교할 수 없이 마음이 심란했습니다. 그리고 지금도 그렇습니다.

결국, 미원이는 빛을 잃었습니다. 수술을 받긴 했지만 결과가 안 좋았습니다. 의사는, 변명처럼, 수술로 진행을 저지하기에는 너무 늦은 상태였다고 말하더군요. 그나마 다행인 것은 그 아이가 제 부모보다도 이 상황에 잘 대처해나가고 있는 것 같다는 점입니다. 학교는 일단 휴학을 했습니다. 그러나 복학하겠다는 생각은, 적어도 지금은, 굳은 것 같습니다. 시력을 회복할 가능성은 없지만, 미원이는 주어진 상황을 잘 받아들이고 있습니다. 점자 책과 점자 신문을 열심히 보고, 텔레비전이나 라디오를 거의 하루 종일 틀어놓고 있습니다. 미원이가 원해서 파라볼라 안테나를 달았고, 그래서 집에서 TV5나 BBC를 볼 수 있게, 아니 들을 수 있게 됐습니다. 아무튼 미원이는 빛의 기억을 계속 간직하고 싶은 모양입니다.

한 선배께 말씀 드렸던가요? 미원이는 아내와 저의 첫 밤에 잉태됐습니다. 그 아이 때문에 저희는 결혼을 서둘렀지요. 저는 가끔 아내와 제 결혼식 사진을 보며, 단둘이 찍은 사진을 보며, 아내의 배 안에 있는 미원이를 짐작하곤 했습니다. 그 아이가 딸이라는 것도 기뻤습니다. 아들을 낳으면 저를 닮을까봐 그게 두렵기도 했지요.

미원이는 말 배우기가 아주 일렀습니다. 그 아이가 가장 먼저 배운 말은 엄마도 아빠도 아니고 불이라는 말이었어요. 형광등이나 전구를 보고 불, 불 했지요. 정확하게 불은 아니고 부였지만. 그 아이가 처음 배운 말, 불, 그 빛을 이 아이는 잃은 겁니다.

아비로서 어떻게 회한이 없겠습니까? 아내나 저나 이 아이를 두고 먼저 갈 수 있을까요?

사실 한 선배도 아시다시피 그 아이를 키우는 데 제가 기여한 것은 거의 없습니다. 그것이 아비로서 제가 그 아이에 대해 갖고 있는 미안함의 첫 번째 이유일 겁니다. 하긴 작은아이도 마찬가지이기는 하지요. 저는 그 아이들을 좋아했을 뿐, 아이들과 제대로 놀아주질 못했어요. 아이들은 저희들 엄마가 키웠고, 학교 선생님들이 키웠지요.

프랑스에 가기 전에, 미원이는 초등학교를 네 군데나 다녔습니다. 그것이 제가 그 아이에게 갖는 미안함의 두 번째 이유일 겁니다. 그 아이가 초등학교를 그렇게 옮겨다닐 수밖에 없었던 것은 제가 이사를 자주 했기 때문입니다. 셋방살이의 필연이었습니다. 한동네에서 이리저리 옮겼으면 전학을 하지 않아도 됐을 텐데, 그게 뜻대로 되질 않았습니다. 미원이에게 별 사교성이 없는 이유 가운데 하나는 초등학교 때 자주 겪은 전학일 겁니다. 게다가 미원이가 그리 원치 않았던 프랑스 생활도 그 아이에게 좋게 작용하지는 않았을 거고요. 결국 프랑스에 간 게 잘못된 거였을까요? 그때 발령을 거부하고 회사를 그만두었어야 했을까요? 아니면 가족을 서울에 두고 저만 갔어야 했던 걸까요? 그 아이의 가장 큰 불행은 거기서 시작된 것 같으니 말입니다. 그러고 보면 제가 미원이에게 가장 미안해야 할 것은 그 아이를 프랑스로 데려간 것일지도 모릅니다. 제가 오래도록 미원이와 어색했던 것도 그 미안함에서였을까요? 두 다리로 제 몸을 버텨낼 힘이 없습니다.

민우 올림.

김 형 보세요.

무어라 해줄 말이 없습니다. 그렇지만 힘을 내세요. 미원이가 그리 꿋꿋이 있는데, 아빠라는 사람이 먼저 무너지면 어떻게 합니까?

기연.

한 선배께

이제는 좀 차분한 마음으로 그때를 되돌아볼 수 있을 것 같습니다. 미원이 수술 전후의 상황을요. 가장 큰 충격을 받은 것은 물론 미원이 자신이었겠지만, 가족들 모두가 너무 힘들었습니다. 아이 엄마는 거의 정신이 나간 듯했어요. 미지도 웃음을 잃었고요. 저는, 뭐랄까, 온갖 감정이 순간순간마다 번갈아가며 제 몸과 마음을 갉더군요. 분노와 체념과 공포와 슬픔이 번갈아가며 제 머리통을 후려쳤어요.

저는 그때 알았습니다. 제가 미원이를 어색하게 대해온 이유를요. 그것은 아비로서의, 부모로서의 죄책감 때문이었습니다.

그 죄책감은 그 아이에게 시간을 충분히 내주지 못한 것에 대한 것도 아니었고, 초등학교를 여러 군데 다니게 한 것에 대한 것도 아니었습니다. 또 그 아이가 그리 원치 않았는데 프랑스로 데려간 것에 대한 것도 아니었습니다. 물론 그런 것들에 대해서도 저는 미원이에게 죄를 지었다면 죄를 지은 셈이지요. 그러나 오래도록 저를 눌러온 죄책감, 미원이를 대할 때마다 느꼈던 어떤 어색함의 밑바탕에 있었던 죄책감은 그 아이가 다섯 살 때 겪은 그 사고와 관련된 것이었습니다. 그 어린것에게 사고를 당하게 한 아비로서의 죄책감, 그 어린것을 보호하지 못한 아비로서의 죄책감 말입니다. 저는 미원이가 이번 일을 당하고서야 새삼 그걸 깨달았습니다. 그 죄책감 때문에 저는 그 아이의 눈을 똑바로 쳐다보지 못했던 겁니다. 그런데 이제 그 아이는 나머지 한 눈마저 잃은 겁니다. 결국 제가 건강한 몸을, 건강한 눈을 물려주지 못했기 때문인 거지요.

그런데, 한 선배, 제 마음을 더 아리게 만든 일이 있었습니다. 수술이 실패로 끝나고, 미원이가 아직 병실에 있을 때입니다. 미지는 학교에 가고 아이들 엄마도 지쳐서 잠시 집에 들어가 병실에는 미원이와 저만 있었죠. 저는 그 아이를 보며 〈클레멘타인〉을 자꾸 떠올렸습니다. 늙은 아비 혼자 두고 영영 어딜 갔느냐라는 구절을요. 물론 미원이와 저와의 상황은 거꾸로였지요. 제가, 그리고 아내가 언젠가 땅에 묻힐 때, 앞 못 보는 이 딸아이는 남은 생을 어떻게 살아갈까를 생각하니 그 아이에 대한 죄책감으로 가슴이 찢어지는 것 같더라고요. 그런데, 한 선배, 미원이가 갑자기 윗몸을 일으켜달라는 거예요. 저는 그 아이가 앉은 자세가 되게 도와주었습니다. 그 아이가 제게 할 말이 있다고 하더군요. 저는 얘기해보라고 했지요. 제가 낼 수 있는 가장 살가운 목소리로요. 그 아이가 제게 뭐라고 한 줄 아세요?

"아빠, 정말 죄송스러워요."

정말 뚱딴지같은 소리였지요. 그래서 제가 물었습니다.

"뭐가?"

"결국 한쪽 눈마저 간직하지 못한 거요."

"우리 큰 공주님, 그게 도대체 무슨 소리니?"

저는 최대한으로 명랑하게 말했지요.

"저, 수술실로 들어가면서 하느님께 빌었어요. 아빠께 더 죄를 짓지 말게 해달라구요. 물론 하느님은 결국 제 기도를 들어주시지 않았지만요."

"죄라는 게 도대체 무슨 얘기니?"

저는 억장이 무너지는 걸 느끼며, 그렇지만 되도록 무심한 어투로 물었습니다.

"아빠, 제가 철든 뒤부터 한 번도 아빠 얼굴을 똑바로 쳐다본 적이 없다는 거 아세요?"

저는 가슴이 철렁 내려앉았습니다. 이 아이가 그랬었나? 그런 건 오히려 나 아니었나 하는 생각이 들었지요.

"설마, 우리 공주님이 그러셨을라구."

저는 짐짓 유쾌하게 되받았습니다.

"아녜요, 아빠, 그랬어요. 철든 뒤로 아빠 얼굴을 처음 똑바로 본 게, 그러니까 아빠 눈을 처음으로 자연스럽게 받아낸 게, 지난 봄 아빠와 호프집에서 맥주 마실 때였어요. 그때 아빠한테 처음으로 어리광을 부리고 싶었고, 그 어리광의 힘으로 아빠 눈을 처음으로 쳐다볼 수 있었어요. 그전에는 왜 아빠 얼굴을 쳐다보지 못한 줄 아세요? 죄책감 때문이었어요. 눈을 잃었다는 죄책감. 아빠가 멀쩡하게 낳아준 눈을 제 실수로 잃었다는 죄책감이요. 그 죄책감은 엄마를 향한 것이기도 했지만, 아빠한테 훨씬 더 컸어요. 남들이 다 그러잖아요. 제가 아빠 얼굴을 쏙 빼닮았다구요. 특히 눈이 닮았다구요. 사실이죠, 뭐. 제가 남장을 하거나 아빠가 여장을 하면 완전히 닮은꼴일 거예요. 저도 거울을 보면 그 안에 있는 여자가 아빠와 너무 닮았다는 걸 늘 느끼는걸요. 특히 살짝 쌍꺼풀진 예쁜 눈이요. 그렇지만 그 눈은 하나였죠. 그 짝을 저는 어려서 잃어버렸잖아요. 제 실수로요. 저는 아빠가 준 그 눈을 간직하지 못한 게 죄스럽고 수치스러웠어요. 아빠가 저를 부끄러워할까봐 두려웠어요. 아빠가 남들한테 부끄러울까봐, 불구인 딸을 둔 게 부끄러울까봐 말이에요. (한 선배! 그 아이 입에서 나온 '불구'라는 말이 제 마음을 얼마나 후벼팠던지요.) 제가 저지른 그 잘못을 저는 용서할 수가 없었어요. 그래서 아빠 눈을 받아낼 수가 없었어요. 저는 늘 아빠의 눈길을 피했죠. 호프집에서 아빠와 맥주를 마신 그날 이후에야 저는 아빠를 똑바로 쳐다볼 수 있었어요. 왜 그때 제 죄의식이 사라졌는지 모르겠어요. 아무튼 아빠가 제 죄를 예전에 용서했을 것 같다는 생각이 들었어요. 그날부터 한 달 정도가 제가 살아온 날들 가운데 가장 행복한 때였을 거예요. 그 한 달 동안 저는 제가 한쪽 눈만 성한 불구자라는 걸 완전히 잊고 있었어요. (이 아이 입에서 또 '불구자'라는 말이 나왔답니다, 한 선배.) 그리고 아빠를 바로 볼 수 있었죠. 그 한 달간은요. 왼쪽 눈이 녹내장이라는 걸 알기 전까지는요. 그런데 이제 왼쪽 눈도 제구실을 못할 수 있겠구나 하는 데 생각이 미치자, 옛날에 잃어버린 오른쪽 눈에 대한 죄책감이 다시 생기는 거예요. 그래서 그 뒤론 다시 아빠 얼굴을 똑바로 쳐다볼 수가 없었어요. 아빠, 정말 죄송해요. 이젠 두 눈이 다 보이지 않네요. 이젠 아빠 얼굴을 쳐다보려 해야 볼 수가 없게 됐네요. 아니, 이제야 아빠 눈을 똑바로 쳐다볼 수 있겠네요."

한 선배, 저는 입술을 깨물며 흐느낌을 참아냈습니다. 제가 거기서 무너지면 아이도 함께 무너져버릴 것 같아서요. 그러나 제멋대로 흐르는 눈물은 어떻게 막아낼 도리가 없었습니다. 저는 그 아이의 말에 아무 대답도 하지 않고 그 아이를 꼭 껴안아주었습니다. 그 아이 심장 박동이 제 가슴에 그대로 전해져왔습니다. 미원이와 저는 그렇게 껴안고 있었습니다. 저는 그러면서 이 아이가 독립할 수 있을 때까지는 저와 아내가 절대 죽어서는 안 된다고 되뇌고 또 되뇌었습니다. 어느 순간 미원이가 고개를 들어 제게 물었습니다.

"아빠, 지금부터 아빠한테 반말 써도 돼요?"

저는 짐짓 엄숙하게 "앞으론 존댓말 쓰면 안 돼!"라고 대답했습니다. 그러고 보니 미원이가 제게 존댓말을 쓰기 시작한 게 초등학교도 들어가기 전인 것 같습니다. 미지는 지금도 제 엄마나 저에게 늘 반말인데, 미원이는 언제나 반듯한 존댓말이었던 겁니다. 왜 저는 그걸 자연스럽게 받아들였던 걸까요. 저는 왜 그렇게 둔했던 걸까요?

민우 올림.

김 형

미원이한테 들었는지 모르겠네. 아까 김 형 집에 전화했었어요. 계수씨랑도 통화하고 미원이랑도 통화했어요. 미원이가 정말 대견해요. 아주 밝게 전화를 받더라구요. 나는 오히려 좀 위태위태했는데, 나보다 미원이가 더 어른스럽더라구요. 개가 "아저씨 보러 파리에 다시 갈 거예요" 하더니, "아니 이젠 볼 수가 없으니 손이나 실컷 만져볼 거예요"라고 말을 고치더군요. 그러면서도 목소리는 여전히 밝았어요. 억지로 만든 밝음이 아니라 마음에서 나오는 밝음 같았어요. 김 형, 내가 도와줄 방법이 없어서 미안해요.

기연.

한 선배께

미원이가 얘기하더군요. 기연 아저씨랑 통화했다고요. 한 선배 전화를 아주 기뻐했습니다.

저녁때 미원이랑 동네 노래방엘 갔습니다. 둘만 간 것이 아니라 아이들 엄마와 미지와 함께였습니다. 아이들과 노래방엘 간 건 처음입니다. 자막이 소용없는 미원이는 가사를 알고 있는 노래만 불렀죠. 〈아빠와 크레파스〉를 두 번이나 부르더군요. 두 번째는 저도 함께 불렀죠. 미원이는 적어도 여고 때 비해서는 지금이 더 활달합니다. 어쩌면 활달하게 보이려고 노력하는 건지도 모르겠습니다만.

미원이 학교에서는 복학에 난색을 표하는군요. 법학과에는 시각 장애인이 재학할 수 없다는 겁니다. 그런데 미원이는 전공을 바꿀 생각이 없답니다. 법학과엘 한 학기밖에 다니지 않았지만, 게다가 법 과목은 하나밖에 안 들었지만, 그 사이에 법률가가 되겠다는 마음을 굳혔답니다. 제게도 합리적인 선택으로 보이지는 않는데, 그래도 그 아이를 설득할 생각은 없습니다. 미원이가 생각을 굽히지 않는 한, 결국 그 아이는 외국으로 나가서 공부할 수밖에 없을 것 같습니다. 어쩌면, 미원이가 TV5나 BBC 앞에 그렇게 붙어앉아 있었던 것이 그런 계획을 막연히 염두에 두고 그랬던 게 아닌가 싶기도 합니다.

힘을 내겠습니다.

민우 올림.

김 형 보세요.

무엇보다도 다행스러운 건 미원이가 절망하지 않고 있다는 거예요. 시력을 잃고도 법률가가 되겠다는 생각을 바꾸지 않은 것은 기적 같은 일입니다. 그 아이를 계속 격려하세요. 미국만 해도 법조인들 가운데 시각장애인이 더러 있잖아요. 노력하기에 따라서 법관도 할 수 있고, 법학 교수도 할 수 있어요. 영국에서는 장관도 하는걸요.

그리고 미원이가 외국엘 가야 한다면 미국보다는 프랑스가 나을 거라는 생각이 드네요. 생활비도 그렇고, 사회 분위기도 그렇고. 게다가 아직 미원이의 프랑스어가 녹슬지는 않았을 거 아네요? 한번 프랑스 쪽을 적극적으로 생각해보세요.

기연.

한 선배께

미원이는 파리로 가기로 결정했습니다. 그것은 저희 가족 모두가 다시 파리로 간다는 뜻입니다. 지금 비자 발급 수속 중입니다. 비자를 얻기 위해 어쩔 수 없이 저와 아이 엄마가 8대학 데으아 과정에 어플라이를 했습니다. 둘 다 사회학과의 미셸 아누이 교수에게 편지를 냈는데, 지난주에 어드미션이 왔습니다. 이 나이에 공부를 열심히 하게 될 것 같지는 않지만, 얼마간은 다시 학생 노릇을 하며 살아야 할 것 같습니다.

처음엔 아이들 엄마만 따라가고 미지가 고등학교를 마칠 때까지는 서울에서 제가 미지를 데리고 가게라도 지키는 게 낫지 않을까도 생각해봤지만, 이산가족이 될 수는 없다는 데 뜻을 모았습니다. 무엇보다도 미지가 흔쾌히 다시 파리로 가는 데 동의해주었습니다. 미지는 한번 결정이 되자, 그동안 프랑스어에 슨 녹을 닦아야 한다고 요즘 TV5 앞에 붙어 있습니다.

곧 뵙게 될 것 같습니다. 사정이 이렇게 되니까, 한 선배도 그냥 거기 눌러사시라고 말씀드리고 싶군요. 추악한 이기심입니다. 아무튼 머지않아 뵙게 될 것 같습니다. 우리 함께 라면가게라도 하자구요.

민우 올림.

김 형 보세요.

미원이의, 그리고 김 형 가족 전부의 커다란 불행을 양식으로 삼아 내 조그만 행복을 만들어내는 데 죄책감이 없는 건 아니지만, 김 형 가족과 다시 가까이서 살게 된다는 건 내게 아주 기쁜 소식입니다. 손꼽아 기다릴게요. 이방에서지만, 서로 기대면서 살아봅시다. 무엇보다도, 낙관과 자족이 중요합니다. 그것들이 있는 한 삶은 견딜 만합니다. 신이, 누구한테서든, 아무것도 남겨놓지 않고 몽땅 빼앗아 가버리는 경우는 없습니다.

파리에서 기연.

12

우리 고장에선 그렇게 말하지 않아!

제주공화국 시민 전체를 둘로 갈라놓은 것은 영어를 공용어로 삼을 것이냐 아니냐가 아니었다. 영어 공용화는, 학계 언론계와 시민단체 일부의 거센 반대가 있기는 했지만, 이미 다섯 해 전부터 시행되고 있었다. 2040년에 개정한 헌법이 영어를 한국어에 이어 제주공화국의 제2공용어로 규정해놓았던 터다. 2045년의 제주공화국을 뜨겁게 달군 것은 영어 문제가 아니라 한국어 문제였다. 사실 이 문제는 제주 지역과 그 둘레 섬들이 대한연방공화국(한국)에서 독립한 직후부터 문화교육부 관료들과 일부 언어학자들 사이에 작은 논란거리가 되었다. 그래도 처음 얼마 동안은 독립과 건국에 따라 처리해야 할 일이 워낙 많았던 터라, 이 문제가 정치권이나 시민사회의 주요 의제로 떠오르지는 않았다. 우선순위에서 밀려 잠복 상태에 있었던 것이다. 그래서 미국인들이 자기들의 언어를 영어라고 부르고 오스트리아인들이 자기들의 언어를 독일어라 부르듯, 제주인들도 자기들의 언어를 한국어라 불러왔다. 독립헌법 제4조 1항에서 제주공화국의 공용어를 '한국어'라고 박아 놓았으니, 제주인 대부분이 이 문제를 대수롭지 않게 넘긴 것은 당연하기도 했다. 그러나 일부 제주인들(이들 가운데 상당수는 제주공화국의 독립에 헌신한 분리주의자들이었다)은 독립 직후부터 '한국어'라는 말에 강한 거부감을 드러냈다. 비록 제헌 과정의 헌법 조문을 다듬으며 벌인 싸움에서 지긴 했으나, 이들은 줄곧 자신들의 언어를 제주어라 불렀다. 이들의 주장에 따르면, 제주공화국의 일반 시민들이 쓰는 언어는 한국어의 방언이 아니라, 일본어와 마찬가지로 서로 닮은 유형을 지닌 개별 언어라는 것이었다. 이들의 생각을 반한反韓 민족주의자들의 과격한 잠꼬대로만 여길 수는 없었다. 다시 말해 그들 생각에 근거가 전혀 없는 것은 아니었다. 실제로 제주인들은 자기들의 고유 언어로 한국인들과 소통을 할 수 없었기 때문이다. 문제는 제주공화국이 한국령이었던 1천수백 년 동안, 특히 독립 이전 백 년 동안, 대중매체와 보통교육을 통해 서울 중심의 한국어가 제주어에 깊이 파고들었다는 점이었다. 특히 한국 출신 귀화인들이 많이 사는 서귀포시와 제주시에선 한국어(서울말)를 흔히 들을 수 있었다. 그러나 두 도시를 뺀 제주공화국 대부분 지역에선 제주 지역의 고유 언어가 일상어 구실을 했다. 한국어가 아니라 제주어로 창작을 하는 작가들이 나타나기 시작했고, 제주어 신문이 둘이나 생겼다. 하나뿐인 공영 텔레비전 채널 JBS와 민영 뉴스전문채널 JTN은 한국어로만 방송을 했지만, 제주어로만 방송을 하는 케이블 채널이 두 해 전에 생겼다. JIS라는 이 채널은 이내 반한 민족주의자들의 둥지가 되었다. 이들은, 제주공화국이 한국에서 독립한 뒤에도 교육문화 당국이 초등학교에서부터 서울말 중심의 한국어를 '한국어'라는 이름으로 가르치고 있다는 사실을 맞갖잖게 여겼다. 이 반한 민족주의자들은 제주인들이 실제로 쓰는 말을 규범어로 삼아 학교에서 가르치고 대중매체에서 써야 한다고 주장했다. 이들에게 동조하는 여론이 처음엔 그리 크지 않았다. 그런데 2042년부터 한국과 무역 마찰이 점점 심해지면서, 특히 한국이 아무 구실이나 만들어 제주공화국 일부에 '외과적' 군사행동을 취할지도 모른다는 관측이 퍼지면서, 제주어 지지자들이 급속히 늘어나기 시작했다. JIS는 지상파방송에 맞먹는 시청률을 누렸고, 제주어 신문 둘의 구독률도 단번에 두 자릿수로 뛰어올랐다. 더욱 놀라운 것은, 늘어난 JIS 시청자와 제주어 신문 구독자들의 상당수가 제주시와 서귀포시의 고학력 계층이라는 사실이었다. 서귀포시와 제주시 시민들의 4분의 1가량을 차지하고 있던 귀화인들마저, 이제 자신들을 한국인(의 후예)이 아니라 제주인이라고 생각하기 시작했다는 뜻이었다. 실제로 이 귀화인들도, 글을 쓸 때나 공식적 담화 같은 데서만 한국어를 써왔을 뿐, 일상생활에서는 제주어를 쓰고 있었다. 가족끼리도 제주어를 썼다. 집안의 언어와 집 바깥의 언어가 다르다는 것이 귀화인들에게도 어색했을 것이다. 토박이 제주인들의 경우는 말할 것도 없었다. 제주공화국의 한국어는 신문 지면과 방송 진행자의 입 안에 갇혀 있었다. 다시 말해 JBS와 JTN, 그리고 세 개의 일간신문이 사용해오던 한국어는 제주인들의 실제 언어생활과는 동떨어져 있었다. 그래도 이들 한국어 신문과 방송들은 일반 제주인들의 마음속에서 서울 중심의 한국어가 제주어보다 더 높은 위세를 누리도록 만들었다. 제주민족주의자들에게 제주어는 한국어와 다른 또 하나의 자연언어였지만, 학교와 대중매체의 서울말 중심주의 탓에 대다수 제주인들은 자기들 언어를 한국어의 방언이라 여겼다.

지금까지처럼 각급 학교에서 서울 중심의 말을 '한국어'라는 이름으로 가르칠 것이냐, 아니면 제주의 고유 언어를 '제주어' 또는 '국어'라는 이름으로 가르쳐야 할 것이냐가 큰 쟁점으로 떠오른 것은 지난 총선에서였다. 당시 야당이었던 제주국민당(국민당)의 당수 현준만은 집권할 경우 각급의 모든 학교에서 제주어를 필수과목으로 지정하는 '원 포인트 개헌'을 하겠다고 공약했다. 즉 제주공화국의 공용어는 제주어와 영어로 한정하고, 서울 중심의 한국어는 다른 외국어들처럼 선택과목으로 돌리겠다는 것이었다. 학교에서 필수로 가르쳐야 할 언어를 규정하는 것이 헌법 사항에 속하는지는 학자들 사이에 의견이 갈렸지만, 이 공약이 지닌 뜻은 무척 컸다. 그만큼 그 부작용과 후폭풍이 만만찮을 것이 틀림없었다. 만약에 국민당이 집권하게 되면, 대부분의 텔레비전방송과 신문은 지금까지와 달리 제주어만을 써야 하고, 지금까지 나온 출판물들도 제주어로 번역해야 하기 때문이다. 그 번역에 들어갈 예산은 적어도 몇 년간 만만찮은 수준의 증세(특히 간접세)를 요구할 것이었다. 기존 출판물의 일부만을 제주어로 번역하고 나머지는 그대로 유통시킨다 하더라도, 앞으로는 모든 공문서를 제주어로만 작성하고 공적 자리에선 제주어로만 얘기해야 할 판이었다. 사실 지금까지도 공문서나 공적 담화 바깥에서는 제주어를 쓰는 것이 예사였으므로, 이 개헌은 제주공화국에서 한국어를 공식적으로 추방한다는 뜻이었다. 아니, 거기까지는 아니더라도, 한국어의 처지를 일본어나 중국어, 또는 최근 10여 년간의 무역 확대로 학습자가 늘어난 베트남어와 똑같은 처지로 만든다는 뜻이었다. 지금까지 또 하나의 공용어인 영어보다도 초등학교 때부터 한결 더 큰 비중으로 가르치던 한국어가, 이제 고등학교 교과과정의 한 선택과목이 돼버린다는 얘기다. 반대 목소리가 전혀 나오지 않았다면 이상한 일이었을 것이다. 각급 학교의 교원들과 저널리즘 종사자들 일부는 이 언어혁명이 제주공화국을 아시아 대륙에서 완전히 분리시켜 이

나라의 문화를 크게 후퇴시킬 것이라 우려했다. 그 가운데는 국민당 지지자들도 있었다. 여당이었던 제주사회당(사회당)은 특히 이 '국어 교체' 주장을 격렬히 반대했다. 비록 한국과의 사이가 좋을 때보다는 나쁠 때가 더 많았지만, 한국어를 제주공화국에서 밀어내는 것은 너무 과격한 민족주의라고 사회당은 주장했다. 당연히 사회당과 그 지지자들은 제주어를 한국어의 한 방언이라 생각하고 있었다. 사회당은 게다가, 개헌으로 제주어가 제주공화국의 제1공용어가 될 경우, 한국과의 관계가 크게 악화할 수도 있다는 점을 우려했다. 사회당이 보기에 국민당 당수 현준만과 그 둘레 사람들은 무책임한 선동가요, 포퓰리스트였다. 그러나 국민당은 바로 그 점을 노렸다. 제주공화국이 독립한 뒤에도 한국과 제주공화국의 관계를 프랑스와 모나코의 관계 정도로 생각하고 있던 한국인들 다수에게, 적지 않은 제주인이 수모감과 적개심을 품고 있었던 것이다. 한국인들은 제주공화국을 언제라도 다시 합병할 수 있는 준準속국 정도로 생각했지만, 제주인 다수는 한국인들을 피가 약간 섞인, 가난한 동포라고 여겼다. 국민당이 총선에서 승리해 개헌이 이뤄질 경우, 지금까지와 달리 제주공화국에선 한국어가 가난한 사람들의 언어로 전락할 가능성이 있었다.

그리하여 한국어와 제주어 문제는 지난 총선의 가장 큰 쟁점이 되었다. 12년 만에 상하원 동시선거를 치렀는데, 이 언어 문제가 다른 모든 정치 쟁점들을 삼켜버렸다. 양원의 동시선거는 국민당의 승리로 판가름났다. 정권이 교체된 것이다. 국민당은 상원 45석 가운데 27석을 얻었고, 하원 100석 가운데 72석을 얻었다. 그러나 국민당의 승리는 개헌을 보장하지 못했다. 2040년 헌법은 개헌을 발의하기 위해선 상원의원 3분의 2 이상이 동의해야 한다고 규정하고 있었다. 그다음엔 하원의원 과반수의 찬성으로 국민투표에 부치게 돼 있었다. 이 국민투표에서 유권자 과반수가 찬성하면, 개헌이 확정된다. 총선 직전의 한 여론조사에서 제1공용어를 한국어에서 제주어로 바꿔야 한다는 의견이 무려 81퍼센트에 이르렀는데도 상원에서의 국민당 승리가 압도적이지 못했던 것은 좀 뜻밖이었다. 투표소 바깥의 정서가 투표소 안의 실천으로 고스란히 옮겨지지는 않은 것이다. 국민당을 지지하고 제주어를 몸속 깊이 새긴 제주인 가운데서도 갑작스러운 언어혁명의 전망 앞에서 망설인 이들이 적지 않았다는 뜻이기도 했다. 제주어를 공용어로 삼자는 의견에 제주인 다섯 가운데 넷이 찬성한 것은 최근의 제주-한국 관계가 그리 좋지 못하다는 데 말미암은 바도 있다. 같은 여론조사에서 제주인들이 가장 싫어하는 나라는 한국이라는 결과가 나와, 제주해(한국인들은 이 국제적 명칭을 거부하고 제 나라 중심으로 '남해'라 부른다) 양안의 범한주의자汎韓主義者들을 경악시켰다. 제주인들은 한국인보다 일본인이나 중국인이나 베트남인에게 더 호감을 지니고 있는 것이다. 사실 외국인 커뮤니티가 거의 없는 한국에 비해, 제주공화국 안에는 이 이웃나라들에서 귀화한 사람들이나 일자리를 얻으러 온 사람들의 커뮤니티가 여럿 있었다. 서귀포시의 '리틀 베이징'이나 '리틀 상하이'에서 중국계 귀화인이나 이주 노동자들은 제 나라에서와 같은 편안함을 느꼈고, 제주시의 '리틀 도쿄'와 '리틀 교토', 또 '리틀 하노이' 등도 제 모국과 제주공화국에 동시에 연대감을 느끼는 아시아인들로 북적였다. 특히 '리틀 도쿄'는, 그 넓이가 실제 도쿄의 60분의 1도 채 안 됐지만, 마천루로 뒤덮인 세계 금융 중심지 둘 가운데 하나였다. 유로-아메리카 세계에 뉴욕의 월스트리트가 있다면, 오세아니아를 포함한 아프로-아시아 세계엔 '리틀 도쿄'의 혼마치本街가 있다. 혼마치는 본디 '본정本町'이라고 썼는데, 재제주국일인협회在濟州國日人協會는 '본가本街'라는 표현이 더 세련됐다고 판단하고 제주시와 협의해 한자 표기를 바꿨다. 개헌이 돼 한국과 제주공화국의 문화적 정서적 연대가 엷어진다면, 공화국 어느 곳에 '리틀 서울'이 생길지도 모를 일이었다. 그 '리틀 서울'의 거주자들도, 공립학교에선 의무적으로 제주어를 배우게 될 것이었다. 상원의석의 3분의 2인 30석을 얻지 못한 국민당은 다섯 석을 얻은 제3당 제주민주당(민주당)의 도움 없이는 개헌을 발의할 수 없었다. 새로 총리가 된 국민당 당수 현준만은 수완이 좋은 사람이었다. 그는 제주공화국이 계속 한국어를 공용어로 지정하고 있는 한, 국제사회

가 지금까지처럼 제주공화국을 한국 문화권의 일부로 낮추볼 것
이라며 민주당 의원들을 구슬렸다. 그리고 국민당이 하원 선거에
서 과반 의석을 차지하기는 했지만 민주당과 연립정부를 구성하
겠다고 제안했다. 현준만의 양보는 거기서 그치지 않았다. 그는
다수당에서 배출하는 것이 관행인 대통령을 민주당 몫으로 넘기
겠다는 약속까지 했다. 제주공화국에서 한국어를 몰아내고 제
주어를 공적으로 되살리겠다는 현준만의 의지는 이토록 강했다.
1948년의 4·3항쟁(한국인들은 4·3반란이라고 부른다)에서 그
의 윗대 사람들이 어린아이까지도 산 채로 구덩이에 파묻혔다는
사실이 그를 이토록 견결한 민족주의자로 만들었는지 모른다. 설
득은 성공했다. 제주어와 영어를 제주공화국의 제1, 제2 공용어
로 삼는다는 조항이 담긴 원포인트 개헌안은 상원에서 찬성 31
표 반대 12표 기권 2표로 아슬아슬하게 가결되었다. 그다음부
터는 일사천리였다. 하원의원 100명 가운데 무려 84명이 개헌에
찬성했다. 반대표는 열둘에 불과했고, 나머지 네 표가 기권이었
다. 놀라운 것은 상원 투표 결과와 하원 투표 결과의 차이다. 상
원에서 개헌에 찬성한 이들은 국민당 의원과 민주당 의원을 합
한 수보다 하나 모자랐다. 그러니까 사회당에서 찬성표가 하나
도 나오지 않았다 쳐도, 국민당과 민주당 의원 가운데 적어도 한
사람은 반대를 하거나 기권을 한 것이다. 그러나 양당 지도부는
그 배신자 색출에 무심했다. 아무튼 뜻은 이뤘으니까. 정말 뜻밖

의 결과를 낳은 것은 하원 투표였다. 과반수만 돼도 개헌안을 국민투표에 부칠 수 있었는데, 무려 84퍼센트가 찬성을 한 것이다. 이것은 사회당에서 적잖은 반란표가 나왔음을 뜻했다. 어차피 상원을 통과한 이상 하원 통과는 명약관화한 일이어서, 사회당 의원 일부가 부화뇌동했는지도 모른다. 어쩌면 제주민족주의를 경계하는 태도를 지녔던 사회당 의원 상당수가 내심으로는 민족주의자여서 일이 그렇게 됐는지도 모른다. 하원의 개헌 찬성률은 한국어 대신에 제주어를 공용어로 삼는 게 낫겠다는 데 찬성한 여론조사 응답률보다도 더 높았던 것이다.

개헌은 확실해졌다. 현준만 총리는 즉시 개헌안을 공고했고, 30일 뒤 국민투표가 실시됐다. 그 한 달 동안 사회당은 총력을 다해 개헌의 위험성을 국민에게 알렸다. 사회당이 총선에서 진 직후 새 당수가 된 양권택은 이 개헌이 가져올 국제적 국내적 파장을 크게 염려했다. 만일 개헌이 이뤄질 경우, 한국과의 관계가 지금보다 더 악화하리라는 것은 누가 보아도 또렷했다. 제주공화국 수출액의 52퍼센트와 수입액의 45퍼센트가 한국과의 교역이라는 점을 생각하면, 이건 대수롭지 않은 일이 아니었다. 한국인들보다 훨씬 잘 산다는 제주인들의 자부심은 서울의 몽니하나로 한순간에 무너질 수도 있었다. 한국 정부가 같이 망하기로 마음먹는다면, 제주공화국 경제를 파탄으로 이끌 수도 있는 것이다. 제주공화국과 한국 사이에 정치적 갈등이 생겼을 땐, 제

2, 제3의 교역국인 일본과 중국이 늘 제주공화국 편을 들어주기는 했다. 그렇더라도 제주공화국이 일본이나 중국의 그늘에 들어갈 수는 없는 노릇이었다. 특히 일본은 제주공화국에 대한 영토적 야심을 슬그머니 드러내곤 했다. 북방 4개도에서 센카쿠 제도에 이르는 일본열도의 기다란 치열齒列에서 빠진 이 하나가 제주도라는 것이다. 이 괴상한 논리는 '징검돌'론이라고 불렸다. 일본 영토는 수많은 섬을 징검돌로 삼은 징검다리로 이뤄져 있는데, 본토 쪽에 더 가까운 제주섬이 일본의 영토주권 바깥에 있는 바람에 일본이 지리적으로 부자연스럽게 양분돼 있다는 것이었다. 이 이론을 내세운 것은 일본의 관변 학자들이었지만, 제주 출신의 귀화 일본인들 다수가 이 견해에 손을 들어주고 있었다. 옛 한국 출신의 귀화 일본인 가운데 적잖은 수가 제주 출신이었는데, 이들은 일본의 제주 합병을 바랐다. 그리고 이런 의견은 제주공화국 안에서조차, 비록 극소수이긴 하지만, 스멀스멀 나오고 있었다. 아직 정당을 이룰 만한 세력을 이루지는 못했지만, 다시 한국인이 되느니 일본인이 되는 쪽이 낫다고 생각하는 제주인도 더러 있었다.

양권택이 걱정한 것은 바로 이 점이었다. 사회당의 공식 입장은 모든 형태의 인종주의만이 아니라 민족주의까지 반대하는 것이었다. 그것은 양권택 자신의 신념이기도 했다. 그러나 스물한 해 전 피비린내로 그득 찬 제주해전(이 전투로 비양도와 차귀

도가 지도에서 사라졌다) 끝에 중일 양국의 중재로 제주가 독립을 얻었을 때, 스물일곱 살의 양권택은 이제야 역사가 바로잡혔다고 생각했다. 그는 자신이 민족주의자인 줄 몰랐던 민족주의자였는지도 모른다. 5세기 말 제주섬이 처음 육지 세력에 복속한 이후에도, 제주인들은 뭍사람들의 문화에 완전히 동화한 적이 없었다. 한국인들만이 아니라 한때 이 섬을 지배한 몽고인들의 문화에도 마찬가지였다, 15세기에 조선조의 영토로 확정돼 전라도에 딸린 섬이 된 뒤에도 제주는 일종의 식민지였고, 귀양지였다. 육지로 나아가 큰 벼슬을 한 제주 사람은 거의 없었다. 특히 지난 세기 48년부터 몇 해 동안 계속된 4·3항쟁 때, 한국인들 다수는 제주인들이 자기들과 다른 열등한 족속임을 분명히 했다. 그러지 않고서야 그런 무지막지한 민간인 학살이 이뤄질 수는 없었을 터였다. 사태가 변한 것은 이 세기 초에 제주가 자치도로 승격을 한 뒤였다. 제주인들의 운이 좋았든 노력과 능력의 결과였든, 제주의 경제는 육지에 비교할 수 없을 만큼 빠르게 성장했다. 제주의 인구와 영토가 한국과 워낙 차이가 져 경제규모는 지금도 한국보다 작지만, 이미 2023년에 제주인의 1인당 국민소득은 한반도 사람들의 세 배가 넘었다. 그것은 일본의 1인당 소득보다도 약간 높은 수치였다. 제주의 분리주의가 큰 운동량을 얻은 것도 그즈음이었다. 오랫동안 육지 사람들의 천대(까지는 아니더라도 차별)에 시달려온 제주 사람들은 자신들보다 못살게 된 육지의 '동족'들과 한 국가를 이루고 사는 데 염증이 나기 시작했다. 특히 2022년 대통령 선거에서 진보당의 심회찬이 집권한 이후, 제주 사람들의 불만은 더 커졌다. 진보당이 권력을 잡은 뒤 맨 처음 한 일이 서민들에게 유리하도록 각종 세법을 크게 손질한 것인데, 이것은 가난의 그림자를 거의 찾아볼 수 없었던 '번영 제주'에 작지 않은 심리적 타격이 되었다. 제주 사람들 입에서 '우리가 벌어서 뭍것들 먹여 살리네' 하는 불평이 터져 나오기 시작한 것도 그럴 만했다.

그즈음 육지에서 제주로 이주한 사람들은 크게 두 부류였다. 한 부류는 당시에 이미 동아시아의 지적 중심지였던 서귀포시나 제주시의 매력에 이끌린 지식인들이었고, 또 한 부류는 육지에서 일자리를 얻을 수 없었던 노동자들이었다. 제주인들은 바다를 건너온 지식인들에겐 그래도 점잖았지만, 외지 출신 노동자들은 노골적으로 백안시하곤 했다. 물론 지식인이든 노동자들이든, 육지 사람들을 대하는 제주인의 눈길에는 약간의 경멸감과 연민이 섞여 있었다. 경제와 문화 수준의 차이가 점점 크게 벌어지면서 제주인들과 육지인들의 처지가 21세기 초初와 뒤바뀐 것이었다. 제주인들은 (적어도 일상어로는) 말도 잘 통하지 않는 육지 사람들과 더불어 사는 게 싫어졌고, 자기들만의 나라를 세우고 싶었다. 그런 분리주의 심리가 제주도에 번지자 거기 부응하는 정치세력이 나타나기 시작했다. 2021년 한국의 지자체선거에서 제주도지사로 출마한 무소속의 부지형은 제주의 독립을 공약으로 내세웠다. 서울의 중앙정부는 즉시 부지형을 내란선동죄로 구속기소했지만, 부지형의 아내 고은진이 옥중의 남편 대신 출마해 지사로 당선되었다. 서울의 서슬이 워낙 퍼랬던 터라, 선거운동 중에 고은진은 노골적으로 '독립'을 내세우진 않았다. 그러나 제주 유권자들 가운데 고은진-부지형 캠프의 속마음을 모르는 사람은 거의 없었다. 한 해 뒤, 고은진은 제주의회의 동의와 주민투표를 통해 전격적으로 제주공화국의 독립을 선포했다. (주민투표에 부친 안은 독립 여부와 국호였다. 국호로는 탐라공화국과 제주공화국 두 개가 제안됐는데, 제주유권자 62퍼센트가 독립에 찬성했고, 그 가운데 86퍼센트가 제주공화국을 골랐다. 탐라공화국 쪽을 내세운 이들의 논거는 뒤틀린 역사의 상징적 반정反正과 더불어 국호와 수도 이름의 혼동 가능성이었다. 그러나 이 논리는 유권자들을 크게 설득하지 못했다. 국호와 수도 이름이 같은 나라가 이미 적잖은 데다, 제주인들은, 비록 육지 사람들이 붙인 이름이긴 하지만, 1천 년 가까이 써온 '제주'라는 이름에 애착을 느꼈다. 곧이어 국민투표에 부쳐진 내각제 제헌헌법안에는 유권자 72퍼센트가 찬성했다.) 고은진이 제주지사로서 첫 한 해 동안 주력한 것은 제주에서 복무하는 한국군을 기반으로 서울 정부 몰래 제주군을 창설하는 것이었다. (쉽지는 않았다. 보안사의 감시를 피하는 일도 어려웠지만, 고향이 육지인 청년들이 적지 않았으므로.) 제주공화국 독립선언 직후 서울 정부는 육해공 전면으로 제주를 공략했다. 국제적 시선을 의식해서, 한국군은 민간인들로 빼곡하게 들어찬 제주시와 서귀포시에 대한 공습은 피했다. 그러나 제주의 변두리들은 거의 폐허가 되었다. 독립전쟁의 가장 큰 고비는 제주해전이었다. 잠수함 한 척 없는 제주공화국 해군에 비해 압도적 전력을 갖추고 있던 한국 해군은 이 해전에서 무승부라는 수모를 겪었다. 제주군의 육지 상륙이나 한국군의 제주 상륙이 이뤄지지 못했다는 점에서 이 해전은 무승부였지만, 군함 손실이나 인명 피해는 한국군이 더 컸다. 그래도 전쟁이 일주일만 더 계속됐다면 제주는 한국군에게 점령됐을 것이고, 1948년 이래 최대의 민간인 학살이 이뤄졌을지도 모른다. 그러나 제주가 독립을 선언하자마자 도쿄와 베이징은 제주공화국 정부를 승인했다. 그리고 유럽연합과 러시아가, 마침내 미국이 그 뒤를 이었다. 국제적으로 고립된 서울 정부는 일본과 중국의 정전 중재를 받아들일 수밖에 없었고, 마침내 오사카 강화조약을 통해 제주공화국의 독립을 인정했다.

그러나 전쟁을 통한 독립이 육지에 대한 제주인의 정서를 크게 뒤바꾸지는 않았다. 적어도 초기에는 말이다. 독립 직후 실시된 여론조사에서 제주인들은 자신들이 가장 가깝게 여기는 외국으로 한국을 꼽았다. 일본, 중국, 미국이 그 뒤를 이었다. 그러나 한국인들은 달랐다. 그들은 자신들이 가장 가깝게 여기는 외국으로 미국을 골랐고, 중국과 일본이 뒤를 이었다. 반면에 가장 싫어하는 외국으로는 제주공화국이 꼽혔고, 그 뒤를 중국, 미국, 일본이 따랐다. 한국인들은 미국, 중국, 일본에 강한 친밀감과 증오를 동시에 느꼈으나, 제주공화국에 대해선 대개 적개심만 갖고 있었다. 이것은 기이한 일이었다. 역사를 돌이켜볼 때, 제주인이 반도에서 저지른 악행은 거의 없는 데 비해, 한국인이 제주에서 저지른 악행은 헤아리기 어려울 만큼 많았기 때문이다. 제주해 양안의 이런 비대칭적 호오감정 속에서도 두 나라 관계는 끊어지지 않았다. 독립한 뒤로 지금까지 줄곧 한국은 제주공화국의 최대 교역상대국이었다. 경제 규모가 제주보다 훨씬 큰 한국에, 제주는 네 번째 교역상대국이었다. 두 나라는 서울과 제주에 제가끔 대사를 상주시켰고, 적어도 공적으로는 가장 가까운 나라로 지내왔다. 그 가까움의 큰 원천이 제주공화국의 제1공용어가 한국어라는 점에 있다는 것은 분명했다. 두 나라 사이의 외교문서는 한국어로 작성되었고, 교육받은 제주인들은 누구나 한국어를 자유롭게 구사할 수 있었다. 그런데 이제 그 한국어가 제주공화국에서 추방될 처지에 놓이게 된 것이다.

　　사회당 당수 양권택이 걱정한 것은 제주공화국의 제1공용어가 한국어에서 제주어로 바뀐다는 사실 자체가 아니었다. 따지고 보면 그에게 그건 아무것도 아니었다. 그는 범汎한주의자가 결코 아니었기 때문이다. 한국과의 문화적 단절을 걱정한 것도 아니었다. 독립 이후 지금까지 제주공화국의 지적 활동은 한국어와 영어로 이뤄졌는데, 그 문화의 지평과 수준이 한국보다 훨씬 넓고 깊었다. 지금까지 한국은 단 두 명의 노벨 평화상 수상자와 단 한 명의 노벨 문학상 수상자를 배출했지만, 제주공화국은 독립한 뒤에만도 두 명의 노벨 문학상 수상자와 무려 일곱 명의 노벨 화학상 수상자(물론 이들 대부분은 일본인이나 미국인 동료들과의 공동 수상자였다), 한 명의 노벨 경제학상 수상자, 두 명의 노벨 물리학상 수상자(이들도 같은 해에 공동으로 수상했다)를 냈다. 두 명의 노벨 문학상 수상자 가운데 한 사람인 강인주는 한국어가 아니라 오직 제주어로만 작품 활동을 한 사람이었다. 서귀포 국립대학은 세계의, 적어도 아시아의 자연과학을 이끌고 있었고, 제주 국립대학은 일본의 도쿄 국립대학과 함께 세계 인문학의 요람 가운데 하나였다. 대학의 순위를 매긴다는 것은 주관적이고 그 자체가 비문학적이긴 하지만, 지난해 도쿄의 시사주간지 〈파 이스트 위클리The Far East Weekly〉의 평가에 따르면 서귀포 국립대학의 순위는 자연과학 분야에서 스탠퍼드와 MIT에 이어 세계 세 번째였고(네 번째는 일본의 교토 대학이었다), 제주 국립대학은 인문학 분야에서 하버드와 옥스퍼드, 케임브리지, 도쿄 대학에 이어 다섯 번째 순위에 올랐다. 서귀포 국립대학과 제주 국립대학에 유학생들이 물밀듯 몰려오는 것은 당연했다. 유럽과 미국에서 온 학생도 적지 않았지만, 유학생의 압도적 다수는 한국인이었다. 그 한국인들 대부분은 선택과목으로 제주어를 골라 들었다. 앞으로 제주인들도 고등학교 과정의 선택 외국어로 대개 한국어를 고를 것이었다. 그러니 제주공화국의 제1공용어가 한국어에서 제주어로 바뀐다 해서 제주해 양안의 문화적 단절 같은 게 생길 리는 없었다.

양권택이 걱정한 것은 한국과의 전쟁 가능성이었다. 그리고 제주공화국에 대한 일본의 숨은 영토적 야심이 제주공화국과 한국의 전쟁을 세계대전으로 비화시킬지도 모를 가능성이었다. 한국은 1인당 국민소득에서 제주공화국의 3분의 1에도 미치지 못하는 (상대적으로) 가난한 나라지만, 경제 규모는 제주공화국의 다섯 배가 넘는다. 군사력은 말할 것도 없다. 제주도의 무력이라고는 지원병과 경찰을 합쳐서 2만 명 안팎인 데 비해, 한국은 국가 예산의 3분의 1을 국방비에 배정하는 군사국가다. 그리고 인도와 더불어 아시아 민주주의의 표본이라 할 만한 제주공화국에 비해, 한국은 지난 20년 동안 대통령의 권한을 강화하며 민주주의를 계속 후퇴시켜왔다. 한국 민주주의의 후퇴와 제주공화국의 독립이 전혀 무관하다고는 할 수 없었다. 제주가 독립한 뒤, 한국인들은 점점 더 민족주의적이 됐고, 비록 권위주의적이더라도 강력한 지도자를 바랐다. 지금 대통령인 한국선진당의 정태수는 지난 14년 동안 집권해왔다. 그는 직업군인 출신은 아니지만, 그 힘이 거의 일본군에 맞먹는 한국 군부와 밀착된 인물이다. 더구나 한국은 핵보유국이다.

　　독립전쟁 때 한국은 이미 핵무기 보유국이었다. 전세가 지지부진한 상태에서도 한국이 핵을 쓰지 않은 것은 미국과 중국의 강력한 견제가 있었기 때문이다. 그런데 또다시 전쟁이 터진다면? 한국 군부의 핵심 인물들에게 인내심이 충분히 남아 있을까? 독립전쟁 강화조약 때도 한국에서 이를 가장 반대한 집단이 군부였다. 그들 가운데 일부는 영토를 잃느니 국운을 걸고 핵무기를 쓰는 게 낫다는 주장까지 했다. 그런데도 그들이 결국 핵무기 사용을 포기한 것은, 주변국의 경고 외에, 비록 제주도가 제주공화국이라는 이름으로 독립하더라도 언어와 문화를 공유하는 동족국가가 되리라는 전망 때문이었다. 그런데 제주공화국에서 한국어가 추방된다면 두 나라 국민을 동족이라 여길 근거가 크게 줄어든다. 실제로 제주어 화자와 한국어 화자가 제 언어만을 쓰며 소통하기에는 스페인어 화자와 포르투갈어 화자가 제 언어만을 쓰며 소통하기보다 더 어렵다. 비록 2천 년 가까운 역사를 단속적斷續的으로 공유하기는 했으나, 한국어가 선택 외국어로 밀려나면 두 나라가 '완전한 외국'이라는 의식이 빠르게 퍼질 것이다. 제주어보다 한국어에 더 익숙한 일부 지식인 계층도 이런 언어혁명을 반기지 않을 것이다. 이들은 제주공화국 내의 친한파를 구성하고 있고, 제주공화국보다는 범汎한민족에 대해 더 굳센 충성심을 지닌 이들이다. 한국 군부의 침략에 이들이 내응해서 전쟁에 '국제적 내전'의 성격이 더해진다면, 일본과 중국의 개입이, 특히 제주 출신 귀화인들이 경제계의 우이牛耳를 잡고 있는 일본의 개입이 없을 수가 없을 터였다. 그리고 최악의 경우 핵무기가 사용된다면, 그것은 말할 것 없이 제3차 세계대전으로 이어질 것이다. 제1차 세계대전을 직접 촉발한 것은 오스트리아-헝가리제국과 세르비아인들의 갈등이었지만, 거기엔 유럽 강대국들의 제국주의적 욕망과 약소민족들의 분리독립 염원이 버무려져 있었다. 양권택은 상황이 그때와 비슷하다고 판단했다. 만일 전쟁이 터진다면, 그 불을 댕기는 것은 제주의 원심력을 아예 막아 자국 영토로 편입시키겠다는 한국 군부의 욕심일 것이다. 그러나 주변 강대국의 개입이 거의 확실한 그 전쟁의 결과는 인류 문명의, 적어도 동아시아 문명의 궤멸일 것이었다.

양권택과 사회당 당원들은 개헌 국민투표가 치러지기까지 남은 한 달 동안을 매일 파김치가 되도록 힘겹게 보냈다. 한국과 언어 연대를 끊는 것은 한국인들을, 특히 한국 군부를 화나게 할 것이고, 그것은 일본까지 끼어드는 참혹한 전쟁으로 이어질 수 있다는 것이 이들 개헌 반대 캠페인의 핵심 논리였다. 이 캠페인은 적잖은 제주인을 설득했다. 그러나 개헌안을 부결시킬 정도는 아니었다. 제주 유권자의 59퍼센트가 국민투표에서 원포인트 개헌안에 찬성해, 제주어는 제주공화국의 제1공용어로 확정됐다. 여론조사 때 한국어보다 제주어를 선호했던 81퍼센트에는 크게 미치지 못했지만, 제주인 과반수가 제주어는 한국어의 방언이 아닌 개별 언어고, 이 언어가 마땅히 제주공화국의 제1공용어가 돼야 한다고 생각한 것이다. 일본과 중국 언론을 필두로 전 세계 언론이 이 일을 크게 보도했다. 제주공화국이, 비록 작은 나라이긴 하지만, 세계경제에서 차지하는 비중이 작지 않으니 그럴 만도 했다. 서울을 비롯한 한반도 각처의 신문은 이 소식을 연일 배너로 깔았고, 방송의 9시 뉴스는 거의 매일 제주공화국의 개헌 여파와 동아시아의 정치군사적 긴장을 첫머리에 놓았다. 미국이나 유럽 언론들의 보도가 비교적 차분하고 공정했다면, 일본과 중국 언론은 이를 은근히 희소식으로 포장했다. 특히 일본의 우익 신문들은 이 개헌을 통해 제주공화국의 완전한 독립이 이뤄졌다고 평가했다. 한국 언론의 보도가 매우 공격적이고 감정적이었다는 건 말할 필요도 없다. 민족주의 성향의 〈고려일보〉는 전쟁 가능성까지 거론했고, 그 신문과 같은 계열 방송사인 KBC 역시 제주국민당 지도부와 제주공화국 유권자들의 경솔함을 꾸짖었다. 제주공화국 새 헌법의 부칙은 제주어와 한국어를 함께 쓸 수 있는 기간을 1년으로 못박아두었다. 물론 제주공화국은 자유민주공화국이므로, 이후에도 제 국민이 한국어를 쓸 자유를 박탈하지는 않았다. 그러나 각급 학교 교과서는 제주어와 영어로만 집필해야 하고, 관공서와 공영방송에서도 오직 제주어와 영어만을 써야 한다. 그리되면 제주공화국에서 한국어로 책이나

신문을 내는 출판사와 신문사, 한국어로 방송을 하는 방송사들
은 차차 위세가 쪼그라들 것이었다.

　당사黨舍에서 개헌 국민투표 결과를 텔레스크린으로 지켜보
던 양권택은, 걱정과 낙담에 차, 정겨우면서도 왠지 서울말에 견
줘 덜 세련돼 보이는 제 모국어를 혀에 굴려보았다. 자신이 어렸
을 때 외지인들에게 더러 하던 말이었다.

　"우리 고단이선 경안 ㄱ라" ("우리 고장에선 그렇게 말하지
않아").

고종석 선집_소설

플루트의 골짜기

©고종석 2013

1판 1쇄 펴냄 2013년 12월 24일
1판 2쇄 펴냄 2014년 1월 13일

지은이   고종석
펴낸이   정혜인
편집   천경호 성기승 배은희
아트디렉팅   안지미
표지 캐리커처   김재훈
디자인   김수연 한승연
책임 마케팅   심규완
경영지원   박유리
제작처   영신사

펴낸곳   알마 출판사
출판등록   2006년 6월21일 제406-2006-000044호
주소   (우)121-869 서울시 마포구 연남로 1길 8, 4~5층
전화   02) 324-3800(마케팅) 02) 324-2845(편집)
전송   02) 324-1144
전자우편   alma@almabook.com
트위터   @alma_books

ISBN   979-11-85430-04-1   04810
               979-11-85430-03-4(세트)

알마 출판사는 아이쿱생협과 더불어 협동조합의 가치를 구현하기 위한 출판공동체입니다.
살아 숨 쉬는 인문 교양, 대안을 담은 교육 비평, 오늘 읽는 보람을 되살린 고전을 펴냅니다.

종이 앞표지_아수안 5063 뒤표지_디프매트 스트로 122만 116g/㎡ 책등_퍼스트빈티지 126만 120g/㎡ 본문_블라우드 80g/㎡